U0146963

綠島

Green Island

楊小娜——著

Shawna Yang Ryan

謝靜雯——譯

紀念

Terence Cheung

| 目 錄 |

這綠島的夜已經
這樣沉靜
姑娘喲妳為什麼
還是默默無語

——〈綠島小夜曲〉（台灣情歌／反抗歌曲註）

他們要怎麼解讀你
或是你的生活，都無所謂：他們都會是錯的，
他們會刻意遺漏不對的女人，刻意遺漏不對的男人，
他們述說的所有故事，都會是他們自己編選出來的

——珍．賀須菲爾德（Jane Hirshfield）詩作
〈原本是這樣的：你本來是快樂的〉

註：原曲並無「反抗」之意，而當初的「綠島」也非指火燒島，多為後人附會。

第一部

台北　1947 ~ 1952
原本是這樣的

一九四七

1

天馬茶房前面那個寡婦被打的那天晚上，我母親麗敏開始陣痛。第一次痙攣非常明確。她倚在牆上，手指貼在下腹側。前幾個孩子出生的時候，總是好整以暇，悠閒地翻騰幾天之後，才決定呱呱落地。她推想第四胎也是如此。

孩子們剛洗好澡，身子被熱水烘出玫瑰色，頭髮上水氣未散，已經上樓就寢。她走到屋外，繞過房子，到爐子那裡添進更多引火柴，好替我父親的泡澡水保溫。一波陣痛竄過她，彷彿一條束腹帶往外擴張，從她骨盆前側往背後拉。她吐氣。有些女人忙著勞動，一直忙到在田裡產下孩子，然後一面呵護渾身血淋淋的新生兒、一面回頭上工去。這就是女人的傳統。不過，我母親每回生產，都在她丈夫的診所裡，備好熱水，有產婆隨侍在側；產後感激地遵守在家靜養一整個月的規定，期間不洗頭髮、喝雞湯，由她丈夫僱來的廣東女人照料。她不用下田勞動。

城的另一端，在茶房前面販售黑市香菸的那位寡婦，即將名傳千里。經營茶房的，是知名的默片辯士詹天馬[1]。

她是個年輕寡婦，正蹲坐在臨時搭成的廉價攤子後面，就在車水馬龍的道路上。她比我母親年長幾歲，在人行道上擺了張細腳桌子做生意。天光漸漸暗下，她兩個孩子就在一旁玩耍。街燈初亮，藝術家、作家、演員——就是會喝酒抽菸、一路笑到世界末日那種類型的人，三三兩兩離開茶館。他們常常順道光顧寡婦的攤子，她連美國香菸都賣。他們往往就在當場拆開菸包，用寡婦給的火柴點菸。

那晚天氣寒涼，煙霧跟吐息在冷空氣裡合而為一。寡婦的目光落在一對情人身上，他們正沿著巷子隨意走逛，交頭接耳，溫暖的手臂互挽。她朝他們的方向望去，想起死去的丈夫，這時菸酒專賣局的查緝員走了過來。她只懂一點點中文，但是不用懂中文就能解讀他們傲慢的面孔，或是沒收她香菸的貪婪雙手。

她脫口就是一聲抗議的吶喊。

人們轉過身來。

1 詹天馬，日治時期大稻埕著名士紳之一，也是電影著名辯士（黑白兼默片電影劇情解說員）。

一個查緝員漲紅了臉，咒罵寡婦，再次伸手要拿她的香菸。她揪住他的胳膊，他喊道：「放手！」一群眾受到他語氣的刺激，湊上前來，吵著要查緝員住手。就某方面來說，大家不都像是販賣黑市香菸的寡婦嗎？查緝員將寡婦推倒在地，胡亂摸索手槍，抓穩之後，一副作勢開槍的模樣，接著用槍托猛砸她腦袋。這種行為該說是羞恥或驕傲嗎？或純粹只是想保住顏面嗎？

洗澡水放好了，浴室因為蒸氣溢散而安靜下來。蔡醫師裸身坐在矮凳上，用杓子從浴缸舀水淋過肩膀。麗敏撩高洋裝，緩緩坐在丈夫背後的另一張椅凳上，開始用毛巾搓出肥皂泡。又一次痙攣緊緊揪住她的腹部。她輕聲倒抽一口氣，然後呼出氣來。她的手臂落在身側，等待痛楚過去。

蔡醫師回頭望來。「怎麼了？」

「開始了。」

「什麼時候開始的？」

「幾分鐘以前。」

她看著丈夫放鬆了肩膀。「洗完以後，我去找鍾阿姨過來。」他說。

可是她認為可以等到早上再找產婆過來，她也跟丈夫這麼說。生完第一胎之後，她就發誓不要再生了。單是一個就已經要她投入全部的自我——徹底的、每日的全心奉獻，可是後來又生了第二個，再來是第三胎，現在是第四胎，儘管她做了防護措施，靈魂彷彿還是硬要到世上來，要求被賦予生命。她準備向註生娘娘祈禱，祈求她將福分送往其他地方，她丈夫也同意了，讓她覺得真是萬幸。

她用毛巾緩緩畫圓，看著他背部肌膚綻出朵朵粉紅。也許她最後會像鄰居的母親那樣，一路生到將近五十歲。那女人的胸脯就像流浪狗的奶頭，懸垂在薄衫後面。

她暗想，四個孩子就將近一窩了。

「好了。」蔡醫師說。他用水沖淨自己，將髮間的水甩掉，一手小心翼翼探進浴缸。手抽回來，一片亮紅。「啊。」他滿意地說，然後踏進水裡坐下來。

麗敏吃力地站起身，臉上因為汗水跟蒸氣而發亮。

「對我來說太熱了，我受不了。」她跟丈夫說。

香菸小販緊抱腦袋，手指黏膩地沾滿了血。痛楚以緩慢的波浪漫過頭顱。在那片混亂中，她想像自己聽見了自家孩子的尖叫。

在陣陣咒罵聲中，群眾憤怒地湧向專賣局的查緝員，查緝員被逼到寡婦倒地的身體附近，舉腳踢她。查緝員眼神狂亂，揮舞著手槍，威脅要射擊，但群眾的吶喊淹沒了他們的話語。

人們遲遲不肯撤退，有些人掙扎著想到流血的香菸小販身邊，其他人則在暴怒中頻頻往前推擠。查緝員開槍，群眾潰散逃逸，裂成百個碎片。

麗敏在走廊上踱步。

產婆跟她說過，會覺得後悔是自然的事，可是這個說法消除不了她的內疚。狀況最糟的時候，就是在每個寶寶出生後的最初幾個月，那時她總是忖度，把這個新生兒帶到世界上，是否等於對他下了什麼詛咒。

水聲潑濺的嘩啦聲偶爾從浴室門後傳來，除此之外，整個人在浴缸裡泡到脖子部位的丈夫悄無聲息。

這次有可能又會生兒子嗎？她希望是，倒不是因為她喜歡兒子。她丈夫是嚴肅跟堅忍克己的典範，她希望兒子能夠繼承這樣的特點，但她沒什麼可以教女兒的。她會教女兒夢想——例如，夢想成為畫家，就像她自己曾經受過的訓練——然後再教女兒怎麼放手。教女兒將自己關在陰暗的走廊裡，欣賞光線如何透過紙門篩出，同時知道把這樣的景象移至畫布上是毫無意義的。她頭胎是女兒，才十歲大就可以幫忙張羅簡單的飯菜、洗衣服、照顧弟弟。麗敏不知道怎樣給她更多。

上一次，產婆說蓖麻油可以讓寶寶更快出來，可是商店已經打烊了。

她聚精會神，每一步都穩穩踩在地上，感覺木頭最初碰到肌膚時的涼爽以及後來的溫熱。她全心神都放在雙腳上，試圖忘卻痛楚。

查緝員踉蹌穿越街道，躲進派出所等待，已經有人叫憲兵過來。

密密擠擠的一群人做鳥獸散，有個男人倒臥在地，鮮血如注。旁觀的人把他翻過來，看到彈孔滿是血。他們無助地叫喊，拿某人的襯衫壓住傷口，感覺襯衫逐漸變得沉重濕漉，眼睜睜看著男人的眼神變得茫然，嘴巴鬆開。有人攔下人力車。駕駛一看到死去的男人，就搖頭揮手表示抗議。「噢，不行，我才不載死掉的客人。」他踩著踏板離去。

兩位好心人用襯衫綁成擔架，扛走了屍體。

憲兵到了，群眾催促他們當場將凶手就地正法，凶手正畏畏縮縮躲在派出所裡。憲兵保證會在總部伸張正義。

正義。這個抽象的字眼。群眾猶豫不決地讓專賣局的查緝員被護送著離開。但旁觀者的怒氣需要釋放，他們拉開查緝員棄置的卡車車門，洗劫了後座，將車內找到的東西堆攏一起，生火點燃，烈火飢餓地劈啪作響。

他們依然激動難抑，將注意力轉移到卡車本身。他們猛晃卡車，直至卡車翻覆，一側的窗玻璃撞得粉碎。

麗敏的丈夫睡了，但她難以成眠。她在他身旁坐起來，在黑暗中感覺胎兒重量抵住她的骨骼。如果她當時起身下樓，聽聽廣播安定心神，可能會聽到這則新聞。

烈火一直燒到熄滅，最後在路面留下一團灰燼。

2

到了早上，麗敏感覺自己的骨盆即將分離，迎接新生兒。這個生物在她體內移動，往下沉降。胎兒算是生物吧？她暗想。啃蝕著她的小小怪物。兩個月前，她失去一顆牙。那顆牙放在掌心裡，半透明，幾近灰色。「別擔心——」她忍不住注意到丈夫安慰她時，語氣裡流露出柔情的斥責——「寶寶不會吸光妳的骨髓啦。」

兒子們在樓下放聲尖叫，她女兒要他們安靜，她真乖。遠處有人猛力敲著診所門。地板跟牆壁悶住了混亂，只傳來轟隆隆的聲響。也許產婦到了。那個女人很有效率，做起事來一板一眼。一個習慣在不受傷的情況下見血，並把雙手用力探進那種最私密也最奇蹟的時刻，這樣的人擁有不一樣的心靈。

我母親舉步維艱走向梳妝檯，從凳子上那疊衣服裡抽出毛衣，勉強套上。毛線勒住了她，她這才意識到自己的胳膊浮腫多少。

每走三層階梯，她就痛得扭起臉來。到了某個階段，身體好似快速滾向懸崖的大石：痙攣越來越密集，強度也越來越高；她心跳加快；她抗拒不了迫使嬰兒出來的衝動。一個無法逆轉的路線。診所安靜下來。她路過飯廳，兒子們趴在榻榻米上，蹙眉玩著桌上遊戲。

「阿姊呢？」她問。

「在廚房。」大兒子說，盯著桌遊不放。

她發現女兒在爐子邊想添燃料，但頻頻打嗝讓她無法成事。她在哭，正用衣袖抹著鼻子。

媽媽輕撫女兒的頭髮。「怎麼了？爸爸呢？」

阿姊眼睛濡濕，視線轉往連接診所與住家的那道門。

「被他罵了嗎？」

阿姊搖搖頭，不肯多說。麗敏才走兩步，雙腿突然濕透了。

她希望門後的另一個人聲是產婆。

在診所裡，她丈夫正跪在一個男人身邊，男人的鮮血穿透診所病床的竹蓆往下滴落，在地板擴散開來，浸透了她丈夫的膝頭。一聞到金屬般的怪味——這股氣味比市場上的豬頭鮮血放光、蒼蠅停在睫毛上；比對自己濃稠經血的遙遠記憶，都還糟糕——她強壓作嘔的感覺。丈夫猛地頭一偏，狂亂的目光對上她的眼睛。

「怎麼——？」她幾乎無法把話說出口。

他厲聲說：「現在不要。」

她注意到有個男人站在陰暗的角落裡，窩在顯微鏡桌跟書架之間，一臉悲慘、震驚跟無能。

他瞥了瞥她，然後蹲下來抱住頭。

她丈夫的世界就是一隻胳膊的長度可以畫出的幅員：他跟他的病患。她丈夫憤怒的強度，幾乎比鮮血讓她更憂慮。她踉蹌走回廚房，發現阿姊掙扎著要弄熱水壺。

「他死了嗎？」阿姊啜泣。

「去照顧妳弟。」她一把抓住水壺，放回逐漸冷卻的爐上，然後跛著腳走回診所。丈夫把受傷的男人撐到側邊。她想起丈夫說過，要讓傷口高過心臟。男人現在面對牆壁，她看出胸膛上的黑結，原來在背部扯出了紅腫參差的大口。她丈夫已經把傷口周圍的外套剪開來，一條條沾血的碎布軟趴趴懸著。

抵住出血處的那團碎布已經整個濕透。丈夫拿了厚厚一疊新紗布壓在舊繃帶上。血很快滲了過去，在白底綻出紅來。男人閉著雙眼，嘴唇發藍。她確定他已經死了。她注意到用過的針筒丟在病床旁邊的托盤上，最後一滴液體凝在針尖那裡兀自鼓脹。

「他是在總督府前面中槍的。」另一個男人主動說。即使他不因擔憂而揪起眉梢，也長了一副感傷的面容，臉頰厚重、雙眼下垂。她起初以為他雙手上的點點斑塊是雀斑，現在才意識到是乾掉的鮮血。

「為什麼？」她脊椎抵在門柱上，還沒離開門口給人安慰的倚靠。她可以輕易遁入廚房，關起門來，再次存活於生命才是首要的世界裡，而生命就在她的體內搏動翻騰。

丈夫要他們安靜。他蜷起手指，輕巧扣住男人的手腕。他只從鼻孔一次的快速賁張裡，表現出自己得知的訊息。她納悶，這麼無動於衷又有什麼好處？然後馬上提醒自己，沉著的，甚至是超脫的頭腦，正是醫生的天分。

「子彈裂成好幾片。」他說。

角落裡的男人像貓一樣呻吟，然後靜默下來。

她忍不住覺得，在這種時刻裡，生產感覺幾乎是魯莽的行為。她不帶憂慮地靜靜告訴丈夫，她要叫阿姊去找產婆過來。

角落裡的男人意識到她有孕在身，變了表情，恐懼燃亮他的雙眼。「妳女兒？不行，我去就好，他們在街頭到處開槍。」

她的骨骼正在擴張，寶寶堅持不懈。她聽不懂他講的話。

「誰在街頭到處開槍？」

他跟她說起公園裡的寡婦、早晨的抗議、有人掛起主張「中國豬」滾回中國的布條——再來是火車站跟總督府前面的掃射——他跟友人當時就在現場。眼前這位像個舞台布景裡被硬撐起來的稻草人，就是他朋友。

「這種事必然會發生。」丈夫輕聲說。對，她默默表示同感。她想起日本人兩年前離開以後，市場上越來越稀少的物資，還有她路過中國國民黨士兵的戒備目光時，感覺多不自在。她可以感覺到城市的緊張：她拉緊皮包、聳起肩膀、別開視線。

丈夫在男人肩膀下面塞進捲好的毛巾撐起他。她勉強可以看到男人胸膛的起伏。

「我去找產婆。」受傷男人的朋友又說，彷彿這趟跑腿是他唯一能負擔的醫藥費。麗敏看出他多麼急著想離開，也納悶他到底會不會回來。丈夫把地址給他，男人悄悄離開。

她在樓上自己床上等待，扭著臉、焦急不耐。男人還沒回來，都下午了。最後，丈夫來了，雙手早已刷洗到泛紅，但她發誓自己看到丈夫指甲底下有那位傷患的鏽色乾血。

「快洗手。」她說。她希望自己的恐慌顯露在外只是心煩。他不當回事地點點頭，拉張椅子到床尾那裡。

「他人呢？」她問。

「我想，」他說，「我們只能靠自己了，所以開始吧。」他確定她可以看出他話裡的勉強。他沒有十足把握。他沒告訴她，這並不在他的計畫裡，也沒告訴她，他剛剛在樓下的診所裡，忙著翻閱醫學院時代的老教科書，快速複習了一下產科學。他彎起她的膝蓋，撩起裙子。

「也許你應該叫你妹妹來？」

他笑了。「我們自己處理會比較好。」

「你會需要我幫忙的。」她說。

他把她的裙襬推到臀部那裡，將她的雙腿分開。

「多大了？」她問。

他用食指跟拇指畫了個圓。「跟——蜜棗差不多吧。」

「蜜棗？」她簡直想大笑了。「等到有榴槤那麼大，再來擔心就好了。」他沒回應她的笑話。又一陣痙攣揪住她，狠狠擠掉她的幽默，她小心吐氣。怒氣隨著痛楚一擁而上。雖然尿意強烈，但她並不認為是真的。那種緊縮的感覺再次緩解時，她咯咯輕笑。

「怎樣？」他漫不經心的問題飄向了她。

她不知道自己為何笑。眨眼間，腦海裡浮現了樓下受傷男人的影像。不久，她自己的血也將要浸濕這個床鋪。她用意志力把那個思緒驅走，可是它很倔強，以黑白的影像再次回來。

她的頭胎——我阿姊，是日本攻入南京那年出生的。日本報紙都寫說這是一場勝戰。勤奮的士兵除了番薯之外無糧可吃，拉出來的屎全是橘色的。橘色的屎——象徵著軍人對人民獻上的祭禮。中國國民黨來到台灣時，帶來了不同版本的故事。他們語帶控訴把照片塞到台灣人眼前：婦女被矛刺穿陰道、割下的乳房像棒球一樣被拋來擲去、屍體堆疊在河畔、砍斷的頭顱插在木樁上作為警告。國民黨把台灣人的無知當作受日本人洗腦的進一步證據，不是以得到解救的同胞來看待台灣人，而是把台灣人當成被征服的仇敵。我母親試著把女兒血淋淋躺在她胸前的記憶，從其他影像汲取出來。有些血是好血，她提醒自己。然後她頓時想起被她上一個奶大的孩子吸走了所有痛苦。她內心掙扎起來：別再想了。

丈夫把手貼上她的膝蓋並說：「專心點。」她把視線集中在掛在床鋪對面牆上的炭筆肖像。是她的丈夫。是她某天親手畫的，當時她仍對自己新婚的丈夫感到不解，那天盡可能靜靜坐在診所裡觀察他。她漸漸熟知他的習慣——他閱讀時會咬手指角皮，在門口脫下鞋子後會將鞋頭向外整齊排好。她可以重播他起床到就寢之間的所有作息，就像電影一樣，鉅細靡遺到他排便的時間都不遺漏。但是對她而言，他依舊像蒙了層紗似的。她意識到，她喜歡他在某方面是不可知的，這點讓兩人共度一生這件事變得足以忍受。

再一次的宮縮讓她痛苦不堪。她本能地吸氣，他提醒她要吐氣，然後瞥了瞥手錶。

「叫阿姊上來，你應該去看看——」她頓住，彷彿不確定該怎麼稱呼那個瀕死的男人——「你的病人。」

他猶豫起來，她要他放心。「這種事我做過三次了，不用擔心我，老公，去看看你的病人。」

男人死了。

陌生人跟轎夫拖著受傷男人進來的那一刻，蔡醫師就知道這男人難逃一死。男人失血過多，因為休克而臉色蒼白。蔡醫師真希望他們當初去了大醫院，而不要用這個鐵定死亡的病例來詛咒他。

死者的朋友回來以前，他不能擅自處理屍體。他拉著凳子上前細看男人。子彈還留在體內。他知道取出子彈會進一步損毀身體，反而得不償失，但男人都死了。他戳弄傷口，取出一塊彈片。真的如同那個朋友說的——開槍的人用了空尖彈嗎？他對槍枝所知甚少，只知道自己孩提時代讀過的軍事書籍。他記得，海牙公約嚴令禁用空尖彈，因為這種子彈會在人體內以極不人道的方式炸開。這種子彈也叫達姆彈。

他把手伸進男人口袋，找到一只銀色卡匣，裡頭有一打相同的名片。男人是高中校長，如果那個朋友一去不返，至少有個地址可以循線追查。名片最後面是張手工上色的照片，照片裡是個臉色明亮的女人，她的名字用墨水草寫在相片背面。他把卡匣放回外套口袋，嘆了口氣。雖然他不相信看到屍體會招來霉運這類迷信，但還是抖開一張床單，望著床單像鳥兒停棲下來那樣，掩住屍體。

他聽見街頭傳來擴音器的回音。他走出診所，先越過碎礫庭院，再穿過木頭柵門。街頭不尋常地空無車輛。三輛軍用卡車成群沿著道路緩緩行駛，卡車側面的美國陸軍徽章勉強用一層薄漆微微掩住。原來宣布事情的聲音是從卡車上傳出來的。直到卡車駛得很近，他才拼湊出那些嘎嘎作響的中文、台語跟日語，內容是說傍晚六點就要開始宵禁，違者當場槍決。

蔡醫師悄悄回到院子裡，滿心恐懼，趕緊把柵門關起。他明白，產婆是不會過來了。

3

「幫我清一下眼鏡。」蔡醫師命令女兒。她拉下他霧濛濛的眼鏡時，世界暫且朦朧成一片，讓他鬆了口氣。女兒的動作模模糊糊，輪廓也像是糊掉的素描，可是他聽到她速速哈了兩口氣，接著是布擦過鏡片的嘎吱聲。她替他再把眼鏡戴上，迎面就是她紅通通的圓臉，流露期待跟順從。他一時心驚。他納悶，她什麼時候開始有了年輕女子的模樣？她的手腳甩掉了大部分的嬰兒肥，女衫底下有了適度的一雙隆起。

麗敏淌著汗，有點不知所云地說：「寶寶要回去了嗎？」

「回去？」

「要出來了嗎？還是回去了？」她咬緊牙關，拉長了呻吟。

蔡醫師蹲下來。寶寶似乎卡住了，潮濕溫暖的腦袋抵著妻子的身體使力著。他想也許可以把手指探進去，催寶寶出來，但她的皮膚扯得很緊，沒有了彈性。

「你這個沒用的混蛋，幹麼不想想辦法？」

蔡醫師的教科書裡沒提到妻子恐怖的哀號，或是她似乎針對他而來的怒氣，以及在她體內抗拒著的寶寶。稍早，為了讓她心情平靜，他給了她一杯威士忌，聲稱是教科書建議的，然後心虛地看著她嘔出來，吐在洋裝前襟。

「剪出來，沒空間了，快剪，鍾阿姨都這樣。」她喘著氣。

這些指示以塊狀文字的形式重返他的腦海：

嬰兒的腦袋不再撤退，就是所謂的「著冠」。現在，為了母親著想，要避免繼續使力。醫生可以問問有否「火燙」的感覺，那就是母親應該放鬆，並讓宮縮完成剩餘生產過程的信號。

在這個時間點，醫生也可以選擇剪開羊膜，讓嬰兒可以更輕鬆地穿過。

「拿我的剪刀來，小的那把。」女兒在他的提袋裡摸找的時候，妻子就像陷入譫妄狀態，扭動不停的瘋女人，喃喃說著：「快剪，快剪。」阿姊終於找到那把剪刀了。「用酒精先擦過。」她消毒剪刀的時候，濕透的棉球一面滴著酒精。她那雙小手裡的潮濕刀刃在檯燈下發出閃光。他在她臉上看不到恐懼。蔡醫師緊張地安靜著，看著妻子抓緊毯子。他觸診她的腹部，在她放聲叫嚷的時候，他不禁畏縮一下。

「你真該死。」妻子低嘶。蔡醫師從女兒手中接過剪刀。

我在一九四七年三月一日午夜剛過的時候出生。我的出生沒什麼驚天動地之處。我呱呱落地時，眼睛既沒有違反自然提早睜開，也不像少女神媽祖那樣一聲未啼。我就跟街頭野狗一樣，對著這座靜默的城市高聲哭嚎。

爸爸把依然血淋淋的我擱在媽媽的胸膛上，把他製造的傷口縫合起來。我姊姊提著燈給他照明。他的雙手穩健，縫得小心細膩。

我媽媽一邊乳房感染，血管擴張，紅得像一束紅珊瑚。疾病讓這團混亂更加瘋狂。熱汗濕透她的衣服。廣播電台在政府的管控下，謠言滿天飛。傳說我出生那天，火車站跟美國領事館前面發生掃射濫殺。傳說為了阻止新總督陳儀的軍隊北上，市民拆掉了鐵軌。傳說士兵使用國際禁用的空尖彈。傳說軍方不分青紅皂白射殺市民、總督府前搭起刀片拒馬、憤怒的台灣人將中國人丟下行駛中的火車。種種傳聞透過庭院柵欄悄聲傳遞，米商在自家店面後方的門廊上會提起，豆腐攤販大膽地推著車獨自在巷弄間穿梭時也會講起。唯一確定的事就是斷電，使得收音機斷斷續續，就像鬼魂活過來似的，然後再次跟著熄滅的電燈一起陷入死寂。

我爸爸蔡醫師勉強守住關於死去男人的祕密，直到寶寶出生為止，可是我媽媽在發燒的時候，會想起樓下有個屍體伴著她逐漸僵硬。她知道爸爸拿消炎藥回來給她的時候，會經過那具屍體；他回到樓上時，身上就籠罩著死亡。她閉上雙眼，將頭別開。

阿姊端湯給媽媽時，兩個哥哥揪住她的裙子不放。三個孩子瞅著新生兒直看。單是瞧一眼，對我哥哥們就夠了，媽媽臥床那段時間，他們盡情享受沒有父母監管的時光。整整兩個下午，他們翻遍了媽媽的美術用品，磨光她的鉛筆，把她的顏料泡在水裡，撕掉素描本的紙張，最後阿姊逮到他們，替生病的媽媽打他們屁股作為懲罰。

然後還有寶寶（就是我）惹出來的麻煩：我是個倔強的娃兒，任由乳頭搔過口腔上方，卻遲遲無法扣住。爸爸拿碗，親手幫媽媽把奶擠乾，我則因為肚子餓而哭嚎。

三月二日，那個一臉消沉的男人回來找朋友。他在診所門口一次次喃喃道歉，但爸爸只指指床單掩住的屍體，他便安靜下來。男人打起哆嗦，開始瘋狂踱步，一面嚷著：「不、不、不。」他蹣跚走向遺體，一聞到臭味，便往後踉蹌，動作幾乎帶有喜感。

爸爸並未試著安撫他。他走到外面，給男人私下表達悲痛的空間，讓他哭到力氣耗盡為止。最後男人用衣袖使勁揉著眼睛，走出來。

「什麼時候的事？」男人問。現在他幾乎沒辦法抬眼去看罩著布的遺體，陰暗診間的一塊白。

「你離開沒多久。」爸爸要給他一根菸，他拒絕了。激動的淚水過後，每口氣都以筋疲力盡的嘆息收尾。爸爸長長吸了口菸，然後吐出來。「是誰開槍打他的？」

男人搖搖頭，但還是開口說了。他說他們在廣播上聽說菸販寡婦的事。有人起來號召大家遊行到行政長官公署，要求懲罰涉案的查緝員。他跟朋友討論島上的腐敗情勢好幾個月了。人民終於要採取行動；他們想當然決定要參加那場抗議活動。

「想當然。」爸爸附和。

他們以為只要擠滿廣場，放聲吶喊，新總督可能會出面跟他們談話。他們萬萬沒料到士兵會圍成人牆，揮舞著槍枝。群眾無意引發流血衝突，但士兵還是開槍掃射。

爸爸繼續平靜地吸菸，不曾流露胸中湧現的怒氣。他心想當權者真是愚蠢至極——他們難道不明白，這樣的行動只會刺激更多人起身反對他們嗎？屠殺或許會讓人噤聲，可是隨意掃射會激發熱情。他判定，這就是人類行為的真理。對他而言就是如此。他認為這就是時代精神。空氣裡瀰漫著不滿，爆炸只是遲早的事。

那天下午稍晚，男人帶著朋友們回來，合力扛走遺體。他們借用某人的卡車，將友人的遺體放在車斗上，溫柔地整理裹身的床單。

為了平息動亂，新總督召開溝通會議。民眾以為這是正大光明的事，對這種突如其來的懷柔手法不抱任何懷疑。媽媽因為畏寒而發抖，發燒的汗水濡濕被褥。我哥哥姊姊從暴動首日以來就沒再出過門——整整五天——他們以小孩那種破壞力十足的方式騷動不安。他們瞥見壁虎，殘暴地對那隻可憐壁虎窮追猛打，都把樓下一扇紙門撞破了。儘管自家屋簷下一片混亂，爸爸還是穿上外套、戴好帽子，交代姊姊守著我媽媽，然後獨自踏出家門。

那個星期二早晨，爸爸踏進台北市的時候，幾乎認不出這個地方。他一走出我們社區狹窄擁擠的巷道，在這裡，窗戶用窗簾掩住，或是釘上毛巾跟舊襯衫，低聲下氣表達自己靜默的無辜；他發現寬闊主街上將近一半的建築都用木板封了起來。匆促漆上的標示——破爛的布條掛在窗戶跟門口上方翻飛——有的要求正義，有的咒罵那些建築裡的居民是「中國豬」。那些海報要求：滾回去！木屐的喀答聲從匆忙路過的婦女腳上傳來（當初日本一投降，這種日式木底涼鞋突然變得可疑起來之後，他就再也沒有聽過這種聲音），向憤怒的台灣人傳送訊息：**我是你們的一份子，別打我啊**。軍用卡車像是鬱鬱寡歡的野獸那樣駛了過去。

這一刻，我真想橫跨幾十年的光陰，呼喚出聲：「爸爸，快轉身，回家吧。」

他繼續走著。

幾千個人因為滿懷期待而腸胃翻攪，擠滿了悶熱的會議廳——一年半以前，日本人就在同一個空間裡簽署放棄這座島嶼。爸爸擠在眾人之間。新總督的手下各踞領導的一側，好似一排肅穆的法官端坐台上，槍聲在門後的廣場上啪啦作響的時候，他們依然一派淡定。爸爸注意到，即使總督陳儀將軍並未露出笑容，但微胖的臉龐卻一副饒有興味的模樣。站在會議廳地板上的人們，脫下外套、捲起衣袖，提出了要求。

「釋放誤捕的市民！」

「終結武裝巡邏！」

「恢復通訊！」

「真誠協商：別再派軍隊！」

爸爸朝著高台擠去，要求也要發言。

坐在新總督右側的男人指著爸爸，會議廳靜了下來。

「午安，我是蔡醫師。」這是爸爸的顛峰狀態，講起話來清晰有力，手臂放鬆貼在身側，端正站好，彷彿正直讓他內在的一切都適得其所。

爸爸用穩定的視線跟聲音，談起了蔣總司令跟美國之間的友誼。他說既然民主國家出錢資助對抗共產黨的戰事，中華民國也應該在這座島上施行同樣的原則。他主張，台灣人有權在新政府裡擁有代表。那個星期，美國式民主的修辭不絕於耳，甚至有卡車到處高聲播放美國國歌〈星條旗〉。美國在戰後對於支持民主的宣傳活動，讓人印象頗為深刻，這座島嶼剛剛脫離日本的殖民掌控，一直深信那套價值。私底下是理想主義者的爸爸，也如此深信不疑。

群眾表示同意，在他四周再次放聲吼叫。陌生人的手拍上他的背。他不認識的男人們向他致謝。在那片騷亂中，有個聲音唱起歌來：「勝利的星條旗將飄揚……在自由的土地跟勇者的家園上！」

幾天過後，爸爸將會發現，美國對這場島嶼動亂的回應是：「這裡現在是中國了。」

4

爸爸準備了米飯、涼拌海帶跟炸魚當晚餐。媽媽走進飯廳時，最小的哥哥二兄喊出聲來。這還是她生產過後頭一次下樓。二兄連忙爬過大哥的腿要到媽媽身邊來。

「小心寶寶。」她說。

另一個房間播放著音樂，是歌手純純的專輯。是我父母經濟較拮据、只有竹針可用的時期就有的唱片。爸爸對著自己微笑，替媽媽盛飯、邊哼著歌。

媽媽把我擱在膝頭，小心不讓飯粒落在我身上。阿姊放下自己的碗，手指伸過來搓揉我的鼻子。「小寶寶。」她柔聲哄著。才一個星期大，我已經是個頂著一叢黑髮，老用鼻子哼氣、臉上有皺紋的小東西。我胡亂揮舞著手臂，拍打姊姊逗弄的手指。

「夠了。」我疲憊的母親說著，比了比筷子，叫阿姊退開。

我還沒有名字。因為祖父母在戰爭期間就過世了，由我外公按照我出生的日期跟時間、生肖，也許還有他抱著我時注意到的任何潛在缺陷，來決定我名字的寫法。可是這個儀式（即使對我實事求是的父母來說也是神聖的）要等到這陣子的混亂結束，火車復駛以後才能舉行。大家暫且叫我「寶寶」，或者乾脆叫我「小怪物」，讓我看起來沒那麼吸引人，免得有惡靈會把我偷走。

我們家位於貫穿城市的南北向大道旁，這條馬路有一天會被賜與最高榮耀，以這個共和國建國之父的名字來取名，美國捐贈的吉普車（匆促上漆以便遮掩原本的來歷）現在就從這條馬路隆隆駛入台北。

媽媽要我哥哥們靜下。父親困惑地望著她，接著他也聽見槍響了，清晰的答答答，即使沒經歷過戰爭的人也認得出來。

「媽——」阿姊哀鳴。

「安靜！」爸爸警告。長長的沉默吞噬了這棟房子跟整座城市——然後槍響再次打碎那份寧靜。之前那種斷音般的射擊，帶來的是無差別的恐怖，但是這些單一槍響之間的安靜空白，透露的是駭人意圖：個別男人成了標靶。

爸爸跑往另一房間，把唱針從唱片拿起來，扭開收音機，電台正在播巴哈的〈賦格的藝術〉。沒有新聞。他關掉收音機，回到家人身邊。妻子兒女仰望他，既害怕又期待。他們的飯菜沒動，看起來像是上了釉的人造東西。他不發一語舉起手，熄了燈。

在黑暗中，爸爸跟媽媽說起他聽過的謠言。他原本不希望在孩子面前談這些，但他別無選擇。第一則傳聞來自新總督本人，說新總督已經聽到在市政廳禮堂裡舉行的會議所提出的要求，承認自己在管理新省分時的瑕疵，承諾妥當處理。另一項謠言此刻逐漸成真，就是新總督氣急敗壞懇求總司令蔣介石派遣更多軍隊前來，協助控制島上的「局勢」。

「控制什麼局勢？」媽媽低語。

「阿敏——」爸爸親暱地喚她的小名——「他們認為我們像日本人，而不是中國人。兩年前，他們把我們當敵人，現在還是。」

縱使媽媽用溫暖的雙手溫柔地搖著我，我還是哭了起來。她把我貼上她的襯衫，發出噓聲要我安靜。

「餵她吃奶。」爸爸催促。媽媽拉開襯衫，將胸脯推向我。我哭得更大聲了。阿姊現在確定士兵會發現我們，然後殺了我們，也開始放聲大哭。

「停，」爸爸揪住阿姊的胳膊，「安靜！妳知道他們會怎樣嗎？要是——」他制止自己，轉向媽媽。「把她交給我。」

媽媽再次把我壓向她裸露的胸脯。「不要，」她抖著聲音，「她會吃奶的。」

槍響再次撼動暗夜。我放聲尖叫。阿姊在地上蜷起身子，用手臂摀住自己的啜泣。我大兄現在擁住二兄，貼著他的臉頰喃喃低語。

「把她交給我！」爸爸扯扯我的毯子。媽媽柔聲抗議，泫然欲泣。她再次把我湊向胸脯，我終於乖乖接受了，發出連聲嗆嗝與嘆息。

其他家人陷入靜默的恐懼。到了半夜，槍聲靜下，連士兵也需要睡眠。我們也睡著了——焦躁、不安、寒冷。

是真的：總司令派來更多軍隊，他的信念是：「寧可誤殺一百，不願錯放一個。」謠傳說，這些軍隊還沒下船，就已經開始掃射海岸。

或許總司令也有錯，因為他聽信謠言，比方說，二二八的抗議行動是遭到共產黨間諜煽動，而不是由心生不滿的市民所發起。

不管怎樣，每一天、家家戶戶都有男人開始失蹤。

三月十日，空中飄下紙來。有如巨大的雪花，那些紙張冉冉飄進我家庭院，或是插在灌木叢上，或是掩住地面的碎石。我父母嚴禁哥哥姊姊去外面，免得流彈射穿院子柵欄，於是阿姊羨慕地看著爸爸走到屋外撿拾紙張。

爸爸把那些紙張丟在桌上。每張紙都印著相同的內容：針對二月最後一天以來所發生的種種，總司令提出官方說法，並說明新一批軍隊抵台的緣由：

務希台省同胞深明大義，嚴守紀律，勿為奸黨所利用，勿為日人所竊笑，冥行盲動，害國自害，切望明順逆，辨利害，徹底覺悟，自動的取消非法組織，恢復地方秩序，俾臺省同胞皆得早日安居樂業，以完成新台灣省之建設，始能無負於全國同胞五十年來為光復臺灣而忍痛犧牲艱苦奮鬥也。

那天，為了給予總司令的話應得的待遇，爸爸教我的兄弟姊妹怎麼摺紙飛機。

幾天過後，有人輕敲家門，我父母猛吃一驚。指節敲在木頭上的纖細聲響告訴我父母，來者是友不是敵，不過爸爸還是先把家人趕到樓上之後才去開門。

訪客是爸爸的摯友蘇明國的姪子。他氣喘吁吁，涼鞋滾落泥地，顯然是匆忙間為了表示敬意，在踏上門廊前踢掉的。即使他可能才不過十三歲，卻跟叔叔一樣都有下垂的眼睛跟黑眼圈。

男孩說他沒時間進門。「車站貼出通緝名單，叔叔要我通知你，你的名字就在上面。」那些字句太過急切，沒有緩和的空間。

媽媽從樓梯頂端偷聽，又多等了片刻，男孩告訴爸爸，出席那場會議的很多男人已經逃出，但有更多已經遭到逮捕。

「叔叔也要離開了，他說你非走不可。他說先到觀音山等個幾天，再從淡水出海。」

媽媽走到臥房，從壁櫥櫃子拉下爸爸的行李箱——是他當初畢業時從東京帶回來的，然後開始整理行李。她雙手挪動著，心思籌畫著，但雙眼陰暗下來，看到爸爸此時尚未料到的景象。爸爸正上樓來要轉告她男孩說的話。

「妳在幹麼？」爸爸邊走進房間邊問。

「你得離開。」她細心地把襯衫放進行李箱。

爸爸膝蓋一推，關起五斗櫃的抽屜。「別再打包了。」

「你得離開，他們已經在找你了，我聽到他說的。」她無法面對他，於是再次拉開抽屜，開始把東西都扯出來。「你那條灰褲子呢？」

「別再打包了，我又沒做錯事，他們頂多問我幾個問題，就沒事了。」

她停下動作。是的，這也是爸爸的缺點：相信這世界跟他一樣理性。她一腳跨過那團亂七八糟的衣物，手臂環住他的脖子，嘴巴湊到他耳邊。「這次不會，沒這種好事了。」她感覺他的身體在她懷裡緊繃起來。

爸爸把她的手臂往下拉開。「去拿妳的金項鍊跟玉耳環，找一件我的白襯衫，縫進下襬裡。我一定要……找個東西。」飄忽的句子洩漏爸爸的心緒，媽媽聽到了。她對他認識太深，不可能忽略他朦朧眼神跟微繃嘴周所流露的恐懼。他們最初第一次起爭執時，他就是這副模樣，當時兩人才新婚不久，她對自己的暗沉臉色做了點自貶的負評，矜持地巴望他會用恭維來反駁她的話，當他表示同感時，她簡直氣壞了。

現在，她抖著手把珠寶縫進他的襯衫裡，一面後悔自己挑起那場荒謬的架。放在他們人生其他一切的脈絡裡，一個誤解的字眼又有什麼要緊的？有多少次他稱讚她美？她對他倆曾經有過的爭執都感到後悔。拉開距離來看，每次爭執看起來都很瑣碎。她屏氣，想鎮定下來。她對著縫線處低聲喃唸禱詞，期盼能在項鍊、耳環跟襯衫上注入保護的魔力。「保佑他平安，讓他安然度過危難。」她不知道自己在對哪個神或哪個女神說話——凡是願意傾聽的神，她都能接受。

她還是好好煮了晚餐，用掉剩餘的新鮮蔬菜跟最後一個魚罐頭，希望這頓飯可以傳達她說不出口的話。全家一起用餐。爸爸或媽媽都沒告訴孩子他就要離開。我在媽媽的懷裡睡著，二兄在爸爸的大腿間爬進爬出，然後晃過來拍拍我的腦袋。阿姊吱吱喳喳講著那天下午自編的海盜故事。

大兄認真地質問她。「壞心？有多壞心？」

「他的腰帶上掛了十把武士刀，都是從他殺掉的武士那裡搶來的。他砍掉人頭以後——」阿姊用手刀劃過喉頭的時候，假裝發出窒息的聲音——「根本懶得把血擦掉，只是拿另一把刀來對付下一個對象。」

「他的船多大？」大兄的筷子懸在半空，介於飯碗跟嘴巴之間。

「噢，我都忘了跟你講！他最討厭小男生了。他刀子上沾的血都是小男生的。他最愛下手的對象就是八歲小男生。」她對他挑眉。

她傳達這項資訊的態度如此鄭重，爸爸漾起笑容，但媽媽看出他嘴角的顫動。誰曉得追捕他的是哪種海盜，誰曉得他們嗜不嗜血。她在他發亮的眼睛中看出，他要把家裡每個人的臉龐細節都蝕刻在自己的記憶裡。她為了掩住自己的淚水，將衣袖舉到嘴邊，佯裝咳嗽。

我哥哥姊姊繼續抬槓，一直沒注意到父母碰也沒碰飯菜。

二月以來，可怕的黑夜威脅要無限期地驅逐白日，夜晚因此變得更加漫長，除了這個晚上之外。這晚過得太快。媽媽知道，一旦到了明天，這天晚上以及之前所有的一切，即將變得彷彿不曾存在過一般。

一大清早違合的敲門聲吵醒了父母。爸爸還來不及離開，警察上門了。

兩人相對呼出驚愕氣息。媽媽說她要去應門。「他們一看到寶寶，就會好心一點。」她說。

「他們會以為我是懦夫。」爸爸因為腎上腺素而發抖，吃力地穿上原本準備逃難要穿的服裝。

媽媽用長袍裹住自己，盡量把自己弄得一副邋遢跟無助的模樣。到底是誰更天真？自以為可以操縱這些男人的媽媽？還是相信行政當局不會錯亂到把他的批評當成「犯罪」的爸爸？他告訴自己，調查人員只要問五個問題，發現他是無辜的，就會放他走了。

敲門聲越來越堅持。

「從診所的門離開。」媽媽懇求。爸爸拒絕。他吻了她，唇上感覺到她太陽穴裡擔憂的搏動，然後快步走下樓梯。媽媽懷裡摟著寶寶，手忙腳亂追了上去。

爸爸猛力打開門。三個男人。媽媽往後會憶起有三個男人聚站在門口，黑色身影擋住了微弱的晨光；等她終於有勇氣重提舊事時，會再三強調同一件事：「他們年紀好輕，還只是男孩。」爸爸才講幾個字，那些男孩就把他撂倒在地，強行拖走他，媽媽支支吾吾抗議著。

她追了上去，越過院子、穿過柵門。寶寶在她懷裡嚎啕大哭，她的袍子鬆開了，她一直沿著巷子追過去。有個男孩終於轉身，毫不遲疑舉起步槍瞄準她。她不再奔跑，尖叫聲緩和成喘息。巷子盡頭，在兩側房子的陰影籠罩之下，有更多士兵將爸爸抬進卡車。此時，男孩才把步槍放下。

一九四七年三月十四日，我的父親失蹤了。

5

爸爸隔天早上沒回來，媽媽打破了坐月子足不出戶的原則。她仰頭盯著火車站的通緝海報，遇到另一個被拋棄的妻子，對方還不準備認定自己是寡婦，跟我母親分享了尋找失蹤丈夫的程序。

對方建議，第一站要到警察局。

一行眼色黝暗的女人零零落落走出門口，繼續路過隔壁的雜貨店，然後繞過轉角。她們客氣有禮地等待著，但其實內心多麼想要衝進警察局、跳過辦公桌，猛力撕扯檔案夾。每次詢問未果，女人們就沿著隊伍低聲傳話，說找不到某個男人，但每個還在排隊的女人依然堅信自己的丈夫會是例外。

三個小時過去了。媽媽把我留在家裡給阿姊照看。她對孩子謊稱**爸爸出門旅行了**。

去哪？阿姊問。

她想也沒想脫口就說：**東京**。

怎麼沒跟我們講？

但她只能說：**我不知道**。

阿姊繼續追問。爸爸的缺席已經變成次要：**他會帶紀念品回來給我們嗎**？

一定會。

媽媽的臀部因為久站而痠疼。她最後跨過門檻走進警局，面對一位疲憊的年輕警官，他敷衍了事隨便翻翻卷宗，告訴她警方一無所知，說他們手上並沒有我爸爸的紀錄。

「我親眼看到他被帶走的。」她語氣堅定地說。

「再說一次妳叫什麼？」警官問。他的語氣冰冷得讓媽媽及時恢復理智。「我可能弄錯了。」她喃喃。

她讓下一個憂慮的妻子上前取代她原本的位置。

有些妻子也宣稱美國領事館幫得上忙。媽媽跟其他婦女站在大門外面，頻頻向警衛求情。「想想你自己的母親，想想你自己的妻子，我家孩子很想念他們父親。」年輕男人的臉龐掠過一絲同情；正因為有領事館柵欄的保護，他們自己才沒成為失蹤人口。警衛彷彿了解，不幸也會沾染他們，於是臉上不露出任何關懷的神情，視線穿透婦女們。媽媽仰頭望去，窗邊站著人影，她知道屋裡的男人一定看到在樓下大門旁邊哭嚎的女人，但他們卻再次走進建築深處。

姑姑來到我們家，帶著用紙包著的一捆線香，以及木雕小神像。

「他們怎麼可以什麼都不做？」我媽媽對她嚷嚷。

「他們何必在乎？就跟其他人一樣，他們只想保護自己。」她把桌子拖過來靠牆擺好，將神像擱在上頭。點燃柱香後撲倒在地，乞求死去的雙親守護自己的兒子。姑姑癱倒在地禱告、一面涕淚縱橫打著嗝，大兄跟二兄緊攀著門口，看得目瞪口呆。哥哥們從沒看過這樣的景象。

姑姑終於坐起身來，衣衫凌亂、氣力耗盡，啞著嗓子說：「我怎麼沒早點想到？我認識一個算命的，他可以回答我們的問題。」

「算命的？」媽媽嘲笑，一面輕晃寶寶，「妳瘋了嗎？我沒錢可以浪費在騙子身上。」

「凡人現在幫不了我們，沒其他辦法了。」

媽媽再次想到在警察局前面大排長龍的婦女，還有在領事館大門吵吵嚷嚷的女人。要用多少代價才能換來希望？幾枚銅板嗎？媽媽搖著頭說好。

算命仙在河流附近的小街擺了張桌子，專事揭露人的命運，直至夕陽西下為止。姑姑跟媽媽乘著轎子來到這裡。媽媽頭髮跟衣服髒亂，蹣跚走向算命仙的桌子。算命仙注意到她逐漸凋萎的靈魂。那幾個星期裡女人們紛紛因為走投無路來找他，希望取得失蹤丈夫的一些線索，她也沒有兩樣。

他說：「妳印堂發黑。」

他的手越過桌面，執起她的一手，掌心朝上，攤平對著灰色天空。

他把手貼在她手上，然後閉上眼睛。好幾個粗繭磨著她的皮膚。

「他還活著。」他粗啞地說。

姑姑倒抽一口氣。媽媽抬起頭，終於正眼看著老人。他穿著鬆垮的棉衫搭睡褲，模樣就像苦力：前朝留存下來的人。他又懂些什麼？只不過因為臀部使不上力、肩膀虛弱，無法再做辛苦活，才找到這種賺錢的簡單方法。

「他在哪裡？」她疲憊地問。

男人仰望天空。城市瀰漫著死亡的臭氣，一陣微風突然揚起，顯示遠處還有一些無人認領的男屍。那股異味之所以在溫煦的日子從地面傳送出來，或許只是為了傳遞這個訊息：**這並不是一場夢**。

「我不知道。」

媽媽點點頭。他當然不知道了。那幾個星期裡，好幾千個丈夫陸續失蹤。有的是小至十二歲的兒子。或是兄弟。或是朋友。媽媽暗想，將教師、校長、學生、律師跟醫師——是的，舉凡有意見跟有能力發聲的人——一舉殲滅，想要重塑社會，還有更好的方式嗎？河流過去就是行刑場，一片片田野灌溉著鮮血，等待被發掘。日後的建築將會壓垮那些骨骸。

可是算命仙只是我母親倒數第二個冀望。最後的辦法是基隆港，根據傳聞，那裡已經成了水上墓園。

藍天清澈無雲；沒有東西能讓三月豔陽威力減弱。汗水順著她的脊椎淌下。在潮濕的空氣裡，腐屍臭氣恍如鬼魅，在她還沒看到河水之前就先朝她襲來。行刑理應祕密不公開，但潮水陸續將屍體沖往陸地，擠在碼頭那裡，卡在船體之間。平日熙熙攘攘的碼頭倉庫此時大門緊閉；雄偉的起重機有如史前生物那樣頸長身細，全都凝定不動；連大船似乎都陷入沉眠。有生意頭腦的漁夫自願用小船載客，賺取一點船資。母親招手喚了一艘過來，船伕在她踏上船的時候，牽住她的手。他像農夫一樣頭戴斗笠，面容籠罩在陰影裡，布巾遮住了眼睛底下的一切。她窩在船裡，懷裡摟著我，用手帕壓住口鼻，分泌的乳汁沾濕了女衫。

漁夫用一根長竿，駕著小船在屍體之間小心穿梭。在這裡，在巨大的船隻之間飄盪，碼頭看起來比她在日本大學畢業搭船返鄉那天還大。那天，她倚著甲板欄杆，胸口有種苦甜摻雜的痛，對著等待接風的人群揮手。她還沒看到自己的家人，可是她知道他們在。日本現在已經在她腦後，一段人生永遠過去了。

那天，她夢想著自己的未來時，從料想到今天這番局面。我母親掃視河面，彷彿這些腫脹的屍體彼此可以有所區別。她嚥下湧上喉頭的作嘔感。那些臉龐因為泡水脹成了一模一樣，她不理會那些臉孔，而是尋找明顯的微光，看看濕透襯衫的半透明縫邊裡是否透出了金項鍊。她呼喚了幾次，每一次漁夫都停下來船推推屍體，但總有點不搭軋的地方；頭髮太長；手錶錶面是方不是圓；長褲是棕色而非黑色。

他們搜尋了整個下午，最後漁夫終於說：「他不在這裡。」

母親在我上方屈著身體，寬慰又恐懼，貼著我身上的毛毯哭了起來。

6

爸爸在三名年輕士兵身邊踉蹌前行的時候，意識到自己扣錯了襯衫釦子。他很不高興。他就是忍不住要用手指撥弄底部那顆孤單的鈕釦，還有頂端那個空洞的釦眼。他想像鄰居一定悄悄看著，同情他，傻乎乎地這麼快被帶走，連穿好衣服的時間都沒有。士兵各用一手架在他的腋下，把他抬上了等待中的卡車。他終於在那裡重新扣好鈕釦。

拱在卡車車斗上方的帆布罩掩住另外四個男人跟負責監視他們的兩名士兵。爸爸坐在一名年輕士兵跟年歲較大的男人之間，男人掩面哭泣，除了散亂的幾撮白頭髮之外，腦袋光溜溜的。男人比我爸爸更措手不及——他只穿著睡衣褲，綻線的白汗衫跟廉價的手縫棉褲，褲襠開著，赤腳上沾著點點泥巴。

另外三個男人差不多一樣可悲，太快從夢中驚醒，進入全然的新世界。其中兩位穿著正式外套，彷彿清晨赴約的路上遭到逮捕，有張摺好的紙從一個男人的襪子裡突出來，支持了我父親的懷疑：「清晨會面」只是逃離的藉口。第三個男人窩在駕駛室邊，上翻的外套衣領跟壓低的帽緣完全掩住臉孔。他有可能在哭、在睡或是死了。

年輕士兵大剌剌露出無聊的表情。卡車搖搖晃晃駛過起伏不平的馬路時，他們跟著搖頭晃腦。

「又沒早餐吃了。」有個人發牢騷，然後咳出喉嚨裡的東西，接著掀起帆布蓋，往外一啐。

「反正我們今天晚上又要吃白菜，幹麼提前壞了自己的胃口？」

「又是白菜，媽的。」

有個囚犯從口袋拿出葉子包著的飯糰，遞了出去。「先生。」他用口音很重的中文說。爸爸對那個無用的舉動竊笑，他們都要被載去行刑了——何必那麼好心？

士兵瞥瞥同袍。這是什麼花招嗎？有毒嗎？他一把抓住，扯掉綁線，當香蕉那樣把裹葉剝開。豬肉跟米飯的香氣讓爸爸的肚子哭泣。士兵咬了一口，然後遞出去給同袍。他們輪流吃著，最後吃到水煮蛋黃，就是飯糰的美味內餡，嘴巴上沾了蛋黃細粉。第一個士兵像小老鼠似的，順著攤開的葉子小口啃著，把黏在上頭的剩餘飯粒清個精光。

也許賄賂這種策略還不壞。也許可以買到時間、自由、性命。爸爸摸摸襯衫的下襬，就是媽媽縫進金項鍊縫的地方。她珠寶盒抽出來的寶物，每每讓他驚奇。大部分都是她在他們結婚時得到的禮物。她跟他說過，她擁有的其實不多，可是每次她戴耳環或項鍊去晚宴或婚宴，他發誓他從來都沒看過。這條金項鍊沉甸甸扯著他的襯衫邊緣，重重地靠在他大腿上，似乎就像憑空出現般，來得正是時候。如果飯糰可以換到客氣，那麼金子能買到什麼？他們可能會當場放他走，他一個字都不會說出去的。可是要是不成功——如果他們拿了金子，還是不放他走——他會覺得自己浪費了妻子的好意。太冒險了。他要等更有權勢的人現身再出手。

指揮官們刻意讓士兵處在飢餓邊緣，讓他們保持憤怒跟機警，就像狗扯直了鍊子末端空咬不停。提供食物讓他們緩和，進入如幼犬得到飽足、準備小睡的狀態。其中一人閉上眼睛，靠著油布的堅硬框架，隨著卡車一路顛簸疾行，牙齒也跟著喀啦作響。

卡車終於停了下來。哭泣的老男人睡著了，他悶哼一聲，猛地抬起頭來。爸爸一直沒睡。在路上多一分鐘，他就多一分擔心。對於合法逮捕的想法全都消失殆盡。他們離市區越遠，越可能踏上死路。荒郊野外既沒有警局，也沒有法院。

隨著他們繼續前行，越來越亮的光線穿透帆布的接縫跟破洞。可是，士兵把罩布猛地掀開時，爸爸心還是一驚。太陽高掛空中，已經過了半天。士兵命令他們下車，爸爸僵著腿跳到地面。較老的男人需要人才能下來。他像孩子似地在士兵的攙扶下手腳並用爬下來。

爸爸很詫異地看到蜷起身子、翻高衣領戴帽子的男人也有了動靜。他沒死，也不虛弱或悲傷。他毫不遲疑從卡車一躍而下。他走向等候的這組人時，抬起頭，從帽緣底下瞥了我父親一眼，挑起一邊眉毛致意。是漁夫凱祥，爸爸替他孩子治過病。爸爸幾不可辨地點了一下頭回應。他知道最好什麼都別說。

「我要……小解一下。」老人用這麼客氣又可悲的用語求情，爸爸不禁畏縮了一下。

「媽的，」第一個士兵說，就是餓肚子又討厭白菜的那個，「憋住。」

「讓他去上，」第二個士兵說，「我也得上。還有人要上嗎？」

一聽到這個問題，爸爸突然也有了尿意。

「那邊。」第二個士兵揮揮步槍，指著路邊的整排甘蔗。山坡一側往上升起，上頭布滿灌木叢，另一側往下綿延，放眼種滿甘蔗。田野跟馬路之間有一條小小泥溝。他們全部背對馬路成排站好，正好是行刑的隊形，這樣未免也太可笑，於是爸爸婉拒。他在卡車後面等著，其他人在甘蔗前面列隊。

蟬鳴不盡，有如手搖鈴裡的籽兒，鳥鳴從田野深處傳來。突然間有人大叫，「不要！」爸爸看到第二個士兵消失在搖晃的甘蔗田裡。老男人正要逃跑。田野吞噬了掠食者跟獵物，外圍的莖桿抖顫著，逐漸靜定下來。可是，從甘蔗田裡飛衝出來的鳥兒看來，驚愕的觀眾依然可以得知那場追逐的路線。傳出一聲槍響，最後一批鳥兒成群飛了出來。

爸爸的嘴裡溢滿口水，所以這場遊戲是要這樣玩的。

「排好！」第一個士兵吼道。他朝著他們推擠步槍，彷彿趕集一群不受管控的豬仔，剩下的男人們排在卡車前方。

第二個男人回來了。汗水陰暗了他的腋下，臉龐一片濕亮。他獨自一人。爸爸跟凱祥互換眼神。爸爸提醒自己，什麼都別表現出來，他希望凱祥警覺度夠，跟他所見略同。不要眨眼、擠臉或點頭。他想到老男人的屍體化入地裡，改變了甘蔗的滋味，而唯一的目擊者們不久也將會死去。

7

他們爬坡行軍，穿過樹林，足足走了一個鐘頭，路過單間的磚造農舍，除了在庭院裡到處扒地的圓胖雞隻跟細心照料的瓜藤，農舍似乎已經荒廢。沒人敢討水喝或是要休息，雖然他們的嘴巴已經乾渴多時，而且唯一的食物已經在幾個小時前為了和解而犧牲。不管怎樣，士兵也沒帶水袋，跟他們一樣忍受乾渴。爸爸錯過了平日的早茶時間，腦袋覺得空空的。他把釦子解到了汗衫的高度，可是還是覺得熱。

疲憊消耗了他的恐懼。他的鞋子是用來走城市街道，而不是樹根漫布的山徑，他腳上有三處都磨破皮。也許士兵們打算讓他們累到死去。

不過，驚慌感偶爾再次湧上，他就會忘記自己的不適。他們會指控他什麼罪名？他要怎麼自我辯護？是因為那個男人死在他的診所裡嗎？他救助了國家的敵人——或者更糟的是，人民的英雄？或者他的罪行是用批評讓當局蒙羞？可是，那只是一個單純無名的醫師所發表的言詞。他並沒未啟發一場革命。他只是指出他們修辭裡的虛偽。他只是陳述事實，而非觀點。

他們似乎橫越了好幾座山丘，現在不再往上走而是朝橫向走。這條路徑似乎有點人跡，在陽光之間進進出出。霧氣籠罩山谷，我父親想起妻子跟孩子就在山下，在成千上萬不知情的人們之間。他意識到自己不會看到孩子的臉孔漸漸堅硬成熟。他們會擺脫哪些稚氣的習慣？有哪些會延續到成人階段？阿姊——台北受到美軍轟炸後，看到地上布滿死鳥，樹上掛著屍塊，以助手身分陪他出診，卻毫不畏怯——最後會成為優秀的醫師嗎？個性嚴肅的大兄——他適合什麼職業？二兄的莽撞傻氣只是四歲孩子的無知，還是天生永久的特質？最後，是他才幾個星期大的么女——她說出口的頭一個字會是什麼？她會叫什麼名字？

還有他妻子。士兵把他拖走的時候，他聽到她在背後放聲尖叫，他當時希望她別再叫了。他希望轉身告訴她，他不會有事，告訴她孩子們至少需要有個家長是安全的，可是那時其中一個男孩低吼：「你早就死了，繼續走就是了。」他依然能聽到她快步疾走的回音。

他強忍從山丘一躍而下的衝動。

最後這群人來到一處空地，周圍有磚房跟講究細節的園子。

士兵把他們帶進一間房子，命令他們走進臥房。日式的半簾掛在原本該是房門的地方。

「待在這裡，我們會回來找你們。」

四個男人（爸爸暗想，是不吉利的數字「四」）在房裡各自散開：兩個男人靠在床上，床上堆了毯子；爸爸待在椅子上，凱祥坐在泥地上。

沒人講話。心力耗盡，爸爸入神望著自己的襯衫，他瞥見一條長長的黑髮。他把它拉起來仔細端詳。他想起大學時期讀過的小說，有個醫師因為在監禁期間留存了一綹妻子的頭髮，最後得以跟女兒相認。那本書叫什麼？他想不起來。爸爸把那根頭髮像戒指一樣繞在手指上，繞了六次左右。那一刻，那是他最珍貴的財產。

不久後他開口了。「是你嗎？」他問凱祥。他不敢把對方的名字大聲說出口。小房間裡的另外兩個男人無法假裝沒聽到，索性不掩興趣地觀望。

男人挺起身，露出臉來。

「醫師。」對方說。沒錯，是凱祥。

凱祥平日捕魚為生，雙手因為鹽分而灼傷，膝下有七個孩子，他又可能犯了什麼錯？

「你為什麼會在這裡？」爸爸問。

「他們說我們是共產黨。」

爸爸看著另外兩個男人。他們看起來像銀行家。共產黨？他想到自己在報紙上看過的態度猖狂、面頰紅潤的中國佃農。眼前這些人雙手柔軟蒼白，更像是「資本主義走狗」——是共產主義似乎決心消滅的對象。

「你們兩個——是共產黨？」

「我們只是教授。」其中一人抗議。

「有人借我一本馬克斯，可是我一直沒讀。我把它丟在書架上，然後忘得一乾二淨。我發誓。」另一個說。

「閉嘴啦，」凱祥說，「又還沒受審。」

「共產黨？你又怎麼知道是？」爸爸問凱祥。打從明國的姪子發出警告以來，一切都沒道理。

「怎麼會抓你？你只是漁夫。」他脫口而出。

「你也只是醫師啊。」雖然凱祥的語氣很平實，但爸爸不禁畏縮一下。「會在審判的時候公布罪名，到時你就會知道你是哪種罪犯。」

就像俄國史詩裡的英雄，爸爸想要高喊：**我是無辜的**！

「聽好了——」凱祥湊過來俯身壓低嗓門——「他們有個計畫，要是你擋了路……」他用手指劃過自己的喉嚨，同時發出低嘶。

一個教授站起來，在房裡踱步。「我們應該在淡水，搭船出海的。」他嘀咕。他停在窗前望了出去。「一個人也沒有，這是什麼地方啊？」

「淡水？你應該好好閉嘴，」凱祥說，「做個聽話的順民。」

這天過去了。房間漸漸暗下。四個男人都沒開口。自昨晚以來，我父親就沒吃東西。他的胃空燒了好幾個小時，接著飢餓感在血管中淡化成某種潔淨輕盈的東西。人可以連續禁食幾天，這點他倒不擔心。

最後，他們聽到另一個房間傳來腳步聲，有個陌生的士兵探進頭來。

「吃。」他用口音濃重的台語說。

燈籠點亮了前面那個房間，一個年輕女子把水煮山藥跟白菜舀進碗裡，斟了幾杯微溫的茶水。男人們望著她不帶情緒的扁臉，想得到認可：他們還活著嗎？她看也不看他們，她餵食的對象是鬼魂。

爸爸的禁食讓他的舌頭敏銳起來。他覺得自己在白菜裡嘗到蝦米的淡淡鹹味。水煮山藥蒼白黏稠，但吃進肚裡暖烘烘的令人滿足。他們用餐時，年輕女人站在一旁。爸爸忖度能不能添第二碗，但女人接過他們的空碗，鏗鐺疊進鋁鍋裡。

「現在睡覺，」士兵用國語說，「明天很重要。」他隨身提著燈籠，護送女人離開房間。

他離開以後，凱祥問他說了什麼。

「明天，」其中一個教授說，「明天他們就要處決我們。」

黑暗中，四個男人拿著毯子在房間裡各找地方安頓。爸爸在空蕩蕩的衣櫥旁邊蜷起身子。毯子裡滿是驅不走的霉味。他納悶毯子之前蓋過什麼東西，一面焦慮地冒著汗。他想到一條生命可以承受多少。其他人終於睡著了，呼吸也跟著放緩。透窗而入的藍色月光讓他想起自己在太平洋戰爭期間那些輾轉無眠的夜晚。

那場戰爭。當時他跟士兵們一起啟程，船隻啟航的時候，他離開台灣時所帶走的種種記憶，其中有個就是漸漸隱去的人聲，呼喚著：りっぱに死んでください，りっぱに死んでください，請美麗地死去……

在緬甸前線，置身於日本軍醫之間，他再次不敵那種糾纏不去的感受——童年，在台北接受種族隔離的初等教育期間，這種感覺一路追著他跑；在街頭遭日本警察盤問時，那種感覺也悄悄跟蹤他：他發現自己最欣賞的高中老師佐佐木先生曾經在殖民政策委員會服務過時，那種感覺巴住他不放，在他耳畔嘶嘶作響，那個委員會負責規畫駭人計畫，對付島上的原住民。幾百個人參加醫學院入學考試，但只有幾十個台灣人考上。有時，他依然可以喚起當初在錄取名單上發現自己名字的那一天，內心所感到的狂喜。那是某種如釋重負的感覺，彷彿勉強逃脫了某種平庸命運的魔掌。

不過，技術跟教育無法抹除他二等公民的烙印。台籍醫師分桌吃飯，卻因為日文流利而必須承受諷刺的評語。

他處理著炎熱潮濕的環境所引發各種疾病。心理疾病更為普遍，但這既然超過他的專業領域，就索性視而不見。他並不相信戰爭的價值，也不相信日本對大東亞共榮圈的計畫，但是這份工作可以填飽肚皮，即使在家鄉台北的病患也因為醫生短缺而吃盡苦頭。

接著，軍營染上痢疾，爸爸意識到，帶來死亡的不會是英國子彈、山貓或飢餓，而是身體缺水這簡單的原理。這就是募兵者當初引誘台灣少年為日本帝國的榮耀而戰，所承諾的光榮死亡嗎？皺起的皮膚、焦乾的喉嚨、失去濕潤作用的眨眼，這樣算是莊嚴的死亡嗎？要是他還有精力，他可能會生氣。

在緬甸的軍營裡，他也病了。他在硬鋪上蜷著身子，惡臭的排洩物在身旁越積越多。他會葬身此地——即使一切逐漸從他的腦袋流滲出來，他也明白這項事實。除了簡單的冥想，任何事情都足以勾起那種他拚命想壓抑的作嘔感。他抵擋家人的影像：長女用圓胖的手指翻弄算盤珠子；大兒子剛剛開始上學，頭戴學生帽，身穿整齊的海軍藍短褲，大步走路去上課；小兒子還穿尿布在學走路。還有他妻子。他回想起自己注意到妻子指頭上沾了油彩的那天，她洗也洗不掉的深綠色，他起初以為是淤青，後來才明白她私底下還在畫畫。當時他什麼都沒說。可是，現在想到她多麼小心隱藏自己熱愛的事物，就因同情而糾緊喉頭。

他也同情自己，因為他再也見不到他們了。他很確定自己會死在這裡。他的長褲因為穢物而潮濕，他根本懶得把褲子扣上。

護士褪去他的衣物，幫他洗了澡。在暖熱的帳棚裡，在濡濕破布的撫觸下，他身體的屎臭一舉釋放出來。她將由恐懼積成的可怕辛辣氣味從他腋下抹除。護士讓他煥然一新。連續夜不成眠幾日之後，他的眼皮沉重起來，最後終於沉沉入睡。

他想護士期待會有奇蹟發生，他也是，可是等他下一回醒來的時候，卻是因為屎、血跟黏液從身體一瀉而出。他依然蹲伏在地，汗涔涔低著頭，因為有所領悟而懊喪不已。他哭了，但體內已經不剩可以形成眼淚的水分。他閉上雙眼，無淚的啜泣撼動他光裸的胸膛，最後漸漸進入夢鄉。

陽光從高窗流瀉進來。他轉頭——脖子傳來痛感——望向長無止境的成排床鋪。

「這是哪裡？」

左邊的男人轉向他，腦袋裹在繃帶裡，一隻明亮的黑眸對他眨了眨。爸爸看到血從對方的紗布滲出，男人回答：「曼谷。」

從緬甸的叢林來到曼谷的醫院。

他活了下來。他苦澀地暗想，他會在康復之後，再次為帝國出征——展現真正日本公民的大和魂。他掃視周圍好幾長排的男人，肌膚大塊破損、肢體潰爛、失去眼睛、皮膚灼傷。護士替右邊男人（子彈穿透背部，脊椎暴露在外）更換床單，或是更換左邊男人（失去了一眼、部分臉頰跟一耳）的繃帶時，所傳來的陣陣臭氣，在在加重爸爸的病況。在這些重度傷患裡，像他這類的安靜疾病就遭到遺忘。

他的肉體驅逐了每一絲力氣，他什麼也不剩了。這是最不光榮的死法，他真希望有什麼宣言可以作為救贖，像是**天皇陛下萬歲**！這樣的話語，表示他死前依然忠心耿耿，心繫帝國。他合上雙眼，用意志力催自己入眠。

一聲槍響，讓爸爸在台灣驚醒，中間那些歲月轉眼消失不見。他還在鄉下那間房子裡，周圍就是那些囚犯同伴。又一聲槍響。他抵住衣櫃側面，動彈不得。吳教授側身躺在床上，僵住身子，一隻黑眼茫然盯著他。

「什麼都有可能。」爸爸對他低語，但是接著響起靴子使勁踩過窗前的聲音，他們還來不及坐起身，前側房間就有人聲指明要找他們。

爸爸摸找我媽媽那根代表護身符的頭髮，但手指卻空空如也。他在地板的灰塵裡尋尋覓覓，除了砂粒跟他們自身散落的碎屑之外，什麼都沒找著。突然間，是生是死似乎都仰賴著那根代表幸運卻難以捉摸的頭髮。說到底，在那本小說裡，擁有同樣一種幸運符的醫師最終重獲了自由。

「蔡醫師，走吧。」凱祥催促。

他沒辦法。他現在只剩這丁點財產，而他需要它。

他伏在毯子上。

「蔡醫師。」凱祥的語調隱含一絲陌生的憂慮。聞聲不見影的男人從另一個房間讚許教授們的準時，再次下令其他人出來。毯子污穢不堪，到處起了毛球，黏了不少來源不明的長髮。他不願去想那些曾在毯子下睡過的女人的下場。

「蔡醫師。」凱祥懇求。

這番努力既瘋狂且注定失敗。爸爸急忙站起身來，跟其他人會合。

剛被槍決的男人們雙手縛在背後，面朝下倒在土路上，身上滲出的鮮血依然熱氣蒸騰，他們從旁邊經過。爸爸的眼角餘光看到女人在房子之間走動，只有女人。

一行人從馬路轉開，越過一個小菜園，然後順著窄小的土路前進。不久，迎面就是一座廟宇，不知怎地，在這個偏僻荒涼的小地方，竟然有這麼一座廟，上了紅漆跟綠漆，還用金箔妝點。上了朱漆的粗重圓柱散發亮光。不過，靴印早把細心抛亮的木頭地板踩得黯淡無光。

衛兵命令他們四人在房間中央坐成一排。爸爸仰望媽祖被煙燻黑的臉龐。她就跟他們一樣一直靜默不語；她的緘默是她不朽的第一個徵兆。根據傳說，最後一個徵兆是她在二十八歲那天，登上高山，在那裡看見光芒穿透大地之後，她消失於雲端。她無語的抵達與離去，奠定了她的傳奇。漁夫把她當成守護神；男人將她的面容刻進木頭跟石頭，放在轎子上，沿著村莊道路抬來抬去，用煙火跟焚香替她造勢。她最精采的雕像就放在一座特別的廟宇裡，經過好幾個世紀的崇拜，雕像臉龐因為煙霧而燻黑。現在爸爸祈禱，這位代表慈悲的女神會眷顧他們。

一個士兵站在他們面前，用一捲鐵絲喚起他們的注意。「我們要確定你們都會待在一起，雙手扣到背後去。」

為什麼不用手銬？爸爸心想。士兵從吳教授開始，教授放聲尖叫的時候，爸爸便了解為什麼不用手銬了。他們就要像市場裡的魚那樣被串在一起。吳教授不住啜泣，士兵繼續走向蕭教授，蕭教授已經憂慮地喘起氣來。

「我沒辦法，我沒辦法。」他嚷道。

「震撼之後不會有感覺了。」爸爸試著安慰他，但教授咬緊牙關發出尖鳴，頸子肌腱暴凸，媽祖繼續平靜地凝望他們，完全不為所動。祂兩旁的千里眼與順風耳一臉嚴峻，什麼都不透露。

下一個輪到凱祥，爸爸跟他說：「先忍個一分鐘，然後就什麼都感覺不到了。」

士兵刺穿凱祥的掌心時，他沉重地深深吸氣。鐵絲上現在沾了三個男人的血。儘管忙著安撫別人，爸爸的心臟還是狂跳不已。凱祥忍住不哭，但淚水依然從他繃緊的面龐淌下。

忍受吧，爸爸提醒自己；坐在三個哭泣的男人身邊，這樣的建議變得難以遵從。當鐵絲刺穿爸爸的皮膚，滑過肌肉，竄過食指掌骨時，他的心跳得如此之快，連自己的口水都嚥不下去。痛楚淹沒了他的腦袋，耳朵搏動不已，暫時失去聽覺。

他不由自主喘息哭泣。

士兵刺穿他的右手，他咬牙切齒，汗水滾落臉龐。他等待他之前承諾別人會發生的那種無感。不，原來他錯了。那種痛楚以焦灼的熱氣搏動著，讓他不禁扭動背部。他每一抽搐，其他人就出聲抗議——每個哆嗦都沿著鐵絲迴盪下去。

三個軍階更高的男人——爸爸不知道不同顏色的條槓跟梅花各自代表何種軍階，只知道那些男人散放著酒足飯飽的光彩，好似聲名狼藉的寵妾楊貴妃，皮膚柔滑如凝脂——在囚犯跟媽祖之間擺了張桌子坐下。他們坐下來的樣子，就像胖度不等的三胞胎。其他士兵開始湧進房間：他們圍著男人們盤腿坐在地上，倚著朱漆柱子彎腰駝背，手裡掐弄著口袋裡拿出來的木片、線頭或零碎小物。

左邊男人上衣的梅花數量最少，他無精打采地說：「你們受審的原因是因為意圖煽動叛亂跟挑戰現狀。」他翻翻白眼，有個士兵把他的話翻成台語。

「長官。」凱祥在痛苦的吐息間吐出了懇求。

「怎樣？」這個字眼以台語從士兵的口中迴盪出來。

「我只是捕魚的，請用簡單的話講。」

那些話語傳回桌子後面的男人，他們的嘴巴彎成譏笑的模樣。左邊的男人猛拍桌面。「你們是間諜！」

這番控訴沒得到聽眾的任何反應，爸爸不懂他們的目的何在。這顯然不是法庭而是鬧劇，也許在每天的這個時候就會上演一回。軍方在清晨槍殺那些被定罪的，之後替新的一批被告判刑，日復一日在早餐跟午餐之間不停反覆。而這些全在隱密的小村莊裡進行。爸爸暗想，**這樣就沒人可以計算屍體的總數**。

中間那個男人身體浮腫，臉頰就像堆疊的白麵糰，顯然是頹廢生活的後果。過多油膩的食物。爸爸知道，這男人要是脫下鞋子，肥胖的雙腳一定有痛風。確實，醫師往桌下一瞧，就看到男人的鞋帶很鬆，男人也是桌邊官階最高的。

男人不耐煩地悶哼：「宣讀罪名。」

爸爸雙手裡的疼痛一時退去，然後猛力回襲。要不是因為手痛，不然他可能會想到抵住硬地板上的膝蓋有多疼。那個軍人祕書開始朗讀他們的罪行，爸爸透過鐵絲，感覺到其他人的顫抖。

蕭醫師被指控閱讀馬克斯，跟毛澤東是同路人。而吳教授被視為蕭醫師的同謀。他們倆都是敵營間諜，因為他們戰爭期間在中國的一所大學待過。

「我就是因為不支持日本人，才去那邊的！」吳教授嚷道。

「大家都知道你在中國大陸的那個同事是共產黨員，他譴責自己的職位，拋棄了學術圈，現在專門替共產黨工作，成了人民英雄。」

吳教授瞪大了眼睛。「我不知道這件事。」他說。

「無知可以當藉口嗎？」右邊的男人是另外兩人的消氣版，他問中間那個男人。

「教授懂太多，不可能這麼無知。」

「我很景仰蔣介石。」吳教授抗議。

中間那個男人的手指抵著紙張往下拖。「你不是寫過一篇社論，說陳儀將軍的墮落把很缺乏資源的島嶼榨乾了嗎？你說，『現在不是挑起更多戰事的時候，而是該修養生息。我們要先治癒這座島嶼，才能治療中國。』」

吳教授垂下腦袋。

「我相信這就是在批評蔣的計畫。你覺得大家讀到這篇東西會作何感想？」

「這明明就是在煽動不滿情緒。」左邊的男人點點頭。「很明顯。」

「還有，有兩個鄰居舉報，他們聽到你跟攤販買豆漿的時候，懷疑我們掌控中國的能力。你真是太不小心了。你對這些罪名有什麼話要說？」右邊的男人問。

「我是無辜的。」絕望讓教授尖起嗓子說話。

「不幸的是，這沒得選。我會註記，你承認自己寫過這些評論。」廟宇裡唯一的聲響是筆刮在紙上的聲音。「你呢？蕭教授。」

「我把馬克斯丟出去，從沒翻開過。」他的語氣堅決篤定。

「把書遞給他。」左邊的男人怒喝。

士兵把書放在蕭教授面前的地板上。

「抱歉，」左邊的男人笑了，「替他拿著。」士兵把書拿到蕭教授面前。「這是你那本嗎？」

「我從來沒仔細看過，說不上來，這種書是大量出版的，我怎麼知道這本是不是我的？」蕭教授滿不在乎的語氣讓爸爸震驚。他還不明白他們的處境嗎？

「裝訂的地方有沒有破損？」

士兵翻開書，每個人都聽到裝訂的地方傳出脆響，新鮮紙頁發出蛋殼裂開般的喀啦響。「裝訂的地方破損了。」士兵說。

「所以是讀過了。」左邊的男人宣布。

「才沒有！」蕭教授吼道。他身體一出力，鐵絲扯動爸爸的雙手。四個男人痛得喊出聲。

「那我就把這個當成罪證。」再次傳來令人痛恨的鋼筆刮紙聲。

「下一位，漁夫劉凱祥。儘管你一臉無辜，可是裡面最陰險的一個。我們手上有一份你在你表親店裡印好的傳單影本，你在上頭引用馬克斯的話：『因此，我們不應該說，某人一個鐘頭價值等同於另一個人的一個鐘頭，而是應該說，在某個鐘頭裡，某人的價值等同於另一個人在那個鐘頭裡的價值。』你怎麼說？」

「沒錯。」凱祥回答得很乾脆。訝異的低語打破廟宇的寧靜。

「你是說那段話沒錯，還是承認你的罪名？」

「都是。我相信民主是通往共產主義的部分旅程。我不是間諜，但我相信革命的價值。除了鎖鍊之外，我們沒什麼好損失的。你！」他朝著來回小跑步、負責遞送證物的士兵點點頭。「你！」他看著把男人們串在一起的那個士兵，這人之前必須壓抑自己的人性才不至於畏縮。「為什麼這些男人可以享受新鮮的肉，你們卻要替他們擦靴子，從米飯裡面挑砂粒出來？你們不是工作得更勤奮嗎？你們不是吃更多苦嗎？等到這一切結束以後，還剩什麼東西可以給你們？少得可憐的退休金跟錫製的徽章？」

「攔住他！」中間的男人吼道。他雙手顫抖，蒼白臉龐漲得通紅。「閉嘴！」但他的嘍囉僵住身子，要怎麼攔住已經被縛住，而且正在流血的人？

「所有的罪名我都承認！我很驕傲自己有罪！」凱祥穩穩靠在腳跟上，跟他相連的同胞們別無選擇，只能有樣學樣。

凱祥既愚蠢又高明。「拜託，別再說了。」爸爸懇求。這可能是真的嗎？凱祥真的相信自己說的話嗎？爸爸覺得共產黨員很可惡，但凱祥並不會。

中間的男人發出譏笑。「你對中華民國來說是毒藥，是認罪的叛徒。我會親手槍斃你。你以為坦白可以換來從寬量刑嗎？」他拿筆劃過一張紙。「好了，換醫生。」

爸爸合上雙眼。他的罪名在廟宇裡響起，他重溫了受控犯罪的那一刻，憶起自己在焦慮的人群中穿梭，走到會議廳舞台前方的公共發言區。在其他時空下，在群眾面前發言，可能會讓他覺得緊張，可是那一刻，對於在診所裡死去的男人的回憶淩駕了任何恐懼，這個惡劣政府的政策現在已經牽涉到個人。

「**叛徒**。」中間的男人宣布。其他話語隨之而來，唯獨這個字眼懸在空中，宛如絞繩。爸爸咬緊牙關。要能說出他那天在溝通會議上的那番話，必須懷有真正的忠誠——真心的信念，而不是背叛變節：這座島嶼在政治上已臻成熟，島民有權成立由在地勢力領導的民政府。那天他是為了眾人的利益挺身發言——而不是反其道而行。

何必替自己辯護呢？他說什麼都無所謂。他們老早已經死了。他可以承認或反駁，結果都不會有差別。他可以說自己是間諜，他可以說他早已發了電報給大陸同胞，船隻隨時就要登陸。這四名被告撐不到下星期。不到四月，他們各個都會濺血。

傍晚帶來了死前的盛宴。當死刑犯拒絕軍方提供的烈酒時，他們被迫雙膝跪地，嘴巴被撬開，喉嚨被灌進了烈酒。他們身不由已地醉了。爸爸認為，酒會讓人顯露真正的性格。事實上，吳教授變得很好鬥。士兵慫恿他，調侃他，最後弄得他再次涕淚縱橫。在酒精的作用下，他的臉龐腫漲通紅，開始冒汗，士兵強迫他脫到裸著上身，紅色像閃電一樣竄過了他蒼白苗條的軀幹。他疲軟的雙手上有著那天下午留下的聖痕。士兵在他四周圍成一圈，然後其中一個大步走到中央，脫掉自己的襯衫，一把撲向教授。吳教授的眼鏡摔到地上，在扭打中被踢到旁邊，有人把眼鏡撿起來，戴在頭頂上。

士兵用胳膊緊緊勒住吳教授，吳教授放聲呻吟跟哭泣，鮮血抹在年輕人光裸的肩膀上。

整個室內像船一樣前後顛簸擺盪。爸爸把眼鏡摘下來抹了抹。他閉上眼睛的時候，室內充塞著打鬥男人的喘息跟旁觀者的叫囂。

爸爸忙亂地戴回眼鏡，及時看到凱祥把吳教授從士兵的擒抱中拉出來。「夠了！跟我試一下。」凱祥宣布。教授爬到圈圈邊緣，躺了下來。

新敵手繞著彼此走動，兩個疑神疑鬼、齜牙咧嘴的掠食者。凱祥雖然結實但不高，一古腦兒衝往年輕人，摺倒了他，他一出拳便擊中了年輕人的臉頰。其他士兵趕緊把他拉開。他們將他的手臂扣在背後，替年輕人制住他，好讓那個被惹毛的囂張年輕人把凱祥當假人似地狂毆痛扁。每次只要凱祥喘著想吸氣時，我父親嘴裡就會溢滿唾沫。兩個男人汗流浹背，凱祥的鼻子裂開，鮮血從一邊鼻孔流出來。最後他的雙腿癱軟，他們鬆手扔下他。

「醫生！」他們呼喚。爸爸明白他們指的是他。他用力眨眨眼睛，想靠意志力擺脫醉意。

凱祥的耳朵毀損，嘴唇被一枚斷牙割傷，鼻子被打爛。雙眼嚴重腫脹泛紫，睫毛消失在血肉裡。鮮血淌下他的脖子，濕透了衣領。

凱祥嘴唇流出來的血裡升起了一個泡泡，爸爸便知道他還在呼吸，可是除了因刺傷而腫脹的雙手之外，醫師沒有任何器具。他脫掉自己的襯衫，拿來抹去凱祥眼睛、鼻子跟耳朵的鮮血。爸爸說不出任何安慰的承諾。

「他不會有事的，醫生。」發話的是主持審判的男人，是士官長？上校？還是將軍？就是鞋帶鬆開、身材最胖的那位。他叫我父親站起來。「跟我來。」

8

你是台灣人，你頭戴台灣天，腳踏台灣地，眼睛所看的是台灣的狀況，耳孔所聽見的是台灣的消息，時間所歷的亦是台灣的經驗，嘴裡所說的亦是台灣的語言，所以你的那枝如椽的健筆，生花的彩筆，亦應該去寫台灣的文學。

如果爸爸當初選擇文學或藝術之路，可能會注意到作家黃石輝寫的這段話，但他選擇了醫學。

跟詩詞不同的是，身體是具體可觸的。血肉是真實的，疾病跟健康是肉眼可見的——蒼白的指尖或鬆垮的皮膚，甚至是眼睛的亮度。我們則是藉由測試暗喻來判讀一首詩，在一行詩的格律裡找出心跳，在空白裡尋找意義。爸爸需要碰觸，需要糖尿病患吐息中的甜度，心臟瑕疵瓣膜裡的雜音；需要看到肌膚的發黃。他的世界是具體的。

在那間被強占而作為軍官總部的民宅裡，那男人一露出柔軟的雙腳，他便發現自己的直覺沒錯，就是痛風。

「沒有診療包，我沒辦法做什麼。」他很高興自己有藉口不用治療這個男人。男人堅持要我父親稱他為「大哥」，我父親認為這個綽號更適合幫派份子。

「痛得我睡不著啊，不能調點草藥給我嗎？」

「我受的訓練是西醫，」爸爸平穩地說，試著軟化有時會跑進中文裡的日語口音。

「我們有阿斯匹靈。」

「服用高劑量也許可以幫你清掉一點尿酸，但也可能會讓情形更惡化。冰呢？」

大哥笑了。「冰？我好幾個月沒見過冰了。」

爸爸把襪子套回男人腫脹的腳，往後蹲坐下來。「我可以想辦法幫你止痛，可是如果你以後想避免疼痛，真的要小心飲食，這些就是生活放縱引發的症狀。」

大哥悶不吭聲，爸爸一時擔憂得胃部緊揪。他的醫囑會被當成對整個執政當局的批判嗎？反正他到早上就會被槍決了。他發誓要說出自己的心聲，這是他最後的自由。

「我明白。」大哥的語調冷冰冰。

「吃草莓可能有用，不大好找，但你的部下也許可以在市區找到一些。我可以站起來嗎？」

大哥下巴一動，表示准許。

雖然他們理應醉到面對行刑者的槍口而不覺害怕，但是爸爸還是有點醉意，逐漸湧現作嘔的感覺。他打了嗝。腦海浮現一個念頭，就是家傳老祕方，但他自問為何要幫這個糟糕透頂的男人。他應該讓男人繼續痛苦地跛著腳走路。他祈願對方會得腎結石。

不過，內心一陣交戰之後，爸爸再次開口：「我祖母以前腳一腫，就會泡溫熱的木炭水，我以前以為她只是腳累了，不過現在想想，她可能得了痛風。」

「木炭水，這我們辦得到。」

大哥命令爸爸監督張羅木炭浴的男人，然後要醫生在他泡腳的時候陪他坐坐。透過木頭窗板，爸爸聽到廟宇裡的酒醉鬧事持續著。

他現在完全清醒了。雙手的傷口搏動著，已經開始發炎。即使子彈沒殺死他，破傷風也會。大哥移動雙腳時，桶子裡的水汩汩冒泡。「純粹是好心哪。」

爸爸猶豫不決從堆在幽暗架上的一大堆公文卷軸挪開目光。「什麼？」

「拿酒給他們喝啊，在半醉半醒中迎接自己的命運，幾乎不知道發生什麼事，日本人不也是這樣嗎？」

「日本人沒有行刑隊。」爸爸忍不住語帶譏諷。

「那些飛行員。神風特攻隊。最後飛行的前一晚，整夜都在喝酒，是吧？」

「倖存絕無榮耀可言。」爸爸喃喃。那場戰爭期間，他跟那些準備飛行的年輕人共度過幾週，那句話就是他們接受的訓示。美國軍人受訓殺人，而日本士兵受命赴死。

大哥笑得好像勉強將魚嚥下的鳥兒。

一陣急促的槍響吵醒爸爸，他在椅子上睡著了。那桶木炭水還在原地，但大哥早已不見人影。

窗外空無一物，只見泥濘巷道跟鄰居的牆壁。

在門口站崗的士兵攔住他，但另一位士兵揮手讓他過去。他奔下山丘，路過廟宇、穿過花園。在寧靜的晨間，他的呼吸在耳裡撞擊。他衝進主街。三具屍體倒在那裡。

蕭教授面朝下倒在嘔吐物跟鮮血之中。吳教授手指抽搐，內臟從裂開的腹部流淌出來。凱祥眼神呆滯，但頸部還有搏動，就像躲藏的飛蛾微微撲動。

爸爸摸摸凱祥潮濕的腦袋，感覺熱氣從那裡流滲出來。他把掌心貼在那裡，直到凱祥的皮膚整個冷卻。

年輕飛行員天真歸天真，但他們想得沒錯。倖存並無榮耀。

9

有天早上，尖叫聲把我媽媽引到窗前。士兵拖著我們鄰居的被褥到雨濕的街道上。鄰家婦人渾身濕透、衣衫凌亂，高聲呼救，但是士兵手裡的步槍跟無聊的目光在她身上烙下閒人勿近的印子。媽媽看到附近鄰家窗戶裡的模糊臉龐。大家一個接一個轉開身子，拉起自家窗簾。

幾個星期後，媽媽發現大門上釘了封信。陰鬱的黑墨向每個路人昭告我們家的不幸：我們即將成為這個鄰里裡第三個被驅逐的家庭。士兵現在要求徵用我們這個美麗的家：有金色榻榻米、白色紙門跟深暗走廊。只給我們兩天的時間準備。

媽媽強忍把這封信撕成碎片的衝動，一把從釘子上扯下來，帶進屋裡。她咬牙切齒，決心不要用這最新的污辱平添孩子們的慘況，但阿姊看出媽媽臉上的暴怒。

「怎麼了，媽？」

媽媽發現自己說不出話來。她把信塞進口袋，正眼看著長女。她暗想，**快跟女兒說一切沒事**，但她知道自己只要張嘴，湧現的只會是淚水。

她對阿姊搖搖頭，然後上樓到那個她先成為妻子再成為人母的房間。

她站在門口檢視她的嫁妝。美麗的木雕衣櫥跟搭配成套的梳妝檯。全部都要留下來給國民黨員。她詛咒他們。襁褓中的我躺在床上開始哭泣，「號啕」是用來形容那種聲音的字眼。那種噪音暴烈地往上揚起，來勢洶洶、突如其來。嬰兒不懂節制，一切都透過哭泣傳達。

媽媽將我抱起，噓聲要我安靜。她低聲對我的牢騷表示同感，再三重複，很有撫慰作用，就像溝紋在唱針下旋轉刮擦。「我們會離開的。」她對我低語。

外公外婆住台中，搭火車要幾個鐘頭。媽媽柔聲哄勸，我們會去那裡——她稱之為「家」的地方——離開這棟荒涼的房子，離開這座「受詛咒的城市」。她每年至少回家一趟，這次她會留下來，由她父母保護，就像她過去少女時代那樣。不過，我依然大聲哭嚎。最後，在那間自己今生再也無緣見到的房子，在拉起窗簾的陰暗中，躺在床上替我餵奶。

臥房地板上有爸爸讀過的書籍跟以前在東海岸蒐集的石頭。她的挫折感越來越深——他碰過的跟製作的東西這麼多，氣味都還縈繞不散。媽媽覺得自己就像考古學家，挖掘著他存在的證據。

戰爭結束後，日本人放棄這座島嶼，日本人拋棄的住家在台灣二手市場上重新推出：桌椅、滿是碗盤的櫥櫃、筷子跟清酒杯、床單拉得平整的床鋪。人們帶著孩子來這些床鋪上蹦蹦跳跳，搶走細緻的歐式雨傘，享受一種惡意的快感；收廢紙的人來拿日語教科書，好賣到紙漿廠去。

戰爭結束兩年之後，媽媽經歷到相同的貶抑，她拖著放滿爸爸用品的推車，到二手市場去。母親把爸爸的書本、設備跟衣物，丟進大兄的玩具車裡。媽媽出門以前，阿姊拉著她的手臂，死命想拖住她。「不行！阿母！阿爸回來的時候要穿什麼？」

媽媽試著把她甩開。「放手。」她冰冷的語氣掩住了胸口的怒意。

「妳不愛他！妳不愛他嗎？等阿爸回來的時候，不就什麼都沒了！」阿姊的聲音飆高到歇斯底里的尖鳴。媽媽想賞她巴掌，然後埋怨自己的悲慘跟內疚，但女兒年紀太小無法體會。

「這樣好了，」她試著用平靜的語氣平撫阿姊的恐慌，「妳跟弟弟各挑一件東西負責保管，等爸爸回家以後可以用？他會看出你們有多愛他。」

阿姊負責保管爸爸的備用眼鏡，大兄拿了一盒玻璃幻燈片，二兄抓了一本封面華麗的過時政治小冊子。

媽媽在攤子之間走動，主動叫賣、討價還價，裝出新的語氣。「醫生退休了，」她撒謊，「這是開戰以前從法國進口的——看看保存得多好。」她對另一個攤商說。那種銷售手法一敗塗地，只換來懷疑的目光，她換了一個策略。「我的四個孩子要靠這個錢吃飯，不能讓他們餓肚子啊，這個東西我本來可以賣更多錢，可是我們急著買米。」

設備先賣掉了：顯微鏡，因為警方突襲而微微彎折受損，可是很容易修理；聽診器，上頭還沾了爸爸的耳垢而粗糙不平；老舊的皮革診療包；連他的帶輪凳子都賣掉了。他的日語教科書比較難賣，可是有個精明的攤商算了算賣給廢紙商的價格，就把它們買了下來。最後賣掉的是爸爸的衣物。

就遺物來說，衣服是種奇怪的東西。有身體的形狀，但沒有身體。皮膚曾經碰觸衣料。然後還有氣味。媽媽在那個推車底部鋪了爸爸整齊摺好的長褲跟襯衫。一個個攤商搖了頭；他們都懷疑這些衣服的來歷：是那些不幸失蹤的人口之一。最後一個攤位是一個女人經營的，女人緩緩轉著眼睛瞧瞧那些樸素衣物，聽媽媽講話時只盯著她的右耳，腦筋似乎有點遲鈍。女人點了點頭，出了個價錢，講話速度跟目光一樣緩慢。

媽媽開始抗議。「這件是我幾個月以前才用五倍價錢買的——」她在心裡匆匆計算希望跟金錢的比價。「好吧，就這樣。」

她把推車上的衣物清空，最後是一件襯衫。頸部部位有點污漬；他拾起書本或配藥的時候，縫線處會拂過他的胳肢窩；更新病歷時，拖過紙張的衣袖微微染了色。順著釦子而下的前襟似乎含有他胸膛的熱氣。在女攤商沒注意的情況下，母親一時用襯衫抵住鼻子。她吸進他。一時之間，他來到現場。

然後她把那件襯衫放在其他衣物的頂端，就在搖搖晃晃的大桌上，是女人攤位的其中一側，然後爸爸消失了。

媽媽把她的畫作跟花瓶送給鄰居。她先把我們的出生證明、她的結婚證書、照片跟冬夏衣物打包起來，再用斧頭把臥房的家具組砍壞，然後一塊塊拖到樓下。

大兄跟二兄害怕地在樓梯尾端觀望。阿姊跟在她背後衝上衝下。「住手！阿母，住手！」「安靜，幫我搬這個。」半個床頭板東碰西撞往下搬。母親看到在地板留下一道深深的刮痕，相當滿意。

阿姊放聲尖叫——十歲女孩沮喪又失控的號叫——然後把一根支解的梳妝檯桌腳丟下樓，摔得吭噹作響，最後停在媽媽腳邊。媽媽一把將它踢開。「把其他的也弄下來。」

媽媽把屋裡所有的紙張幾乎都收齊了——她從少女時期就開始保存的期刊、素描本、警察突襲時遺漏的病歷、阿姊跟大兄的學校作文——全部堆在院子裡，就擱在毀壞的家具上方。她審視這堆東西，準備把自己的人生化為灰燼。

有個女人抓著小男孩的手，推進大門來。媽媽僵住不動。「麗敏，妳在幹麼？」女人質問。

「蔡醫師不見了嗎？麗敏，給我。」她開口討火柴。

媽媽伸手把火柴放進女人探出的手裡。「真美，」她開始說，「我……他們……」她掩住臉龐。她深呼吸。她不願再哭。但淚水還是不由自主流下來。她用手壓住雙眼，想藏住自己的啜泣。女人對兒子說：「小偉，去裡面找阿姊。」他蹦蹦跳跳進屋後，女人擁住我媽媽。

媽媽淚水流盡後，用毫無裝飾的手抹抹臉，然後問，「妳丈夫呢？」

爸爸跟真美的丈夫林叔叔是小時候在台北的 Twa-Tiu-Tiann 地區認識的，日本人把那裡稱為大稻埕。我父親到東京上大學的時候跟林叔叔就是室友，林叔叔讀的也是醫學。在日本，身為台灣人就像是會彈吉他的猴子：流利的日語讓當地人對他們敬畏三分，但大家不覺得他們算是完整的人。林叔叔在大學愛上一個日本女學生，就是真美，她父母反對這段姻緣，能言善道又通情達理的爸爸負責出面跟他們懇談。他們猶豫地答應了這門親事。林家婚後頭一年，他們三個人同住一個屋簷下。

「他回來了，他覺得過來不安全，所以要我送這個來。」真美撩起上衫，從褲腰那裡拉出一個小袋。

「我不能收。」我母親抗議。

真美雖然輕聲細語，但態度堅決。「妳非收不可。這不是給妳的，是給妳四個孩子的。妳知道妳非收不可。」她把小袋塞進媽媽手裡，然後扳著媽媽的手指，並握住媽媽的手。「妳剛生了寶寶，女兒還是兒子？」

「女兒。」

真美露出笑容。「太好了，妳一定要收下這些錢，給四個孩子的。」

「我們要被趕出去了，」媽媽低語，回頭望向那堆紙張跟家具殘塊。

「所以妳全都要燒掉。」

「我的人生結束了。」

「妳有四個孩子，妳的人生還沒結束。可是如果妳覺得非燒不可，就燒吧。」

她們抬頭望向在二樓窗戶盯著她們看的孩子。

真美把火柴遞給媽媽。媽媽點燃一根，碰碰那堆東西的其中一本書角。有幾秒鐘，火苗差點熄滅，但火點燃了，不久就熊熊燃燒，一波波烈火焦慮地大口吞噬空氣。

她燒光了一切。

前往台中的路上，三個孩子在硬木座位上睡著了，隨著火車的搖擺點著腦袋。疲憊不堪的母親摟著嬰兒，坐在他們對面。車廂幾乎是空的，外頭的陸地一片漆黑，只有走道對面男人的香菸亮著微光，在玻璃上映出了雙重影像。

計程車從火車站載我們到外公外婆家，他們住在台中郊區，在老式的磚砌三合院裡，中間圍著一個院落，可以從唯一一條馬路開車過來，若是步行，可從水田跟田野之間的狹窄土埂走過來。

計程車穿過寂靜的鄉間，像惡魔一樣發出低吼。車燈閃過我們路過的每棟房子。

司機停在院落大門前面。男生們踉蹌下車，吃力穿過門口。阿姊抱著我，媽媽把行囊拿下車。

外公外婆匆匆忙忙穿好衣服，提著燈籠從屋裡衝出來。哥哥們歡喜地嚷嚷：「阿嬤！阿公！」

外公蹲下來，拍拍每個男生的腦袋，然後幫忙媽媽提行李。

外婆咂咂舌頭。「這是怎麼回事？來，給我。」她把我從阿姊的臂彎接過去。「看看這一個。」她蹭蹭我的臉頰。「寶寶還太小，不適合出遠門啊。男的女的？」

「是女生，阿嬤。」阿姊得意地說。

「太棒了！好幸運的寶寶——有這麼好的姊姊。」阿嬤掐掐阿姊的手臂。「我的心肝寶貝，長這麼高了啊。」

我媽媽跟外公拖著行李穿過大門，計程車轟隆隆揚長而去。

「妳丈夫呢？」外婆的眼睛在我母親、我外公跟我們稀少的物品之間來回閃動。她已經聽說台北的紛紛擾擾，台中也同樣受到暴力跟逮捕的侵襲。

阿姊宣布。「他去東京找朋友。」

我媽媽勉強把話擠出口。「對，去東京了。」她露出無力的笑容，外公外婆看出她撒謊。我媽媽是他們的獨生女，她當初跟那個年輕醫師墜入愛河時，他們相當高興。他們還記得日本人來到這裡以前的世界，他們欣賞那個醫師的政治理念、他的抱負跟莊重的舉止。理解聚積在這片沉默之中。

外婆用過於爽朗的語氣說：「吃過了嗎？真是一趟大冒險啊。你們現在都累了，可能也餓了，我替你們弄點東西吃吧。」她催孩子們進屋裡。

等孩子們聽不見，外公就用手搭著我媽媽的肩。「他在哪裡？」

媽媽咬唇搖頭表示**我不知道**。

10

我父親在大哥身邊度過兩個月時間，就在山中的行刑站裡。他最初的印象沒錯：上午過半審判，傍晚酒宴，凌晨行刑，幾乎每天規律地進行。他看到將近一百個男人被殺，每天他都納悶下一個會不會輪到自己。

到了第二個月末尾，他開始想，儘管目擊了種種，軍方可能還是會放他自由。他已經成了大哥的知己跟顧問，也開始漸漸了解這個男人。在他的監督下，大哥逐漸瘦身，痛風緩解。爸爸告訴自己，涉及醫療的時候，「背叛」這個字眼是毫無意義。他只對自己的病人忠誠。

不過，忠誠對大哥的意義並不相同，因為到了五月中，大哥再次下令將爸爸送上卡車，載回山下。

他一看到潮濕的監獄牆壁時，之前那座村莊比較起來幾乎可說古色古香。也許監獄**就是**某種從寬量刑，是大哥在這個新世界裡唯一可以提供的忠誠。日日的恐懼被長期的堅忍所取代。

在審訊室裡，他被銬在磨破皮膚的生鏽鐵製腳鐐裡，對方讓他看了二十八種酷刑，要他自己挑選偏好的一種。被吊起來的時候，想把手臂綁前面還是綁後頭？手腳都綁起來？不過，只要寫點東西，就可以暫且逃過一劫。

「為了你好，我長話短說：有六個人聽到你主張獨立，控訴國民黨不遵守民主價值。你這種毫無根據的指控對政府造成極端的傷害。我們想要完整的故事。想聽聽你隱藏起來的任何事。」

爸爸覺得皮膚痛得好像火燒似的，必須用盡意志力才能保持倔強的沉默。他知道自己永遠都無法再忍受綠薄荷油的氣味。獄卒們渾身散發著這種氣味，囚犯身上則被蚊子叮咬幾十處，飽受折磨而抓到流血，加上濕氣跟泥土的刺激，發炎總要拖好幾星期才會痊癒，這還是最輕微的侮辱之一，但獄卒們處理大大小小侮辱的方式，展現了他們耗費多少心思在追求殘酷上。

「噢，蔡醫師，你可是沒有保持沉默的餘裕啊。你誰也不是，你是鬼魂。鬼魂啊。你以為你現在已經死了啊？等著瞧吧。我要把這枝筆、這張紙跟我的椅子留給你。你慢慢來，把真相全招了吧。」

審訊者離開了，他就跟再三出現的夢魘一樣，看不出年紀。外頭，陽光愛撫窗戶，戲弄著爸爸。

真相。「誠懇」、「坦白」、「正確」都是同義詞，可是各有不同意涵。他們想要怎樣的真相？什麼樣的真相（如果真有任何真相）可以放他自由？

真相就在細節裡。**對，**爸爸心想，**用微小跟精密的細節，編織出一塊真相之布。**

他不想背叛任何人，可是如果他隱藏任何姓名，讀他這份陳述的人肯定會察覺。他明白他們的策略：這是一種測試。他要按照逮捕他的人所知道的真相去書寫，要是他在書寫的過程中，湊巧透露先前他們有所不知的名字，他們會覺得更好。

他每天都想出新的人物，添進他的故事裡。他列出當初一起在東京留學的同學，他們曾經跟他在《明日希望》共事過，那是一份簡單的報紙，他們在裡面抨擊家鄉的政治情勢。日本帝國寬大為懷又穩居高位，可以忍受前來作客的台灣學生關於自治的言論。在日本當地，在偏自由派領導人的鼓勵下，台灣自治的夢想迸放出可能實現的花朵。但在台灣，這些對話只是私底下的耳語，免得觸發政府的警戒。懲罰總是來得飛快。

他重述足以將友人入罪的對話——他強調自己在抱怨國民黨的腐敗時，有誰點頭表示同感，有誰甚至眨眼暗示同意。

他寫到聽見天皇宣布日本有條件投降時，自己感覺多麼奇怪（天皇不願——也並未使用「投降」這個字眼）。天皇有個**聲音**。照理說，神祇會用某種柏拉圖式的話語說話——就是終極權威的咆哮，不管人實際在腦海裡聽到什麼——但從天皇口裡傳出來的，卻是來自一個中年且精瘦的真實男性。

今誠宜舉國一家，子孫相傳，信神州之不沉，保家國於不滅，念任重而道遠。

爸爸描述自己親眼目睹國民黨在日本投降並被迫放棄殖民地之後，於一九四五年秋季搭乘美國船艦抵台。熱切的民眾從台北街頭一路擠到基隆港。大道上方拉起布條：歡迎標誌上不小心將國民黨國旗畫反了，誠意十足到教人心碎。學童們被推到擠滿碼頭的群眾前方。他女兒就站在學童之間，一身衣領漿挺的白洋裝，白襪往下摺出蕾絲襪口。她照著母親的囑咐，面帶笑容揮舞國民黨小旗。步橋早在幾個小時前重重架在地上，空蕩蕩的在喃喃低語的群眾面前逗弄著。

男人們終於下船了，他們一點也不像報章上大力讚揚的那樣，一點也沒有解放者的架勢。他們軍服髒兮兮，有些人的鞋子很不合腳，還得用繩子捆住。他們扛著自己的鍋子跟可悲的米袋。有的是孩子，有的是皺紋深深烙在紅臉上的老人，他們對著紀錄這個事件的鏡頭露出笑容。

在歡呼聲底下，難以置信的感受在群眾之間翻攪。打敗天皇的，難道就是這些殘兵散將？這些粗鄙的男人笑得跟搭便車橫渡鄉間的鄉下人般，正站在船側當眾小解。

是，他曾經希望台灣自治。對，他曾經說出不忠於國民黨的想法。但那只是念頭、只是話語。爸爸不認為自己有罪，但他把自己寫成有罪。

爸爸全都招認了。

距離最後一次見到家人已經滿一年了，爸爸就在此時獲判十年徒刑。法官向他保證這個處罰已經相當寬大。等他刑滿出獄年紀尚輕，還有機會看到幾個孩子長大成人。

即使在監獄裡，凌晨的槍響還是持續不停。監獄每週清空又填滿。我父親納悶，島上還有沒有人剩下。歷史——審訊者就會這樣說——就是流言蜚語，透過每個新囚犯，緩緩流入爸爸的世界：跟毛澤東手下的戰爭——不，不是**戰敗**——是**休戰**……蔣介石把他的手下跟手下的家人帶到台灣——兩百多萬人逃出中國，現在把街頭擠得水洩不通……蔣介石聲稱他們會留到可以重新部署、光復中國為止……蔣介石有個多年計畫……爸爸試著想像監獄外頭的世界目前的模樣：人行道上滿是士兵跟擠滿臨時店鋪的建築，街上有乞丐，女士穿著高領盤釦的長袍漫步來去的模樣。他也試著想像他家人——我們的模樣。

11

囚犯們——罪名各是共產黨員、小偷、煽動叛亂——被成群帶離監獄，擠滿火車車廂，他們共用座位、塞滿走道。窗戶已經拉下，坐在附近的人把臉擠向快速吹過的熱空氣。我父親注意到他們正要往東行。

有人說，他們要到海上去，到某個遠離陸地的地方，被丟在溫暖的鹹水裡，度過生命的最末幾個鐘頭，除了彼此之外，周圍沒有任何可以攀附的東西。

的確，有艘船等著他們。

爸爸他上一次看到海是在一九三四年。那年他從日本回來，陽光如此燦亮，白花花的令他一時目盲。他們的船逐漸駛近きーるん——基隆。蓊鬱的山丘緩緩斜向擁抱水域的城鎮——他想像高更要是知道台灣，可能會選擇來到這裡而不是大溪地。**福爾摩沙**[2]。反之這裡卻先後被中國漁民跟海盜，荷蘭人跟西班牙人，最後則是日本人占領。他幾乎可以聞到樟腦提煉廠跟糖廠的氣味。臨水的不是沙灘，而是水泥碼頭，那裡林立著綠色大波浪板拉門的長型倉庫。各式各樣的船舶擠滿了港口：有遠洋輪船、渡輪、貨船跟細長的捕魚獨木舟。苦力穿著寬鬆的制服搬運貨物，來去匆匆。爸爸那艘船停泊的地方，等待中的三輪車擠在一塊，輪子跟車頂雜亂難分；以固定間隔細心栽種的濱海樹木下方，小吃攤販在自己的推車旁邊站定待命。

人們聚集在甲板欄杆那裡，他擠進人群之間，看著輪船好似一頭馴服的野獸，滑進了停船水域。四年之後，他終於回家了。來迎接這艘船的人群裡，沒有人在等他——他計畫自己搭火車回台北——可是這群人的熱忱感染了他。他雙眼盈滿淚水，他嘲笑自己，哭得莫名其妙，卻不明白自己其實是為了這些事物而喜悅：碼頭裡起重機、繩索、貨物構成的混亂畫面；列車南下深入島嶼時一路噴吐的黑煤煙；城市裡貨物豐足，一路堆到人行道上；大理石峽谷、竹林、崎嶇山峰、以及擁抱著這一切的青翠平原。

2 Ilha Formosa，葡萄牙語，原意為美麗的島嶼。

現在，他身著囚犯的襤褸衣衫，在無人知曉的年份，踏上反向旅程，從基隆前往新的目的地。

這群骨瘦如柴的蒼白男人，在阿美族人的端詳下，跛著腳走下步橋。爸爸在多孔的火山地面踉蹌一下，便知道自己身在何處。日本人稱這裡為かしょと（Kasho-to），就是火燒島。

「歡迎，」獄卒大喊，揮手要他們上岸，「來到綠島。」彷彿這個涼爽青翠的新名字可以隱藏崎嶇的黑色地表以及毫不留情的酷熱太陽。這裡熱到難以承受。爸爸用臉蹭蹭肩膀，試著把汗水抹掉。迎面只見一堆簡陋棚子跟光禿地面，懇求人們去破土跟耕耘。獄卒稱這裡為「新生訓導處」，這個甜美的名字使得眼前的情景更顯諷刺。

囚犯從貧瘠的土地建立新生活。敲碎岩石形塑了這個醫生的臂膀、思想改造課程形塑了他的心智。晨間在菜園裡農忙曬黑了他的肌膚。他養雞養豬，健行到山上砍柴。囚犯在窄仄的房間裡輪班側著身子睡覺：手臂、肋骨跟大腿。反共課程的內容這些完美學生各個可以熟到琅琅上口，他們一排排一行行在海灘上整齊坐好，埋頭考試，假裝沒注意到攝影師出言嘉許。在悶熱的考試房裡，他們坐著接受革命口號的刺青，墨水將鮮血轉換為**反攻大陸**！

單獨監禁是個古老的概念，這種作法意在引發內省跟悔恨。（除了一丁點光線，融化般的微光從狹窗透進來，是上帝存在的細微暗示）在完全沒有外在光線下，爸爸理應尋找內在之光。

在綠島上，獨居房大小有如衣櫥，內部鋪了軟墊，造成的心理效果既暗示著瘋狂，同時又鼓勵著瘋狂。柔軟的牆壁似乎就要將他吞噬，陰暗的濕度有如蓋在棺木上的層層泥土，起初他不免驚惶，便用手指拂過小窗窗櫺，好讓自己安心。

透過鞋盒般大小的窗戶滲進來的點滴光線漸漸化為黑暗，然後再次亮成白日，繼而陷入黑暗，然後又亮成白日，接著陷入黑暗，門上的小洞嘎吱打開，有個盤子射進房裡，緊接著滑進一杯溫水。我爸爸老早餓得無感，但米飯、鹽、乾萎發黑蔬菜的氣味再次喚醒他的胃，他用雙手挖起來塞進肚子，直到肚子發疼呻吟。他端起杯子，小心翼翼喝著，一滴也不想灑掉，然後持續過去幾天的那種舞蹈：起身、踱步、坐下、蜷身、睡覺、碰碰窗櫺、唱歌、睡覺、跳動。他不願自言自語——那是邁向自我與自我分離的第一步，將會讓自己無法適應離開牢房後的生活。他常常安慰自己，最後成了一種循環的思緒；他趕緊驅走那些念頭，免得自己不敵瘋狂的引誘呼召，踏上精神失常的不歸路。剛剛的殘羹剩飯在他肚子裡咕嚕作響，感覺正在他的腸道裡大力翻攪。他衝到糞桶那裡。他沒有廁紙，髒著屁股就穿起褲子。現在他躺在地上，伸展手臂，貼著牢房兩側，吹起了口哨。

他怕自己就要發狂。

然後，純粹透過希望的魔法——她來到這裡。他站在牢房的正中央望著她，透窗而入的月光就灑在他的頭頂上。真的是她，而不是什麼經過理想化的幻覺：她的額頭上結出汗珠，濃濃的妝容化為乳水。他雙膝跪地爬向她，臉撲向她的雙腳嗅嗅聞聞。他聞著她的腿脛、膝蓋，拖著鼻子經過她溫暖的身軀，一路來到她的頸項、她的髮間。她的第一次撫觸——指尖抵在他的脖子上，帶來痛感。他心中為了這片黑暗感謝上蒼——要是氣味、撫觸跟聲音之外還添上了色彩，他將會心力交瘁。

她雙手順著他的背部滑下，他發出低吟。

他一語不發轉過身去，褪去襯衫，她的低嘶向他傳達了背上那些流膿傷口。

「怎麼了？」她問。

「那些禽獸。」她說。

他身子一頹，頭貼上她大腿內側。她聞起來就像全世界：像香皂、街道、餐廳、交通號誌、公園跟人。他在她厚實的肉體中悶住自己的哭喊。

一九五二

12

五年過去了。謠言——縹緲、模糊、空幻——傳遍了這些年。有人耳語說爸爸在台北的監獄裡，說朋友的朋友的朋友看過他，說他留了掩住面龐的長長落腮鬍，倚著監獄牆壁絕望坐著。但是另有耳語宣稱他在那霸市佯裝為沖繩人，負責診治美國軍人。

根據官方版本的歷史，一九四七年三月並不存在、我爸爸並未失蹤。家裡沒人提起他。我爸爸並不存在，但一九四七年啟動的逮捕行動持續下去，戒嚴不曾真正畫上句點。

失蹤是個傳遍整座島嶼的祕密。人間蒸發的不是只有爸爸，看來大家認識的人裡面都有人消失，只是沒說出口而已；如此一來我們就沒辦法計算總共有多少失蹤人口：連續幾十年我們都不會知道死亡人數原來高達數萬之譜。

五年裡充滿了生命的掙扎，也這樣匆匆過去；五年裡的渴望綿延不絕。媽媽困在兩個極端之間。在狀況差的日子，她會花一個鐘頭傾聽鐘聲，彷彿每個滴答都是時間卷軸上的記號，標誌著他的離去跟返回之間的空檔。在狀況好的日子裡，一連幾個小時，丈夫都不曾掠過她的心頭；然後她會在突然間想起，就會為了曾經遺忘而懲罰自己。

外公不願多談我失蹤的父親，但理智的外婆催促我母親拋開過去往前走。

「發生都發生了，多想也沒辦法把他帶回來啊。」外婆了解我媽媽那種執著的心態。媽媽幾乎相信自己可以憑藉意志，讓時間倒轉，想辦法走出另一條路來。她一而再再三地改編最後那一天的故事。

她也滿寂寞的。

當我閉上雙眼，腦海裡會浮現市場的景象，我看到她在人群當中穿梭，斜斜拿著陽傘，在採買的人們之間走動著。她謹慎地補過身上的洋裝。她的姿態、膚質以及說話的方式，在在顯示她的景況大不如前。旁觀的人會在她那高貴的步伐裡，察覺有張摺起的報紙遮住她鞋底的小洞嗎？

她依然熱愛書籍。她在書商的攤位流連忘返，用手指拖過沾了煤灰的書脊，越過泛黃的紙頁。這些書一疊疊堆在桌上跟架子之間，構成了一個小小迷宮，通往了巷道，書商就坐在巷內破舊遮棚的陰影中。

「妳在找什麼？」他問。

她隨口說了在大學時代讀過的幾個法國作家，當時在公園或咖啡廳裡讀他們的作品、大聲講出法文名字，感覺既性感又教人亢奮。說不定內容其實很沉悶，只是因為教授規定那門課必讀，語帶模糊地承諾說這些書籍會讓她成為更好的畫家。她一面翻動書頁，一面憶起手指沾過的點點油彩；她的嘴有點渴望來根菸，這樣似乎有點過火又放浪不羈——而這全都只是一種懷舊嗎？她有點無法分辨真實的記憶跟自己對記憶的幻想。

書商從位子上起身。他雖然滿頭灰髮，但實際上更年輕，襯衫乾乾淨淨。他把手伸進桌子底下的箱子，抽出三本精裝書給她。

「Pour la belle dame.」（法文：給美麗的女士。）

「Mais, vous parlez fran çais? C'est inattendu.」（法文：你會說法文？真沒想到。）她紅了臉。大學畢業以後，她就沒再講過法文了，她同學大多都念德語。

「我去過巴黎，是個可愛的城市。我是讀普魯斯特學法文的。」他說。

「我好久沒說了呢。」

「妳的腔調很完美。」

媽媽謙虛地推卻了他的恭維，她心頭小鹿亂撞，連自己都覺得意外；她好幾年都不曾有過這種感覺。內疚轉眼就取代了調情的喜悅時刻。她提醒自己，我丈夫，我可憐的丈夫。她連忙詢問這些書要多少錢。

「這些書沒有人會買，我連自己當初在哪裡找到的都不確定。所以請帶走吧。Un cadeau（就當禮物吧）。」

我母親出言抗議。她非付錢不可。她在皮包裡急忙摸索，找出幾張紙鈔，也許遠勝過這些書的價值。

「我堅持，拜託，小姐。」他開始用繩子將書捆起來。

「把錢收下。」她現在慌張起來，將紙鈔塞向他。他置之不理的時候，她就把紙鈔丟在桌上。

他抬頭看她。他敏銳到足以看出這不只是禮貌而已嗎？他是否注意到她舉止裡的驚慌？這個念頭遲遲不離開她的腦海。欲望受到羞愧的制衡。書商決意贏得她的芳心。他把錢塞進綁著書本的繩結裡，然後將整個包裹遞給她。

「不行。」她說。這份禮物感覺像個承諾跟義務。

接下來發生的事情很稚氣卻又必要。她拔腿就跑，把書跟錢拋在後頭，轉身不理書商的叫喊，衝出巷子、穿過市場，直到自己很確定他不會跟上來。

她告誡自己，一定保持警覺以免遺忘。

她停在雜貨攤前面，就在一疊疊椅子跟懸吊的掃帚旁邊，等自己平靜下來，一面把回憶當成護身符一般撥弄著，彷彿自己的痛苦可以減輕丈夫的痛苦似的。

她還年輕。她也覺得年輕，但也意識到自己的一段人生已經無可挽回地過去了。四個孩子天天提醒著她，她曾經有過丈夫。於此同時，阿姊穿過街頭的時候，總有男人攔住她問時間或芳名。

我就學以前就必須牢記一些規則。我幫姊姊刷廚房地板或丟蔬果皮餵豬的時候，她會對我再三叮囑那些規則。我們一起踩著溪水想抓蝌蚪的時候，哥哥們也會對我耳提面命。

第一條是「不准講台語」，這條規則我二兄學得緩慢又痛苦。政府為了團結人民而推行全國通用的語言，所以只要在學校用台語發一個音，就會受到老師的懲罰。台語是在家裡說的；國語是到世界上說的。我哥哥的雙手被打得淤青，最後終於學會在一個台語字溜出口以前，把嘴巴閉得死緊。

第二條規則我早就知道了。「我們家的事是我們家的事。」阿姊邊說邊把抹布放進桶子沾水。「懂嗎？不管我們在這裡講什麼，都不能跟別人說，不然他們可能會把媽媽帶走。妳希望媽媽離開嗎？」她推著抹布越過地板，沒正眼看我。

我不希望媽媽離開，我保證會守口如瓶。

入學以前，媽媽把我的頭髮剪到耳下，宣布我是大女孩了。我在椅子裡得意地扭著身子。我穿海軍藍裙子搭白襯衫。她把粗糙的牛皮紙塞進我的口袋，上學校廁所時可以用。姊姊用單車後座載我上學。我的同學在戶外排好隊伍，向國旗致敬，並且練習我們的早操。我用金屬便當盒帶中餐，每天早上班長會把大家的便當收走，在大型蒸籠裡加熱之後，在中午的時候發還給我們。我學會怎麼寫「山」、「火」跟「水」。我學到我們國家——中華民國的歷史，延續五千年的傳承。依照蔣介石的說法，總有一天我們會「收復」中國大陸，統一之後，全國就會再次過著幸福快樂的生活。我開朗順從，被塑造成一個乖女孩跟好公民。

我開始上學的時候，二兄九歲：個性好，愛惡作劇，被媽媽罵還像個傻蛋似地咧嘴笑不停。另一方面，大兄跟阿姊成了肅穆——甚至是陰鬱的——少年。他們兩人我都怕。每天下午，他們會在學校大門等我，在街頭的混亂、小小孩趕忙衝出學校的吵嚷騷亂中，他倆一派淡漠疏離。他們記得爸爸被毀掉的診所；他們夢見母親當初告誡他們要保持沉默。政府警告民眾防範埋伏在親人跟鄰居間、市場上、戲院跟廟宇內的匪諜——因應這種情形的唯一手段就是自己也當個間諜。大兄跟阿姊時時害怕著那些暗中窺探的人們。大兄都十三歲了，卻還是會尿床。

在我模糊的早期記憶裡，我常常望著姊姊：她是個穿梭在擁擠街道中的發亮身影。人行道上擠滿了流離失所的大陸單身軍人，她在弟弟謹慎的目光中，遊走於人群間。她十五歲，跟我一樣，也是頂著一頭及耳的鮑伯頭，這是當時女學生的標準髮型。儘管她身材高䠷，但身上的海軍藍裙跟白襯衫透露她的學生身分。就像媽媽，她又高又苗條，走起路來彷彿一心只有目的地——或是目的地之外的什麼——用肖似媽媽那雙細長的黑眸緊盯前方，眼眸散放的光澤裡帶著審慎的渴望。

島嶼上，五月末熱氣濃重，換個姿勢都覺得麻煩。我在教室裡坐立不安，渴望風扇能夠轉回我坐的這一邊。我們也做了小小紙扇，但我那把扇子因為雙手的濕氣而受潮，軟趴趴地癱著。我拿著紙扇對著我最好的朋友小燕搧了搧，她咯咯發笑，結果老師訓斥我們。終於下課了，我跟小燕手勾手，踏進了初夏的強光中。

阿姊在學校大門等著，用手臂替眼睛擋光。大兄跟二兄放學後繼續到補習班上課，阿姊事先答應過我，騎車回家以前要先去吃剉冰。我跟朋友道別之後，牽起姊姊的手。

那家店狹小陰暗，沿牆的幽影中排滿了糖果玻璃罐跟脆餅錫罐，吸走了光線，空氣中摻雜著山楂餅、人參粉跟蚊香的氣味，老闆閒坐在櫃檯後方聽歌仔戲，嚼著舊牙籤。玻璃櫃檯後面放著一架巨大笨重的剉冰機，從敞開店頭流瀉進來的光線幾乎不足以照亮。

我們坐在小小的藤桌邊，就在店前的人行道上，大口吃著上面淋了煉乳的紅豆剉冰，想趕在冰融化以前吃完。冰浸涼了我的嘴，糖分沐浴了我的牙齒，我在座位上歡舞。我決定這是我最愛的食物，宣布我長大以後天天都要吃。陽光燒熱我的頭頂。我滔滔說著學校的事，把小燕說的每個蠢笑話都重講一遍，姊姊一面點頭一面哼嗯應答。另外幾張桌子陸續坐滿了人，三個軍人在我們隔壁桌坐下。

在當時，每個軍人也是難民，大部分人來到這座島時，隨身帶著的東西就是全部的財產。逃難讓他們成為孤兒跟單身漢，在戰爭結束的恐慌中，國民黨倉促撤離中國，軍人被迫跟家人——孩子、妻子分離，海峽兩岸的關係降到冰點，表示他們連寄一封信回家都沒辦法。雖然思鄉的情緒縈繞不去，但在一九五二年，島嶼上依然一片樂觀，冀望國民黨能夠再次統治中國，實質上而不只是名義上的統治。

母親警告我們遠離那些臉龐明亮的男人。一九四七年那場大屠殺期間，男學生遭到閹割然後被棄置在山路上死去，還有基隆港裡的浮屍，在這種種的恐怖當中，也有不幸的女人在街頭或獨自在家時遭人突襲。有個士兵拖著板凳朝我們這桌過來的時候，即使我才五歲，也是滿懷戒心。

「小妹妹，妳自己吃得完嗎？」在熱氣中，他早已解開襯衫鈕釦，露出底下的白汗衫。我垂下視線。

「別失禮。」阿姊催促我。一絲恐懼閃過她的臉龐，她試著用微笑平撫那個軍人。「她很害羞。」

我不肯抬起頭來，只盯著他移動的雙腳。他的黑靴襯得白鞋帶發亮。靴子皮革亮晶晶，看起來好像甘草糖。

「別擔心，我不會搶妳的冰啦。」他不是我原本預期的怪獸。阿姊也看出來了。她斜瞥他一眼，再次微笑，不是為了安撫他，而是出自真心的友好。

然後阿姊突然把視線轉向我。「別失禮，快回答。」

她的責罵讓我覺得難為情，感覺很故意，彷彿想透過羞辱，逼我表現出禮貌。我的懊惱轉眼燃成了怒意，我用手肘推她，用力跺腳。「我才不擔心！」

我怒瞪著他們兩個，阿姊跟軍人都笑了。我不懂有什麼好笑的。他們難道看不出我有多心煩嗎？他們不是應該在乎嗎？

「看著我，」軍人說，「我想看看妳是不是跟妳姊姊一樣漂亮。」

阿姊尷尬地咳了咳。我再次對他擺出最臭的臉色。他高興又意外，輕聲笑起來，但阿姊倒抽一口氣，在桌下踢我一腳。「臭小孩！快道歉！丟臉死了。」

「不用擔心，她還滿有膽子的。」他站起來。「等一下，別離開。」他消失在商店的陰影裡。

「乖一點啦，妳這個小妖怪。」阿姊從書包裡抽出小小粉盒，瞇眼攬鏡照著。她舔掉卡在牙縫裡的紅豆屑。

「妳好醜。」

「妳又知道什麼了？」她怒聲回嗆。

軍人回來了，在我盤子旁邊放了一捲糖果。「給妳，妳讓我想到我家小妹。」

阿姊縮開身子，揮著雙手。「不行，拜託，我們不能拿。」

包住糖果的彩色蠟紙逗弄著我。我決定拒絕吃它，卻忍不住伸手戳了戳。

「拿去吧，只是糖果而已。」他拽著椅腳滑過人行道，朝阿姊湊去。

阿姊的吐息烘暖我的耳朵。「說謝謝。」

我蠕動嘴巴，但拒絕讓聲音穿過嘴唇。

軍人對不知感激的我露出溫暖的笑容，我更瞧不起他了。「她就跟我家小妹一樣，我最後一次看到她的時候，她差不多六歲。跟她一樣有膽量。」

「她是個臭小孩。」阿姊說著便把糖果推往我搆不到的地方。

我看到紅豆在太陽下漸漸變餿。我看到姊姊斜眼瞥著那個軍人，用她的背叛，將她自己跟他牽絆在一起。她的臉頰潮紅，上唇閃現汗光。

軍人對我眨眨眼。「我想不是吧。」

「就是。」阿姊堅持。她似乎認為把我丟去餵狗，才能挽回她的顏面。我們靜默下來。我彎腰駝背，拿著湯匙攪動碎冰漂浮的乳白色水。阿姊把頭髮撩到耳後，撫搓自己的頸背，唇間吐出幾不可聞的嘆息。

軍人的笑容在阿姊的身上流連太久。我再次心煩起來。她是我姊姊。她屬於我，而不屬於這個陌生男人。他觸摸她的手臂，拇指抵著她的肌膚。她下巴一低，從睫毛底下往上瞅著他。我一次次戳著冰碗，從金屬碰上陶器堅硬冰冷的喀啦響中得到發洩快感。

有天下午，母親把我關在臥房裡睡午覺，我懶洋洋躺在床上輕扯蚊帳，用我冒汗的雙手拍擊蚊帳，然後使勁一吹，看著它飛揚鼓脹。透過朦朧的布料，我看到一隻蚊子停了下來。只差一帳之隔，就會被蚊子咬到。我呼一口氣，把牠趕開。細小的聲音從屋子其他地方傳來。我痛恨每天這段孤單的時間。我用指甲刮著竹席，輕聲哼歌，假裝自己在彈古箏，我把臉壓在竹席上，然後細看竹片潮濕油膩的痕跡。

最後，我想起幾天前在衣櫥裡第一次瞥見的行李箱。母親在衣櫥裡翻找的時候，撥亂的衣襬露出了籠罩在陰影裡的箱子。我從蚊帳底下爬出來，跳下床到衣櫥前面。衣櫥無聲無息順利打開來。

我把行李箱拉出來，搓搓緊繃的皮革，皮革發出歲月的光澤。有張貼紙依然牢牢貼在上頭，吶喊著一串我讀不懂的英文字母：TOKYO（東京）。

我在裡面找到一小紮蓋了郵戳的文件，這些我也讀不懂，索性一把抛到旁邊。紙張後面只是個小零錢包，柔軟的棕色皮革上處處剝落，在我掌心裡像一枚垂軟的無花果。我把扣口打開，高興地發現裡面有一捆紙鈔跟幾個陌生的銅板。我把紙鈔在周圍的地上攤平，我從沒見過這樣的錢。

我想起一碗碗美麗誘人的みつまめ[3]：水果、甜紅豆、在陽光下抖顫的半透明果凍塊，整個像彩虹般。我不用等待阿姊慷慨解囊，就可以替自己買一碗，而且高興什麼時候吃都行。我把幾張鈔票塞進褲袋，將剩下的放回皮包。我又把那些文件看一次——除了我們的姓氏，沒一個字是我認得的，對我來說無聊又無用。我胡亂摸索著行李箱的搭釦，最後放棄，把行李箱放回衣櫥。我又回到輕薄透明的蚊帳下假裝睡覺。等我醒來時，太陽已經西下，母親正拉著我的手臂，柔聲呼喚我的名，看到我臉上被蚊子叮咬幾個地方，她不以為然咂了咂舌。

我跟店裡的女人要一袋話梅。蓋子從玻璃罐啵地打開時，甘草跟梅子的甜酸味飄了出來，我嘴裡湧現口水。儘管貨品擠得動彈不得——窄架上岌岌可危放滿了東西，還有更多箱子疊在地上，一罐罐各式乾貨占滿櫃檯的每吋空間，直到整個房間瀰漫著濃重的塵味，摻雜著魚、水果跟

3 mitsumame，日本甜點，類似台灣的蜜豆冰，裡面有水果、洋菜凍、紅豆、糯米糰子，再加上各式水果，例如桃子切片、鳳梨塊、櫻桃等，食用前先淋上黑糖漿。

許久以前灑濺的酒味。我渴望能在這裡花上好幾個鐘頭，細看每個餅乾錫盒上的圖案，將每只盒子的色彩牢記在心。我跟阿姊常來光顧這家店，頻繁到我都直呼店裡的女人阿姨了。那一刻，我真想輕撫她紅通通的寬闊臉頰，就像嬰兒伸手想摸戀慕的母親臉龐那樣。我踮著腳尖上下彈跳，看著每顆乾皺的梅子從撈杓滾進袋裡。

「我有錢喔。」我宣布，掌擊櫃檯，把偷來的錢擱在上頭。

阿姨彷彿吃了我一記似的，紅臉頰更紅了。「這是什麼東西？妳阿母給妳的嗎？」

我納悶自己有罪的手指是不是在紙鈔上留下了記號。我用不服來掩飾自己的羞愧。

「小怪物，耍什麼花招啊？」她把話梅倒回罐子。「把錢拿走！去去去！」

我在櫃檯邊緣底下縮起身子。

她俯過身來。「壞女孩，我要跟妳阿母說。」

「是阿母給我的。」

阿姨轉身背對我，開始在櫃檯後面忙著處理瑣事，一面喃喃自語。我抓起紙鈔，在拳頭裡喀啦捏皺。

「臭阿姨！」我走出店面的時候大喊。

我躺在床上，朝著框在窗戶裡的月亮講故事，這時聽到腳步聲從大埕院落大門傳進來。就像狗兒會吠叫警告，豬圈中的豬也發出哼聲。我站在床上往外望去。

店家阿姨吃力地緩緩越過庭院，月光照得她一身銀光。她高聲叫喚我母親的名字。我在床上把身子蜷縮成球，緊緊合上雙眼，祈禱自己能夠化入黑暗之中。我把偷來的錢藏在衣櫥下面的小縫隙裡。在陰影裡，錢長出眼睛，盯著我看。我母親喊出阿姨的名字。我揪住蚊帳下襬，用手把玩著。原本高昂的寒暄柔化為低沉的吱喳對話。

母親提著燈走進來，往後撥開蚊帳時，我早已睡著——捏著拳頭，壓在身下。我的臉蹭著竹席，想閃避光線。

「錢哪來的？」

我以為只要一直閉著眼睛不答，她就會離開。

她心不在焉用手撫過我的背。「小心肝，我沒生氣。我不知道我為什麼還留著。那是爸爸的。妳當然不記得他了。妳那時候只是個寶寶。那些錢很舊了，現在只是垃圾了；手上有那種錢，會讓我們看起來……」她頓住，然後小心地說，「像壞人。所以才會嚇到那個阿姨。我知道妳不曉得。我早該把它丟了，可是……」她沒把話講完。

爸爸。那個字絆住了我的心思。爸爸。他是個神話、傳說，只是個名稱，背後可以代換成任何人。只要有人提起，總是竊竊私語，彷彿他是我們害怕召喚出來的惡魔。可是那只皮包讓他變成真實的，既不是神祇也不是鬼魂。一個會使用金錢那樣世俗物質的男人。那些捏皺的紙鈔從它們在衣櫥底下的放逐之地怒瞪著我。我還是覺得害怕。一個禁忌癱瘓了我的嘴；「爸爸」像顆石頭壓住我舌頭，我無法開口安慰母親。

她爬進蚊帳到我身邊，把頭依偎在我的腦袋邊。「妳的頭髮好臭。」她說，可是語氣很溫柔。她的手指耙過我打結的髮絲。我不時就感覺到有個纏結鬆開來，有頭髮跟著被扯落，我發出不悅的悶哼聲，表示會痛。

「留住那種東西很傻吧？一個傻兮兮的小零錢包。」她對著我的頭頂喃喃說著，「我當初怎麼沒跟著其他東西一起燒了呢？」

第二部

台中　1958 ~ 1972

一九五八

13

媽媽坐在收音機旁邊，雙手握拳擱在大腿上。廣播員再次播報重複了整個早上的新聞。他充滿愛國情操的音調揚起，精神飽滿、帶點卡通式的誇張喜感。

「為了掌控反攻大陸的先機，我們已經準備做出重大犧牲！我們的目標在於解放祖國的兄弟姊妹，此刻，國軍正在前線英勇作戰，你們家人等待你們歸來！」

中國承諾要將台灣——我們鍾愛的中華民國——從蔣介石跟國民黨手中「解放」出來，於是連番轟炸金門，這個小小島嶼位於中國外海，所有權屬於台灣。昨晚，我無意間聽見鄰居歐陽叔叔跟外公外婆聊起這件事。

「中國沒搞懂的是，」叔叔當時說，「中華民國才是中國的合法統治者。扛著共和國大旗的可是我們。我們是流亡在外的政府！」

外公猛拍桌子。「你被洗腦了！台灣是屬於台灣的！」他重新斟滿歐陽叔叔的酒杯。「來，再多喝點。」

那天稍晚，媽媽跟我解釋，外公喝酒是因為擔心而不是因為開心。他心愛的大孫子正在空軍服役，地點就在金門，我們還沒有具體的死傷消息。

我扳開媽媽的拳頭，爬進她的懷抱。我一手摟住她肩膀。「真的嗎？媽媽？我們是流亡政府嗎？」

「噓，我在聽新聞。」她攬住我的腰，「天啊，妳好重，妳已經大到不適合坐我腿上。」接著她再次往前傾身，漫不經心掃視遠方，一面聆聽著。

我頭靠她頭上。「大兄會死掉嗎？」

「不會！」她怒斥，「別說這種話，會倒楣的。」

我咬住嘴唇，擔心自己剛剛把某顆子彈導向不幸的哥哥。

房子的另一邊，我外甥女高聲啼哭著。阿姊、姊夫跟一歲大的女兒共用西廂的房間，同睡黑檀木雕出來的巨大天篷床上，這張床以前是曾外祖母的。

「美美醒了，去抱她吧。」母親溫柔地將我推出懷抱，然後將收音機的音量調大。

我一走進去，美美就不哭了。她臉頰亮紅，汗濕的頭髮黏在額頭上，不過全身上下只包著尿布。我撩起蚊帳，叫她過來。她爬了過來。

「依！」她叫著，想叫阿姨，但頂多只發得出這個音。她抓住我的肩頭，讓自己站起來。

「好乖的寶寶！」我親親她潮紅的臉頰，然後輕拍她的臀部，發現尿布濕了。

「可憐的寶寶，阿姨幫你換尿布好嗎？」

她嚷著「依！依！」然後扭著身子，我勉強解開別針，替她撲上痱子粉。她終於乾爽又潔淨了。我把她靠在我的臀部上抱著。「我們去找阿嬤。」

我們走出臥房時，發現姊夫提早到家了。「啊，我正在找我最喜歡的兩個女生呢。」他說。

他從我懷裡把女兒接過去時，美美高興得尖叫。

我拍拍她的尿布。「我替她換過了喔。」我告訴他。

「妳這個阿姨最棒了，妳真是乖孩子。」他的笑容好燦爛。我覺得不好意思，就把臉頰往肩膀裡縮。

阿姊即將高中畢業的某天，吃剉冰的時候又認識了一名軍人。她馬上注意到他平滑的棕色前臂，好看的平頭黑髮，強健的蘋果下巴，叫她名字時的上海腔。還有她不願承認的事：他年紀有點大、是外來者、是禁忌。

他叫登演，二十五歲，是空軍技師。他的襯衫永遠漂白整燙過，鞋子擦得發亮。味道好聞，不像學校那些頻頻推擠她、老對她發怪聲跟扯她書包的汗臭男孩。在他身邊，她覺得自己像個女人。

她不認識他，對他的想法或見識也一無所知。她無法想像美國部隊運輸船滑過灰濛濛大海，載著數以百計暈船男人的情景——這是最末一波逃離共產黨的人潮，登演就在其中。共產黨當時沒有海軍。男人們身上的制服因為汗水而僵挺，大夥在甲板上挨挨擠擠，手臂繞著繩索跟欄杆，塞得走道跟臥鋪動彈不得。對阿姊來說，他長得英俊就夠了。

阿姊的婚姻更讓母親遁入陰影裡，縱使外公外婆的朋友說長道短——他們相信只有窮困、醜陋或蠢笨的台灣女孩，才會跟國民黨退伍軍人結合——但母親幾乎不怎麼反對這場聯姻。這場婚姻讓別人對阿姊起了疑心，謠傳她肯定有隱疾、天生缺陷，或是有不為人知的心理問題。教我家人懊惱的是，阿姊不在意她丈夫沒有家人、沒有過去，純粹為了愛跟他結為連理。我很欣賞姊夫。有時候，不小心還會脫口叫他「大兄」。他進入我們的生活後，我才意識到，以前別人灌輸給我們關於那些軍人的警告，不見得都是真的，是好是壞只是觀看角度的問題。

金門這座小島八二三開始遭到轟炸，幾天後，颱風橫掃台灣。電台報導轟炸的最新消息，並插播颱風警報。我們馬上把豬仔接進來，集中在一間臥房。雞隻綁進籠子，跟豬仔放在一起。我們把最大件的家具推到窗前抵住。等我們關上前門，天空已經一片漆黑。我們用破布塞住門檻，然後等待。

二兄跟外公藉著檯燈光線開始下棋，我則蜷起身子坐在燈籠附近的椅子裡看漫畫。風敲擊門窗，不知名的物體鏗鐺撞響屋頂。母親把麻將拿出來，說服阿姊、姊夫跟外婆共襄盛舉。在屋外一片只聞其聲的混亂裡，麻將牌的喀啦響跟他們的驚呼聲（母親半開玩笑發牢騷說，外婆怎麼贏個不停）帶來了安慰。

雨水厚重吵雜地開始滂沱落下。二兄贏了棋賽卻沒發出得意的呼喊，十五歲的孩子有這種表現還滿難得的。外公在我身邊坐定，準備抽菸斗。外公的菸斗是用細長竹段做成的，尾端有個節瘤。

「我有故事要講給妳聽。」他邊說邊把菸草壓進彎弧的小碗。「比妳現在看的還精采喔。」他點燃菸斗，短促地噗噗吹氣，然後說：「這場雨讓我想起我年輕時代，日本人剛到台灣來的時候。」

外婆的眼睛沒離開麻將，咂了咂舌頭並說：「講那個幹麼？你那時候根本小到記不清楚吧，別煩她啦。」

「我就想聽。」姊夫回頭喊道。

外公用手肘推推我。「妳看，連他都想聽，那妳呢？」

我不情願地放下漫畫。「好吧。」

「看吧，那你呢？」他問我哥哥。

「當然好啊。」二兄說。他已經把棋子照位階擺回了原位。

「當然好。看吧，他說當然好。」

「爸，拜託，」母親抗議，「不要說，不要挑現在說。」她邊笑邊掐起一張麻將牌。「碰！」

她把自己的牌推倒，讓大家看到她贏了。

「那個學校有沒有教？」外公問我。

「沒有。」我說。

他用三根指頭優雅地端著菸斗，咂響嘴唇，呼出一個煙圈。「當然不會教，那個又不是國家歷史。」

他繼續說，一八九五年五月他五歲。有消息傳出來，說慈禧太后——那個妃妾把政敵丟進滾燙的油鍋，然後晉升后座——簽訂《馬關條約》，將台灣割讓給日本。島民害怕日本人會把他們全部當成奴隸，就想了個解決辦法，宣布台灣為獨立的共和國，集結人民起來對抗新入侵者。叛徒遭到斬首，以長辮將頭顱懸掛起來。

「爸！」我母親驚呼。

烏黑長辮吊著腦袋前後擺盪，這個影像吸引著我。「繼續說。」

台灣共和國最新召募的軍隊會在基隆迎擊日本人。不分年齡與體型的男人一起搭火車過去。有志從軍的人群費勁地下了火車之後，老弱婦孺就慌慌忙忙擠上車，紛紛準備逃離。生活殘跡順著軌道往外撒得到處都是：亂七八糟的棄置行李箱、寢具、翻倒的家具、在籠子裡哀啼的鳴禽。兩面新共和國的旗幟——藍底上的黃老虎，軟啪啪地翻飛。

外公的父親，也就是我外曾祖父，加入那些前往海濱田野的男人的行列。他們分成幾個軍團，用想像的槍枝在雨中操練。等到實際開戰的時候，會用挖掘出土的生鏽舊槍砲來當武器，那些大砲是荷蘭人當初留下來。操練過後，男人會魚貫走進滿地泥濘的兵營，吃大鍋煮成的無味湯水。我外曾祖父離開編隊，跟他表親相偕到鎮上去，看看能在棄置的商店跟建築裡找到什麼。村民離開得如此倉促，有些住家爐灶上還放著暖熱的一鍋鍋菜餚。

外曾祖父跟表親在一棟廢棄住家睡著了，那裡的床鋪聞起來有陌生人的氣味，雨像天篷般地罩住住家，給人慰藉。後來，鼓聲將他們召回風雨裡。有人看到日本船隻了。大夥兒在營地裡整隊，身子濕透、步伐踉蹌。

外曾祖父跟表親分到了刺刀磨鈍的步槍，還有繫在腰間的缺角小刀。軍團行軍登上山丘到堡壘去，那裡的軍備較為齊全，有阿姆斯特朗砲、克魯伯大砲以及色彩鮮豔的旗幟。

雨停了。這對表親接獲指令，負責在村莊裡巡邏。前一天掠奪的殘跡散落在街道上。他們順著主街來回走動，然後停在一家遭到劫掠的商店潮濕破損的窗板前面，共享在店裡找到的一把菸斗。他們討論打死日本兵的獎賞（一百五十銀兩），打死日本軍官則有兩倍。他們必須把人頭提去當證明。一百五十銀兩足以生活一整年，外曾祖父跟表親一時血氣方剛，信誓旦旦說他們的首要之務就是要獵下日本軍官的人頭。

隔天早上就開戰了。整個城鎮原本滿是汗濕又百無聊賴的男人，這會兒一時精神大振，但是槍火在中午以前就停歇。外曾祖父跟表親在村莊裡緊張地沿街來回走逛，任意穿越巷道，豎耳聆聽海上的動靜。

一片寂靜。

沒人捎消息過來。

外曾祖父跟表親掏出菸斗，輪流嚼著菸桿。他們今天就會開戰，剛剛的槍砲聲已經確認這點。戰火即將像閃電一般臨到他們頭上，除了等待，別無他法。

雨又下了起來。水氣迷濛山丘。表親清清喉嚨，以銳利如隼的目光梭巡四周，提議回到前晚借宿的房子。

外曾祖父知道戰事難免涉及血光、髒污跟汗水，但他關於光榮的夢想裡不曾出現雨水。他們把槍枝攬在胸前，彎腰駝背。早已濕透的地面不久就化成泥濘。人們棄置在家中的蔬果皮、動物皮跟內臟被積水沖到街上來。

有個像是詫異，也或許是示警的噪音，讓他大吃一驚。他看到一排深色身影穿過滂沱大雨往前挺進。表親揪住他的手臂，兩人踉蹌躲進巷子裡。外曾祖父跪下來，忙著把弄步槍。在嘩啦作響的雨聲中，他的呼吸很響亮。一聲槍響傳來，然後又一聲。他爬到轉角那裡，往外窺看。那排身影已經散開，士兵分頭舉著上膛的槍枝沿街疾步走來。他們用日文高喊著，看起來不像別人警告過的那種侏儒或野蠻人，擦得啵亮的黑鞋上甚至套著及膝的奶白色綁腿。

「他們要來了。」他對表親低斷。兩人拔腿就逃。巷子毫無章法一條連一條，他們也跟著繞個不停。他們再轉一次彎，就瞥見一位吃驚的日本軍人。他們趕緊退回角落。外曾祖父胡亂掃射，男人發出短促的驚叫。

外曾祖父又往外一瞥。士兵倚在牆上把弄手槍，眼神狂亂惶恐地四處搜尋。大片積水在士兵面前從屋頂潑下，這次外曾祖父瞄準了，男人發出哀號。外曾祖父沒擊中對方的腦袋，但男人揪住受傷的手臂。男人將四肢往內收緊，盡可能把自己縮到最小。

外曾祖父往前爬行，槍口瞄準男人不放。

表親呼喊他的名字。

一顆腦袋一百五十銀兩。

男人痛得大叫，一看到外曾祖父，連忙放開握住流血手臂的手，急著找槍。

「別動！」外曾祖父嚷嚷。持槍讓他變得勇敢，但男人難以預測的恐懼，就像動物準備啃掉自己受困的肢體，令他覺得害怕。他再次警告男人。男人聽不懂，於是開了槍。外曾祖父驚愕地往後一跌，然後再次開槍。槍響模糊了男人摻雜著啜泣的胡言亂語。

外曾祖父再一次失準。男人眼中閃過瘋狂。他頓時明白，繼續往前等於是自殺。他沒辦法活捉或死擒這個男人。他轉身，開始以不規則的路線瘋狂逃離，沿著巷子左右狂奔，閃避男人的準星。他的腦袋怦怦搏動，血液順著每條動靜脈上下衝刺。他成功跑到轉角，腿湧上灼燒感，彷彿有冰劃過。

接著，冰變成難以置信的熱氣。他繼續往前奔跑，空氣在肺裡燃燒，空氣怎麼吸都不夠。

他跑得遠遠的，將子彈的聲響拋在腦後。他跑到連向台北府的鐵路軌道。他看到其他男人跛著腳順著軌道步行，外套要不是扯破，不然就是不見蹤影。

雨水稀釋了他傷口淌出來的血。他蹣跚走進草地裡，跪了下來，扭身查看傷勢。他看不出那個傷口有多深。他抹去臉上的雨水，覺得頭昏腦脹。他手肘向外癱倒在泥濘地上，雙手摀臉，對著大地放聲尖叫。

響起那聲原始尖叫的當下（我外公以嚇人的精確度重現給我們聽），一聲巨響打斷故事的進行，中間穿插著豬隻的低吼。姊夫跟二兄跳起來，衝向我們收容家畜的臥房。我也跳了起來，但母親吼著要我坐下，我不理她。

房門後面，豬隻大喊、雞兒啼哭。姊夫揮手要我們後退，然後緩緩拉開房門。

原來我們用來擋住窗戶的衣櫃倒下來，壓垮了一整籠雞，嚇壞在窄仄空間裡亂走亂逛的豬仔。有一頭跑到床上去避難。風雨鑽進破損的窗戶，小小的落葉像颶風旋繞不停。姊夫把二兄拉進房間，我跟在後頭溜了進去。飛竄的沙粒刺痛我的臉，我幾乎睜不開眼。他們忙著把衣櫃抬離倒楣的雞隻時，我把豬趕出房間。豬做鳥獸散，掀倒了麻將桌，撞進祖先供桌，打翻了香爐。姊姊尖叫一聲，把美美從遊戲床裡救出來。二兄跟姊夫把雞籃推進走廊，用力關上門。呱呱大叫的雞（其中幾隻死了）一起捲入這場混戰裡。

我連忙爬上椅子，開始竊笑。姊姊上下搖著哭泣的女兒時，也跟著笑了。外婆很生氣，說都是外公的錯。

「幹麼談死人的事啊？」媽媽嚷著，一面把撒落在地的麻將牌撿起來，「看看你幹了什麼好事。」

翌晨，我們一打開門，迎面就是涼爽的灰色天際。風雨已經驅走熱氣。樹木一片生機盎然的綠，斷枝散落在大埕裡，豬圈有一面牆倒塌了，我們還找到鄰居房子的屋頂瓦片。

姊夫跟二兄開始重建豬圈，媽媽跟阿姊負責打掃屋裡。阿姊先用包巾把美美綁在我背上，我就開始清理大埕。我邊工作邊對美美說話，聊起颱風、解釋雨水的起源。她從喉頭開心地回以一連串讚賞的「伊」。

廣播斷線了，我們忙著應付日常事物，暫且忘卻金門的轟炸。二兄用耙子打掃豬圈。外婆在廚房忙得砰砰作響時，媽媽跟阿姊你來我往拌著嘴。外公不知道跑哪去了，不聞聲響。一整天，勞動的持續低鳴撫慰了人心。

最後，痛苦宏亮的鳴聲引起我的注意。我掃視田野。遠處有三頭水牛，也是這場風雨的受害者，正漫無目的在淹水的田野裡吃力繞著圈子。我想牠們可能是歐陽家的水牛，他們的田地就在我們家右邊。我大步走向水田之間的土埂，看看能不能認出這些牛。

我懶得穿鞋，平日上學才穿。我雙腳陷進冰冷的泥巴，噁心跟快感同時竄上背脊。美美發出哀鳴。

「我們去看牛喔。」我柔聲哄勸。

在我兩側，茂盛稻草之間的靜水發出閃光。水田裡飄著一隻吸飽水的拖鞋。水雖然不深，但暈眩讓我身子發冷。我想像自己失足，美美跟著我跌倒，最後因為泥濘而窒息。「我們好好的。」我說出口來自我安慰。我把手往後伸，掐掐她小小的光腳。

有個男人從對面的馬路踏上土梗。

我指了指動物。「歐陽叔叔！」我喊道，「是你家的牛嗎？」

男人停住腳步，我這才明白自己弄錯了。

他是陌生人，穿著不同城市的衣服，可能來自別的時代。黑長褲搭配扣領白襯衫，臉孔黧黑，雙眼陷成細線，還穿鞋子。即使從這裡，我也可以看出是黑色皮鞋，而且他不介意沾到泥巴。他不是農人。他加快腳步，掛在肩上的包包搖晃起來。

我考慮轉身跑回家。他在這條窄細土路跟我錯身而過，我們兩人只隔幾吋距離。我可以聞到他的汗味，頭皮沒洗的臭氣。衣服上有陳積的菸味，也或者是皮膚上殘留自昨天的酒氣。

他走得更近了，濕濕的棕色臉頰上滿是淚水。他抹抹臉龐，用袖子揩揩鼻子，然後對我微笑。接著用姊姊的名字叫我——不是我平常叫的「阿姊」，而是她正式的名字——「蔡麗卡？」

我的腿突然癢起來，我用另一腳搓了搓癢處，結果留下一道道泥痕。

水漬模糊了他的鏡片，他的頭髮過長，耳鬢發白。

「妳認識蔡麗卡嗎？」他問。他講台語沒口音。我隨之放柔姿態。掐掐美美的腳作為安撫，她輕拍我的腦袋。「伊！」她尖聲說。

「她是我姊，」我輕聲說，「蔡麗卡是我姊姊。」

「妳姊姊。」問題化為了陳述。「這位是誰？」他用下巴指指美美。

「我外甥女。」

「妳外甥女。」他再次重複我的話，語氣裡加了敬畏。我開始納悶他智商是不是有問題。

他迎上我的目光。他的眼白布滿血絲，視線在我臉上遊走：先是我的眼睛，再來是頭髮、鼻子，然後是嘴巴。

「等一下。」我懇求。

「請帶我去找妳媽媽。」

我們排成一列沿著土埂走。美美在包巾裡蠕動。我不敢轉頭去看跟在我後頭的男人，可是我仔細聆聽泥濘吸著他鞋子的聲響。我擔心母親可能會罵我擅自把陌生人帶回家。我考慮把他引到歐陽家，故意叫歐陽阿姨「媽媽」，然後一溜煙跑開，讓他們自己解開這則謊言。或者我可以丟下他，趕回去警告家人。

可是這些事情我都沒做。我們來到大埕。一看到我們，姊夫跟二兄就停止動作。我看到他們的眼神好奇裡有謹慎，於是開口說明：「他找媽媽。」

姊夫跟陌生人打招呼，把美美從包巾裡抱走，要我去叫媽媽出來。我發現她正在拖地。

「媽。」

「妳把地板都踩髒了啦。」她把我趕回門口。

「有人來找妳。」我的肚子因為恐懼跟得意而刺痛：有陌生人來見媽媽，而且是我把他帶來的呢。

她猛地抬起頭望著我。「是誰？」

「我不知道，是一個男的，」我沒提到他破損的鏡片或嶄新的皮鞋。也沒提到他驚奇地反覆喃念姊姊的名字。

她把抹布丟入水桶，走進廚房。我跟著她。

「他想幹麼？」她問。她清洗雙手，粉紅肥皂在手裡繞轉不停，看得我出神。

「他沒講。」

乳白細薄的泡泡沖下排水口。她關掉水，望進我的雙眼。「他長什麼樣子？」

「他穿黑鞋。」

媽媽頓住。「他有沒有提到大兄？」

「沒有。」

水槽上方掛著一面小鏡。她往小鏡一瞥，沾水抹順頭髮，然後檢查結果，悶哼一聲，搖了搖頭。「亂糟糟，可是也只能這樣了。」

「我想跟大兄沒關係。」我說，雖然我也沒把握，但還是試著安慰她。關於海峽那場迫在眉睫的戰役，在風雨開始以前，我們就沒再聽到什麼消息。

我們踏出屋外的時候，姊夫還在跟男人講話。男人察覺我們出現了，於是轉過身來。

「阿敏。」男人說，我媽媽的名字從他嘴裡吐出來，聽起來像是破掉的盤子，尖利碎片彷彿狠狠割傷他的喉嚨。

媽媽原本懷抱希望挑著雙眉，登時臉色一沉、蹙起眉頭。她攢緊拳頭，朝他走去一面說：「你是誰？」

男人求情似地重複媽媽的名字：「阿敏。」

「走，」她說，「你走。」

「是我。」

她現在就站在他跟前。雖然這麼親近，但她卻一臉剛硬。

「那你證明啊，他叫什麼名字？」她指著我哥，「她又叫什麼？」她指指我。「你舅舅叫什麼？就是那個經營印刷店的？跟日本醫師結婚的表親叫什麼？」她的希望——跟難以置信，搖身化為怒意，令她泫然欲泣。

阿姊穿過幽暗的門口，踏進明亮涼爽的早晨。有什麼竄過了她全身，再次將她變回小女孩。

「爸。」她說。然後她打住腳步，彷彿生怕再靠近點，就會讓鬼魂消散無蹤。她眨眨眼，困惑著，嘴巴舉棋不定，在笑容跟淚水之間微顫。**爸爸**？我暗想，**爸爸**？

二兄重複那個字眼，爸爸離開的時候，二兄才四歲。接著我轉向陌生人，也說出口了。

「爸。」

媽媽吁了口氣，胸膛似乎塌陷下去。長達十年的緊繃就跟著那口氣煙消雲散，最後，媽媽終於碰了碰他的——我爸爸的衣袖。

14

我想像爸爸離開以前的日子，想像我跟兄姊們還不存在的歲月，當時我父母還只是個雙人家庭。

那是一九三五年八月傍晚。夕陽西下，霓虹燈跟點燈的公寓窗口映亮了街道，偶爾有車頭燈劃過黑暗。

兩人新婚燕爾，媽媽的結婚禮服（白蕾絲跟細緻的鳥籠面紗）摺進衣櫥盒子裡，還微微散發著她的香水味。他們在阿里山度蜜月，享受涼爽的山間晨霧，巨大的柏樹與雪松，跟遍布島嶼的棕櫚樹形成對比。媽媽想像歐洲就是這模樣。阿里山還有另一個意義：我父母就是在這裡共度新婚之夜。媽媽不是羞澀的新娘。藝術學校讓她習於光裸的軀體。她堅持亮燈，讓爸爸很吃驚，一時納悶自己到底娶了什麼樣的女人。當然，這正是他愛她的地方：她的現代特質；她對同齡女子輕聲竊笑、搔首弄姿的作風總是不屑一顧。

他們來到餐廳。陶雕巨魚從房間中央拔地而起，蜷起的魚尾貼在地上，魚頭朝向天花板，紅色電光在張開的魚嘴裡發亮。他們的朋友在魚雕後面的圓桌等候。他們一看見我父母，寒暄聲四起，高聲招呼，揮手要他們過去，問起蜜月旅行。

這些是殖民地上最優秀也最聰穎的人：兩名醫師、一個學校校長、一名書籍編輯。妻子各個受過大學教育，其中有位還是醫師。大夥兒高聲暢談，自在朗笑，說著露骨的雙關語相互調侃，手勢充滿自信，這些青年都是注定要繼承這個世界。

媽媽看著爸爸談起近來關於察哈爾解除武裝的協議，她納悶自己何德何能可以嫁給這個男人。他並不是桌邊最俊美的男人，但辯才無礙、聰明過人。她總是感覺到他內心有某種核心、全然道德的東西。她不知道會匯聚成這種印象，是他說話時的篤定，還是他傾聽時望著別人眼睛的穩定，或是她說不上來的無形東西——語言背後的東西：細微的手勢、眨眼、很容易忽略的語調。她跟著大家一起放聲笑著，她的筷子閃進共用的餐盤裡，乍看之下跟其他人一樣全心投入對話。他們是否跟她一樣仰慕他？他們是否注意到他光滑的皮膚、梳得平整的頭髮跟清晰的咬字？被他挑選為伴侶，讓她自覺有德性。

她夾菜到他碗裡，他對她閃了個眼神，**住手**這字彙在他的舌尖呼之欲出，但他什麼也沒說。當然，當然了。她的脖子跟下顎燙熱如刺。其他妻子都不做這種事，她看起來一定很土氣、老古板。她回頭專注在自己的碗上。沒人看得出她的窘況：媽媽在溫和的面具下平定自己的情緒。發乎於外的焦慮就像優雅：她有所不知，吸引爸爸的正是這個特質。即使是現在，覺得自己受到責罵，她也不洩漏絲毫任何情緒，既未低頭，也未溫順地眨眼睛。

他們手勾手走路回家，媽媽的鞋跟踩在瀝青碎石地上喀啦作響。夜裡悶熱，空氣瀰漫著熟成水果的刺鼻氣味。三輪車伕踩著踏板路過。他們的白制服跟白帽在暗夜裡發亮。幾家餐廳傳來陣陣樂聲，是黑膠唱機傳出的機械式哀鳴。他們順著巷子轉彎，那裡除了在公用水龍頭旁的水灘裡舔水的貓咪，整個空蕩蕩。

樓上臥房裡的嶄新家具還散發著亮光漆的氣味，他們就在家具中褪去衣物。爸爸坐在床上，從潮濕蒼白的雙腳上拉下襪子。母親用沾了冷霜的棉球，拭去臉上的蜜粉。

「執政當局處理番仔的方式完全走錯了方向。」

「什麼？」媽媽說。她把棉球丟進垃圾桶，拿起梳子。

「同化才是解決之道。要不然，永遠都會有一群人一受到挑釁，就想砍掉人的腦袋。」

「確實。」媽媽這才明白他在回應晚餐上的對話。她想談談什麼促使身為日本人的林太太嫁給當中的林先生。林太太為什麼放棄自己的國家跟公民身分來到這裡？可是，一如既往，我爸爸的心思永遠放在更崇高的話題上。

「然後他們用酒來麻醉他們。從現在開始，幾個世代後就會出問題。吳明搞錯了，完全搞錯了。」

她不記得吳明說了什麼，但她低哼表示同感。她從梳妝檯看著他。他褪下汗衫跟內褲，暫停動作，抓起汗衫衣襬擦拭眼鏡。

「重點是，我們甚至不應該用『番』這個字眼。我們不都是搭同一艘船的福爾摩沙人嗎？我們跟他們有什麼不一樣？我們全都是二等公民。我們瞧不起他們，自己也不會升格成一等公民。」

他把眼鏡拿近臉龐，瞇細眼，摳摳鏡框上的東西。

「你相信人人平等，那就是你的弱點。」她半開玩笑說。

「是真的啊。」他戴回眼鏡，頭一次注意到她身上只披薄袍。「穿著。」他說，欲望讓他下顎緊繃。

「穿到床上？」

「嗯。」

「可是這是我的連身襯裙，」她不自在地摸著自己的肩膀，「而且我都穿一整晚了。」

他走過來，跪在她背後。兩人的目光在鏡子裡交會，接著他吻上她的肩，咬住肩帶。她往後伸手摸他的臉頰。

原本是這樣的，起初是這樣的。

另一座城市，另一個時代。台中，一九五八年。不再有寬敞的街道或涼爽蓊鬱的公園。現在到處都是汽車跟單車，火車嘈雜地駛出車站，人們在人潮洶湧的騎樓底下閒聊，讓氣溫跟著竄升幾度。媽媽後悔自己穿了絲襪。

她心思放在搔得小腿肚發癢的汗水，還有尼龍襪頻頻滑脫的幻覺上。在熱氣中，她開始覺得自己的口紅濃重俗麗。手肘、皮包跟麻布袋用力推擠著她，將她逼往爸爸身上，他則直直盯著前方，在自己吱喳不停的思緒裡勇往直前。

爸爸回家兩週了，為了平息謠言，媽媽策畫這場晚餐——對某些人來說，他回來暗示著恥辱：蔡醫師是用什麼代價換回一命的？他做了什麼惡魔式的交易？她試著原諒那些聲稱另有要事而婉拒邀約的人。她知道他們害怕爸爸招惹的禍事會傳染。

他們漫步走向餐廳的時候，爸爸想像自己是個時空旅人。他被放在時光機裡——這種時光機比書裡寫的時光機單純多了——是用水泥跟鋼鐵打造出來的，移動速度不比時間或光快。此時現身在這個奇怪的世界裡，連色調整個都不同了。他孩子長大了，妻子變成了別的女人，她的笑容游移不定。過去，街道如此開放空蕩，他們以往總是走在大道中央。現在，四周總是人山人海。戴著白鋼盔的憲兵漫步走過。從早市清掃起來的垃圾堆積成山，正等待收垃圾的人。司機對著鑽來鑽去的單車客或粗心大意的卡車猛按喇叭。這是什麼樣的世界？人潮的力道再次把她推到他身上。他可以跟她談談時光機的事。把事情講出來，事情就會變得沒那麼真實。不過，就在他盤算怎麼講述的當下，就聽得出那些話有多麼荒唐。最後他寧可默不作聲。

要是他開口講話就好了。他的沉默毒害了整頓晚餐。氣氛就要變調，媽媽暗想，這時，女人們（姑姑跟母親幾個中學朋友）往前衝來，對著爸爸驚呼連連，彷彿他是個氣味芬芳的新生兒。

「啊，蔡醫師，好高興你回來了。」

「蔡醫師！你一點都沒變耶。」

媽媽懷疑她們刻意決定給我爸爸面子，假裝憑空消失的那十一年，只是一趟出了錯的差旅。

媽媽回應她們的熱忱，但爸爸只是面無笑容，語氣平板地打招呼：充作哈囉的悶哼，如此而已。

擔憂的捲鬚在母親的胸口展開。她之前堅持要他泡澡，還讓他換上新襯衫，而這幾天以來頭一次，他也好好配合。可是他現在在幹麼？他準備打破承諾嗎？雖然他之前並未開口承諾，但她看也知道。

「還跟以前一樣，是個正經八百的醫師，」周阿姨調侃，「坐吧，這樣就能點菜了。」她手搭在他背上，領他入座。

等大家再次坐定，周阿姨跟服務生點完菜，整桌人就陷入不安的沉默。某人對豆腐的味道發表意見，眾人趕緊附和。媽媽決定，既然這種尷尬氣氛的起因是她跟爸爸，她有責任炒熱大家的對話。她不針對任何人，詢問孩子們現況如何。

翁阿姨體貼我媽媽，馬上起而響應。「葦欣剛剛通過大學聯考了。」

「太好了！」我媽媽說，「她一直都很聰明。」她等著爸爸深表同感，但他只顧盯著自己的茶水看。

「你兒子會回家過中秋嗎？」另一個阿姨問媽媽。

「希望嘍，現在什麼都不確定。」

「我敢打賭，他等不及要見到父親了。」翁阿姨說。她丈夫馬上碰碰她的胳膊。她點明了眾人刻意視而不見的事，而那件事從角落裡重步走出來，大剌剌地坐在桌上。

「我們也等不及要見見他，對吧？」媽媽的手溫柔地覆在爸爸手上。他猛地一動並說：「對。」

翁叔叔立刻發話，品評海峽兩岸近來的紛爭，將話題導入了時事領域；針對這個話題，人人都可以表達怒氣與掛心。媽媽相當感激。

我爸爸就像個眨著眼踉蹌步出洞穴的男人，終於現身於此刻。他的視線在賓客之間閃動，目光追隨著對話。媽媽替他多斟了點茶。她喃喃：「喝吧。」

「我想回家。」爸爸音量大到只讓我母親聽見。

「我們才剛到，等菜上來。」

「我想回家了。」

「等等。」

我爸爸站起身。「我去抽根菸。」

「要火嗎？」有個叔叔主動拿出打火機。我爸爸搖搖頭。

「你不用出去抽，這裡就有菸灰缸了。」翁阿姨說，可是我媽媽注意到阿姨的目光繞著桌子走，要大家一起評評理。

我爸爸點起香菸。「我去外頭。」

餐廳後牆上掛著一尊女神在雲間盤旋的浮雕，就是媽媽痛恨的那種俗豔藝術。這種東西根本不夠格稱作「藝術」，是用機器壓出來，再抹上膠水跟漆料，放在廉價的雜貨店裡販售。當爸爸走出餐廳時，媽媽一直盯著貼了金箔的女神不放。她啜飲著又淡又冷的茶，胸口裡的捲鬚開展盛放，布滿葉與花，蜿蜒纏繞她的心臟，噎住她的喉嚨。

飯菜送上來了，我爸爸還沒回來，她出去找他。他不在餐廳前面。垃圾車來過，清走了垃圾，留下受潮的圈印。她趕到轉角那裡，預料他會蹲坐在某個倒翻的貨箱上，周身丟滿菸蒂。他也不在那裡。她又往前越過一個街廓，希望能在打烊的店家前面追上他，他可能正悠閒地逛著櫥窗。還是不見人影。她又多走一個街廓。也許他最後決定去吃碗麵。

獨自回餐廳太丟臉了，她索性上了公車。

敞開的窗戶喀啦作響，廢氣在濕氣裡更濃重。媽媽在下方的街道上尋找爸爸的身影。有幾十個男人裝扮類似，從容地沿街走著，有的抽著菸，有的提著包裹，有的牽住孩子。她覺得快暈倒了，害怕自己會對著窗外嘔吐，於是抓緊前方的座位，低下頭。等待還是比較輕鬆。罪惡感淹沒了她，她暗暗痛罵自己。有這種念頭真是太糟、太糟了。她想起那些不確定、充滿可能性的日子。冀盼著他返家、全家團圓的那些白日夢。她從沒想到會有這種情形。公車停下，噴了氣，搖了搖之後又活過來。她畫過好幾幅天真的油畫，團圓的一家人站在質樸的田園風光之前。她當時一心只想到幸福快樂的結局。

他不在家。她坐在昏暗大埕裡的桌邊等待——我們對這種景像早已習以為常。我走出來坐在她身邊。她伸手摟住我。

「我陪妳。」我宣布。

「妳該上床了。他很快就會回來，他會回來的。」

此時，我正在想那一刻。我在想媽媽手臂搭在我光裸肩膀上的那種特殊冷黏感，還有她傾身親我，手抵住我臀部的肌膚觸感。

成長過程中，我一直以為自己可以書寫人生。我並不明白（但我母親在那天晚上終於了悟），是人生寫我，而不是我寫人生。但是此刻我在這裡，依然不停嘗試書寫人生。

15

他完全是個陌生人。

媽媽保持警覺，持續觀察著爸爸。她在大埕曬衣服，他在一旁幫忙的時候，她會回頭瞥瞥他。他擰出襯衫上的水來，專注的模樣熱切又笨拙，有如孩童學習如何穿針引線。或者她的視線會順著長長走廊，從廚房往前廳探去，爸爸會坐在那裡，肅然起敬讀著報紙。他讓眼睛重新熟悉文字的模樣，讀過一篇篇的文章，讀完之後再從頭讀起。他一面讀報、一面搓揉紙張，直到手指染得烏黑，直到紙面起了毛球。

晚餐時，他把碗端到嘴邊的時候，我們看著他抖動雙手，筷子在他指間喀答作響。我怔怔盯著他敗壞的牙齒，直到媽媽厲聲催促我繼續吃飯。整整好幾天，爸爸都不肯跨出家門一步。他不願洗澡，人到哪個房間就把臭氣拖到那邊，好似幽影中的幽影。

我也討厭洗澡。有天晚上，母親命令我下水的時候，我指出她的虛偽。

「可是**他**就不用洗。」我抗議。

「妳說他**誰**？」她雙眼放光，烏黑的怒意滑過虹膜，「他**誰**？」

我咬緊牙關咕噥：「阿爸。」

我連她舉起手臂都沒看到；她的手襲上我的臉頰，響亮又疼痛，在我皮膚上留下燙熱碎片的記憶。我叫出聲，她又打我一次。

「別打了啦！」我用雙手捧著臉頰。

「別用那種方式說妳爸，什麼**他**啊他的。」她的鼻樑閃現點點汗水。「妳不想洗澡嗎？那就別洗啊。」她蹲在澡盆旁邊，抓住手把。

「不要，媽！我要洗了。」

「忘恩負義的死小孩。」她喘著粗氣，費了點勁才翻倒澡盆。洗澡水爆噴出來，任意流竄的水波吞沒地板。水沖刷牆壁，繞著掃帚鬚旋轉。水悄悄溜進了爐腳下。乾枯的蟲屍漂了出來，繞著圈子緩緩打轉。

「**他**是妳爸，」她掃視淹水的廚房時，重申一次，「是妳**爸**。」

有天下午，當時他回來一個月了，我在大埕裡有榕樹遮蔭的桌子上忙著寫功課。我父親拿了一張板凳出來，在我對面坐定。

「妳在幹麼？」

我正在練習九九乘法表。我端出面對遠房表親的態度，冷淡有禮。我並未直視他的眼睛。他繼續看我做功課。我還沒完全背好乘法表，靠著一小群一小群的斜線來計算。可是在他的凝視下，我的鉛筆在紙上拖行，覺得自己連線條都忘了怎麼畫。

「這樣學不是辦法。」

我忘了自己數到哪裡，只好從頭開始。

「妳的算盤呢？」

「不知道。」算盤在我床底下，如果我不去看他，他可能會自討沒趣而離開。

「算了，妳應該整個都應該背起來，看著我。」

我終於抬起目光，他的下巴散布著乾涸的點點血跡，是早上刮鬍子留下來的。

「妳應該可以想都不想就朗誦出來。」

我點點頭。

「給我。」他等也不等，就把我的功課抽走對摺。我發出微小的抗議聲，但趕緊嚥下那個聲音。我望進他的雙眼。大兄的眼睛和爸爸一樣：厚重的眼皮跟稀疏的睫毛；我一想起哥哥，就得到了安慰。

「三五？」

我默默用五數著。「十五。」

「好。三六？」

我在剛剛的答案上加三。

「好。三八？」

我滿懷信心地快速回答：「二十八。」

「錯。三八？」

「二十七。」

「錯。」那個字在半空中發出裂響。我畏縮一下。

正確的答案越退越遠。我伸出手指，從八往上數去。

「停，停，你們班上還有人用手指數嗎？你們老師讓你們用數的？你們都幾歲了？」

「十一。」

「都十一歲了！還像五歲小孩那樣用手指數？」他瞪大眼睛，虹膜周圍都是眼白，看起來好像瘋了。

我雙手無力地落在膝蓋上。

「跟我來。」他開始背誦乘法表，每個數字念完就停下來等我複述。我的聲音降成嗡嗡低鳴。我看著鳥兒在枝頭上跳來跳去，看著豬隻在豬圈裡哼哼唧唧、推推擠擠。我想到班上的男生程平，想到我可以用數學本領讓他佩服得五體投地。

「專心點！」爸爸的聲音嚇我一跳，「妳沒在聽。」

「**有啦**。」我的語氣溫順。媽媽常常拿我沒轍，索性隨我的意思，但爸爸的反應似乎完全相反。我覺得自己被越掐越緊。**走開，走開啦**。我默默懇求著。

他把我的功課攤開，把我努力一下午的結果都擦掉。「完全背好以前，不可以吃飯。」

「什麼？」我因為怕媽媽，才沒踢眼前這個陌生人，也才沒高吼我拒絕。

「全部做對了，才能吃晚餐。」

我看著他，在他眼裡再也看不出熟人的痕跡。既沒有大兄的影子，更沒有阿姊的痕跡。他的眼睛蒙上雲翳，彷彿跟另一時空的某個人交談。我不想聽他講話。我為這種不公不義，嫌惡地皺起鼻。

幸運的是，他沒注意到我的無禮反應。他站起來。作業躺在我面前，髒糊發皺，撒滿橡皮擦屑。

家人吃飯的時候，我對著一張張鋪展在地上的作業，喃喃念著數字。炒豬肉的香氣，閃亮的濃稠油脂，加鹽的高麗菜，蒸熟的米飯，都讓我的肚子滾燙發熱。我覺得腦袋空空，感覺遭人遺棄、可憐兮兮，就像在富人窗前飽受折騰的窮苦棄兒。每過一陣子，我就用嫌惡的目光掃向害慘我的始作俑者。

「讓她吃飯。」外婆說。

我父親埋頭吃飯，頭也不抬。「不行。」

「她做了好幾個小時的功課。」

我母親試著叫外婆安靜。她添菜到外婆的碗裡，想盡孝道討她歡心。外婆不為所動。「你這樣對你女兒？」為了強調，她每講一個字，就用筷子戳一次空氣。

「媽。」我母親嘀咕。

我父親怒瞪著外婆。「沒妳的事。」他的話裡藏刀。

沒人敢說話。我姊夫突然在桌面上發現某樣迷人東西，姊姊忙著餵我外甥女。外公專心撥開他蔬菜上的米粒。二兄在共用的大碗裡搜尋某片特定的肉。外婆使勁丟下筷子，猛地離開座位，力道大到椅子腳都滑過地板。

我母親往嘴裡塞更多米飯，快到來不及嚼。她鼓著臉頰，飯菜擠滿舌頭，淚水滴落下巴。沒人承認外婆的離席或母親的哭泣。

「爸，我準備好了。」只要我精通乘法表，就可以拯救這頓晚飯。

「過來。」

我站在大家面前。他要我開始背誦。我小心咬字，盡量不去想自己有多餓。數子。數字纏繞彼此，化為更大的數字；數字像部隊一樣大步行軍。我試著觀想自己從下午以來就盯著看的那張紙。

我背到了九。即使我知道九的部分只是重複之前其他數字的乘法，可是一調換順序——九乘以六，而不是六乘以九——我就犯錯了。

「不行。」父親說，板著臉宣示責任：規定就是規定，無須同情受苦之人。

母親低語。「拜託，讓她吃飯。」

「她背錯了，繼續。」

「寶貝，過來吃飯，媽媽替妳弄點吃的。」

「不行！」米飯從我父親嘴裡噴出來，他的碗猛地砸上桌面。

「我不想吃。」我說。

我要父親看著他造成的苦難。我想把自己弄得暈頭轉向，虛弱到臉色發白，最後昏倒在地，這樣他就會被罪惡感擊垮，他就會大聲嚷嚷、詛咒自己，想要一死了之。

「等我吃飽了，再背一次。」他說完便回頭吃飯。

「好，爸爸。」

我在地上睡著了，作業弄得皺巴巴。母親喚醒我，端著一碗冷掉的飯菜，叫我別作聲，然後把我當寶寶似的餵我吃飯。

爸爸矢志要我更用功，還真的說到做到。每天下午，等我餵完雞、吃過點心，他就陪我坐在大埕桌邊，盯我做功課。我做完功課以後，他就拿出他趁我上學時親手設計的課程：一頁頁的數學題目、一張張等著抄寫的單字，以及有待背誦的古詩。

有些日子，他會逼我坐在桌邊直到天黑。他會端出一盞老檯燈，擺在我面前，我必須在檯燈舞動的陰影中努力書寫。我瞥見二兄在屋裡看漫畫。阿姊緊緊摟著咯咯笑的女兒，在走廊之間大步穿梭。在昏黃燈光下度過那麼多時間，幽暗游入了我的雙眼。

我就是那樣得知，我是他最鍾愛的孩子。

16

爸爸除了監督我的教育之外，大多時候都待在自己房裡。阿姊會倚著門框，讓寶寶靠在臀部上，跟爸爸說些瑣碎小事：美美剛剛學會講一個句子了——**不過也只有三個字啦**——或是她丈夫在建設工地上聽到的八卦。在餐桌上，她會把肉夾進他的碗裡，只要進城去就會替他買菸回來。她講事情時，他邊聽邊點頭，一面抽菸吃肉，但視線不是望向牆壁就是地面，怎麼就是不看她哄勸似的焦慮笑容。

「他狀況不好。」我們準備晚餐的時候，阿姊細聲對我說。我點點頭，暗自愧疚。我把豆芽放進一碗冷水裡，她用大刀剁著大塊豬肉。刀子在潮濕的木頭上卡住片刻，我們都視而不見我脖子皺摺裡的塵土，我那天跟爸爸下午花了好長時間找青蛙來補充我的科學課程。

阿姊年紀最長。我們四個孩子裡，她認識他最深。

她當初學騎單車，就認識了搭在她單車後桿上的他的手；認識了他的筆劃在卷軸上延伸的模樣；認識了他晚餐高聲讀報的語氣。跟我不一樣的是，她的記憶是完整的敘事：是有開頭、有中間，也有結尾的事件。

中秋節到了，我們等待大兄回家。如果阿姊沒辦法把爸爸變回正常，也許看到長子會起作用。我們刷洗地板、清理窗戶。媽媽把大兄老房間的被褥拿出來透氣。

大兄離開這麼久，我原本以為他會改變，會變得跟我在城裡看過的軍人一樣爽朗自在。可是在他曬傷的皮膚，在發縐制服裡散不掉的火車臭氣下，同樣的戒慎態度依然讓他肩膀緊繃。他走下火車的時候，理也不理媽媽的笑容跟我的呼喊。跟爸爸再度相會的時候，他放下帆布袋，深深一鞠躬，回溯那個戰敗文化的身體姿態。我想起那個拖著截肢身軀爬越市場的男人：他把碗放在我們面前，腦袋狠狠撞著地面，彷彿只有貶低自我才值得換取一枚銅板。大兄也只望著地面，就像那個乞丐，他看不到上方那張抽搐的面容。

為了慶祝大兄回家，我們一家到天堂咖啡館，那家歐式餐廳有紅色塑膠椅，用金邊白瓷杯供應咖啡。媽媽說這裡就像他們以前在台北會去的咖啡館，藝術家跟作家戰前常在那裡聚集。「就跟在巴黎一樣：大家為了藝術爭論不休、辯論超現實主義、替畢卡索辯護、討厭馬格利特[4]。我在大學讀過法文，你們知道嗎？」她對爸爸燦然一笑，她一時陶醉，邊嚼東西邊說話。我心不在焉聽著，那一串外國名字讓我覺得無聊，吹開咖啡往上直冒的熱氣，看著蒸氣消散不見，還更有意思。爸爸的切刀劃過肉腱，刮得盤子發出尖響。

媽媽停住片刻，瞥了瞥爸爸，然後繼續跟我們說起一位他們認識的劇場導演，他在戰爭結束的時候選擇搬到日本。那位導演曾經擔任默片辯士，是台北最有名的辯士之一。

「他們以前都把他的名字放在看板頂端，」她說，「在電影片名上面喔。」

「注意妳的音量。」我爸爸警告。他東張西望，然後回頭吃牛排。

我們靜了下來。他舉起叉子時，手在顫抖。那天下午，媽媽終於成功勸他去理髮，修過的髮線露出一圈蒼白皮膚，讓他看起來像個長得太過高大的學童。

「我好久沒看電影了。」大兄說。

「我們去看吧，」媽媽說，「電影院在軍用機場附近。」

爸爸嘴貼著咖啡杯，咕噥著：「我們到外面再說。」

「阿露的媽媽在那邊賣花生。」二兄說。阿露是二兄的同班同學，他常常提起她的名字，想也知道他對她有意思。

我用叉齒逗弄他。「阿露、阿露、**阿露**。」

「閉嘴啦。」

大兄埋頭猛吃，然後用壓過我們的音量講話。「我快餓死了，覺得自己好像幾個月沒吃飯了。」他笑出聲來。如果我們聊得夠大聲，如果我們說夠多話，或許我們可以抹除爸爸的恐懼。

「你看起來真的瘦了。」媽媽那天第十次說。

「你肌肉更多了唷。」我宣布。

大兄微笑。「瞧瞧吧。」他推起袖子，伸縮著手臂。

「噢噢，」我調侃著，伸手過去掐掐他的二頭肌，「就像大力水手。」

「所以是怎樣？你幹掉共產黨了嗎？」二兄問。我湊過去。連我媽媽也挪了挪位子，對大兄不久前才目睹的戰役表示好奇。

大兄正要開口，但爸爸打斷他。「安靜，大家都在聽。」我瞥瞥媽媽。想知道這話是真是假。餐廳平時有的嘈雜聲在我們四周嗡嗡作響：刀叉鏗鏗鏘，服務生朝廚房叫喊，錯落的對話滙聚成低鳴。情人坐在走道對面的卡座，滿面笑容、柔聲交談，不自在地抹著嘴上的麵包屑。兩個男人邊享用咖啡跟糕點邊聊天。其他家庭高聲哄勸他們生著悶氣的孩子。

「你現在在這裡。」我媽媽說。每逢我爸爸作噩夢，或是想像我們窗外有男人的時候，她就是這樣安慰爸爸。大兄穿著國民黨制服頭一次在爸爸面前鞠躬的時候，她也是靜靜這麼說。

「我就知道妳不相信我。」爸爸說。

歡喜從我母親的眼裡散逸。她拱起脖子、佯裝尊嚴；她只要覺得受辱，就會有這種反應。我真希望我爸爸能夠再離開，然後又為了自己這個邪惡念頭而趕忙掐疼自己。

大兄嘗試轉移我們的注意力。「看電影是個好主意。」

4 馬格利特（René François Magritte，1898-1967），比利時超現實主義藝術家。

爸爸環顧餐廳。有個男孩被母親痛罵，哭了起來。另一張桌子，有個女人掉頭就走，男人驚愕地盯著她殘留唇印的空杯。爸爸的目光在兩個吃糕點的男人身上流連，他們現在正在細讀一份剪報。我發現每個人都讓我無聊透頂。我納悶爸爸嚴厲的眼光看出了什麼。

「爸？」大兄說，「你覺得怎樣？」

爸爸的目光片刻不離那兩個男人，一面應聲附和。

「太好了，」我開心地說，「我們走吧，快，媽媽。」我大口灌完剩下的咖啡，咖啡細渣嗆得我咳一下。

軍用機場的電影院其實只是一張床單，釘在圍有柵欄的空地裡，就在空軍基地飛航路線下方。那天晚上天氣很暖，《老黃狗》那部電影有中文配音，偶爾被降落的飛機轟鳴打斷。銀幕上那家人跟我們很像：失蹤的父親、兩兄弟跟一個姊妹。可是大兄從沒養過狗——某種忠誠、強悍卻尊貴的東西——這條狗兒成了某種匆促拼湊出來的綜合體，暫時充當失蹤的父親。

我暗想，要是我們有條狗就好了。不是什麼你騎單車經過、會朝你腳跟嚙咬的惡劣流浪狗，不過他一開始或許也會那樣。晚餐的時候我會偷偷把一團團米飯跟軟骨藏進袖子，飯後拿去餵他，哄他越靠越近，直到馴服他為止。

我爸爸在背後跟我媽媽低聲說了點話。她說：「你瘋了。」

那家人住在原木搭建的房子裡，可是跟我們一樣，他們家裡也養雞跟豬。他們有頭牛，頭上的角就跟水牛一樣。雖然我在藥房的化妝品盒子跟廣告上看過美國人的臉，可是這是我第一次看到美國人有動作、在講話的樣子。那個母親很可愛，漂白過似的，有如曝曬過久的襯衫。她的眼睛是大理石的顏色。

「我們才不走。」我媽媽竊竊私語的聲音大到我前面的女人轉過身來。

我假裝沒聽到他們說話。如果我們不聽他說話，也許他會停下來。

我爸爸揪住我的脖子。他的手冷冷黏黏，熱氣抵著我的皮膚搏動：「放手啦。」

「放開她。」我媽媽語氣堅定地說。

「爸。」大兄說。

如果我們現在就離開，我發誓永遠都不會原諒他。我叉起手臂、拱起背部。「別碰我啦。」

我低嘶。

「來。」坐我們兩邊的人都往這邊看。

「我不想走嘛！」我喊道。

他抓得更緊。「站起來。」

他掐住我脖子，我別無選擇。

「坐下啦！」有個男人吼道。一群人同聲附和。媽媽抓住爸爸的衣袖，可是他用力掙脫，督促我走出那排座位，結果不小心撞倒我們的凳子。媽媽跟哥哥們慌張地跟了上來。

我被爸爸掐著走，一臉火冒三丈。我感覺不到痛。他帶著我穿過大門。家人此起彼落的抗議聲跟了過來。大兄呼喊：「爸爸，走慢點。」媽媽嚷嚷：「到底怎麼了？」

「他們現在看到我們了，」他怒斥，「都是妳讓他們看到我們的。」

我不在乎，我就是想知道電影的結局。我哭了起來，因為永遠不會知道崔佛斯跟老黃狗的遭遇而沮喪極了。事隔多年之後，我女兒還小的時候，我終於有機會把電影看完，得知自己當初錯過的：老黃狗後來染上狂犬病，被關進玉米穀倉，咆哮不停，崔佛斯淚流滿面舉起步槍。

「他們現在看到我們了。」爸爸重複。

「還不是因為你！」我嚷道。

巷子裡，爸爸跟哥哥們爭相說話，他們叫我爸爸鎮定。

我爸爸東張西望。「咖啡廳的男人，他們來了。」

「什麼男人？」大兄問。

我還在吸鼻子，用臉抵住媽媽的手臂。我淚眼婆娑望著爸爸，看到他眼裡的瘋狂。他根本沒有東西可以給他們。他又不重要；他幾乎連洗個澡都洗不好。他什麼都不是。

「在咖啡廳，他們剛剛就在那裡，我們走。」爸爸回頭望向賣冰棒的攤販，販子正擦掉凝結在推車頂端的水珠。「現在來吧。」

走路回家的路上，消夜攤販從攤子抬起頭來，懸在頭上方的裸燈投下長長陰影，把他們的雙眼變成了黝暗的窟窿，也拉長了他們的鼻子。深夜漫步在陰暗街道上的戀人看不出面孔。貓咪從漆黑巷子裡閃現，眨著霓虹綠的眼睛，繼而再度消失。人人悶不吭聲。

我蹲坐在椅子裡，膝蓋抵住胸口，散漫地剔著腳趾甲。一個念頭盤據我的心思不去：**我討厭他**。偶爾，我會瞥瞥大兄，他坐在另一張椅子上，肩膀放鬆、眼神呆滯。

媽媽在臥房待了好長一段時間之後，終於獨自現身。她的雙眼陷入陰影，口紅只剩一抹可憐的殘跡。我跟大兄挺起身子。

「他到底有什麼毛病啊？」大兄問。媽媽搖頭作為回答，要我離開客廳。

「我想留在這裡。」我抗議。我一次把一腳用力放在地上——啪！啪！——蓄意表達自己的憤慨。我先是被欺負，現在又遭到排擠。我拖著腳步走向臥房，可是一離開他們的視線，就縮起身子躲在門口偷聽。

「他壞掉了。」大兄厲聲說。他找到正確的字眼。爸爸就像媽媽精巧地捧在手心，仔細拼湊起來的蛋殼。吹口氣，膠水就會失靈，接縫就會重新裂開，我們所有人就會手忙腳亂急著把他再湊回來。

「別這樣說，」母親不再踱步，我聽到她滑進椅子裡。

「看看妳多累。」現在換大兄站起來了。他來回踱步，靴子發出帶有韻律的強健答答聲。「他壞掉了，他壞掉了。」

「閉嘴！」這些字眼潮濕濃稠，黏住她喉嚨不放。她吸了吸鼻子。

大兄不再來回跨步。「妳哭了嗎？」他不服氣地重複他的評語，「他壞掉了，阿母，妳必須接受這個事實。」

「大兄，拜託別走。」我站在門口看著他打包。

他面帶笑容，但眼神悲傷。我想像小時候那樣抱住他的腿不放。可是我現在都十一歲了。幾個月前開始有月經，我克制自己，端出大人的架子。雖然我想乞求跟哭泣，但我只是說：「拜託留下來。」

「妳已經不是小孩子了吧，嗯？」他說話的樣子彷彿頭一次看到我。他對著我背後過去的某個時間點，露出心事重重的笑容。沒錯，我是比以前高，發育中的胸口也有點癢癢的，媽媽已經逼我穿內衣了。也許他想把我當成缺了門牙、臉圓乎乎的五歲孩子那樣，一把將我撈起來。

「留在我們身邊。」我重複。他離開以後，誰要替我們跟爸爸調停？姊夫是女婿，必須客客氣氣的。大兄就不怕。

他的笑容消失了，回頭去忙手邊的事。他襯衫摺得一絲不苟，彷彿摺的是紙張而不是布料。媽媽洗了他的制服，也好好熨過，他的黑靴頭映出月亮的光輝。

「不會有事的，」他說，「當個乖孩子，聽爸爸的話。聽他的話就是了。」

房間頓時延展成浩瀚宇宙，大兄轉眼成了微小的點。「好，大兄，」我說，「我會，我會當個乖孩子，我會聽媽媽的，我會聽爸爸的。」可是他早已離我太遠，聽不見我說的話。

大兄離開幾天了，我在撿雞蛋的時候，兩個男人走進大埕。他們穿著顏色單調的毛衣跟長褲，就像那些騎著淺綠色小綿羊、在書店裡晃來晃去的男人。

「妳好，」他們開朗地說，「妳爸在家嗎？」

這些祕密警察，向來都這麼客氣。他們不再挑半夜把身穿內衣褲的人拖走。不，在那些日子裡，他們會在市場上攔住某個人，從兩邊包夾，然後帶著他走向等候中的車輛。或是他們歡迎夫妻各自坐上男女分乘的卡車，在他們爬上車的時候，握住他們的手肘，在鄰居眼前堂而皇之把那對夫婦帶走。在光天化日之下，恐懼更加茁壯。

我雙手捧著三顆沾了雞屎的蛋，小小羽毛黏住我的襯衫。雞隻在我背後呱啦叫。其中一個男人滿年輕的，眉毛濃密漂亮。我不自在地紅了臉，用臉頰蹭著肩膀。

「他在裡面。」

「叫他出來。」

「好。」

我小心捧著雞蛋，拖著腳步走進屋裡。我把雞蛋帶到我父母房間，爸爸已經站在門口。

「爸——」

「我馬上出去。」

他一直在等。打從他頭一次在窗外跟田裡看到男人；打從監視他的人假扮成農夫騎在牛背上；打從他在咖啡館跟戲院碰見那些男人——他就一直在等他們出現。這種如釋重負的感覺，反倒讓他精神一振。他用雙手抹過臉龐、刮掉眼屎。

我回頭找那些男人，手裡還捧著雞蛋。「他要過來了。」

「妳還真忙啊。」年輕點的那個露出笑容。他長得好帥，睫毛跟水貂一樣濃，奶白色皮膚跟粉紅嘴唇讓我肚子翻攪。

我盯著地面不作答。

「有什麼要幫忙的嗎？」爸爸踏出屋外的時候，聲音清澈。頭髮梳得整整齊齊，甚至穿了襪子跟繫鞋帶的鞋。

「蔡醫師——」較老的那個看了看我——「可以進裡面談談嗎？」

「當然。」爸爸說。

我跟著他們三人走進屋裡。爸爸轉向我：「泡點茶來。」

媽媽跟外公外婆到歐陽家。阿姊在城裡，姊夫在上班，二兄去補習班。如果我離開爸爸身邊，我怕等我回來的時候，他就不在這裡了。如果他們威脅要再帶走他，我就用雞蛋丟他們。我會使盡吃奶的力氣，揪住他們的手臂、攀住他們的腿，就像我小時候對大兄那樣。在廚房裡，我替水壺注水、點燃爐子的時候，耳朵怦怦搏動。我試著聆聽前廳裡的動靜，可是對話只是一片緊繃的沉默，偶爾穿插幾個模糊的字眼。

然後爸爸走進廚房，碰碰我的肩膀。「給我一點學校的作業紙。」他的聲音毫無急切的感覺，好像在招待昔日的同窗。

「好，阿爸，也要筆嗎？」

在前廳，他們圍著我們全家平日吃飯的桌子坐。爸爸擺出一小盤烤瓜子，完全沒人碰。我把筆跟紙遞給爸爸，瞥了那個年輕人一眼。我相信可以從人臉上讀出善意來，他看起來是個好人。我的評判標準很薄弱：他皮膚明亮、臉色自然、睫毛濃密，嘴角自然上揚。他對我咧齒微笑，我回以抖顫的笑容。

「寫：蘇明國惠鑒。」較老男人開始說。

沿牆擺了兩張椅子，正上方就是我母親畫的牡丹花大卷軸，我往後退，靠在其中一張椅子上；帶有結瘤的木頭扶手抵住我的下腰。

「信的開頭就隨便聊一下，告訴他因為政治氣候變了，所以你從監獄被放出來了。告訴他你現在享有的自由。跟他講講──」較老男人跟我對上目光──「見到你女兒有多好。」

十一歲的我也認為自己可以在人臉上讀出邪惡，就像可以讀出善一樣。較老男人一臉邪惡：眉毛不受管束、皮膚坑坑巴巴、鬆垂的臉頰皺紋太深。用布滿血絲的泛黃眼睛瞄著我。我嚼起指甲周圍的乾皮。

爸爸坐在桌邊面對我。他盯著我半晌之後才動筆。他緩慢仔細地書寫；我母親說過，他寫起字來，就像藝術家在寫書法。

「鼓勵他回來家鄉。」男人繼續說。較年輕的男人端起那碟瓜子，輕輕拍著，彷彿在找特定的某一顆。但他什麼都沒拿又放下來。

爸爸的筆猶疑了。「為什麼？」

「我跟你說過，你的工作只是幫我們這個忙。我們希望蘇先生回台灣。」

爸爸的手指插進髮間，掌心抵住額頭。

「花點時間想吧，要找到適合的寫法是需要時間。」年輕點的那位說。

「我沒辦法。」爸爸說。

較老男人嘆口氣，寬闊平扁的鼻孔一時賁張。「沒關係啊，到我們辦公室的桌上寫，可能還舒服一點。」

爸爸合上雙眼，動也不動，彷彿沒聽到他們講話。煮水壺發出哨音，我動彈不得，兩個男人都滿懷期待看著我。

「妹妹，水。」

我搖搖頭，嘴巴發僵，舌頭抵著牙齒失靈了。

「妹妹，」年輕點的那位說，「水滾了。」

我就是動不了。

「去把火關了。」爸爸說，依然閉著眼睛。我簡直像個女傭，無人看見、無人聽聞。

我不想照他們任何人說的做，可是我會怕，最後還是跑到廚房把火關了。我用抹布包住提把，將水壺從爐頭提起來，把水倒進茶壺裡，蒸氣烤焦了我的臉。我太不小心，水從茶壺口溢了出來，弄得茶葉糾成一團，浮在水面上。我啪地蓋上壺蓋，用托盤把茶壺跟三只杯子端出去。

「現在告訴他，你有多麼期待看到他。」較老男人連耳朵都長得醜：不僅太小還有棕色斑點。

「爸。」我說。較年輕的男人往後靠，讓我接近桌子。我小心翼翼放下托盤，即使如此，還是有茶水從壺口灑了出來。

「乖孩子，」年輕男人說，「當爸爸的真有福氣。」

「對，對，」我爸爸說，「要喝茶嗎？」疲憊悄悄爬回他的眼裡。

「簽完名再說。」

爸爸頓住片刻後才草草簽上名字。他筋疲力盡，擱下筆，肩膀一垮。年輕點的男人接過那張紙，細心摺起來。

「抱歉了，我們不能久待。」較老男人說。他們站起來向我爸爸致謝。

爸爸陪著他們走到門口，目送他們離開。他轉身回到前廳時，我問他們是誰。

「咖啡館的那兩個男人。」

我不確定自己相不相信他。「你為什麼一定要寫那封信？」他們才走沒幾分鐘，茶壺還冒著蒸氣，可是我開始懷疑他們有沒有來過。

「沒事啦，」爸爸說，「可是別跟任何人說就是了。別跟妳阿母講，她只會窮操心。」他坐在桌邊，「坐，跟爸爸喝杯茶。」他倒了兩杯。

「他們會回來嗎？」

「不會，不會回來。過來坐，陪爸爸坐坐。」

我猶豫起來；我想到門口那裡，再看他們最後一眼。不管我看到的是什麼，我都會烙印在腦海裡，讓自己確保那是真的，而不是光線捉弄人或是想像出來的。原來爸爸的懷疑並不是空穴來風；我們被監視著。

「坐。」

我不情願地走到桌邊。爸爸露出笑容，朝我舉杯。「敬我們倆，乾了。」他說，話語裡暗示的喜悅卻沒傳送到語氣或笑容裡。

杯子燙到幾乎碰不得。茶葉浸太久，茶都苦了。

那兩位訪客的事，是我跟爸爸共同的祕密。他在忙園藝的時候，我充當助手站在一旁等待，他壓低嗓門跟我說起他的懷疑。

「他們一直在監視我，這點很肯定，」他說，「可是一定有更接近我們的人在替他們留意，要不然，那些男的怎麼知道要挑那天過來？怎麼知道那天只有我們兩人在家？我是這樣想的，最近的電話是在小老鼠的店裡，對吧？他的店就在往城裡的馬路上。阿姊跟妳姊夫那天去城裡，懂我的意思嗎？」爸爸問，手指深深埋在土裡。

「你覺得是阿姊打電話給他們的喔？」我愣愣地問。

「小聲點，」他瞥瞥房子，「不是妳阿姊，是另一個。」

我往他身邊一蹲，用誇張的語氣低聲回答：「姊夫？」

「對，沒錯。」爸爸用一只煮飯用的老油罐當水桶，從油罐裡舀水澆淋一整排細瘦的幼苗。

我思量這一點。姊夫很風趣，會玩雙關語，也會跟我說蠢笑話，而且從沒對我發過脾氣。那樣的男人有可能是特務嗎？

「爸爸，姊夫人很好。」

「他人當然很好，來這裡的那兩個男人人也很好啊。」

「可是姊夫是你女婿耶。」

「我不清楚他的底細，也不認識他的家庭。他是大陸人，大陸人跟台灣人永遠當不成朋友。」

中國人來台灣的時候，我還在學走路。到了我大到可以留住記憶的時候，中國的內戰已經結束，兩百多萬個國民黨軍人跟他們家人逃到了這座島上。城市人滿為患。他們來到島上的時候，身上帶著什麼就是他們唯一擁有的。逃離家鄉把他們變成孤兒跟單身漢。不過，要不是因為家人告訴我的事情，我不會知道這兩種人有什麼差別。我母親在市場上被欺負，或者在巴士上遇到氣氛高張的突發狀況，就會馬上指出犯過的一方是中國人還是台灣人。如果姊夫聽到她說的，她就會要他放心：「我不是在講你。」

對我來說，人就是人。可是我知道媽媽會叫我不要反駁爸爸，所以我說：「嗯，爸爸。」可是我的附和充滿懷疑，跟我記憶中他對我的嚴厲態度、他十幾種古怪行徑、看電影的那晚，全都拼湊在一起。我懷疑，把姊夫當成特務，跟爸爸想像他的世界邊緣埋伏著種種危險，並沒有兩樣。

「所以妳也覺得嘍？」他把水舀進他挖出來的犁溝。

我哼著歌，他愛怎麼解釋我的反應，隨他高興。

「我也會盯著他的，我們會互相監視。」

「嗯。」我替蘇明國擔心，就是爸爸懇求返鄉的那個人。爸爸的信就像放在陷阱裡引誘人的多汁美食。可是乖孩子會聽話，就像我在學校學的：有人問你怎樣才孝順，孔子說，「無違」就是孝。我是個乖孩子。

「這件事我們兩人知道就好，別跟妳阿母說。」

我的回答帶有鄭重許諾的重量。「我不會說的。」

17

「時代考驗青年；青年創造時代。服從吧。」

「消滅萬惡共匪！」

「保密防諜，人人有責！」

「蔣總統萬歲！」

我在教室裡熱切地喊著這些口號，喊得口沫橫飛，然後發現這些口號還印在紙條上，塞進餅乾罐裡。為了打造強韌的國家，我們老師訓練我們監視敵人軍機，傾聽背叛與懷疑，還要做個正正當當的好國民。

政府研擬了各種作法，確保大家全心投入這個稱為「中華民國」的龐大計畫。部分由美國資助的榮民工程事業管理處，要老兵投身工程計畫，免得他們等待中國大陸光復的期間，發動其他類型的革命。透過管理處，姊夫開始到城裡建造一家新醫院。他每天不到黎明就出門，夕陽西下才返家。他的皮膚曬成棕色，胳膊漸漸鍛鍊成堅硬的肌肉。

雖然成立榮工處的目的是為了讓成千上萬來自中國大陸的士兵有事可忙，但是它也雇用一般市民。阿姊為了贏回爸爸的愛，求她丈夫替爸爸找份差事。姊夫跟他的工頭說情，有天早上爸爸也摸黑起床，跟姊夫出了家門。

爸爸原本是醫生，並不適合當建築工人。布條綁成的竹柵門後面，警告標誌翻飛不定，表示進入施工區域，那裡有幾十個打赤膊的男人在工作，褪下的襯衫就掛在腰間，臉龐被斗笠掩住。他們提著一桶桶水泥，順著竹竿搭成的鷹架寸步挪移，用笨拙的機器撥動泥土，一面叫喊咒罵、歪扭著臉。爸爸穿著姊夫的長褲跟襯衫（都大了至少兩尺寸）站在工頭面前。太陽在防水布跟鷹架掩覆的醫院骨架後面升起，爸爸對著陽光瞇起雙眼。工頭態度粗率無禮，上下打量爸爸，指派他負責裝填透過滑輪從建築上層送下來的桶子。

我想像，爸爸最多要到午餐時間，才能領悟到只有同事之間的情誼，才讓這種單調不變的工作變得足堪忍受。姊夫似乎滿愛傾倒水泥的工作，不過（就爸爸看來）姊夫有一半時間都在跟朋友抬槓、合抽香菸。他走過來遞一根菸給爸爸，問他這天過得如何。

爸爸說一切都好。姊夫態度堅持，說爸爸只要有問題，都要讓他知道。爸爸粗聲表示同意。

「如果你不喜歡這種工作，我可以請工頭派別種給你。」

「沒必要。」

「你確定？我——」

爸爸生氣地揮手打斷姊夫，感覺到對方的冷硬視線。

姊夫把香菸丟進水桶，走開。

姊夫真會演戲！當然，爸爸一定提醒自己，最厲害的線民就是看來最和善的那些。他納悶，祕密警察是怎麼接近姊夫的。是在竹柵門外頭嗎？是趁一幫人傍晚下工上館子吃飯的時候嗎？教爸爸心神不寧的是，姊夫看起來是如此平靜無憂，總是自在地開著玩笑，彷彿他的背叛無足輕重。

這番領悟帶來了慰藉。現在爸爸知道怎麼拿捏自己的言行舉止。他必須表現得跟敵人一樣。想吐口水的時候，就必須面露笑容；想發怒的時候，就必須縱聲一笑。爸爸以全新的決心投入工作。他們會從他的效率裡，看出他為人正直；他曾經貴為醫生，但現在是個負責往桶子填滿鐵釘的人。他沒有理由不像傾聽病患心音那樣，同樣審慎小心地做這件事。該要戰鬥的時候，他也願意奮起迎戰。

18

二兄蒐集小鳥。

大埕裡放滿用蘆葦編成的鳥籠。有些鳥籠懸掛在屋簷上；其他停放在他從碎木塊做成的小板凳上。有時候，我坐在房裡，聽著他跟鳥兒講話。再也不對我傾吐的肺腑之言，都轉而說給鳥兒聽了：對老師的怨言；他的暗戀（沒錯，對象是花生小販的女兒阿露，我猜對了）；他擔憂某隻小鳥同胞的健康狀況。

三十九隻小鳥裡面，胸脯各是棕色、黃色或紅色，每隻眼睛上方都有一道嚴厲的小白線。牠們用短促的啁啾聲爭相對話。二兄會彈動舌頭來安撫牠們。只要有一隻逃走了，就會鬧得全家雞飛狗跳。首先是二兄急著想抓那隻鳥，在院子裡一面叫喊、一面亂揮雙手，害得全家驚恐萬分衝到屋外。一旦鳥飛走了，他就會傷心欲絕，一連幾天我們都得對他小心翼翼。「妳不懂啦，」二兄說，「那是小棕棕，牠會記得怎麼吃飯嗎？」我不知道他怎麼學會分辨小棕棕、小小鳥跟花花的，但我只是點頭表示同情。

「這裡都變鳥園了啦。」外公嘀咕。但他坐在鳥之間抽他父親傳下來的鴉片菸管（只不過菸管裡現在塞的是菸草），沉浸在牠們的啼鳴裡。

「你就像中國最後一個皇帝，」外婆對二兄說，「我敢打賭，他一定有一整個房間的小鳥。只有皇帝才會管這麼多隻鳥。」她會留燒焦的鍋巴給他的鳥吃。

「你為什麼這麼喜歡小鳥？」我問。

二兄把米飯舀進小小托盤裡，那種托盤可以在鳥籠裡推進推出。他順著整排籠子走過去，柔聲哄著寵物。他甚至戴了一頂破帽子，帽子原本是外公的，他這模樣好像看破塵世的老農夫，覺得生物更可靠而選擇棄絕人群。

「我不知道。」近來不管問他什麼問題，他大多這麼回答。他的聲音進入更低的音階，輕柔地把話講得含糊不明。他的手侵入鳥的空間，鳥因為受驚而振翅，他還發出噓聲要牠們安靜。「小鳥很漂亮。」

我竊笑。二兄竟然會覺得有東西「漂亮」，真的很好笑。那些小鳥大多是棕色，很不起眼；最適合消失在田野的陰影跟光亮之中。我在城裡的市場上看過真正漂亮的小鳥，羽色燦爛斑斕。這些鳥並不漂亮。

一個星期有幾次，他會拿著捕網出門，在我們家後面的田野裡跟蹤牠們，刻意發出噪音把牠們從田野裡趕出來。不見得每次都會成功，但他很有耐心。籠子裡的每隻鳥都是戰利品。偶爾他甚至准許我一起去捕鳥。我敲鍋趕出小鳥，二兄就用網子逮住牠們。他指派我擔任其中一隻的乾媽，我叫那隻鳥「咖啡」。在這些鳥裡面，我只學會怎麼辨認這隻。

「我想你只是喜歡捕鳥的感覺。」我宣布。

「大概吧。」他嘀咕。我想調侃他，說他上唇長出黑色軟毛，可是我忍住了。媽媽不在，可是二兄可能會向爸爸告狀，我可不想把爸爸捲進來。媽媽懲罰起來雷厲風行，但爸爸會叫我跪下或是把水桶舉在頭頂上方，直到手臂開始發抖，水潑到地上為止。到時我手臂會痠到整個晚上連鉛筆都快握不住。

醫院即將落成。爸爸繼續待著。他每天早上起床，對著姊夫微笑。他友善到整個房子的氣氛都為之改變。媽媽似乎連切個蔬菜都能樂在其中。就像一個握緊的拳頭終於鬆開。我連續幾天都沒洗澡，直到第四天才有人有意見，可是即使如此，罵聲到最後也是以笑畫上句點，大家都美化了我身上的異味（「妳的頭聞起來像臭掉的高麗菜！」「才不是，她的頭聞起來像是高麗菜在電鍋裡悶了半年。」「是埋在廁所裡的電鍋啦！」「別再鬧我了啦！」）。就像政府在我們巷子牆上漆上政令宣導：**全家和樂融融**。晚餐時，爸爸講了工作上的小插曲，焦點都放在姊夫身上，姊夫笑得好燦爛。

「起重拉繩鬆掉了，水泥桶開始往下掉，可是這位英雄——」對姊夫點點頭、咧嘴笑——「這個英雄竟然接住了！繩子最後完全鬆開，他一把揪住繩子，免得桶子砸昏下面那個傢伙。」

又有一天：「工頭問，誰願意進洞裡——注意喔，裡面黑漆漆的，連我都看不到底——你們猜是誰自願要下去？是我女婿，他一點也不怕。」

還有這個：「我們連續兩天都聽到哭聲，可是只有我女婿想到要爬到鷹架頂端查查看，結果原來那裡有隻貓。他用布袋把貓帶下來，貓咪一溜煙逃走的時候，大家都歡呼了。」

然後突然間，爸爸回來了。就是我所認識的那個爸爸，而不是媽媽當初深愛或是阿姊曾經仰慕，或是晚餐時間用工地的愚蠢插曲，讓大家聽得入迷的那個爸爸。他在日正當中回家來，一團團水泥黏在涼鞋上，在雙腳上逐漸乾硬起來，褲子上也布滿點點水泥。當時只有外公外婆在家。外婆正在照料菜園的時候，看到他走了過來。

她出聲喚他名字。

他繼續走著，像是對世界充耳不聞的餓鬼。

看到女兒的丈夫在中午氣沖沖地回家，眼神跟死魚一樣毫無生氣，她覺得很不對勁。外公在午睡，她決定別吵他。她眼看爸爸繞到屋後，於是站起身，跟了上去。爸爸走到水泵那裡，先沖淨雙手，再用水淋頭髮。

他在水下不停搓洗雙手，直到泛出粉紅。

「女婿。」她終於叫道。

「吃過了沒？」

他用指甲互摳，衣袖因為水濕而深暗。

「我幫你弄吃的，我進去熱點湯。」

他似乎頭一次注意到她，陰沉地表示同意。

她一面準備午餐，一面看著窗外的他。爸爸坐在外公抽菸的椅子裡，全身上下只有雙手是乾淨的。他閉上雙眼。四周全是二兄的小鳥，牠們激動不安、啾鳴不停，彷彿猜想他黝暗的身形既然這麼靠近，表示有人就要餵牠們吃東西。外婆走到爐子那裡。她長孫之前用「壞掉」這字彙來形容女婿，她不情願地表示同感。她攪著鍋子。泡泡衝破表面，爆開來，些微湯汁噴濺出鍋，燙傷她手臂。她無法決定自己更同情誰：我母親或我父親。

他不知打哪現身，隻字不提過去十年的經歷，從那天以來，她就一直憂心忡忡。她想起一則老故事，有個男人在黑白棋賽裡飲下神祇的瓊漿，結果沉睡了好幾個世代。他醒過來以後，踉蹌下了山坡，走進另一個世界，孩子們扯著他的長鬍子，嘲笑他。他認識的人全都死了。她搖搖頭。那種際遇真可憐。

霎時，外婆仰頭一看。深重的沉默籠罩著那一天。她走到窗邊。鳥籠全都打開了。爸爸眼神驚愕，站在空蕩蕩的籠子前。我外婆驚呼一聲，握著湯杓衝到屋外。

光禿禿的籠子搖搖晃晃，一隻小鳥也不剩。她環顧大埕，希望善心在這些野生動物身上注入了某種忠誠度。但一隻也沒留下。

「你幹了什麼好事？」

爸爸搖搖頭，眼神很受傷。

「那些鳥是你兒子養的耶！」她嚷嚷，她想把他內在的碎片擠成一團，直到沉澱下來，組成類似神智那樣的東西。

「這樣不對。」他說。

「你到底怎麼了？」

代替她女婿出現的這個男人到底是誰？他用自己的心情掌控了晚餐餐桌，像軍人一樣懲罰自己的孩子，放走了兒子的寵物。認出長相又怎樣？她暗想。他抵達那天，她認出他的面孔，但她沒辦法說自己真的認識眼前這個行動毫無道理可循的男人。

房子靜悄悄，彷彿大雨將至，鳥兒依偎在滿足的沉默裡。我抬起頭，但天空一片藍。我困惑地推著單車穿過柵門。二兒正跪在泥地上，面前淨是空鳥籠。

我拋下車，衝向他。「二兒！怎麼了？」

他不肯說話。現在，他看起來不像農夫，而像疲憊的老人。灰塵讓他的黑髮變得黯淡。

「進去屋裡。」母親指使我。

我們七個人在大埕裡，嫌惡跟恐懼大大拉開我們之間的距離。外公坐在我平日寫功課的書桌，狀似悠閒地抽著菸斗，但撇開臉不看我們，遠眺的視線穿過大門。會這樣並不是偶然。

「好的，媽。」我假裝聽話，但偷偷蹲在門口那裡。

「你有什麼毛病啊，老頭？」姊夫怒喝，黝深肌膚因為怒氣而著了火似的，變成紅銅色。阿姊扯著他的手臂。「拜託，別這樣。」

姊夫指著那些空空的籠門。「然後又做了這種事？」他轉向我姊姊的時候，她畏縮一下。「妳沒看到他之前的樣子——在工地亂踢水泥桶，鬼吼鬼叫，現在又幹這種事？」

去陪二兄，我暗想。拜託，媽媽。可是媽媽並沒去陪他。二兄蜷起的身影如此強烈，逼退了我們。媽媽朝姊夫踏出一步，然後退開。「冷靜一點。」她說。

「告訴他！去跟妳老公講啊！」姊夫激烈地揮動雙臂。挫折的能量繃住肌膚，拉緊肌肉，使他青筋暴凸。他是一頭蓄勢攻擊的野獸。

「別那樣講我爸！」阿姊大喊。她掩住臉，從丈夫身邊轉開。她因為啜泣而肚腹起伏，抽走她體內的空氣。

爸爸觀望眼前的場面，就像是新來的轉學生，一臉窘樣，手臂垂在兩側，稍微離開身體，很不自然，彷彿想不通手腳該往哪裡擺。他的眼睛在焦慮的妻子、哭泣的女兒、暴跳如雷的女婿、漠不關心的岳父之間來回閃動。接著他的視線停在我這個中立的觀察者身上。他的眼神閃著清澈，我看到了。我試著微笑，但不得不別開臉。我想哭。

二兄蹣跚站起來，開始把籠子從屋簷扯下來的時候，大家陷入更深的沉默。雖然籠子很細緻，但砸在彼此上頭的嘈雜聲很驚人。他將剩下的從凳子上一把掃下來，然後死命踩踏。阿姊倒抽一口氣，又開始抽噎。大埕裡滿是木頭裂開的粗嘎聲。我摀住耳朵，求二兄停下，喉嚨的顫動化為淚水。他用腳往下猛踩最後一次，然後大吼：「我恨你！」

鳥籠的殘骸散了一地，好似肉被挑淨，然後使勁踩爛的棕色骨骸。爸爸舉起一手。沉默不語。他既沒破口大罵，也沒出聲道歉。他穿過大家的濃重哀傷，消失在屋裡，留下無言以對的我們。

二兄撿起一把木頭碎片，無力地喊了一聲，朝他背後扔了過去。

19

十二月，媽媽又替爸爸找了份工作——這次是清掃醫師的診所，也許醫學器材的觸感會讓他再度湧現工作的欲望，或許感官記憶會讓他恢復能力。媽媽生性樂觀。爸爸辭掉工程工作後，就恢復原本的作息，白天一睡就是好久時間，也蓄起鬍子。他同意媽媽的計畫，既沒有抗拒，也沒表現出積極。

他第一天上工的前一晚，媽媽帶他到廚房——我們平時都在廚房遠端、接近後門的地方，用一盆煮熱的水跟杓子來沖澡——褪掉他的衣服，強迫他洗浴。他坐在矮凳上，乖乖任她清洗。她先在他的髮間搓出皂沫，然後在指尖擠出濃稠泡泡。他彎下腦袋、掩住眼睛，她用水淋他。她繞著大圈搓洗他的背，然後催促他舉高雙臂。他沾了泡泡的皮膚滑不溜丟，她的肚子湧起一陣小浪。她拿著絲瓜布滑過他的脖子，往下刷過他的胸膛。一陣痛楚沿著她的頸側往上擴散，讓她下顎緊繃、面頰潮紅。她在他面前蹲下，直視他的臉。半晌過去，他才抬起目光。她的手順著他的大腿往上，滑向他柔軟可悲的私處。

「你還是我丈夫。」

他微微皺眉，因為愧疚而面容憔悴。

她的手濕漉溫暖。他的鼻孔賁張。

「記得我們去阿里山那回嗎？」她溫柔地笑著，但覺得自己的臉繃得很緊，皮膚抽痛。她的有限生命突然隨著欲望搏動。頓時後半生可能必須禁欲的恐懼湧上心頭，讓她一陣心慌。

他點了點頭，嘴唇依然抿緊。

「我想你。」她說。

「我明天會把工作做好。」

「我不在乎那。」決心讓她的語氣尖銳；她的撫觸變得更挑釁，他合上雙眼、屏住氣息。

她不會知道，也無從得知，那些日子他是怎麼捱過去的，或是她的碰觸如何燒灼他的肌膚。

為了她，他咬牙忍耐。

20

爸爸開始到孫醫師的診所上班。作息規律的日子似乎理清他內心的碎片。黎明一過，我們相偕騎單車到學校，然後他繼續騎去上班。他在那裡負責招呼病人，按照病情輕重來安排看診順序。他負責整理藥櫃，消毒針筒、清洗抹布和繃帶，然後放在診所前方人行道的架子上晾乾。孫醫師會請我父親提供建議或第二意見。兩人有時會共進午餐，但爸爸往往都吃媽媽事先準備的午飯，吃飽之後，將窗簾拉起來，頭枕在辦公桌上午休。下午的工作內容也不出這些，直到跟我在校門會合的時間到。

騎車回家的路上，他會跟我說起疾病跟診斷：手臂燙傷發炎的女生、染上帶狀皰疹的女人、從肚臍到鼠蹊都長了疣的男人。在診所那裡，人體只是另一個有機體，一個物件。他不帶感情地談論病人，提及月經、陰莖或排泄時，都毫無顧忌。他不再把我當成焦點，我比較喜歡這樣。我在他背後踩著踏板，他的聲音時不時被風吹散，我可以只負責傾聽就好。

農曆一月十五日，隨著元宵節到來，新年假期正式畫上句點。媽媽跟外婆搓了新鮮的芝麻湯圓，然後我們一起到城裡去看放天燈。我有一疊嶄新的銅板——是我新年的斬獲，是外公外婆跟鄰居送我的紅包——可是看著漆黑天空上漂浮的發光紙球，是這個節日裡我最喜歡的部分。成百上千的訊息送向天庭，好似墨黑海洋上的小船，緩緩地上下起伏。

我在自己的燈籠上用小字寫了兩個祕密願望。**我希望可以收到一台錄音機**。也許媽媽哪天會突然善心大發，願意寵我一下，掏出私房錢買一台送我。我把另一個願望快筆寫在天燈另一面：**我希望爸爸可以變正常**。**普通就好**。那種有真正的工作，跟朋友喝茶打麻將，對孩子漠不關心，聳起耳朵一口氣聽幾個小時收音機的父親。我們點亮各自的燈籠，熱氣讓它們升騰入空，就像熱氣球那樣。天燈飄啊飄的，直到整個轟地燃起，燒成灰燼後再撒落地面。

孫醫師的診所人滿為患——媽媽抱著流鼻水的寶寶，抓著報紙的男人，茫然疲憊的佝僂老婦——這時那個女人衝了進來，把雨傘當長劍似地戳刺。起初，爸爸沒認出那是他老朋友的妻子，他從失蹤以來就沒再見過她。

可是她用全名叫他的時候，他認出她的聲音。

「你這個混蛋！我要殺了你！」她的嘴幾乎跟不上她話語的力道，唇邊積滿了唾沫。「叛徒！抓耙子！」診所一時鴉雀無聲。她用雨傘砰砰敲響爸爸的辦公桌，敲倒他的茶杯。爸爸起身的速度快到連椅子都翻倒了。

他的脖子搏動著。「妳在說什麼？」他思索自己的選項。他可以衝出診療間的門，或許可以撥開她逃往街上。他憑著本能往後退，踉蹌撞在病歷櫃上。也許爸爸認為他寫的信不會投遞出去，或許蘇明國不會理睬爸爸勸他返鄉的催促，也或許爸爸認為自己永遠不會得知，蘇明國一旦從海外流亡返鄉，會有什麼境遇。

可是蘇明國的妻子就在面前，對著瞠目結舌的病人揮舞雨傘。「這個男的是特務！會暗算別人！是線民！」她轉身面對我父親。「十二年！他們判他坐牢十二年！你為什麼要這樣？他們答應拿什麼跟你交換？」

「我不知道妳在說什麼。」爸爸說。他假裝自己是半年前那個蔡醫師：一個無心無腦的軀殼。他決定什麼都別去感受。

「你騙了他！他是因為你才回來的！」她的外套鈕釦扣錯了，黑眼圈很深。爸爸注意到她的雙手抖得多厲害。

「她生病了。」他對現場有如陪審團似的病人直言不諱。有人發出難以置信的嘶聲。

「孬種！」

他能夠怎麼替自己辯護？她說的千真萬確。可是，他直接的反應就是否認。「我不知道妳在說什麼。」大家都聽到了他語調裡的可悲軟弱。人人都用譴責的眼神瞅著他，有些帶著血絲，有些流著膿汁，可是全都咬定他有罪。「妳不明白。」他說。

「蔡先生。」孫醫師站在看診室門口。

爸爸說：「我不認識她。」

「回家吧。」孫醫師說。

蘇明國的妻子抖著手，抹去了嘴角的唾沫。

「開除他。」

「這裡是診所，不是法庭，」孫醫師的語氣尖銳，「蔡先生，請走吧，今天休假。」

爸爸模糊地悶哼一聲表示答應，然後提起午餐盒、帽子、外套，在病患的怒視下靜靜離開。

太陽正融掉二月的寒意，他踩著踏板回家時，考慮了結自己的生命。他可以上吊自縊。他想到年少時期原住民的暴動，想起英雄莫那魯道即使在日本人毒氣彈的威脅下依然抵死不從。到了圍城末期，他手下不少人都在樹林裡上吊自殺——一死總比投降好。雖然「番仔！」這個稱呼在報章上比比皆是，爸爸卻在他們的死裡發現了德行——某種深刻高尚的男子氣概。他在自戕中看出救贖的可能。

他把單車留在草地上，越過岩石來到河邊。遠處，有隻烏龜探出尖尖的吻部，然後又縮回水裡。棕色的水流緩慢深沉。

他曾經害怕溺水：有天晚上，軍人押著他走過河邊，河裡已經擠滿浮屍。他事後才明白，那個舉動是種威脅。不過，在那一刻，他畏縮著身子，等待單聲槍響的轟鳴，將整排男人（在手腕那裡用鐵絲串在一起）送進水裡；他想到自己也可能被黑暗吞噬。同時，他又難以相信殺人凶手怎麼如此愚蠢：水會暴露證據啊。死亡會漂浮。軍人只消槍斃一個男人，其他人——跟第一個捆在一起——就會連帶被拖下水。他想當那個被槍決的男人。他祈禱自己可以是那個男人。

可是他們卻繼續往前走。

他依然害怕溺斃。他伏低身子，感覺暖意從腳底傳向岩石。他是醫生，肯定可以找個更好的死法，一個更優雅的死法。不見血的那種。

河流另一邊有隻蒼鷺從草地裡挑出東西，踩著修長雙腿，一抽一頓往前行進。

他出獄半年了。他曾經夢想著天空，後來發現天空的無垠是種負擔。他曾經想像孩子已經長大，卻發現這些有缺陷的生物，以他絕對不許的方式揮霍人生。他撿起一枚扁石，拋進水裡。石子彈了一下，繼而消失不見。這整串事件都不是他啟動的。他又丟了石頭進水裡。蒼鷺抬起頭，狐疑地看著他。

爸爸牽著單車走回家。汗水濕透了襯衫。他握住單車把手好穩住自己的雙手。不管他怎麼走，速度都不夠快。姊夫正在大埕的水泵那裡舀水沖頭。他一定看到爸爸的鞋子停在他身邊。他甩掉頭上的水，謹慎地向爸爸打招呼。

「站起來。」爸爸說。雙手充血沉甸甸，感覺就像鐵鎚。

姊夫往後退。水流進眼睛，順著脖子淌下，濕透衣領。他的眼睛快速掃視大埕——看來現在只剩他們兩人對決了。

「你一直在監視我。」爸爸說。每根手指感覺都腫脹著。指尖抽痛，幾乎沒注意到喉嚨裡可怕的滴答血流。

「什麼？」姊夫眨眨眼，沒把臉抹乾。

「我要你走。」喜悅緊隨著命令而來；他真想放聲哭泣。他總算可以說出內心真正的感受。剷除敵人，不是人人有責嗎？他這樣難道不算是遵循政府的訓示嗎？

「我不懂。」

「你走，今天就走。」優良公民。他已經服務了每個需要他服務的人。現在他要攆除最後一隻鼠輩。

「我不懂。」姊夫重複。他把話說得好像在下戰帖。爸爸納悶這個男的是不是在裝傻。

阿姊衝到屋外，雙眼圓睜、披頭散髮。「爸！」她衝過來擋在父親跟丈夫之間。「怎麼回事？」

「妳父親叫我走。」姊夫的詫異變質為憤怒。

「你做了什麼？爸，他做了什麼？」

「我做了什麼？」姊夫怒斥，「他瘋了。」

「爸，他是我老公，如果他離開，我也要離開。他做了什麼？」

「他一直在監視我們。」爸爸終於坦承了。重擔終於卸下，他感到自由。他女兒應該知道她嫁了什麼樣的傢伙。

「爸，不，他沒有，」阿姊摟住爸爸的胳膊，「爸，如果他走，我就走。」

爸爸無須出拳或捶擊。他骨子裡的意志進入他的話語。「那妳走。」

「爸，我是說，如果他走，我就跟他一起走。」阿姊掃視爸爸的臉，等著爸爸領悟自己的失誤，以及他即將招致的各種層面的損失。即使在我反叛、在媽媽退縮的時候，阿姊也一直站在爸爸那一邊，哄誘著、渴慕著。她一直是他唯一真正的盟友。某個寧靜的夜晚，當時爸爸回來才不久，我看到阿姊悄悄走進大埕，把當初從媽媽拖到二手市集的推車上挑出來的那副眼鏡拿給他。她滿臉期待，那是愛的宣言。爸爸拿起眼鏡，展開來，轉過來，然後又放下來。「我已經不戴這種眼鏡了。」爸爸當時說。我注意到阿姊走回屋裡時，使勁力氣攢拳握住眼鏡。

此刻，爸爸再次拒絕她的愛。「那就走，你們全都走。」他終於可以擺脫他們所有人了。

媽媽到家了，打斷他們的對話。她從單車上踉蹌下來，涕淚縱橫的臉龐浮腫，朝他們蹣跚走來。

「你怎麼可以這樣？」她嚷嚷，「你說謊。」她轉向阿姊。「他跟蘇明國說回家鄉很安全，結果現在他被逮捕了。」

爸爸在姊姊眼裡瞥見理解的光芒，朦朧的薄紗掀翻開來。

「叛徒。」她說。

爸爸摑了阿姊一掌，手背甩上她的臉頰——力道之猛，都感覺到她的牙齒，用力到她皮膚燒出受人嘲笑的印記，連續多日都不退去。

姊夫推開爸爸，爸爸一踉蹌便跌倒在地。爸爸怒目瞪著他愚昧的家人——他們不懂得感謝，他當初的決定是向家人示誠的表現啊。他之所以簽下名字，拿筆在紙張上柔柔軟軟地刮擦——是救了他們大家啊。

媽媽俯視著他，低聲說：「我不認識你。」

我在學校大門等到人潮散盡，最後只剩留下來掃地洗黑板的零星幾個學生。我擔心起來。我在路過的人潮之中搜尋他的身影，同時很焦慮會有人同情地對我說：「妳迷路了嗎？」

當下午暗成了黃昏，我才領悟到爸爸不會來了，於是自己騎車回家。

家裡靜得詭異。廚房裡沒有鏗鏘響，外甥女也沒有在家裡某個地方牙牙學語，連我外公的菸斗味都嗅不到。

「媽？」我喚道，將單車靠在牆上。有個黝暗的身影閃過房子轉角。「欸？」

身影低嘶：「過來這邊。」

我走了過去，二兄蹲伏在從門口看不到的地方。

「你在幹麼啊？」我以為他惹了禍。要是二兄生悶氣，爸爸又情緒不佳，這種衝突就會讓整個家陷入黑暗。

他潮濕的手揪住我的手腕，把我往下拉。「別進去裡面，待在這裡。」

我把書包捲進懷裡，靠著牆穩住自己。「發生什麼事了？」

他還穿著學校制服，膝蓋沾滿灰塵，襯衫袖口因為汗漬而發黃。他聞起來就像學校的男生：鐵味加塵土，還有衣服上略苦的霉味。他的口氣酸臭，彷彿很久沒吃東西。「阿姊離開了。」他描述那場爭執，罪惡感陣陣燙痛我的肌膚。是我把紙跟筆拿給爸爸的。就跟爸爸一樣，我也沒直言拒絕。我只是個小女生，我告訴自己。可是有個男人因為我而坐牢了。

我害怕二兄也會懷疑我，於是搶話說：「他們去哪了？」

「不曉得。」

「阿嬤跟阿公呢？」

「在裡面。」

我繞過轉角瞥瞥籠罩在安靜漆黑裡的屋子。我們兄妹簡直就像是在遙遠異地浪遊的兩個人，碰巧遇到一棟遺棄已久的住家。

「可是黑漆漆的。」我的抗議聲一出口短促又響亮。

「我知道。」

我內心有什麼爆炸了。騎小綿羊的男人是因為爸爸才過來的。只是因為爸爸開口要求，我才拿出紙跟筆。惹出這些麻煩的就是爸爸。我漲紅了臉，耳朵怦怦作響。「我真希望他永遠都沒回來。」

二兄畏縮一下。我看到小鳥不見而引發的痛苦匆匆掠過他臉龐，可是他回答：「別這樣說。」

「我恨他。」

「別那樣說。」二兄拱著身體，他太高了，看起來就像因果報應而被迫重返童年的成年男子。「他還是我們的阿爸。」既然大兄不在，應該換成二兄來救我們才對，可是他只是個愣頭愣腦的小子。

「我才不要留在這裡。」我說。

「別亂講話啦。」二兄摟緊膝蓋，抵擋一陣強風。月光在他的眼白上映出閃光。他不肯正眼看我。

「這根本不是個家庭！」我吼道。

「住嘴啦，妳這個呆子。」

真是夠了。我沒有別人，只有我自己。我起身時，二兄揪住我的裙襬，可是我硬是扯開來，然後衝到單車那裡。我心跳飛快，視線邊緣一時目盲。不知怎地，我還是手忙腳亂爬上座墊，推著單車離開。

我兩個星期大的時候失去了父親。我同情自己，一個無父的女生，沿著漆黑的田野騎著單車，路過遙遠的住家，那些房子點起燈火就像娃娃屋。我沒想到自己要在哪裡過夜，只是一心想要離開。我發誓再也不回去。

家庭。

我判定那個字眼毫無意義，只是編故事的人跟政府裡的人販賣給我們的夢想。

一九七一

21

到了一九七一，世界的語彙已經改變，有人主張，一九六八年——法國、美國、波蘭跟南斯拉夫學生抗議風起雲湧；那一年鮑比．甘迺迪跟馬丁．路德．金恩博士遭到暗殺——就是字典遭到焚毀跟重寫的時刻，可是這個說法忽略了日日的改變，這種變化逐步增加，細微到我們根本視而不見，就像蝸牛拖著黏液越過馬路，不知怎地，我們就到了馬路的另一邊，而這個世界裡有兩個德國、兩個越南跟兩個中國，一個是自由世界；另一個是紅色鐵幕。中華民國跟中華人民共和國。我聽了那麼久的戰呼，根本不會去質疑它。國民黨政府把迷你傳單塞進小小的膠囊裡讓魚吞下，這樣中國漁民吃晚飯的時候就會一併收到來自國民黨的訊息。印有自由中國國旗的玩具被丟進海裡，好讓它們被沖刷到中國岸上。大決戰就要開場——「永遠」即將來到，卻遲遲不來——

形式上就是共產主義跟民主之間的攤牌。

我二十四歲，在大學附近的餐廳當服務生，服務的顧客大多是美國大兵，他們從馬尼拉西北部克拉克空軍基地的叢林生存訓練學校，飛到他們的新駐紮地——中華民國台中的清泉崗空軍基地。各種膚色的男人，穿著李維牛仔褲跟燙得平整的襯衫，戴飛行員墨鏡跟頂著極短頭髮。我一個字接一個字，轉變了個人的語彙。「Here is the skinny」（事情是這樣的）、「Foxy!」（性感的）、「How's it hanging?」（過得怎樣）、「She's a piece of work」（她很難纏）——我除了跟客人學英文以外，每星期有幾個上午還去跟一個年輕紅髮摩門男教徒上課。

那家餐廳叫金雞園，是個工具棚一般的巨型露天建築物，地板是水泥地，我們每天晚上都必須沖水清洗。夏天午後雷陣雨，我們會把竹簾放下來，綁在撐起天花板的柱子上，雨水嘩啦啦打在竹簾上的時候，大家要扯高嗓門講話。雷聲總是在片刻的沉寂之後來到。雨水會從簾子下面灌進來，在地面流成一道道細水，由於可以紓解濃稠的熱帶熱氣，所以沒人在意。

工作一成不變，但步調快速；幾個鐘頭轉眼就過去。我一面端上棕色大瓶台灣啤酒、調味迎合美國人味蕾的醬油炒麵、大盤的鹽炒蝦子跟蒸螃蟹，一面練習英文。到了晚上，我騎速克達回家，機車手把上掛著幾袋剩菜。

其他文字也改變了。「大埕」的意思也跟我小時候不一樣了，以前我追著母雞跑，越過外公外婆中庭裡榕樹遮蔭的那片地。現在，「大埕」指的是擁擠的空間，距離上班二十分鐘，擠滿了摩托車、攤開晾乾的雨衣，以及撒滿種籽的鳥籠，籠子原本的主人是我外甥女很久以前養死的小鳥。我跟阿姊、她丈夫還有三個孩子住在南河榮民村，姊夫因為曾在國民黨空軍服役而分到房屋配給。我待在後側的陰暗臥房裡，那裡有扇裝了鐵窗的窗戶，俯瞰長滿雜草的小空地，那裡是街坊燒垃圾的地方。前廳鋪了層積板材嵌成的地板。大十字架懸在壁龕裡，旁邊放著迷你塑膠耶誕樹，上頭掛有小小彩燈，一年到頭都點著，阿姊懷第三胎的狀況不順利，躺在床上的某天，看到有個天使在她上方徘徊：一個巨大的藍臉天使，撲動厚重的雪白羽翼，掃過房間牆壁。天使的話語跟她耳朵裡鼓動的血液合拍：**祂可以救妳**。天使抵住蚊帳，臉龐肌膚緊緊繃在網子好似一千個裂縫：**悔改吧，祂會救妳的**。那個聲音如此響亮，世界頓時在她四周崩塌。她的高燒終於退去，她上教堂，安排所有孩子受洗。

耶穌也是她跟母親取得和解的契機。她們星期天結伴上教堂，星期三晚上一同查經。

「跟我們一起去嘛。」她們用響亮的聲音催促我。有時媽媽會用更關心的語氣說：「耶穌會對妳很好喔，我擔心妳還沒找到出路，耶穌會為妳指引一條路的。」

「我同意，」我說，「總有一天我會的，媽。」可是我從來沒去。家裡剩下的「罪人」——爸爸、我、姊夫跟我哥哥們——在這件事上所見略同：母親改信教是件怪事。我發現跟信仰比較無關，跟控制更有關係。爸爸不管有多困惑，還是表示尊重，不久也平息了我嘲諷的評語。也許爸爸愧疚地把自己當成媽媽信教的起因？

在阿姊跟媽媽的教會裡，人人都是「姊妹」或「兄弟」：陳姊妹、蔡姊妹、鄭兄弟、余兄弟。

輪到阿姊主持查經班的時候，他們會在客廳裡禱告唱詩歌，孩子們則到巷子裡玩耍，我會留在房裡讀雜誌，聽那群人漫長的低聲呢喃，其間穿插著響亮的「阿們」。他們查完經以後，我會飄進客廳，跟眾人共享塑膠小杯裝盛的蘋果西打、從錫罐裡拿很容易掉屑的丹麥奶油餅乾來啃。姊妹跟兄弟柔聲逗弄外甥女跟外甥，告訴我要是我也能上教堂，該有多棒。我點頭稱是，答應要是當時不用上班，就會想辦法過去。姊夫回來的時候，他們總是已經離開；他的衣服跟頭髮吸飽香料跟油脂的氣味，他在川菜館當洗碗工，會用塑膠袋裝吃的回來給我們，袋上綁著粉紅細繩，我們就在客廳的圓桌上享用，阿姊會跟我們細數教友當晚代禱的每個對象。每個星期，他們都為爸爸祈禱。

阿姊也開始幫二兄禱告。他住城裡一間小套房，職務是「男傭」，負責在空軍基地清掃軍營。他說美國大兵都叫他「喬伊」，他說，總比他們用來叫他另外兩個同事的綽號「唐老鴨」跟「米老鼠」好。儘管美國大兵愛開玩笑，對他還算不錯。他們會在營區販賣部替他買威士忌，他也會帶他們上「理容院」以及有女招待的酒吧，作為回報。

「你真噁心。」有天晚上，我看到他在阿姊家外面的巷子裡替機車把手上蠟的時候，我告訴他。

「怎麼說？」他咯咯笑。他用一根指頭扭著抹布，抹除一處髒污。

「少來了，你有沒有收他們錢？」

「誰啊？」

「美國大兵啊，酒吧啊。我不知道啦，隨便什麼人。」

「欸，我又不是做慈善事業的。做打掃的啊——」他伏低身子，開始打理機車前叉——「又賺不了什麼錢。」

「那去開計程車！去當技工！做點別的嘛！」

他又笑了。「妳好天真。想認識美國人嗎？」

「才不要！」我驚呼，希望語氣聽起來是真心覺得受到冒犯。

「別這樣嘛，他們很有意思，我們下星期要去海邊，我會帶妳去。」

「我又不是那種女生。」我幾乎希望我就是，可是我的整個存在都在抗拒。任何輕鬆或有趣的事情，我都無法信任。

「當然不是，妳是我妹耶，他們想認識好女生，妳就是好女生啊，最好的女生。」他用安撫的笑容仰頭看我。

我用腳趾輕推他。「夠了，阿姊會殺了你，竟然想帶壞自己的小妹。」

「什麼帶不帶壞的？我才沒有要帶壞妳，」他回頭繼續清理機車，「我是百分之百無辜的。」

父母擔心我還未婚，他們起先只是叨叨念念，不久就化為具體行動。

「林叔叔的二兒子小偉要來拜訪，」母親一開口，我就希望自己當初沒理電話鈴響，「他快拿到柏克萊的博士了。」

我父母不曾忘記，父親遭到逮捕時，林叔叔曾經叫真美阿姨拿錢接濟母親。母親燒掉我們台北生活的紀念物時，真美阿姨幫忙舉著火柴。

父親對友誼抱持著尖銳的看法，但是由於這份恩情，加上長年的交情，林叔叔是唯一得以豁免的人。當初由於戰爭之故，台北的醫院原本由日本人執掌的職務空了出來，林叔叔受到拔擢，至該醫院任職。不過，有如用標籤仔細遮掩的諸多事情，他的正式職稱雖然是「研究助理」，得到的卻只有聲望而沒有薪資。人人都羨慕他，但為了養家，他妻子得到台灣富人家裡教日文。父親出獄回家時，戰爭已經邁入尾聲，他失望地發現林叔叔的作為，他認為是背叛無誤——他壓低嗓門以近乎尷尬的語調，指稱林叔叔是「共謀」，但他並沒有像對其他朋友那樣跟林叔叔斷絕關係。

林叔叔接受醫院的職務，代表他個性更為穩健——當暴動爆發的時候，識時務的個性讓他免於陷入險境，使他免遭牢獄之災，並得以飛黃騰達，而我爸爸卻在監獄裡凋萎憔悴。現在他最小的兒子即將在美國取得博士學位，爸爸的兒子卻在替美國人清掃房間。

「真的嗎？」我盯著月曆。五月在風扇的微風中啪啪翻飛，都七月了，我們卻還沒撕掉過去的月份。「什麼東西的博士學位，媽？」

「什麼東西？我哪知道？反正就是在柏克萊。我要他爸媽過來拜訪我們。他想認識妳。妳星期六早上十點過來。」

我嘆口氣。她向來不詢問，而是下令。「他幾歲？」我把電話夾在下巴跟肩膀之間，朝月曆伸手，電話線拉到極限，我揪住那兩張月曆紙，一把撕光。

「三十吧？我想想，林阿姨懷他的時候，阿姊差不多要上學。小偉一定快三十了。」

「媽，妳該不是要替我們牽線吧？」

媽媽咂咂舌。「別傻了，只是喝個茶。」

縱使媽媽否認了，我也太清楚這種託辭。我朋友一個接一個都嫁了類似的男人，就是在美國念研究所，假期回來找老婆的人。「只是喝茶」是有可能演變成訂婚的。

「星期六早上十點喔。」她又說一次。

我嘆口氣。「嗯，媽媽，星期六十點，只是喝茶。」

我才不去呢，我告訴自己，我才不去，即使在我梳著潮濕的頭髮，在臉上抹收斂水，在拉上牛仔褲的時候。我內心交戰不休：**可是林家為了這件事專程從台北開車南下**。我心中猶豫不決的那部分反駁著，他都三十了，對我來說未免太老。整場會面只會是浪費時間。我牽著摩托車退出中庭時，再次告訴自己，我才不去。

整座城市現在緊臨我外公外婆的土地：原本那條土路，就是訪客順著走進我們生活的那條，現在用柏油封了起來，在七月熱氣裡像火爐一樣散發熱氣。我抵達的時候，一臉油亮，汗水滾下我的手臂跟乳溝。

「她回來了！」我踏進門的時候，媽媽驚呼。室內只比外頭涼爽一點。架在牆上的電風扇高聲嗡嗚。林叔叔、他妻子跟兒子，一派平靜地坐在矮几一側，似乎絲毫不受長途駕駛的影響。父母跟外婆則坐另一側的拋光櫻桃木椅。外公在角落裡，屈身貼近低聲喃喃的電視，理也不理我們。爸爸跟我對視片刻，嘴巴抿得平扁，陌生人可能會以為那是一臉苦相，但我知道那是笑容。轉眼間我又搖身變回十一歲孩子，孝順又聽話。

我打了招呼。媽媽迎著我走向剩下的空椅。我見過林家人幾次，不過等我父母跟林家重拾友誼的時候，他們家兒子已經出外上大學，我從沒見過他。他的頭髮左分，嘴巴飽滿嚴肅。儘管天氣炎熱潮濕，他還是穿著襪子搭休閒鞋。他毫無顧忌地上下打量我，視線從我的頭頂一路掃到腳趾頭。他的大膽凝視讓我覺得尷尬。我紅了臉，將目光集中在他發亮的鞋子上。

不久，他母親就繼續稍早的話題：一古腦兒說著他的好話。說他在加州大學柏克萊分校攻讀物理博士，學士是在台北的台灣大學拿到的；說他四國語言都講得很流利，唱起歌來美妙動聽；說他也有不為人知的廚藝天分。我瞄瞄他。就在他母親大肆宣揚他的豐功偉業時，他挑起眉毛、鼻孔賁張，憋著不笑。

我納悶我父母會怎麼講我。我有十根腳趾；可以任意眨眼；國語講得很溜；看得懂書；大部分時間可以正常走路不摔跤，還有一頭漂亮頭髮。

我媽媽卻告訴他們，我有寫作天分（她指的是我國中老師稱讚過的那篇文章嗎？），擅長理家，對孩子很有耐性（當我外甥跟外甥女的保母多年）。我往上一瞥，看到小偉正對著我微笑。

我們兩個因為尷尬而反倒有了連結。我讓唇間閃過一抹笑意。我媽媽宣稱，我顯然也對數字很有辦法（指的肯定是我替金雞園客人算帳的經驗）。

外婆建議他們讓我們獨處，他們一夥人則到主街上的茶店，那裡有冷氣，一台不斷發出低鳴的大型機器就嵌在窗櫺那裡，頻頻滴著凝結的水珠。雙方父母都假裝事情自然就會這麼發展，幾分鐘之內，外婆使勁關掉電視，拖著我外公離開了，最後只剩我跟小偉。

「要再喝點茶嗎？」我問。

「謝謝，不過太燙了。」

我點點頭。「啊，我知道了。」我走到冰箱那裡，冰箱就擺在前廳門口附近，不只因為廚房空間不夠，也為了炫耀這台代表地位、嗡嗡作響的大機器。我在冷凍庫找到兩根冰棒，分了他一根。

他吃力地撕開包裝紙，笨拙地咬下去。他指甲剪得太短，邊緣的皮膚是亮粉紅色的。

我倆默默啃著。我舔掉手腕上沾到的一滴。我們父母的車隊可能已經抵達茶室，正要推開玻璃拉門，踏進冰涼潮濕的房間，拉高嗓門跟轟隆作響的冷氣機抗衡，一面七嘴八舌談著留在家裡的兩個孩子。我納悶要是我把小偉載到茶室那裡丟著，然後跑到百貨公司跟朋友會面，這樣會有多糟糕。不，我別無選擇，我就是得咬牙忍耐。

「你喜歡加州嗎？」我的聲音嚇了他一跳。他趕緊嚼了嚼，舔舔嘴唇，然後用手背抹嘴。

「嗯，滿喜歡的。」

「你想你會搬回來嗎？」

他搖搖頭。「這裡不適合我發展。無疑的，經濟是在成長——可是不管經濟學者怎麼說，這裡還是第三世界。」

「第三世界？」

「技術上是，第三世界表示非結盟的，我們當然跟美國站在同一陣線，可是我們也很窮，有一半小孩上學沒鞋穿。」他的語氣湧現某種學者派頭跟高人一等的味道。他把吃了一半的冰棒擱在桌上。

我心煩地告訴他，他搞錯了。「可是這裡有那麼多工廠，泰山有芭比娃娃工廠，我朋友怡琴就是在那裡工作，她說那裡雇用了好幾千個女人。」他有五年都不住台灣，搭著泛美七四七降落後，踏上炎熱不堪的停機坪，哀嘆人行道上濺滿紅色檳榔汁，街頭攤販曬得發皺的脖子，男人踩著載滿壓扁紙箱的三輪車，戴著斗笠清掃街道垃圾的婦人，戴著長袖套採茶的女孩。可是，他沒看到街道上擠滿紅計程車，貼了磁磚的公寓大樓、工廠要輪很多班才能維持二十四小時的生產線。

「工廠不是醫生、科學家、發明家，台灣拿不出有創意的東西。我們只是複製別人創造的東西。」他朝掌心搥拳以便凸顯自己的觀點。

化掉的冰棒流在撕開的包裝紙上，汁液就要從桌緣滴下來。我看著它緩緩爬動，對著他的邋遢生悶氣。

他說了下去。「台灣製造？那是個玩笑。廉價的玩具、菸灰缸跟不耐用的電器。」他雙手往上一舉。「那場聲援孟加拉的慈善演唱會[5]，在宣傳海報上放一臉髒兮兮的台灣孤兒照片，也看不出差別。」

我繼續啃自己的冰棒，不讓他的語調激怒我。他從桌上的衛生紙捲撕了一張下來，抹了抹額頭。

「在學校，把中國的歷史當成自己的歷史來學，可是我們明明有五十年時間都是日本殖民地，其實還是他們的模範殖民地。我們跟歐洲的任何城市一樣先進，然後中國人來了，把這個地方當成是臨時的營地。光復中國大陸？他們只是把我們當成他們最終勝利的基地，可是那個勝利現在又在哪裡？這座島嶼現在看起來就像貧民窟。」

「可是就根源來說，我們都是中國人。」十二年日復一日的教育，教會我這件事。

他皺眉。「如果我們都是中國人，那國民黨幹麼派特務到美國來監視我們？即使在美國，在加州的柏克萊，我也要看對象小心說話。大家會聚在一起，討論該怎麼把我們的島嶼拿回來，這件事妳到底知不知道？不，妳不會知道，因為這裡只有三家電視台，而且都是政府公營的。這就是獨裁，獨裁政權。」

「你錯了，我們剛剛才選舉完，而且有些台灣人選上了。」一道黏黏的汁液從桌緣流了下來。他聰明歸聰明，可是對周遭渾然不覺。我會告訴我父母，這個無心之舉暴露了一切。

「那只是當地的選舉，只要同意照規則，他們就讓你玩點小賭注，只是讓你覺得自己有發言權。要是想自訂規則，就得進監牢。」

監牢。我們在家從來不說這個字眼。媽媽總是屏住氣息來代替這個字眼，或是找出比較溫和的委婉說法：**他出遠門了**。爸爸出遠門。蘇明國出遠門了，最近才回來。他寄了封信給爸爸——肯定也是在監控下寫成的——說他已經原諒爸爸。這是蘇明國所能說的最糟糕的話，讓爸爸的罪惡感跟著倍翻。

小偉往前欠身。「連妳父親——都在牢裡蹲了多久？十年還是十一年？又是為了什麼？」

我輕聲說：「我不知道。」然後把吃完的冰棒丟進垃圾桶。

他瞇起雙眼。「妳不知道？別裝傻了。」

「我真的不知道。」我跪在桌邊，小心拾起他丟棄黏答答的包裝紙。拿到垃圾桶丟時，一路滴過桌面跟地板。「我想我們不應該談這件事。」

他往後一坐，十指在肚子上方搭成帳棚狀互相輕敲，表示真正的訓誡才要開始。「妳應該知道妳父親做了什麼。他們擊潰他之後，他背叛了蘇明國，可是在那之前……」他坐起身。「他不只是因為挺身發言才被逮捕。他很危險。他有想法，而**那點**對國民黨來說，就是一種罪。我父親說，妳父親懂得怎麼講話，可以把話講得很漂亮，讓大家想要聽。」他放軟語調。「妳應該要明

5 一九七一年西塔琴大師 Ravi Shanker 跟披頭四的吉他手 George Harrison 在紐約麥迪遜花園廣場舉辦了聲援孟加拉的大型慈善演唱會，希望國際可以正視並協助孟加拉的內戰問題。

白，妳父親不是壞人。就是為了我們父親，所以我才——」他搖搖頭。「噢，算了。」

「好，別再多說了。」我坐回自己的椅子，查看自己的指甲。電風扇的嗡嗡聲愈來愈大。我母親說過，爸爸是好人，可是那個聲明跟她其他再三重複的話語摻雜在一起，因為太常講而失去了任何力量。這是我頭一次從母親之外的人口裡聽到爸爸是好人。可是小偉又不認識爸爸；他知道的只是聽來的故事。

小偉清清喉嚨。「一九四七年，在難民來到這裡以前，島民們為了自己的權利挺身而出，國民黨鎮壓他們，街道上流滿鮮血。」

「沒聽說過有這種事，」我反駁，被他的謊言惹惱了，「你從哪裡聽來的？」

「我單是提到這件事，都可能去坐牢。」他挑起眉毛。那是得意嗎？

我想壓垮他的傲慢。「我才不信，要是真的，我老早就聽說了。」

「問妳父親啊。」

「真是荒謬！如果真的有那樣的事，我會沒聽說？」

「兩萬個人死了，問妳母親就知道。」

我撇過頭。我不想看他。美國教育讓他變質了，他太自大了。「不，要隱瞞那種事情是不可能的，別再說了。」

「我那時候六歲，還記得我們全家跑去躲起來。」他放柔語氣。「他們還強暴女生。我媽為了自保，還在臉上塗灰。去問妳姊姊。」

「不要。」

「問妳哥哥。」

頭一次會面應該很輕鬆才對。我們應該閒聊一點時事、嗜好跟自己難以忍受的事情，這場對話卻每況愈下。我要告訴我父母他有多粗俗。**他很粗俗**——我只消說這句話，不必細說，讓他們自行推出結論。

「我累了。」我起身。

「問妳哥哥啊。」他又說。

「我需要透透氣。」我繞過桌子，經過他的椅子。

他站起來，碰碰我的手臂，多少想用這個手勢安撫我。「抱歉，算了。」

我揮手趕開他，從後門走出去，進入菜園，坐在生鏽的折疊椅裡。我望著我跟爸爸多年前一起看顧的犁溝，年復一年，沿著同樣的路線挖掘。我的不耐轉成暴怒，連我都覺得訝異，我發現即使我剛剛想說什麼，也完全說不出口。他自以為無所不知，他自以為認識我的家人，可是他根本無法想像我們過著什麼樣的生活。我讓他獨自在房子的熱氣裡受煎熬，直到我們父母回來為止。

那天晚上，我坐在姊姊中庭外面的巷子裡，用紙扇搧涼。外甥們正在玩黃色溜溜球，扯著線繩反覆捲繞又鬆開。外甥女倚著母親，試著加入我們的對話。美美十四歲了，跟我、她母親學生時代一樣被迫留著同樣長度的及耳短髮，厚重眼皮流露著渴望，就跟她母親在這年紀一樣，深金色皮膚和她父親如出一轍，光裸雙腿上有著漸漸淡去的蚊子叮包，她邊聽邊抓癢。

「別靠在我身上啦，太熱了。」姊姊怒斥。

美美用臉頰蹭蹭她母親的手臂。「可是，媽，我愛妳耶。」她拋給我一抹同謀的笑容。我咧嘴對她一笑。

「嘴巴這麼甜！」姊姊假裝氣惱，語調輕盈起來。她向我問起小偉的事。「我記得他還是可愛小男生的樣子，我跟他哥用媽媽的衣服打扮他。他好可愛。」

「他是討厭鬼啦。」我拍死一隻蚊子，手臂上留下一抹血跡。

「為什麼？阿姨？」美美還是巴著母親的手臂不放，仰頭看我，慧黠又好奇。

「他開口閉口都是政治。」

「他帥嗎？如果長得帥，談什麼都無所謂吧？」她漾起笑容。

「政治？他現在真的是美國人了。」我姊姊說。

「如果要用長相來補償個性，那他要長得再好看很多倍才夠用啦。」我說。美美咯咯發笑。

美美不大懂台語，所以我用台語跟阿姊說：「他還跟我講了別的，跟阿爸有關。」我記得爸媽以前在我面前想講悄悄話的時候，就會端出日文。家裡的孩子只有阿姊跟大兄年紀夠大，以前在校學過日文。

美美表示抗議。「不公平！不能講台語，我想聽閒話。」她扯著母親的胳膊。

阿姊聳肩把她抖開。「安靜啦！」她綳緊嘴巴。「他說了什麼？」

我把小偉說的關於大屠殺的事，還有爸爸的角色，都複述了一遍。說他怎麼挺身發言，結果遭到通緝。

「他為什麼要說這件事？」

「是真的嗎？」我反問。

阿姊換成國語說：「小心肝，到學校去玩。」

「為什麼？」

「去就是了。不，等等，拿點錢去吧，帶妳弟弟去吃剉冰。」阿姊把一疊銅板拋進美美手裡。男生們把溜溜球拋在腦後——現在扯線糾成一團——然後吵著要拿錢。

「可是我想留下來。」她蹙起眉頭，自知被排除在對話最精采的部分之外。

我對她微笑，然後利用身為阿姨的特權——不帶權威污名的力量。「去吧，心肝。」我說。孩子們跑開後，阿姊壓低嗓門又開始說。「我不想談這件事，可是……」她嘆口氣。「是妳出生那個晚上開始的事。三月一號。我因為那件事，永遠會記得妳的生日。這座島進入戒嚴狀態，我那時候其實不大懂，只知道那表示我們不能到外面去，產婆也不能過來，所以妳出生的時候，我必須當爸爸的幫手。」

這個我知道，家族全都曉得：我在家中樓上的臥房出生，由爸爸助產，阿姊擔任助手。

阿姊說了下去。中國人成了抗議人士最早的標靶，因為國民黨從日本人手中接收台灣以來，一直利用這座島來支援中國的內戰，結果引發通貨膨脹，造成米糧短缺，耗盡原本要用來重建遭聯軍轟毀的城市的原料。台灣人憤怒不已。阿姊說，最後因為警察毆打街頭小販——一個賣菸的年輕寡婦，人們走上街頭抗議、尋釁找碴，用台語挑釁人行道上的路人，凡是答不出來的就痛打一頓。

「妳必須明白，當時大家有多不滿。媽媽每天晚上都提醒我們，我們有米可吃是多麼幸運，因為大部分的人連米都沒有。要是你什麼都沒有，至少還有米糧，可是有人連米都沒得吃。同時，大家都說國民黨在囤糧。他們吃得很好，愛辦派對，就像啃掉蘋果的蟲子。大家當然很不滿。我不是說這樣是對的，可是這就是當時的情況。」

那個時候，有些男人還穿中山裝——後來變成惡名昭彰的「毛裝」——可是這一來人家就會把他們當成中國人，於是他們就改穿西式襯衫。日本的木屐——殖民生活的遺風，再次風行起來。

「為什麼？」

「因為只有台灣女人才會有木屐。」

情況就這樣持續了好幾天，整座島陷入混亂。學校停課，學生武裝備戰。新總督似乎急著想知道人民的心聲，於是召開會議：人民草擬和解的要求。

「然後爸爸去參加了？」

「那天媽媽求他別去，她都病了，家裡還有四個孩子，包括一個新生兒。」

「就是我。」

「對，就是妳。我記得他出門以前，他們吵了一個早上。媽媽都哭了，可是爸爸還是出門了。那天跟著他一起去的那些男人，後來都失蹤了。」

一串名字飄過我的腦海——我成長期間聽說過的女人，那些沒丈夫的母親。

「我不懂，小偉還說街上都是鮮血。」

「不久，軍隊就進來阻止抗議人士。報復式的行動。軍隊抵達的時候，明明事情都已經恢復平靜，可是我還是聽到槍聲。我們一整個星期都沒去外面，連上樓都不行，可是有一天我偷偷溜上樓，從那裡眺望街頭。那裡有個男的，一具屍體。總共死了多少人，又要怎麼數得清？又沒死亡證明。大部分時候，連遺體都找不到。爸爸被帶走以後，我們確定他死了。我們要怎麼知道真相？話傳來傳去，故事都是從碎片拼湊起來的。不只有我們這樣，也不只有蘇明國這樣。妳必須假設我們不是獨特的案例，有好幾千個家庭遭遇跟我們類似。」

「小偉說得沒錯？」

「我不知道。」

小鳥飛掠屋瓦，撒落一枚種籽。

「原來如此。」

「別跟別人講。」這個句子已經講到爛了。巷子過去，有輛速克達隆隆響，有個女人在吼孩子。街燈緩緩亮起，巷子籠罩在詭異的白光中。蚊子在我耳邊嗡嗡叫，我用扇子打牠。「別跟別人談起就是了。」阿姊又交代一次。

「屍體看起來怎樣？」

「什麼？」

「街上的屍體啊，妳看到的那個。」我已經厭倦了不談。就是因為不談，我——我們才會走到這個地步。造成問題的是沉默，而不是話語。

「是個男的。」

也許是她想像出來的。故事到處傳播，人人宣稱自己是目擊者。「我想知道妳看到什麼，老的還是年輕的？」

阿姊盯著自己的雙腳，猶豫起來。「我不想談這件事。」

「他看起來怎樣？我想知道妳看到什麼。」

她嘆口氣。「他——他仰躺在地上，手臂遮住臉，外套扯破了，血積在身體四周的街道上。」

連續好幾年，她一直夢到那個男人；不是充滿象徵的夜間夢境，而是飄飄忽忽的白日夢，她一邊納悶爸爸到底出了什麼事時。看到屍體的事，她從沒跟爸媽說，就怕他們會生氣。爸爸被帶走後，她忖度，是否有別的女生假裝沒看到爸爸的屍體，然後任由軍人把他拖到無名塚或丟進海裡。有好幾年，她總是低聲對著那個失去父親的女生喃喃道歉。

她仰頭望向徒勞地喀答撞擊街燈的飛蟲；那盞燈好似相機閃光燈的冰冷強光，照得她的臉像幽魂。

「那就是我們的命啊。」她說。

「不要那樣說。」

孩子們回家的聲音順著巷子飄來：涼鞋啪啪踩在橫跨排水溝的人行橋上，講話的聲音彼此交疊。

阿姊使勁一拍膝蓋。「我該做晚飯了。」

她離開之後，我盯著隔壁房子側面的缺角灰泥，房子的後側臥房正俯瞰這條巷子盡頭。小小星辰讓窗玻璃產生粗糙紋理，使房間內部看起來一片朦朧。有個飄渺的人影從模糊的照明前方掠過。鄰居最近增建新房間的時候，挖到了一副枯骨，於是請寺廟的道士過來。道士在這間房子作法淨宅，鄰居建議我們家也請道士過來，但阿姊嗤之以鼻。市政府收走遺骸，鄰居用水泥封起那個房間，再添上一層棕中帶白的防水油布。

美美跟弟弟們順著巷子跑來，噪音、汗水、蟲咬的雙腳、沾塵的手肘跟破皮的膝蓋、垂散的頭髮跟酸甜的吐息，像龍捲風一樣襲捲而來。

「阿姨！阿姨！」他們連聲叫喊，扼殺了我的冥想。

星期四晚上，我跟同事婷婷一起到OK酒吧跳舞。這類迎合美國文化、名稱氣派、帶暗示性的酒吧，才幾個街廓就聚集好幾家：王蘇西俱樂部、天堂俱樂部、花花公子。OK酒吧是這其中最安全無害的——沒有女招待，也沒人配戴標示職業的低調胸針。舞台上打著紅光跟藍光，一幫當地的小夥子翻唱著滾石樂團的作品。舞台前方的區域大多空著：只有幾個男人抓著啤酒瓶，跟著音樂點頭。大部分人留在舞台燈光光暈之外，流連在沿牆的陰影裡，或是擠在吧檯邊。我跟婷婷點了啤酒，慢慢啜飲。只要有我們不喜歡的男人想搭訕，我們就咯咯傻笑，假裝不懂。

婷婷都二十九歲了，但還可以裝成二十五，甚至是二十一。我們為了上酒吧而在這晚妝點自己時，她仔細端詳我，品評我頭髮的光澤或皮膚的觸感。「看我多老了。」她會哀嚎，扯著眼周或嘴邊的隱形線條。她打定主意要在三十歲以前把自己嫁出去。她把自己的斬獲寫進日記裡，有天下午拿給我看。她把那本日記取名「美國之旅」：來自五十州，每州一個男人。她希望整趟旅程的最後，可以覓得夫婿。她用鉛筆畫了一幅美國地圖，目前有三分之一的州都上了色，讓我看了好尷尬。我還是處女，可是婷婷的坦白讓我覺得自己不經世事。我面帶笑容將本子還給她。她說：「我希望妳最後不會變成我這樣。」我不知道該說什麼——我也這麼希望。我只是搖搖頭，無力地說：「噢，別這麼說嘛。」

雌雄難辨的主唱，披散著黑髮，穿著低腰白褲，把米克．傑格[6]模仿得維妙維肖。「我願意當他的瑪莉安．菲絲佛[7]。」婷婷喃喃。那個歌手扭著臀越過舞台，嘟起嘴，伸出下巴。我們附近的一群大兵竊笑。婷婷瞪他們一眼。歌手跳下舞台，到了空蕩蕩的舞池裡，扭動身子雙腿一劈。幾個女人高聲吶喊，可是他最後幾個音符隱入沉默裡。

舞台燈光暗下，音樂從擴音器放送出來，哄勸人們進入舞池。舞者不理會聽眾不冷不熱的回應，站起身來，走起路依然大搖大擺。樂團開始散去。啤酒烘暖了我的肚子跟臉。我提議我們跳舞。

婷婷說她需要先來杯威士忌。「甜心，」她對著酒保呼喚，酒保現在已經認識我們了，「兩杯威士忌。」

「我明天要上班。」我提醒她。

「別掃興嘛，一杯就好，喝完就跳。」

總是上演同一套戲碼。有一就有二，到了第三杯，我就會拉著她離開那個不管來自五十州的哪一州、對她凌亂舞步起了興趣的男人。她會反過來攻擊我，怪我破壞她的興致，然後她會揚長而去，直到隔天她拖著腳步來上班，一副被拋棄的憔悴模樣。到現在我們已經連續這樣好幾個月了。我想，既然我這樣正經八百的人還是覺得她值得當朋友，而她知道這點，就不會太苛責自己。

酒保把我們的酒杯遞來時，對我挑起一邊眉毛。

「別這樣，」婷婷對他說，「我又沒逼她。」

「完全是我的選擇，」我說，「我想跳舞，她想喝酒，所以我們就喝。」

「別抱怨了，」婷婷說著便舉高酒杯，「乾杯。」

---

6 米克．傑格（Mick Jagger，1943-）英國搖滾樂手，滾石樂團創始成員之一，一九六二年開始擔任樂團主唱至今。

7 瑪莉安．菲絲佛（Marianne Faithful，1964-）搖滾史上的百大女歌手之一，一九六〇年代以〈淚水流逝〉單曲一炮而紅，米克．傑格曾經為了她離開前任女伴，但兩人最後終告分手，受米克影響而吸毒酗酒，分手後一度染毒並窮困潦倒。

有一杯就有第二杯，不久，音樂就變得更大聲，彩燈閃得更明亮，整個室內在我的腦袋裡搏動。跳舞的人擠滿了舞池，婷婷摟著穿紫襯衫的金髮矮男。我聽到他說是從明尼蘇達州來的。

他們越跳越遠時，婷婷眨著眼對我高喊：「我還沒有明尼蘇達喔！」

深色鬈髮的男人湊了過來，朝我耳朵喊道：「妳朋友丟下妳了。」

我點點頭。

「我也是。」

我閉上眼睛。熱氣在我的臉頰中抽動，從我們四周的人們身上散發出來。我睜開眼睛，發現他在看我。他有棕色大眼跟濃密的長睫毛。我再次閉上眼睛，任由室內旋轉。他對著我的耳朵喊著自我介紹：「我叫山姆！」這個名字好簡潔，我完全沒有任何聯想。我不知道山姆是個好名字，還是個老氣的名字。我隨著音樂搖擺，柔聲複誦他的名字。

「好熱，想到外面去嗎？」

我點頭。酒精總是讓我變得魯莽。他執起我的手，拉著我穿越人群，往外踏上了人行道。在噪音之外的地方，舞廳世界變得柔和模糊，貝斯的聲音依然搏動不止。

「啊，新鮮空氣。」他說。

好幾對男女倚在摩托車跟柱子上，調情蹭鼻、竊竊私語。街道依然車流如織。每棟建築物上，霓虹標誌閃動嗡鳴，宣告這裡有賓館、家具跟珠寶。有個戴斗笠的男人推著車經過俱樂部前面，喊道：「臭豆腐！」

滾沸炸油的嗶啵聲跟發酵豆腐的臭氣，翻攪著我的腸胃。我雙腿突然搔癢起來，覺得快窒息。我拉下靴子的拉鍊，扯下靴子，伸縮著光裸的腳趾。

「太熱了。」我用英文說，開始對自己揮手搧風，想趕走熱氣跟噁心的感覺。「走開。」我對賣豆腐的攤販喊道。他咕噥著繼續前進。

「我可以帶妳回家，妳好像不舒服。」

「不用。」我說，跪在丟在一旁的靴子邊。

「要我找妳朋友過來嗎？」

我揮手表示反對，這時喉頭又一陣噁心。山姆在我旁邊蹲下，將我的頭髮往後撩起。我又吐了，不舒服讓我提不起勁，同時也為這股臭氣難為情。

「我帶妳回家。」

「我沒事。」我說。我嘴裡酸臭，淚水淌下面龐。我稍微清醒一點，羞恥感又回來了。我想到媽媽會有多失望。萬一她教會的姊妹或弟兄看到我怎麼辦？我已經成了那種喝酒過量，在美國人面前醜態畢露的女生。就像婷婷。

「來吧。」他撿起我的靴子，扶我站起來。

即使喝茫了，我還是竭力以破英文告訴他，我可以自己回家。

「我可不能讓妳自己回家，妳會撞死什麼人，或是害死自己的。我的摩托車就在那邊。」

街道在我身邊顫抖，但我的視覺範圍變窄了，把摩托車跟公車的噪音，隔絕在遙遠的地方。

我只聽得到耳裡的壓力，跟我自己懇求肚子平靜下來的聲音。

島民們單是有單車就已經滿足，我們在上頭堆起購物袋、寵物、小孩、老中青三代，美國人則偏好戰時的老機車，哈雷四五、三槍牌，還有凱旋牌。我跟婷婷花了好幾個小時的時間，解析每款機車背後代表的意義——顯示了男人的哪種個性、地位跟自我。我會告訴婷婷，山姆有輛哈雷，然後她就會告訴我，該怎麼解讀今晚的事件。

在正常情況下，我會試著矜持點，側坐在機車上，抓住座位後面的小拉桿，跟山姆保持禮貌的距離。可是我身體太不舒服，索性往前一癱，摟住他的腰，腦袋貼在他溫暖的背上。我合上雙眼，讓自己屈服於機車的速度，隨著轉彎而傾斜，任風風吹起頭髮朝我劈甩。我拚命嚥下嘔吐的衝動，一面暗想，原來美國人是這種氣味。莫名地我想起小偉。**看看我**，我在心裡對他說，**這裡是第三世界嗎？佩服了吧？**

「要往哪裡走？」山姆喊道。

我閉著眼睛喊出路線。我看都不看就可以告訴他在水餃攤那轉彎，到修鞋店再轉，最後繞過幼稚園，那邊有隻石膏長頸鹿貼著牆上的壁畫吃草。他的機車低吼著，駛進我那個街坊的小小巷道迷宮時，我突然意識到，再這樣下去，我明早可會惹禍上身。從主街到我們那個死巷的每個人都會聽到機車聲，這麼晚才抵達，擺明著就是美國人，顯然只有我才會搞出這種事。

他熄火，我跳了下來。我喃喃道了聲謝，覺得丟臉到無法正眼看他，希望他可以低調靜靜離開。漸漸冷卻的引擎發出滴答聲，幾乎跟夜色裡不見身影的蟋蟀鳴響同調。他祝我安好，我點頭向他致意，默默期盼他就此消失。我在中庭的門後等他機車的聲音遠去，然後才吃力地走向房間，我和衣蜷起身子，手臂滑進涼爽的枕頭套跟更涼爽的竹席之間。

太陽永遠照不進那個後側臥房。空軍基地的牆壁、房子的方位，加上窗玻璃前的鐵窗，合力把陽光抵擋在外，所以我平日都仰賴鬧鐘跟前廳的噪音來決定起床時間，今天喚醒我的，卻是姊姊的尖叫。

酒加菸的臭氣覆住我的肌膚，纏住我的衣服不散。我把臉埋在枕頭裡，轉身想躲開她連珠砲似的話語——「要命」、「老天」跟「丟臉」。房間依然在打轉，她的聲音猛力甩擊著我柔軟的耳朵。就像一場夢似的，她離開房間，我溜回半醉半醒的白日夢裡。

我的記憶是一行標點符號，而不是連篇的散文。標點符號：山姆（他叫這個名字嗎？我幾乎不記得了）站著俯視我；標點符號：人行道上的陰暗熱氣，由酒吧懸凸的二樓遮掩著，後車燈、機車手把跟置物籃將光線反射回來；標點符號：疾駛穿越街道，切穿了夏日的熱氣。我幾乎不記得自己曾經走進屋裡。

在那些記憶片段裡，還隱約有種鮮明的感覺：他還滿吸引人的。我搭他便車時，胸脯就貼在他溫暖的背上。想起這件事，我胸口就一陣輕飄飄。

可是現在我醒了，不舒服的感覺捲土重來。我拱著身子衝進浴室。我跪在馬桶前面時，姊姊來到門口。

「我打給媽媽了。妳在想什麼啊？妳都不在乎面子了嗎？他是美國人嗎？是不是美國人？只有妓女才會跟美國人講話！」

我虛弱到無力爭辯。我貼在涼爽的浴缸上，緩解燙熱的肌膚。

「妳不會搭計程車嗎？還是用走的？真是不自愛。」

「謝了，」我說，「唔，欸，恭喜啊，妳妹妹是個妓女。」

她怒目瞪我，然後走開。

我貼著浴缸睡著了，醒來時，在一片模糊的視線裡看到母親現在跟我姊姊一起站在門口，喃喃說著我內心有惡魔之類的話。我再次合上眼睛。在我無夢的睡眠背後，我聽到她們在前廳禱告。也許我姊姊當初看到的天使，只不過是酒醉的幻覺，而她所聽見的天使警語，或許只是熱心過度的家庭成員在別個房間裡講的話。移動的光線再次吵醒我，我發現美美在我面前，一臉擔心，她低聲說：「我要用浴室。」彷彿這個舉動對我而言是種背叛。

我起身，甩了甩頭。我想告訴她我沒事，但我難受到張不開口。

「對不起。」我拖著腳步跟她擦身而過時，她低聲說。我悄悄步出浴室，沒往走廊那邊看。我聽到母親說：「她起來了。」然後埋頭又是一輪禱告。

22

她們的禱告沒什麼作用。即使發誓再也不碰酒，接下來幾天我故態復萌，毫無悔意，如同我頭一個宿醉的早晨。我不跟姊姊聊天，除了跟她報告我幾點下班回家，或是問她洗衣粉放哪裡。我不想見我母親，但星期六我還是照樣回老家吃晚飯，因為即使母親咬定我被惡靈掌控了，但還是扼殺不了我內心非得盡孝道不可的罪惡感。

大埕裡，近晚的太陽一如既往從榕樹間篩下來，我一時憶起過去在逐漸減弱的光線中趕寫作業的痛苦午後，心頭竄過一股鄉愁。此時，爸爸正坐在桌邊，那張桌子的軟木上現在已經有幾千道鉛筆刻痕，面前放著一包菸跟紅色塑膠打火機。他用手指輕敲著水瓶，裡面滿是茶葉跟稀釋過的茶水。

我牽著單車走進去，打完招呼之後，試著隱藏自己的侷促不安。

「過來。」他說。

我跟他說，我想先跟外公外婆打聲招呼。

「過來。」

我推下單車的撐架。過去多年來，我對媽媽的歇斯底里已發展出免疫力，連爸爸的情緒爆發都會依循著某種熟悉——即使讓人不快——的弧線。因此，他那種不疾不徐的語調令我害怕。

我坐在他對面，等他開口。如果他早知道他的冷靜會讓我恐懼，也就沒必要在我青少年時期大呼小叫。

他直直望進我的眼睛，臉頰鼓動著；他咬緊了牙關。「妳覺得怎樣？」

我看不出這是不是他所謂的幽默。「還好，爸爸。」

「我們該說的，妳母親都已經說過了，所以不用我重複。」

我現在把目光放在桌面上，那個桌面等於是一張可以反覆刮除重寫的羊皮手稿，記載著我的童年時期：文字疊文字、數字疊數字。我用手指挖著禿木碎片，摳著剝落的油漆。

他望向柵門，繃著下顎，嘴邊的皺褶深刻平靜。「小偉還會在台灣一個月，妳應該多花點時間跟他相處。」

「好，爸爸。」

「如果他想出去，妳就去。別再去酒吧，別再跟美國人打混。」

我瞥瞥他。他渾身散發著那種熟悉的尼古丁味，甜膩醜陋，讓我想起那些穿著白吊嘎跟短褲，姿態隨便地趴在速克達上，停在路邊大聲叫囂，嚼著檳榔的男人。他雙眼裡原本的迷茫神情——彷彿視線所及隨時有個危機四伏的廣闊世界，多年下來已經消逝，成了雕刻般的靜定。我再次變回十一歲，被命令要背誦九九乘法表，而我不能直言拒絕。爸爸拿起那包菸，抽了根出來。

他輕輕啣在嘴裡，並說：「這就對了。」

他喀答按下打火機，表示我可以退下了。

幾天過後，小偉打電話給我。他借了他父親的車，從台北開下來。這一次，我在眷村的姊姊家裡等待，我納悶他鑽過掛滿衣物的巷子，一面踢開乾掉貓屎跟片片紙屑（有公德心的祖母還沒掃走）的時候，心裡做何感想。他在紗門外面叫喚。他還沒看到我，我就先看到他了——他在陽光中發光，頭髮梳得光滑，肌膚亮著汗水。他的衣著很時髦，但一看就是很美國風——顏色跟剪裁就是有點不對勁。我頓時湧現一絲同情，我納悶他在台灣這裡是不是覺得像異鄉人，而這地方原本該是家鄉的。

我知道光線亮得他沒辦法看清屋裡，乾脆就讓他盯著黑暗片刻，然後才回應他的招呼。

我推開黏答答的門時，他含笑問道：「妳姊姊在嗎？長大以後就沒見過她了。」

「她出去了。」我說著便鎖上家門。

「我們從頭開始吧。」他露出笑容——不自在，近乎愚蠢的笑——我注意到他牙齒有多整齊。

「嗨，我叫林偉，很高興認識妳。」他伸出手來，我發現自己在笑，趕緊提醒自己：就這麼一次約會。這是懲罰，不是樂趣。

我跟他握握手。「嗯，很高興認識妳。」

「今天不談政治，我保證。」

「要發誓才行。」我斜眼睨著他，這才意識到我跟婷婷學到的東西超過我原本所想的。

他舉起一手。「我發誓。」

我們到日月潭，那裡是必去朝聖的觀光景點，在大熱天裡挑那地方真是大錯特錯。前往日月潭的馬路蜿蜒崎嶇，一路經過香蕉園、柳丁園跟鳳梨田。我們搖下車窗，搖搖晃晃往前行駛，熱風吹襲車內，無法帶來任何慰藉。我這一輩子夏天都是在這種熱氣裡過的，可是從來就沒辦法停止抱怨。

「柏克萊的夏天很溫和。」他說。

整整一個小時，我成功忘記了這次出遊的原因，忘記來自雙方家庭的壓力，因為兩邊家庭都希望小偉能在一個月內帶著未婚妻離開台灣，可是他的評語又提醒了我。

「只是說說，」他對我的沉默表示，「隨口比較一下而已。」

那座湖映入眼簾。「我還真的沒來過這裡。」我說著便把手伸出窗外，拍打著風。

「妳應該看看太浩湖。」

「在哪裡？」

「在加州跟內華達的邊界，妳一定沒看過那麼藍的水。」

「噢，」我提出了關於內華達我唯一知道的資訊，「我英文老師就是內華達州來的。」一路過地面一連串的坑洞時，我抓住車門上的皮製握把，咬緊牙關忍耐。

「在那邊賣春是合法的。」他盯著路面，雙手握住方向盤，好一個模範司機。

我又轉頭望向越來越近的日月潭。「噢。」我不懂他為什麼要提這麼尷尬的話題。我希望他也在納悶同樣的事情。

前方，跟湖岸平行的路旁有一排色彩繽紛的攤位。

「聽說這邊有一個很棒的肉圓攤。」小偉說著便突然把車往路邊靠，猛地停下來。

他也很小氣。我試著肚量大點，換個角度評價他：他很**節省**。在美國念研究所，可能省吃儉用慣了，所以才會帶我來路邊攤。我們越過馬路走向粉紅雨傘遮蔭的攤車，路面閃著熱氣，熱到我覺得路面黏住我的鞋子。攤車阿姨粗聲說：「幾碗？」最後我們蹲坐在搖搖欲墜折疊桌旁的紅塑膠凳上等待。

我遞了張面紙給小偉，兩人拭去臉上的汗水。

「我在加州好想吃，可是那裡沒有南投可以吃這種東西。」鄉愁讓他眼神發直，我注意到他額頭黏了面紙碎屑。

「不好意思。」我伸手過去撥掉碎屑，他立刻紅了臉頰，反射性地伸手往上，又掃過一次額頭。

我望向湖泊，湖面映出四周深邃豐饒的綠色樹林。霧氣包覆山丘：我這才意識到，原來中國水墨畫是現實主義的類別之一。有個碼頭向外探向湖泊，盡頭是座涼亭，那裡是上下船的地方。一家旅館跟公車站確保湖岸人潮永遠不散。我可以嫁這個男人嗎？儘管他對政治有鮮明的主張，也顯然很自我，不過平常又笨手笨腳的。我用眼角餘光快快掃他一眼，注意到他強健的眉毛、茶色的清澈雙眼，寬闊飽滿的嘴唇。今天，他幾乎有點迷人了。年輕教授的妻子平時都做些什麼？美國人會善待講起英文來支支吾吾的台灣女服務生嗎？

阿姨把碗用力放在我們面前。

大熱天還吃熱呼呼的肉圓，我克制自己的煩躁。

他吃相優雅——聽不到我哥哥們那種唏哩呼嚕跟嘆息。我咬穿膠狀的外皮，豬肉跟香菇竄上來的熱氣燙了我的舌頭，我哈氣驅走疼痛。小偉用皺巴巴的面紙抹抹額頭，然後不自在地又摸額頭一次，動作幾乎有點可愛。

外公跟我講過，日本人剛接管這座島嶼時，原住民起身反抗的事蹟。日本人採用美國對付原住民族的策略：保留地跟殺戮。殖民的頭三十年左右，日本人跟原住部落兩方輪番採取的恐怖血腥行動，再三染紅了報紙的頭版：在學校辦活動的時候發動突擊，然後斬人頭；拋擲毒氣瓦斯彈；吊刑；火刑。即使在我外公瞇細眼睛，模仿他所謂貨真價實的戰呼時，他的表情卻洩漏了一絲諷刺，我將之解讀為同情。現今，過去的暴力已經退潮，只剩下無害的地方，類似我們在湖畔找到的：打造得像是真正部落住家的小商店，原住民穿著傳統服飾，販售傳統編織品跟珠飾，還有廉價的小飾物，例如裁成島嶼形狀的皮革鑰匙圈，或是捏成琵琶形狀的陶笛。我用手指撫過一件紅黃兩種線織成的裙子。買這種東西的人並不會拿來穿，而會釘在牆上當作「民俗藝術」，或是塞進抽屜裡，數年之後想重溫某一趟特別迷人的出遊時會再拿出來。

「有興趣嗎？」小偉問。

我瞥瞥店員，她正穿著類似的裙子，濃密的黑髮上另外戴了編織的頭帶。我低聲告訴他：「美是美，可是我不會拿來穿。」

店員從店面另一側喚道：「表演再五分鐘就開始，在外面。」

小偉買了一瓶蜂蜜酒，上面標明是原民特產：「看表演時喝。」我看到就有點反胃地皺了臉。

我們坐在外面，用雙手替眼睛遮陽，手提錄音機大聲放送著音樂，打赤膊的男人在一群熱到有氣無力的觀光客面前，跳了段毫無章法的舞蹈。觀眾有不少是美國大兵，用剛從另一家店買的蒲葵扇搧涼。舞蹈結束時，因為熱氣而體力透支的觀眾，掌聲零零落落。小偉往小費籃裡拋了點銅板，然後我們搭船回到湖泊另一側，就是我們停車的地方。回到那邊後，我們沿著湖岸走到有遮蔭的岩石上。小偉拿酒給我，可是我告訴他我不喝酒，他旋開瓶蓋，猛灌一口。

單是開車到湖邊一趟就花了好長時間，所以我們覺得非得一起在那裡坐上一會兒才值回票價，即使最後陷入好幾分鐘的痛苦沉默。我清楚意識到那種安靜，連哼一聲都不敢。

岩石上的煉獄——這肯定能夠抵銷我之前的失當行為。我答應了小偉的邀約。我忍著熱氣，搭了幾個鐘頭的車，聊了天，也微笑了。就為了我們兩家的友誼，好幾年來，我知道我終究得見小偉不可。我必須好好表現。我納悶婷婷會怎麼看他。「書呆子，」她一定會嗤之以鼻，「長得好看，可是很無聊。」一想像婷婷會提出什麼控訴，我趕緊替他辯護：**他很聰明，有想法，這些都是優點啊**。

濃雲四合，一場午後常見的雷陣雨即將到來。湖泊對面有艘小船，似乎加緊速度想趕回碼頭。不過，人們依然在商店之間閒逛，不在乎是否快下雨了。我希望這種天氣可以放我自由。

「我們該回去了。」我說。

我們還沒走到車子那裡，風雨毫無預警就驟然開場——典型的島嶼模式：突如其來的一陣微溫大雨。原本的漫步變成跑步，我一面尖聲叫著，腳上那雙布涼鞋的染劑都暈開了。兩人渾身濕透，癱坐在塑膠椅子上。

我漾起笑容。

他伸過手來，抹去我頰上的雨水。他滴著水的頭髮貼在額頭上。我注意到他細緻的膚質。他吐息裡的蜂蜜酒散發甜味。他的視線繞著我的臉龐流轉，彷彿輪番仔細審視每個特徵，彷彿發現某種新生物般地困惑不解。他溫柔地將我的頭髮撩至耳後。我害怕的心延展開來，推擠著肋骨。我全身都感覺到它的跳動。

我等著他說——**妳真美**——或是吻我，他卻只是微微頷首，回應一則想像中的提問，然後說我們該走了。

「嗯，時間差不多了。」我忙著擺弄安全帶，免得他看到我滿臉通紅。

等到我們離湖泊很遠很遠，我胸膛裡的怦怦響才終於平息。

23

爸爸要我陪他去台北，叫我別跟媽媽說。我很好奇。下一次輪休的時候，就跟他約在台中火車站會合。他站在大門前方，冷眼看著計程車司機，司機們再三追問他要去哪裡。他穿著扣領白襯衫搭黑長褲，胸前口袋有一包無所不在的香菸。他用小提袋裝了吃的，已經買好雙人車票。

我們在月台上等車，男人咳痰清嗓，老婦坐在髒污的破包袱之間，母親將寶寶綁在背上，一捆捆水果隨意用線繩綁成歪歪扭扭的包裹，以便單手提取。爸爸點了根香菸，踱起步來，隨手把菸灰點進鐵道。

「你有沒有注意到，我沒問我們要去哪裡？」我跟小偉出門約會，給了爸爸一個人情，現在我擔任他神祕單日之旅的同謀，就是給他第二個人情。既然欠了我的人情債，我覺得自己可以咄咄逼人，甚至有點刻薄。

他怒瞪我一眼，然後繼續踱步。他抽菸是為了冥想。

我坐在板凳上，決心不理睬他。我會當個乖女兒，有人跟我講話我才開口。

列車服務員推著茶車穿過走道，以甜美嗓音叫賣商品，令人想到理想中的女人——優雅專業卻柔軟細膩——一定對我們兩個一頭霧水，因為即使她走到我們座位旁邊問：「要茶還是點心？」我們兩人都只是直直瞪著前方，不理會她的兜售。

爸爸的沉默就像觸媒。我看到他漸漸滑入了一層層的心思之中。他目光呆滯，就像早先幾年他忘了時間、地方以及我們那樣。在那之後，只有荒謬絕倫的事，他才覺得說得通。我有種荒謬的感覺，就是他要綁架我。我聽說過這種謠言：在鄉下，走投無路的父母有時候會纏住不疑有他的男人，好作為他們死去女兒的新郎並舉行冥婚。也許在台北火車站會有一整隊的長袍男女，抬著轎子把我帶去跟死人共吃甜品，跟紙糊的假人交換婚誓，而當事人早就已在墳墓裡腐化潰爛。

火車在板橋離站，逐漸接近台北的時候，我再也忍不住了。

「我們要去哪裡？」我質問。

爸爸眨眨眼，我們前方的燙髮女人似乎讓他看得入神。

「除非你說清楚，否則我就不下車。」

我甚至不確定他有沒有聽到我說的。我翻翻白眼，盯著無光隧道裡一片漆黑的車窗。他昨晚來電的時候，我早該稱病推託，他肯定把我捲進什麼計謀裡。搭了三個小時的火車後，我早已是個共犯。

列車駛入台北。爸爸站起來，跟著乘客一起拖著腳緩步踱向門口。我坐著不動。他認為我只是虛張聲勢，並未回頭檢查我會不會跟上去。列車還沒完全清空，要搭車的旅客就開始推擠上來，帶著新一批籃子、提袋、包袱，散發著炎炎夏日的氣味：水果烘軟過甜、火車廢氣、疲憊跟飢餓。

「這是我的座位。」眼睛發黃、一臉嚴峻的矮男人說，遞出車票以資證明。

我嘆口氣，望了出去。爸爸耐著性子在月台上等候。我使勁敲打窗戶。他看也不看我。我抓起包包，擠過正要把包裹提上頭頂置物架的旅客，到月台上跟他會合，此時車站廣播揚起〈驪歌〉，宣布火車即將離站。

媽媽在襁褓時期帶我離開台北後，我就不曾來過這裡。即使是夏天，天空還是一片灰。一切都好像浸泡在黯淡的橄欖色裡。街道一片混亂，有軍用卡車、計程車、轎車、公車、單車，從四面八方彼此交織。爸爸拉著我穿過在車站前方亂逛的人們，揮手攔下車。我們在車流中穿梭時，爸爸用手肘推推我。建築在我們四周拔地而起；四層、六層、八層、十層，每扇窗戶都有一組平衡感有待商榷的冷氣機。在人行道上，路人迅速避開不時出現的障礙：擦鞋匠；在搖晃小桌上刻印章的男人；塗了滿臉白色香粉的女人蹲坐在小凳上，另一個女人在牙齒跟手指之間繃緊一條細線，替她挽面除臉毛。我們遠離市中心，路過破敗的村落，那裡只有單層建築，女人們在街頭上照顧炭爐，其他人在公共水龍頭那裡等著汲水。

「我們以前住那裡，」我們路過一間日式房子的時候，爸爸說，房子透過圍籬一閃而過，有如跑馬燈。我看到樹雕，有個男人的淺淡身影從前廊上走下來，動作就像老電影似的磕磕絆絆。我伸長脖子一直望去，但爸爸並沒有。

我們繼續前行，沿著中島有路樹遮蔭的寬闊大道前進，前往高聳的圓山大飯店，飯店的建地原址是日本時期的主要神社，現在則為蔣夫人所有，目前正在擴建。傳聞，那個山丘底下建造了一條足以容納一萬人的祕密防空隧道。

不久，市中心就被拋在我們腦後，陽明山（原本叫草山）潮濕明亮、蓊蓊鬱鬱，在前方的天際線上綿延起伏。

我們路過蔣總司令的士林官邸，可是放眼只見成排高大的棕櫚沿著車道聳立，樹幹就跟水泥一樣堅硬。最後，我們轉離大路，鏗鏗鐺鐺穿過巷子，那裡的住家前方都有鐵柵門。

父親付了車錢後，我們下車。

星期二，正午剛過不久。巷內靜悄悄。在這裡，山丘上，事事物物透著濕氣，空氣瀰漫著山間硫磺泉的氣味，樹藤在牆壁跟柵門上交錯糾纏。榕樹的氣根垂在我們上方。

「怎樣？」我問。

爸爸越過街道，坐在繞樹砌成的小小石頭花壇上。

「吃吧，」他說，「妳一定餓了。」

他抽出裹在竹葉裡用線綁住的飯糰，拿著對我揮了揮。

這種前言不搭後語的回應真是太過分了，他竟然一副我們只是來野餐的樣子。

我叉起手臂。「我不餓。」

爸爸聳聳肩，剝開飯糰包葉。他小心咬了幾口，就像怕弄髒的小學生。

巷子盡頭的交叉路口那，有個女人抓緊陽傘，拖著滾輪鐵絲籃車，路過時瞥我們一眼。

「爸，我們到底在幹麼？」

「我們在等，過來坐我旁邊。」

我放軟態度。「等什麼？」我可以感覺他比較親切了。抵達目的地之後，他的精神似乎有所提振。

他用下巴指指巷子對面的房子。「蘇明國。」

我的胃部一揪。我瞥入記憶的立體顯微鏡，看到兩位特務來到我們家那天，爸爸寫了那封信。特務一個醜、一個俊，是一齣恐怖黑暗喜劇裡的兩個配角。

我不知道爸爸把這件事擱在心頭這麼久。

「他去年出獄回家了。」我記得蘇明國寄的那封信，媽媽把那句話複述給阿姊聽，阿姊又轉述給我聽：**我的朋友，我原諒你**。當時爸爸哭了，但媽媽認為這是謊言。

「你之前就來過嗎？」有時候，媽媽整天在教會，爸爸卻不見人影。這一年來，難道他常常溜來台北？

「只有幾次。」

他們有沒有先約好？還是說他只是坐在這裡吃午餐，怔怔望著男人的家門？他們講過話了嗎？

「他真的原諒你了嗎？」

爸爸畏縮一下。我親眼看到他在那封信上簽名，蘇明國返國並遭到逮捕。他難道忘了我是他的同謀，當時還端茶給祕密警察喝？

「他太太不讓我見他。」

如同我擔心的，他真的坐在他們家門外，一個鐘頭等過一個鐘頭，一個不速之客、別人眼中的特務。

「爸，我們回家吧。」

「不要！」他雙手發抖，怒氣趕走了胃口，匆匆掐著葉子，蓋住沒吃完的米飯，然後丟進袋子裡。「我要妳過來，算是請妳幫忙。這是我自己的事，妳走吧，我要留下。」

我閉上眼睛，試著鎮定下來。

「我是他當初唯一信得過的人，我是他最好的朋友，」爸爸說，「只有我能做到我當初做的事。」

蘇明國對我來說只不過是個名字，只是我人生最低潮時期聽過的三個音節。對爸爸來說，這個名字有歷史，有記憶，有親密感。雖然超乎我的想像，但這個名字是個人。

「我要留下。」我要跟母親說我們做了什麼事，可是即使如此，也無法阻止他下次再來。他是個盲目的人：他看不到其他人皺著眉、狂亂揮著手臂想阻攔。他受到自己的心所牽引，腳步笨拙地往前挺進。

我們等待。我腳邊有一顆半埋在地裡的石頭，我找到一根細枝，開始把石頭周圍的泥土細心挖開。我想起小偉，也許我可以打電話給他，他梳理整齊的頭髮跟理性的嗓音，或許可以說服爸爸離開。整個林家人可以聚集起來，催促哄誘，就像想不開的男人坐在六樓窗檯哭泣時，警察在下方等待一樣。可是那一定會把蘇明國引到房子外頭。想到小偉，就讓我想起山姆，我幾乎不記得山姆的長相了。我忖度我會不會再見到他，還是說他已經對下一個醉酒的年輕女人下手？他隔天一直沒過來查問我的狀況，讓我覺得有點受到輕忽。

突然間，柵門發出嘎吱響，有個戴帽男人穿門而過。父親挺直背脊，我的細枝定住不動，卡在岩石跟磚塊之間。男人對我們點點頭，然後停下腳步用皺巴巴的手帕擤鼻子。他把手帕塞回口袋，轉身面對柵門，鑰匙圈抵住金屬，發出吵雜的鏗鏘響。

「爸爸，」我低語，「我們走吧，別吵他了。」

爸爸碰碰我的膝蓋要我安靜，然後站起來，大步走向蘇先生，從遠處看來可能會被誤解為來意不善。我忍不住喊道：「爸！」

我的聲音驚動了蘇先生，他忽地轉過身來。我在帽子的陰影下看不到他的雙眼，但可以看到他的嘴巴因為驚訝跟恐懼而鬆垂。

「你是誰？」他的聲音發顫，吸了吸鼻子。

爸爸伸出雙手。「拜託，我的朋友。」

蘇先生背貼柵門，褲腳卡住鞋跟。眼睛閃向我，陽光一時反射出眼白。

「你是誰？」

爸爸站在他面前，進入一個空間，是戀人專為彼此保留，或是人潮擁擠時陌生人共享的空間，可是巷子在他們背後空蕩蕩地展開。

「爸，過來。」

爸爸看也沒看我就打了個手勢，就是手一甩催促狗兒留在原地的那種手勢。

「啊，是你。」蘇先生說，放心跟煩躁取代了恐懼。他稍微離開柵門，迫使爸爸退後一步。

「我太太說你來過。」

「是嗎？」爸爸的語氣裡帶著稚氣的希望，讓我畏縮，「她把我趕走，我告訴她，你會想見我的。」

「這位是誰？」

「我女兒，有沒有跟蘇伯伯問好？」爸爸跟我講話的方式，好像把我當成小學生。我不由自主地回應。

「你好，蘇伯伯。」

「最小的嗎？就是麗敏懷的那個，那時候——」他最後一次看到我媽媽，一定是在一切災禍降臨之前那時，當時我還是個浮腫肚皮裡的概念。

我點點頭。

「我太太快回來了，」蘇伯伯說，「我要去看醫生，不過我可以晚點再去。趁我太太還沒回來，我們走吧。」他推過我父親身邊。

爸爸的反應跟我一樣：我們兩人一時都動彈不得。我們無法相信，蘇明國竟然決定跟我們說話了。

在明亮的咖啡館裡，我終於看到蘇明國的臉，我很訝異長相這麼平凡的男人讓我們擔了這麼多心。他的眼睛非常細，半月形的眼袋垂在眼睛下方，嘴唇泛著奇怪的紫色，帽子遮住了U字型濃密灰髮中間的圓禿。革命英雄不戴貝雷帽也不揹彈藥帶：他們是彎腰駝背的中年男人，衣領泛黃，有一口尼古丁燻黃的牙。

我拿著填滿鮮奶油的酥點從櫃檯回來，坐在爸爸身邊。

「請用。」我邀請。他們點頭向我致意，繼續講話。

他們的對話就跟蘇伯伯的出現一樣平凡無奇：妻子、孩子、孫子、怎麼打發閒暇時間。偶爾，他會從口袋掏出髒手帕，揩揩鼻子。

他似乎完全不受我父親心中那種再三循環的執念所擾。不過，我注意到蘇伯伯笑的時候，並不露牙齒。

「他們告訴我，不寫就不能再見到孩子，」爸爸說，「我試著用一個方式寫，讓你知道那不是我的語氣，你感覺不到嗎？」

蘇伯伯頭也沒抬，從眼皮下方抬眼看著爸爸。除了眼睛之外什麼也不動，光線滑過他潮濕深暗的虹膜。

「我也有孩子啊。」他說。

我想要離開。咖啡館的燈光亮得過頭，酥餅誰也沒碰，下方的橘色塑膠托盤太過俗麗。蘇伯伯雙手緊緊揪住咖啡杯，靜定不動，杯與手彷彿化為一體。

「我到那邊過了十一年。」爸爸有氣無力地說。在咖啡館的強光裡，四周是剛剛從附近高中下課的學生，還有謎樣般不用在週二工作的其他客人，兩人對話中的省略與模糊之下，暗暗隱含著張力。就像從海報到口香糖包裝紙到電影票根，一切的一切都警告著我們，間諜就在你身邊。注意可疑行為，檢舉有問題的發言，是全民的職責。咖啡館裡的每個人——穿著紅白條紋迷你裙、隔著玻璃櫃指著蛋糕的女生；書包上縫著美國國旗布片的瘦高男孩；旁邊座位上堆滿購物袋的年輕女郎——他們都可能是特務，甚至連坐在你面前的老友都可能是。

蘇伯伯捲起袖子，露出手腕跟前臂，越過桌面伸來。皮膚有好幾處都皺縮起來，呈棕色，散布著曬傷跟鞭痕似的傷疤。

「不只有我的手臂這樣。」

「這些錯誤——是時代的錯誤，是過去的錯誤。」爸爸支支吾吾，他用語調懇求蘇伯伯相信他。過去。過去已死，已遠去，已經不相干。他的迫切讓我因為同情而胸口緊揪。

蘇伯伯抹抹鼻子。「儘管我太太反對，我還是給了你說話的機會。你心裡的擔子，你自己去擔。」

我輕輕碰碰爸爸的手臂，感覺他的手肘在袖子底下扭動。

「請不要再來找我，」蘇伯伯說，「我對你無話可說。」

24

兩個星期後，中元節開場，街道上煙霧瀰漫。人行道上突然出現折疊桌，上面擺滿了食物跟焚香，要向祖先致敬。女人站在鐵桶前方，為逝者焚燒紙錢。連我在金雞園的老闆都擺出桌子：一顆臭烘烘的肥大榴槤，堆得像金字塔似的包子，一碗碗炒麵跟蒸蝦，還有用大淺盤盛裝的炸魚。長達一個月時間，整個世界陷入了危險，因為通往陰間的大門敞開，鬼魂可以自由在我們之間遊走。生者必須用食物平撫它們，免得它們傷及無辜。游泳跟旅行都會特別危險，我們也要提防遭竊、發生意外或是跟人起爭執。阿姊跟媽媽譴責這是異教徒的節日，完全拒絕參與。即使我知道這是迷信，只是為了敦促生者緬懷死者，但只要接近水域或是騎車，我還是特別留神。

金雞園比平日更忙碌，充盈著啤酒杯叮噹聲，筷子輕敲跟男人的笑聲。天氣預報說隔天會有颱風，也許美國人想趁自己被困在基地裡吃營地伙食以前，先到外頭好好打個牙祭。風已經吹走了熱氣，竹簾喀答撞著繫桿。我先進去跟老闆打個照面，再回外場替客人點菜。

這個時段婷婷原本也要來上班，可是我沒看到她。我問另一個服務生怡華知不知道情況。

「生病了，妳也知道婷婷。」

又是宿醉，不過她通常有辦法勉強來上班的。從我遇到山姆那天以來，我們沒再一起出去過，可是從那回以來，有幾次她早上過來，就頻頻暗示著她前一晚的戰績。

接下來一個鐘頭忙得不可開交，我在餐桌跟廚房之間來回奔忙，感覺比較像肌肉記憶而不是工作，就把她拋到腦後。好幾桌的男人吃完、付錢、離開，又換了更多桌的男人進場。偶爾風會揚起，把竹簾吹得撞來撞去，讓餐廳的人一時閉嘴噤聲。老闆把供奉給鬼魂的食物收進裡頭，然後叫我過去幫忙把桌子扛進來。

我們正在收折桌腳的時候，婷婷騎著速克達翩翩來到，頭髮塞在衣領裡，免得風一吹，散髮鞭上她的臉。

「嘿，老闆。」她說。她對我點點頭，臉頰潮紅，頭髮閃亮。

「身體比較舒服了喔？」他問，然後搖搖頭，吼著要我把桌子另一邊抬高。

她尾隨我們走進餐廳，我對她挑眉，她漾起笑容。

「我要炒妳魷魚。」老闆說，這種話已經說過十幾遍了。

「對不起嘛，」婷婷說，「我真的病了。」

老闆悶哼表示不相信，可是我們知道他永遠不會辭退她。婷婷太漂亮了。她沒班的時候，客人都會問她上哪去了。

「這星期接下來的幾天我都會準時，我保證。」

「下星期呢？」

「下星期也是。」

「到底是誰把妳養大的啊？跟個小女孩似的，根本沒有女人的樣子。」

婷婷嘟起嘴，揉揉肚皮，乳溝隨著動作顫動——這招只有婷婷做得來。「肚子痛痛，別欺負我。」

老闆發出噓聲把她趕開。「好啦，去，上工去。」

她跟男人相處起來就是這麼自在。我永遠都沒辦法像那樣。我有哥哥，所以對我來說男人毫無神祕感。我搔首弄姿起來很笨拙——講話跟姿態都有點僵硬，而且只要心一煩就會擺在臉上。客人說了點快要越線的話，我看到她會斜瞥客人、撅臀嘟嘴。

「不用嫉妒她啦。」怡華說，端著一疊髒盤子路過。我們倆都看著婷婷穿過外場，高聲朗笑，一面替一桌滿意的美國大兵倒啤酒。怡華皺著鼻子。「她什麼也不是。」

我們沒機會說話，直到午餐尖峰時段過去。整條街上上下下，店老闆正忙著把放在人行道展售的商品拉進店裡，在櫥窗上貼膠帶跟架木條。老闆堅持像平日一樣工作到午夜打烊為止。婷婷把我叫到餐廳後面外頭，廚師用貨箱撐開後門。她坐在箱子上點燃香菸。

「妳身體還好嗎？」我問。我抓來另一個貨箱，在她附近坐下。

「我看起來怎樣？」她瞥瞥胸口，「看起來有沒有不一樣？」

「看起來不錯啊。」

「那就好。」她深深吸了口菸，然後吐出來，「我懷孕了。」

「什麼？」我無法想像婷婷在家裡換尿布的模樣，腦海裡浮現的畫面是婷婷把寶寶丟在家裡給母親或丈夫，自己跟女生朋友出門溜達。

她點點頭。「我懷孕了。」她啣著香菸，用雙手推擠胸脯。「喏，看起來沒有變大嗎？」

「妳確定嗎？」

「今天早上看過醫生了，真的懷孕了。」

我把貨箱滑向她。「誰的？」我低聲說。

「美國人，艾迪，」我茫然看著她，她進一步說明：「明尼蘇達州，我們要結婚了。」

「噢，婷婷。」我們知道有不少女生落入始亂終棄的命運，即使美國人口口聲聲說要結婚、提供機票。我的街坊裡就有兩個女生生下孩子，結果男人留下假地址之後飛回美國。她們孩子的混血臉龐向人人昭告著她們的屈辱。

「我們真的要結婚了。」她的語氣很不服氣。

我不知道還能說什麼。

餐廳後側面對一片田野，那裡只有一棟遭人遺棄的房子。空地後方是中華民國空軍基地。我從自己蹲坐的地方可以清楚看見飛機尖鳴飛過，從越南出擊回來，降落在跑道上。兩個月前，五角大廈文件被刊登出來，現在我忖度這場戰爭還會持續多久，美國人還會在台灣停留多久。

婷婷捻熄香菸，站起身來。她往下狠狠瞪著我，一派堅持：「他們不是都同一個樣子。」然後離開我身邊。

戰爭在事事物物的邊緣徘徊。不只在越南，也在海峽兩岸持續的冷戰之中。兩岸約好似地在偶數日或奇數日輪流發動政令宣導，我們每隔一天送出（裹在有浮力的保麗龍裡）罐頭補給品，罐子上標明**反對共產主義**，還有色彩鮮豔的明信片，上頭是台灣生活的影像，保證有魚可吃、有自由可享、有鄧麗君可聽（真正代表解放的象徵，用亮片跟噴髮劑包裝）。中國人則寄來傳單，上面印著笑容滿面的圓臉家庭，承諾著「祖國土地」之美。在我們這邊，報紙把同一塊祖國土地發生的饑荒跟種種恐怖消息帶給我們。毛澤東是暴君，人們餓死在街頭。除四害運動大舉殲滅了麻雀：農民擠滿了田野，敲打鍋碗瓢杓，把麻雀趕進空中，喧鬧不停，直到麻雀體力透支、摔下死去。但麻雀既吃穀物也吃蟲子；沒有了麻雀，蝗蟲數量暴增，大批橫掃穀物，使得整個國家陷入饑荒。古董被砸毀、卷軸遭焚毀，學校關閉，教師受拷打。文化死去，至少報上是這麼說的。

大兄就是我們跟政府當局的連結，讓我們全家有了種奇怪的合法性。大兄駐紮在岡山，不久就要晉升為空軍上校。過去十年以來，我們在他跟爸爸之間，還有他們分歧的人生之間，勉強取得了一種不穩定的平衡。儘管爸爸是社會棄兒，是罪犯，大兄的地位卻能提供我們一點小小的保障，讓我們永遠不至於漂泊無依。姊夫提醒我們，台灣人像大兄那樣在軍中步步升遷，是很不尋常的現象，尤其我們家族有過那樣的過去。大家一直沒說出口的是，這當中肯定有什麼交易，不管是祕密上的，或是靈魂上的。

大兄遠離老家，雖然他的人生緊密地依循常軌運行，整個人感覺起來卻很難捉摸。他生活作息相當神祕。我們知道他住軍營，知道他跟運用這座島作為中途集結地，以便侵襲越南的美國人多少有關係——這個安排是為了得到國際某種類似支持的力量，因為中華民國雖然聲稱自己是代表有待統一的中國的唯一政府，但這個說法已經站不住腳。我們不知道他在駐紮當地有沒有交女友，還是過著跟和尚一般的禁欲生活，或者跟擠滿整座島的休假美軍一樣縱欲。

休假時，他來住過阿姊家。他陪我去參加最小外甥的棒球賽——阿姊跟姊夫都在上班，只有我跟大兄代表家人出席。少棒賽的熱潮橫掃全島，情勢越來越明顯，台南的少棒球隊即將在夏末前往賓州參加世界少棒大賽，從南到北，父母跟兄弟姊妹擠在無數的棒球場邊，在烈日強光下瞇著眼，母親執陽傘遮陽。誰曉得接下來會是哪個球隊大放異彩？

即使穿著平民的衣服，大兄也挺直肩膀站著，彷彿還一身軍服。也許只是我的想像，不過我們周圍的人舉動似乎都相當謹慎。他的眼睛緊盯賽事，從不放聲吶喊，即使外甥佳龍的球棒擊中球、成功衝到二壘也一樣。

「比賽完去吃個東西吧。」我說。

他點點頭。他長得像爸爸。要是拿他們同年紀的照片來比較，看起來可能就像兄弟，甚至是雙胞胎。可是大兄散發出精力跟穩定，爸爸則在後中年萎縮了身體。我突然想到，爸爸曾經就像大兄一樣嚴峻跟正氣凜然。這是爸爸在我認識他以前的樣子。在大兄成為眼前這個男人之前，是曾經保護我免受二兄嘲弄的哥哥。在母親錯亂的時刻，他曾經挺身站在她跟我們其他人之間；我還是個無禮小女生，因為沮喪而對他吐口水的時候，他只是哈哈一笑。我頓時好想念他。

我沒先仔細想過就脫口而出。「你知道蘇明國回家了吧。」

他皺了皺臉。「媽媽提過。」

我想要他正眼看我。「我跟爸去看他了。」

他突然轉向我。「到台北？為什麼？」

我後悔自己這樣坦白。「當我沒說過。」

他瞥瞥四周。「我們晚點再談。」

「沒什麼，爸只是想打個招呼。」

「兩個——」他壓低嗓門，「兩個罪犯碰面不可能只是『打個招呼』。他到底在想什麼？」

他又起手臂、握緊拳頭，胳膊的筋腱搏動。

我走離他身邊，低聲怒斥：「爸爸不是罪犯。」

「妳太天真了。」

一陣歡呼揚起，佳龍球隊的打擊手擊中了第一投，大兄就像接到訊號的機器人，鼓掌加吹哨，是咬唇發出的尖亢哨聲，一定是在空軍那裡學到的。

我動彈不得。大兄生爸爸的氣，不久就要換爸爸生我的氣了。事實上每個人都會生我的氣。擔憂翻攪著我的肚子。

「大兄，」我碰碰他的手臂，「拜託，當我沒說過嘛。」

他微微抽走手臂，駁回了我的請求。「如果妳認為自己什麼都不該說，那妳就什麼都不該說出口，妳不是小孩了。」他頭也不轉地說，一副對著棒球場講話的模樣。

不會生氣的就只有二兄了，不過那只是因為他除了賭博、啤酒、摩托車跟女人之外，什麼都不在乎。

「爸爸覺得很過意不去，他想道歉。」

「爸爸從來不去想會有什麼後果，他只看到眼前的一步。」

「他只是想說對不起，他也說了，然後我們就回家了。」我堅持。

「還有別人知道嗎？」

「沒有。」

「媽媽不知道？蘇伯伯的太太呢？」

「我不知道。」

「妳為什麼要去？妳不能像那樣讓他繼續幻想下去。」

有個打擊手三振的時候，群眾傳來一陣哀鳴。

「他是我們的父親。」我說。

大兄是誰？他的忠誠到底向著哪一邊？是他發誓效忠的蔣總司令？那個讓人捉摸不定的固執男人，笑容太燦爛，小小八字鬍，發亮的腦袋瓜——值得大兄投注比家人更多的心力嗎？當然，我外甥女跟外甥，還有那一代的孩子，一旦知道他們外公的過去，想必會跟蔣介石站在同一邊。他們公民課的內容很簡單：別跟朋友爭辯，聽父母的話，聽老師的話，蔣介石很偉大。

「爸爸被蒙蔽了。」

「別那麼說。」我意識到，我想讓爸爸在大兄的眼裡復活。大兄難道看不出爸爸有多遺憾嗎？

「那是真相，該要有人告訴他。」

「大兄，拜託，什麼都別說。」

他盯著外甥，外甥在三壘伏低身子，黃白制服上有一道道土痕跟草漬。「如果他們贏了，接下來怎樣？」

這場對話結束了。他的臉側淌下一滴汗水，消失在他下顎下方。「就再打一場啊。」我回答。

「如果他們再贏？」

「繼續再比啊。」球棒喀啦擊中球，佳龍跑回本壘。觀眾放聲尖叫。母親們鼓掌，一群多采多姿陽傘隨之起起伏伏。

佳龍滑回本壘時，大兄吹哨。「還要贏幾場才能打進世界大賽？」他壓過嗓音喊著。

「幾十場吧。」我喊回去。

「有可能嗎？」

「不，不可能。」

大兄在阿姊家多住一晚後，又去爸媽家待個幾天。儘管母親想寵寵他，但他還是堅持自己洗衣服、到廚房幫忙、重建豬圈跟宰雞。他打著赤膊，雞血濺滿雙腳跟胸口，在大埕裡拔雞毛。他臉上毫無表情，柔軟的小羽毛黏在潮濕的雙手上。

他雙拳緊抓羽毛的時候，心裡在想什麼呢？是不是想到那些成就他的時刻，比方說好幾年前，他還是沒沒無聞的年輕軍校生，同樣面無表情地看著他的「死黨們」吊起一隻用雞骨頭引誘過來的野狗？他們綁住小狗的後腿，輪流用棍子打牠，牠一面尖叫，身體一面繃緊跟搖擺。他恨自己沒有仗義執言。他回到自己的硬鋪上哭了。後來，他向上層舉報他們的劣行。這種舉報成了他每個月的例行公事；要是風平浪靜，他就自己編造一個。他把那些報告當成首要任務，優於一切。這種報告在整個社會裡四處流竄：國小學生會打同學的小報告，老師會打同事的小報告，鄰居會打鄰居的小報告。要是有人想討工作、升遷或是簽證，打小報告就是不二法門。

為了讓羽毛鬆開，先前用熱燙的水泡過雞，所以雞身還是暖烘烘的。不到二十分鐘以前，這隻動物還快步跑過院子，對著他搖首、喃喃啼鳴。他突然感覺到牠毀滅的重量，感覺到袋子裡緩緩填滿濕漉羽毛的重量。

爸爸推著單車穿過柵門，汗衫上方的襯衫完全沒扣，唇間啣著菸，棋組就放在車籃中的布袋裡。他整個下午都在公園跟老人家對弈。我們不確定他知不知道對方的名字，但他日復一日向他們發下戰帖。他從來沒告訴我們他是輸還是贏。

大兄跟他打招呼。爸爸坐在他身邊，爸爸要給他菸。大兄用下巴指了指骯髒的雙手，於是爸爸把菸塞進大兄的嘴，替他點燃。大兄繼續拔雞毛。

「你殺的？」爸爸問。

大兄嘴巴跟手都沒空，悶哼應答。

「啊，紅色那隻啊。牠很貼心的，咖啡色那隻母雞很壞心，應該宰了牠才對。」爸爸呼出煙來，搔了搔鬢腳。他的頭髮漸漸斑白，雙手散布著棕色斑點。「佳龍球賽贏了嗎？」

大兄發出聲音表示**沒有**。

「等下次吧。」

大兄用手勢要爸爸把香菸拿出他嘴巴，方便他講話。
「你應該去的。」大兄說。
「我在忙。」
「忙著下棋？」大兄扯下雞身上的簇簇羽毛。爸爸畏縮一下。
「對。」
「還是忙著跑台北？」
爸爸默默抽了會兒菸，然後笑了。「你妹跟你講了。」
大兄沒說謊。爸爸又吸一口，吐了出來，頓一下，彷彿準備講話，接著思索片刻，然後再次吸了口菸。
「那個傻姑娘。」他終於說，語氣平靜。
「你做這種事才傻。」
爸爸又笑了。「這是什麼世界啊。一個兒子吃著父親的食物，竟然告訴他父親什麼是傻事。」
「你又會毀掉一切，我會失去整個事業。你想他們會讓罪犯的兒子當將軍嗎？」
「反正他們永遠不會讓你當將軍，你是台灣人耶。」爸爸把菸朝地上一丟，用力踩熄。「笨小子。」
大兄噤聲不語。我知道他在想什麼，因為我也想到了：他比爸爸遠遠懂得怎麼跟這個世界周旋。他更使勁地掐擠那塊漸漸冷卻的肉，指甲扎進拔了毛的雞皮，感覺破損羽軸的尖銳。這就是軍方教會他的：將怒氣跟暴力區分開來；肢體行動來自冷靜頭腦，熱昏頭的時候就應讓雙手靜定不動。他深信，當初那些軍人找出他父親的時候，並不是對抗議時期的驚慌反應，而是有條不紊的行動，出自冷靜的腦袋。

大兄來訪的尾聲，我們看到的是這個畫面。

火車站是日本時代的遺跡：紅磚與灰石，還有表面被煤煙燻黑的時鐘。一個男人跟成年兒子站在車站前方。他們也是遺跡，由一個世代分隔出來的鏡像，在車站漩渦似的混亂之中站定不動。他們的家人在一旁看著，父親將手搭上兒子的肩，自父子兩人起爭執以來，他頭一次對上兒子的眼睛。

兒子因為自己內心湧現的渴望而吃驚：他希望父親道歉、祝他順利、說他愛他。他希望此時是圍繞在歲月四周的鷹架倒塌的時刻。父親離開的時候，他八歲；等父親返家，他早已遠離家鄉。兩人以成年男人的身分再次相會，謹慎地望著彼此。

父親說：「旅途平安。」

兒子吁了口氣，眨眨眼，瞥了瞥發亮的鞋子。父親腳上的塑膠涼鞋，是室內用鞋，已經破損。他望著父親的眼睛。眼白因為吸菸與飲酒過量而泛黃。他向父親致謝。

他買了快車車票，南向長途旅程的軟座位。他把帆布袋丟到頭頂架子上，然後到車廂後頭的熱水飲水器那裡。城市迅速退開；眼前的建築物逐漸往外擴張成雜亂的菜園，然後是水光粼粼的稻田跟芋頭的寬闊大葉，再來是田野跟山丘。等他再次坐定，外套在鉤子上掛好，一瓶熱水放在窗下的置杯架上，半拉起窗簾遮擋強光，就開始動筆書寫報告。

25

夏末的初始，傳來台南棒球隊準備參加世界大賽的消息。不是我外甥的球隊，可是我們都還是與有榮焉。整座島嶼的商家牆壁跟櫥窗都貼出紙剪的球衣跟標誌，宣告這些意志堅定的南部小夥子是中華民國的驕傲。夏末也表示小偉再不久就要回加州，他告訴我離開以前想跟我見個面。

他帶我到郊外的魚市場。我們路過一籃籃的蝦米跟魷魚乾，眼神僵直的魚擺在放冰塊的托盤上。一桶桶的螃蟹，擠滿的螃蟹在彼此身上爬上爬下。水泥地板濕答答，整個地方散發著水草跟玻璃的氣味。我們買了一條眼睛寬大、眼神茫然的粉紅魚，還有一袋蠕動不停的藍色蝦子，帶著牠們到鄰近的餐廳烹調。

我跟小偉講起婷婷。我交代故事前景時，他蹙起眉頭：她在餐廳施展的魅力、晚上去俱樂部、她的日記。我以為他會覺得滑稽、有點不體面，可是他卻說：「那樣的女生打壞了台灣女人的名聲，妳不應該再跟她出門。」

他的反應讓我失望。我再次瞥見初次會面時他所展現的傲慢。「她不是女生，她成年了。」

我說。

「她只是美國人的玩物，不管是泰國、沖繩還是台灣。」他把蝦肉從蝦殼裡咬出來，再把半透明殘骸拋進碗裡。對他來說，這是如此顯而易見的事實，可以一面呸出蝦腳一面隨意說出口。

「這是她喜歡的事，你說得她好像別無選擇。」我想起自己跟美國人山姆的邂逅。山姆。我的臉頰貼在他背上，風猛扯我的髮絲。他的氣味。欲望在我的胸口裡閃爍。他跟小偉多麼不同，不複雜，帶異國風情。如果小偉知道這件事，會轉而批評我嗎？

「我知道她喜歡什麼。」小偉嘲笑。

「你又不認識她。」我忍住在桌底下踢他的衝動。比起他講出口的話，我更瞧不起他的篤定。「她不了解自己只是個更大體系裡的齒輪。她以為是自主的選擇，其實只不過是——算了。我答應過不要談政治的。」他輪流吸吮手指。「好吃，很嫩。」

「對，你答應過，反正她都要結婚了。」我得意地說。她找對象比小偉還成功。「婚禮計畫在十月舉行，他們十一月就要離開台灣。」

小偉一語不發，用筷子挑出魚骨，好讓我們吃另一面。他有條不紊緩緩挑著，顯然還在思考。他有個羅馬式的高挺鼻子（讓我聯想到血脈深處流著一點英國味的香港男人）還有濃密的眉毛（遺傳自他日本母親）——長相俊俏又那麼自我，惹得我更心煩。

我們留下了細薄乾淨的骨頭跟破碎的蝦殼。

等我們重新進入台中市區，天色幽暗，市內亮起燈火。

「要不要逛逛夜市？」小偉問。那是我們從晚餐以來，講的第一句有意義的話。

「你不用回台北嗎？」我問。

「我不急。」

我想起爸爸講的話，再一個晚上，我就要盡完自己的義務了。我跟他說起大學附近的夜市。

時間還早，夜市還在前置作業中。行人開始三三兩兩走進來。貨攤擺著衣服、皮包跟小飾物，妝點著炫目的白燈串。一個個推車跟貨攤並排，販賣新鮮甘蔗汁跟西瓜汁、剉冰跟塞了生蒜的香腸。其他的攤販把貨品擺在鋪開的毯子上席地而放，或是擱在簡單的折疊桌上，一有警察過來臨檢許可證，他們隨時準備把東西收起撤走。有整條走道都是遊戲：柏青哥、擲環套椿、一盤盤背上黏著迴紋針供人鉤釣的小烏龜、一桶桶小小金魚。孩童拿著紙杓蹲在桶子前方，試著趕在濕紙破掉以前撈到魚。

「要玩嗎？」小偉說。

我挑起眉毛。「我們有點太老了吧。」

「一點都不會。」他買了兩把紙杓。我們伏在一只粉紅塑膠桶前面，看著橙色小魚在我們的陰影中竄來竄去。

「祕訣就是，」小偉說，「不要用力插進水裡，而是要輕輕掃過水。」他面帶笑容，動作輕柔地把杓子放進水裡，滑到一隻魚底下。他瞬間把手一挑，魚就滑上了潮濕的紙面。他把魚放進攤販給我們的一碗水裡。

我試了一下，可是稍有遲疑，杓子就破了。小偉又買了一把紙杓。他握住我的手腕，我們兩人的手懸浮在水上。他大拇指抵住我的脈搏，朝我耳畔說話：「等等。」我聞到他嘴裡有晚餐的啤酒味，讓我想起深夜來到金雞餐廳的酒醉男人，輕浮又聒噪。我喜歡那種味道：濃稠、男人味、一種嚇人又性感的優越。

小偉把車停在大街上：這個街坊的巷子窄得車子開不進去。家家戶戶客廳的電視閃光映亮了小路。在熱氣中，人們敞著大門，噪音從紗門跟打開的窗戶飄來。我提著一個塑膠袋的水，裡面有兩隻剛撈到的寵物小金魚。

「我不知道你技術這麼好。」我咧嘴笑。

「只是流體力學啦。」他說。

「你家裡一定養了一整缸的魚。」

他笑了。

我們停在步橋上。有人在兩家屋簷底下拉了一條曬衣繩，就在步橋旁邊，刷洗過的白襯衫吊在那裡，散放著微微的洗衣粉味，還有幾乎滲透一切的甜甜夏季霉味。

「我再兩個星期就要走了。」他說。

「我知道。」我肚子微微抽搐。

「我們兩家有很久的交情。」

「你姑姑一定介紹過很多對象給你。」我試探。他同時皺眉又微笑，顯然對我直言不諱覺得有意思。他姑姑一直在幫人作媒，母親早已警告我，他今年夏天會跟其他女性見面。跟留學生的定親過程通常是這樣的：學校放假、旋風式旅程、才三四次不錯的約會就倉促決定、門當戶對，也許再算個生辰八字。

「別這樣說，」他笑了，「妳會忍不住說出心裡的話，我喜歡。」

「阿姊就很討厭這一點。」

他用鼻子蹭蹭我的額頭。「別聽她的，她還小的時候，就已經很愛當老大。」

我半笑不笑，聽起來像咳嗽。他襯衫頂釦沒扣，上方露出的小塊三角肌膚感覺散放著熱氣。我把手貼在他腰上，扣住他，然後把他推開。他的手覆住我的手，就在這漫長尷尬的一刻，我心裡有什麼移位了。我以嶄新眼光看世界，就這麼短促模糊的一瞥，將小偉看成了戀人而不是愛說教的討厭鬼。

他嘴唇擦過我的耳朵，說：「我喜歡妳，妳會考慮來加州嗎？」

加州，我對加州的認識很表面，只是刻板印象跟概念：陽光、柳橙、電影明星、迪斯奈跟動作影星史提夫．麥昆。

我手抽離他的掌握，往後退開。「我又不認識你。」

「妳認識得夠多了。」

「我從妳出生就認識妳了。」他優雅的鼻子；在潮濕的夜晚裡，他喉底那個在鎖骨間發光的小地帶；他多肉手掌的重量。我掙扎著不去預想我的新生活，一面拚命回想他可以有多惹人厭、多自以為是。

「那又不一樣。」

「妳在等什麼？」

我已經二十四歲，沒有穩定交往的男友或論及婚嫁的關係，算是老大不小了。我想我到現在之所以能夠順利逃開家族認真的介入，是因為我是家裡最小的孩子，可是姊姊跟母親都警告過我，過了二十五，就算老處女了。到時我會像婷婷那樣，被迫嫁給美國人。

「我不知道。」我不是等著神魂顛倒的激戀。我的幻想更謙卑，甚至更浪漫：兩個人生不可挽回的微妙交織。

「考慮看看吧，」他吻吻我額頭，「我們走吧。」

我們越過橋走進更陰暗的巷道盡頭，巷子轉彎，終止於阿姊的家。紅色中庭柵門鎖著，可是我聽到前廳傳來電視聲，而且外甥們正在爭吵。中庭水泥牆頂嵌著碎玻璃，我必須敲門才進得去。

「回去吧。」我催促。

「考慮看看喔。」

我點點頭。「嗯，回去吧。」

我看著他沿巷走遠，燈光掠過他的肩頭。

26

「妳知道他去看蘇明國？」翌晨，阿姊站在門口把我吵醒。

自從上次去找蘇明國以來，已經過了一個多月。我說服自己，這整件事已經被拋到腦後，無論是爸爸、我或大兄。我用胳膊遮住眼睛，準備應戰。「是大兄跟妳說的嗎？」

阿姊的氣惱演變成暴怒。「大兄知道，我不知道？」

我再一次詛咒自己的大嘴巴。我真是自找麻煩。我不敢正眼看她，繼續躲在胳膊底下。

「爸被叫到台北去開會。」電風扇的扇片切過阿姊的話語。我們都心知肚明，「開會」的意思就是審訊，或是更糟糕。「請一天假陪他去。」她說。

「去台北？」

「這是妳捅出來的婁子，妳當初不應該讓他去找蘇伯伯。妳那時候幹麼什麼都不說？不能讓他自己去台北，妳非去不可。」必須有人知道他的狀況，作為他的見證人，如果他走進那棟建築，然後再也沒出來的話。

「我會被開除。」我哀嚎。我緊抓那份微不足道的工作不放。這只是一趟尋常的台北之旅，不值得為它丟掉飯碗。一切都很正常。週五上午，風扇答答作響，軍事基地牆壁傳來隱約的口令聲，因為我睡過頭而遲遲沒吃的早餐餘味。

「那就再找一份新的！」她關掉電扇，房間馬上灌滿熱氣。「起床，他等下就要出門了，這一次誰也別說。」

多年來，母親一直預期會有這麼一天。她知道總有一天他們會回來找他，然後一家子的生活就會恢復成她早已習慣的狀態：無知跟欲望。

那天早上，我跟爸爸出發前往台北，媽媽到那間有紅尖塔跟白十字架的磚造大教堂，是美國人在基地附近建造的。她帶著深綠封皮的《聖經》，裝幀裡縫進了金色緞帶書籤。這本《聖經》是中英對照的，她早已開始透過兒子、父親跟罪惡的故事學英文。

她坐在新近上漆的長椅上，盯著講壇後面的彩繪玻璃——十字架背後襯著萬花筒般的斑斕色彩。放在身邊的《聖經》一直沒翻開。除了打掃歐巴桑，教堂空無一人，掃帚帶有韻律的刮掃聲頻頻發出回音。

我想像我母親思索著時間。時間對她來說有如繞著圓形軌道行駛的火車，乘客迷失在誘人的搖晃中，迷失在紛紛掠過的美麗風景中，不知不覺，最後才發現自己困在同一地方，也就是當初啟程的所在。一旦旅程結束，彷彿不曾發生過——她前進過了嗎？他回過家嗎？還是那只是幻覺，而她一走出幻覺就會發現，將近二十五年以來她都是孤身一人？

上帝存在是為了讓我們服侍祂；為了這樣凡俗的事情向祂開口，令她深感羞恥。她納悶，在這個只由渴望跟恐懼構成的事情上，請求祂的恩寵，是不是太過瑣碎。既不是為了祈求眾人的福祉，也不是為了祈禱貧窮或飢餓的緩解，更不是為了祈願鄰近那場激烈戰事快點終結。這只是個簡單的禱告，一件極為個人的微小事情：她丈夫。

他回來之後的頭幾個晚上，兩人躺在床上時，她幾乎不敢去碰他。她試探性地用手搭在他的胳膊或胸膛上時，驚愕不已：他渾身湧出熱氣。她早已習慣床鋪另一邊空白乾爽，現在卻突然有了這副軀體、這個男人：他的深沉呼吸、他的低聲呢喃、他的焦躁不安。

她不願大聲說出自己的請求。也許沉默可以調和這個禱告的傲慢。她盯著十字架，在心中對上帝說話：他是好人，拜託，我們吃夠多苦了，我替他懺悔，別在意他了。為了我，祢卑微的僕人。祢就是美善，我讚美祢。我以每個作為來讚美祢。不管祢做出什麼選擇，我都會讚美祢。可是求求祢放過他吧。

這趟車程一路無語，只有濃濃的歉疚感。我癱靠在車窗上，臉頰抵住涼爽的玻璃，刻意不看爸爸。我想道歉，但我就是無法相信錯都在我身上。他凝望著遠方，到底在想什麼？他是否在想像過去，坐牢那些年循環無數次的面談？還是在想未來，想那天下午，預測對方會提出什麼問題、預想自己的答案？我想起我們要去火車站時，媽媽說的話：**帶他回家**。我跟爸爸當時都答不出話。

我們默默下了火車，攔了計程車。跟司機說了地址以後，連司機也陷入沉默。那是棟毫無特徵的青瓷色建築，就跟郵局一樣平靜。我跟爸爸說我會在對街咖啡廳等候，然後看著他穿過門口隱去身影。

我在卡座裡坐下，寬闊的玻璃正面可以看到外頭，我點了份冰豆花。青瓷色建築唯一的窗戶在高處，呈白色，被大量陽光所遮掩。穩定的人流魚貫而過，各自沉浸在自己的掛慮裡，無視寧靜的建築外觀背後正在上演什麼。

我這才想起自己討厭豆花。我用湯匙挖來挖去，切過跟壓碎柔軟膠狀的團塊，假裝在吃。

爸爸沒出來。

一個男人跟一個女人穿過門口，手臂貼近，但只差一點並未觸及。這天非常炎熱，但女人在洋裝上套著薄毛衣，她雙腿的桃色調表示穿了絲襪。是受審者還是審訊人？兩人面無笑容。

紅色計程車開了過去，司機按響喇叭，掛在後視鏡上的串珠飾品搖搖晃晃。公車哀鳴而過，在背後留下一團黑色廢氣。女服務生收走我沒吃的豆花，我另外點了可樂，送來的時候是瓶裝的，上頭凝結著水珠。

我盡可能慢慢喝可樂，瓶子外頭的涼意在熱氣中迅速散去，不久就變成溫的。我能夠等多久？我願意等多久？

爸爸消失在厚重玻璃門之後過了三個小時，他終於又出現了。我把錢留在桌上，衝了出去。我從對街朝他大喊，快步鑽過車流。他的眼袋似乎比平時更重更暗。

「我們可以回家了嗎？」我問，然後直覺這樣問真蠢。

他合上雙眼。他努動嘴彷彿要說話，但什麼也沒說出口。我勾起他的手臂。「爸，」我說，「沒關係的。」我們步入人流，比大多數人速度都慢，他們路過我們身邊的時候又是推擠又是喝斥。等我們抵達車站的時候，天已經黑了。

在火車上，爸爸還是悶不吭聲。他把腦袋往後仰，用手帕蓋住眼睛，如此隨意，彷彿準備久久泡個溫泉，好好放鬆一下。

接著他伸出手，掐了掐我的手。對於這個陌生的動作，我的回應是僵住身子。他放開手的時候，手掌抵著我的手掌顫動，既渴慕又可悲，這個舉動讓我驚愕不已。過去十三年來，爸爸頂多只會拍拍我的肩——或是拉正我的外套，或是將翹髮撫平歸位。

從火車站騎機車回家的路上，想到他的脆弱，我激動不已。我把頭髮塞進衣領，這樣回家的路上騎車穿梭時，頭髮才不會甩到他。他雙手緊抓背後橫桿，保持平衡，每一轉彎，我就感覺他重量的負擔也跟著移動，便試圖用自己的重量加以平衡。

媽媽坐在點了燈的前廳裡，《聖經》攤開在腿上。她聽到我熄掉機車引擎，我們兩人都看到她的眼睛往陰暗大埕裡搜尋我們的身影。她喚道：先是爸爸的名字，再來是我的名字。

爸爸嘆了口氣。我知道他明白了我第一次注意到的東西。她對我們的信心有多麼天真、多麼令人心碎，是我們多麼不配得的。

27

我把金魚養在小小玻璃圓缸裡，牠們前後撐了一個多星期。第一隻翻白肚浮到水面上，隔天的大半時間，我眼睜睜看著第二隻跟無以迴避的命運搏鬥，先像殭屍般地飄向圓缸底部，最後終於屈服，浮出水面。我把這個當成徵兆，可是不久母親就來電告訴我，小偉的姑姑想安排我們訂婚。

當我看著那隻可憐的魚無精打采地在圓缸表面浮浮沉沉，我感覺自己的生活緩慢移動著，好似一艘擱淺的船從泥巴裡被硬拖出來，其他一切紛紛跌入這艘船路過所留下的凹槽裡：離開老家、新語言、新朋友、孩子。

「妳覺得怎樣？」媽媽問。我用下巴平衡住電話，輕拍魚缸。魚沒反應。

「愛呢？」我問。什麼可以支撐我們走過共同的歲月？愛，或是比愛更多？或是比愛更少？

「妳喜歡他嗎？」

我想起自己在夜市看到的幽默跟善意，還有他皮膚散發的啤酒香。我喜歡他。我紅著臉承認：「嗯。」

「那就夠好的了。」她語氣非常疲憊。

「可是阿妹是戀愛結婚的，**妳**也是戀愛結婚的。」我希望聽到相反的論點；這樣重大的決定理應經過掙扎、折磨跟淚水——而不是兩分鐘的電話交談。

她抵著話筒窸窣作響，最後終於答話：「愛情不是一切。」

我緊迫盯人。「那還有什麼？媽媽？」

「林家是老朋友，他們是好家庭，小偉再不久就要拿到博士。不然妳還有什麼機會可以去美國？等妳到那裡，就有能力贊助外甥跟外甥女，這樣對大家都好。」所以她不打算勸退我。

婚姻向來是為了愛，可是有時候那份愛是為了家庭，而不是戀人。那天在菜園裡，爸爸要我發誓絕不把他的祕密說出去時，「**無違就是孝**」這句話給了我力量面對。順從比違抗來得輕鬆。

我騎著車在城裡到處逛的時候，只要在巷子裡遇到露天宴席，總是很不以為然，喜氣歸喜氣，但勢必害得新娘汗流浹背，跟醉醺醺的賓客飽受中暑的打擊。我不喜歡像馬戲團帳棚一樣架起來的條紋遮篷，篷子下是用粉紅塑膠布蓋住的桌子，菜餚以巨型鋼鍋分盛上桌。即使我們的婚禮不在酷熱的夏季，但婚宴還是選在有冷氣的餐廳裡舉辦。如果社經地位可以從冷氣機的大小推論出來，這架的體積就跟冰箱一樣大，跟摩托車一般吵雜。

椅子是標準餐廳用椅，紅色塑料加鋼框。我穿著金色絲質洋裝，上頭用珠子繡著鳳凰，順著身側往上騰起，延伸越過我胸脯。我的姿勢必須無懈可擊，免得側面拉鍊或是前面搭鉤爆開。媽媽說我的髮型——緊緊綰起、散發光澤的髮髻——模樣太嚴厲，像個大嬸。我則說她的髮型太老氣。我們在訂婚派對上獲贈兩條金項鍊、手環跟一副珍珠耳環，我現在都戴在身上。

我跟小偉相當自在，兩個剛剛試探性地踏進愛河，但還不到真正戀愛的那種心滿意足。我細看他的臉，希望能得到什麼啟示。他綻放笑容，掐掐我的手。「太過頭了，對吧？」他問。他的爽朗讓我跟著漾起笑容。

婚宴噪音很快壓過了冷氣的轟隆響：人們隔桌對著彼此叫嚷；吼孩子；謙讓每道菜的最後幾口，試圖比別人更多禮；主動斟滿對方的酒杯。即使我跟小偉都還沒開始輪桌敬酒，賓客就已經醉得鬧哄哄。包括二兄，他整晚都在戲弄大兄。

二兄身上那件樣式誇張的大衣領條紋紫襯衫，頭三個釦子是鬆開的，他將油膩酣醉的臉湊向大兄，大兄穿著嚴肅的黑西裝，模樣俐落新鮮。二兄的頭髮從他塗抹的髮油散開，在分線的兩側立起來，彷彿小鳥展開了羽翼。

「你為什麼——為什麼不叫你那幫有力的高層朋友，把爸爸的檔案刪掉？」

大兄猛地抽開腦袋閃躲，把二兄趕開。「你臭死了。」他的語氣平靜無波，幾乎百無聊賴，卻因為冰冷的嫌惡而在核心剛硬起來。

小偉的嘴唇拂過我耳畔，整室的人可能會以為這是個無意義的甜蜜小舉動，但他低聲說的卻是：「也許我們應該讓他們分坐兩桌。」

「才怪，你——你才臭啦。」二兄對大兄抱怨。二兄情緒比較容易外露，作勢要掌摑大兄，但戛然打住動作，然後笑了出來。我掐住紙巾，短促叫了一聲。

爸爸悶不吭聲離開主桌，可能是要到前面去抽菸。對大多數人來說，抽菸是個社交活動——

共享香菸跟打火機，煙霧作為話語之間的簡單喘息。但對爸爸來說，抽菸是他的脫逃時刻，就像他習慣摘下眼鏡擦一擦，立刻可以無視於世界。一時之間，整桌人全都尷尬地坐定不動，接著小偉的父母忙著要盛剩下的干貝；他父親吃吃笑著要從大淺盤撈干貝。小偉的哥哥大聲說：「我來幫忙。」然後接過湯匙。

我想去追爸爸；我想問他是否還好，需要什麼，對我的婚姻有什麼感受。我做到超過他所要求的程度——他滿意嗎？但我只是繞過桌子，走到哥哥那裡，一手各搭在他們的肩上撐住自己，然後湊了上去。二兄的聚脂纖維襯衫都潮濕了。大兄說得沒錯——二兄很臭。我的嘴巴抹了口紅，感覺很僵。「這件事改天再解決。」我低嘶。

「妳跟那個堅持在大家面前出洋相的人講啊。」大兄的視線在房間裡遊走；他的不信任傷了我。

他的認同變得比爸爸的更難取得。「我在跟你們兩個講話。」我說。

桌子對面，空了一半的大淺盤、髒盤子、逐步減少的那瓶約翰走路威士忌對面，媽媽進入她特有的姿態——她把頭抬得老高，脖子幾乎往後彎，彷彿優雅跟表面上的無動於衷，可以克服她的尷尬。她撇開視線不看我的眼睛，往上梳高的頭髮儘管噴了大量髮膠，卻還是有少許鬆脫開來；我欣賞著她金耳環的擺動跟那一小撮輕盈的髮絲。歲月軟化了她的臉龐，讓她看來脆弱得出奇，甚至更悲傷。

「看看你們對媽做了什麼事。」我對哥哥們低語，他們看著媽媽從椅子上起身，在擁擠的宴會廳穿梭，到外頭跟爸爸會合。不過，在這一片混亂之中，似乎沒有賓客注意到我們這桌正在解體。小偉的父親又笑了，他母親輕聲說：「要我去找她嗎？」

我搖搖頭。我懇求哥哥們。「拜託別讓我下不了台。」二兄結結巴巴抗議著，我就知道他會這樣，但大兄聳肩抖開我的手，怒氣沖沖走開，令二兄為之噤聲。「大兄。」我喊道。我以為他會去找媽媽，他卻只是改坐我們表親那桌。這些表親從台南過來參加婚宴，除了知道他們的名字都是「明」開頭的，我對他們幾乎沒什麼記憶。

外甥女美美一直熱切地看著整場衝突，娃娃般的明亮眼睛在所有參與者之間閃動，好似貪看球賽的乒乓球迷。身為少女，她有種年輕女孩那種毫無意識的可愛，純粹因為青春而不由自主地美麗著。外甥——積極年輕的佳哲跟較為文靜的佳龍——忙著聊天，為了擊退無聊，用吸管、紙巾跟空果汁紙盒玩自己發明的遊戲。我意識到我的誓約——我剛剛向一個近乎陌生人所許下的承諾，表示我無法親眼看著他們長大成人。我咬唇。

阿姊同情地對我擠擠眼。「坐吧，」她說，「妳盡興就好，別擔心他們。」然後就像個盡責的姊姊，將注意力轉向依然在座的弟弟。「今天是你小妹的大日子。」

小偉帶著興味旁觀這一切，我想，他還略感心煩。我回到座位上時道了歉。「歡迎成為我的家人。」

婚宴初始，菜餚尚未端上桌以前，餐廳以爆竹跟掌聲宣布我進場；甜點上桌之前，我換上第二套禮服——粉紅紡綢、低圓領口、蓬蓬公主袖——但幾乎沒人注意到，爆竹聲隱沒在賓客的喧鬧之中。這就是一場好婚禮的象徵。

司儀提著一瓶威士忌，領著我跟小偉輪流到每一桌敬酒。小偉狂飲，我小啜。我們走到他伴郎那桌的時候，有兩個人用胳膊繞住他的肩，堅持要來第二杯。小偉乾掉他那杯時，整桌又吼叫又歡呼。我眨眨眼，露出矜持的笑容。

金雞園的同事坐另一桌：我老闆，他套上乾淨襯衫，不過還是散發著汗水加香菸的味道，還有其他女服務生，包括婷婷跟她美國男友。敬酒的時候，婷婷對我眨眨眼，喝的是果汁。她再兩個月就要結婚了，到時她父母要從南部上來。她說她希望我能去參加，不過那樣會打破自己新婚三個月內不能參加別場婚禮的禁忌。「噢，拜託喔，」我說著便意有所指瞅著她的肚皮，「誰真的相信那種東西啊？」

我們終於回到主桌，滿臉通紅、頭昏腦脹，一個穿著亮藍色禮服的女人坐在我的座位裡。她將小偉母親的雙手捧在手裡；兩人似乎談得情深意切。小偉母親——**我婆婆**——一看到我，連忙把手抽走。藍衣女人朝我偏偏腦袋，露出了笑容。她站起來。「我只是過來打聲招呼，恭喜啊。」她講起話來清晰無比，就像那種擁有一口貝齒的人。我在微醺的狀態，簡直可以聽她講整晚的話。這裡有三分之二的人我都不認識。她是誰？家族朋友？表親？是我這邊的親戚還是小偉那邊的？她有雙水汪汪的黝深眼睛，水陸兩棲動物似的，長相很標緻。小偉快速眨著眼——我怕他就要吐了。敬了十五桌的酒之後，他的臉龐緋紅發亮，他喃喃小聲道了謝。女人掐掐我的手臂。「我希望他對妳不錯。」

「當然。」我說。女人又微笑了——沒錯，她的確擁有一口完美的牙齒，然後款步走回自己那桌。

我們試著不讓二兄拿到酒，可是「明」字輩的台南表親堅持要從戒酒那桌偷一整瓶過來，然後拖他過去喝。他們勉強跟大兄取得和解，不久就聊得口沫橫飛，指著彼此的臉，針對高粱酒醉醺醺地辯論起來。有個表親宣稱他要搭計程車去找一瓶高粱過來，讓大夥喝喝看，以便化解這場爭論。

爸爸又回座了，全心跟小偉父親對話。我常常把他們長期的友誼視為天經地義，他們沒必要為了做樣子或是為了禮貌而交談。對話的片段越過桌子傳來：他們在跟各自的妻子述說很久以前在東京的經歷，這個故事他們妻子肯定聽過五遍了。母親點點頭，表示**往前講**。父親講起故事來慢條斯理，極度講究細節，常常繞回前頭，修訂之前講過的，聽起來感覺沒完沒了。

這頓飯最後以湯圓甜湯收尾——以甜甜軟軟代表好兆頭的東西，展開我倆的新婚生活。

我終於換上最後一套禮服，是一件紅色迷你洋裝，搭配紅蕾絲小手套。在雙方父母的陪伴下，我跟小偉捧著裝了香菸跟糖果的盤子站在出口，向每位賓客道別，接受眾人反覆道賀。藍禮服女人現身了，跟小偉的一位朋友手挽手。她跟小偉父母講話時的熱情，有種讓人不自在的誘惑力。她離開後，我問小偉她是誰。「只是個老朋友。」他說。

小偉不把傳統觀念當一回事，既沒帶他的伴郎來護送我跟我的嫁妝到他老家，也省掉用竹篩遮護我、擋開鬼魂視線的儀式。我們只是匆匆坐進計程車，到開幕不久的文華飯店裡度過新婚夜。我們坐在飯店五樓房間的床上，數著收到的紅包。我換上端莊的高領睡袍，小偉卻隨便穿著內衣褲懶洋洋斜臥。我試著不去想像這天晚上餘下的時間。婷婷曾向我保證，新人在婚宴過後都累癱了，真正的新婚夜要等隔天早上才會發生。

「拋開處女身的時間，會比妳想的慢一天。」她眨眨眼。

「早上？」我當時問，難以置信又天真。她笑得都嗆到了。

小偉走到茶桌那裡，倒了杯熱水。他站在窗邊，黑玻璃跟敞開的紅紫色窗簾框住他的身影。他吹開水的熱氣。我按照面額整理禮金，再次問起藍衣女人的事。他沒回答。我抬起頭。他的背部美麗強壯。他的身體不像研究生，而像運動員。早晨再次掠過我的心頭，我紅了臉。他終於把杯子帶回床鋪，主動請我啜一口。我婉拒了。

「其實，她是我前任女友。」他彎起手臂搭在腦後，往枕頭一靠。

「噢。」我說。我像扇子一樣展開鈔票，滿心疑惑。「是你爸媽邀她來的嗎？」

「不，噢天啊，才不是。她以女伴身分跟人過來。一定是她故意安排的。」

「她還愛你。」

「不，我想她只是好奇。」他用眼角餘光瞥著我。

「她可以等婚禮照片洗出來再看啊。」我不知道還能說什麼。我也不是嫉妒，可是她怎麼有膽過來啊，即使只是想偷看一下？整個婚宴感覺變了調。我把錢擱在床頭櫃上，摟住一顆枕頭，下巴靠了上去。

小偉調整位置，往我緊抱懷裡的枕頭靠來。他腦袋的重量壓進我的肚子。「我們沒交往多久。」

我遲疑一下，把手指探進他的髮間，在髮蠟之間掙扎。我耙梳他的頭髮，讓髮絲再次變軟，一面小心拿捏語氣。「多久？」

他吐氣。「兩年。」

兩年。我跟他認識都還不到一個月。

「要是我打算娶她，早就娶了。」他閉上眼睛，臉龐放柔。

他原本仔細抹平的頭髮現在亂糟糟的，我按摩他的頭皮。我丈夫。即使我每天重複這個詞一百次，還是會有好一陣子覺得很陌生。「為什麼沒娶？」我問。

「我出國留學了。」

「噢，就這樣？」

「她爸媽不喜歡我，他們是老派的中國人，我太台灣了。」

「你媽是日本人這件事，他們又怎麼看？」

「那也是問題。」他還是閉著眼睛，他抓起我的手一吻，然後抵在臉頰上。

我把手抽開。「你們應該私奔的。」我覺得受到侵犯。

他笑了。「那我們兩個就不會在這裡了。」

「對，也不會有這些現金。」我從床頭桌上撈起那些錢。我試著忘掉在我們對話裡陰魂不散的藍衣女人，她使我們之間的光亮蒙上暗影。我的胃發酸，我怕小偉覺得我心胸狹窄、愛吃醋，於是硬是壓下自己的不自在。

他坐起來，掂掂那疊鈔票。「還不賴，就目前的匯率來看，大概可以換三百塊美金，能付三個月房租。」

「我們還得付錢給宴會廳呢。」

這段對話漸漸進入日常，我們真的結婚了。我把枕頭放回原位，將睡袍塞進膝蓋底下，打了呵欠。

「我也累了，」他說，「我們該睡了。」

我害怕看到他暗示的事，於是撇開視線。我想起藍衣女人，覺得自己不諳世事，傻氣又天真。我把錢收進我的行李箱，然後爬上床，將燈捻熄。小偉克制地吻了我的嘴，祝我晚安。

「你愛過她嗎？」

他翻過身來擁抱我，用身體的稜角跟柔軟抵住我。「有沒有都無所謂吧？」

我考慮了一下。「大概吧。」

我清醒地躺了一會兒，聽著南京東路上的車流，以及飲酒作樂的人從旅館附設酒吧回房的聲響。我丈夫摟著我，我知道他也還沒入睡。不過，我們最終還是進入夢鄉。

早上我一醒來，發現小偉在看我。他面帶笑容，愛撫我的臉頰。「我會怕。」我低語。

他吻了我，然後一切就照著婷婷保證的發展。

小偉離開台灣後，我在等簽證下來好跟他團聚。那週，台南少棒隊贏了世界少棒大賽。「『台灣製造』的贏局。」報紙慷慨激昂；外國報紙說我們是「了不起的小島」，宣稱贏得這場賽事「有助於鼓舞士氣」。那些小男生是英雄。如果那股勃發的光榮感可以帶領我們安度二月底就好了，當時，尼克森前往中國訪問。

28

這座島嶼在十月二十五日開始消失，此時在半個世界之外，中華民國失去了在聯合國裡的席位。當時的美國大使喬治H．W．布希說，這是不容爭辯的事實。聯合國必須反映由土地跟人口來決定的、不容爭辯的事實。在違反聯合國組織規則的情形下，中華民國被取代了。他們向我們保證，我們不是被踢出去，雖然決議文草案明明說他們希望恢復中華人民共和國的所有權益，立即驅逐蔣介石的代表。中華人民共和國會取代中華民國，以便強化聯合國的權威跟威望。就像街頭騙子在玩猜盅遊戲，聯合國把紅色中國移到安全理事會，然後將自由中國放進大會。它拆解了這個象徵。我們這些被騙的路人，翻過蓋杯，卻發現中華民國下面並沒有中國。我們是個空空的符徵。劉鍇代表在嫌惡之下離開會場，自此台灣不曾返回聯合國。

可是這個消息並未澆熄婷婷歡慶結婚的興致。她在市郊的餐廳舉辦了一場小型婚宴，出席的大多是明尼蘇達州艾迪的美國朋友，他們從販賣部買了眾所覬覦的酒。那晚接近尾聲時，賓客漸漸散去，最後只剩幾桌酩酊大醉的人。四周淨是美國男人，我發現自己喝威士忌喝到噁心，對自己的英語程度自信到荒唐。我想起自己的婚宴，相較起來平淡無奇，然後想到遠在加州的小偉，納悶此刻他正在做什麼。在睡覺啊，我斥責自己。我想起我們在台北機場的道別，還有當我感覺到這個陌生人現在屬於我，永永遠遠，心裡多麼驚奇。

我尋找山姆的蹤影，就是八月那晚載我回家的男人，可是婷婷事後告訴我，他回去奧勒岡，他當初就從那裡來，妻子也住那裡。

婷婷那晚穿著新娘紅——高腰禮服，就像奧莉薇亞．荷西在莎士比亞戲劇改編的電影[8]裡，飾演茱麗葉時穿的那種，那部電影在幾年前非常熱門。那件禮服掩住了她日漸隆起的肚皮。我看著她，因為醉意而視線模糊，我好想為她哭泣。我最後要離開的時候，胸口陣陣噁心，我緊緊摟住她，祝她旅途平安。她用她那種無憂無慮的風格一笑，告訴我：「我不在的時候，別讓老闆欺負喔。」一週後，她搭機前往明尼亞波里斯。

婷婷離開後，我重新發誓再也不碰酒，開始準備離台事宜。我的簽證終於在隔年二月發下來。

8 即一九六八年的《殉情記》，改編自莎士比亞的《羅密歐與茱麗葉》。

二月末，總統專機「美國革命精神號」將尼克森載往中國。他的臉就像提線木偶，妻子看來就像脆弱的選美皇后。他跟一身亮紅外套和滿頭金髮的妻子不管走到哪裡，都在一片黯淡藍色跟灰色的人群間成為焦點。

在杭州，他妻子穿上皮草。夫婦倆跟周恩來漫步穿過公園，一身棉襖的路人在四周好奇打量。他們的翻譯官是個用髮夾別住鮑伯頭的年輕女子，戴著牛角框眼鏡。尼克森彎腰跟小男孩握手的時候，她幫忙翻譯。小男孩的姊妹也被叫過去，這個美國男人跟她講話的時候，她把舌頭推進掉門牙的縫隙，不肯正眼看他。

「妳媽媽呢？在這邊嗎？」翻譯官問。

「在城裡。」女孩說，然後想遠離美國人跟鏡頭，登時卻發現自己被團團包圍。

小女孩之後就是魚池。尼克森靠在金屬欄杆上，專注喜悅地拋擲食物進水裡。他面帶笑容墜入某種白日夢狀態，彷彿忘了全世界都在看。

「季辛吉博士，」翻譯官說，「如果你想餵魚，也可以拿一包。」

「丹麥，丹麥，」情報人員說，「總統在餵魚。」

此刻他們就站在這裡，決定台灣命運的三位關鍵人物——理查·尼克森、周恩來、亨利·季辛吉——在杭州的陰天裡餵著魚。

出發以前，我先去看爸媽跟外公外婆，共進最後一頓晚餐。我幾天前才辭掉工作（「連妳也要去？」我老闆說，我發誓在他的眼神中看到懊悔）。外公外婆正在午睡，媽媽在教堂。我在菜園裡找到爸爸，熄掉的香菸啣在唇間，正從植物上拔除蝸牛。

我坐進一把塑膠椅子裡，椅背上貼的泰迪熊裝飾正在剝落。

「吃過了嗎？」爸爸問。

「我在等晚餐。」

「過來幫我。」

我在他身邊伏下身子，開始尋找小小蝸牛。

兩人默默一起工作了好長時間。我納悶自己何時會再見到他。要是我在太平洋上墜機呢？不只如此，我一直害怕他會就這麼失蹤不見。他回來轉眼過了十三年，不過我每天早晨都還是忖度，今天會不會是爸爸再次失蹤的日子。如果是膝蓋割傷或失去一條腿，傷口早該癒合了，可是心智跟感情受到的訓練不一樣。

「爸，」我說，「我愛你。」

我從沒對他說過這樣的話——這種話是說給戀人聽的。不過也許我看了太多美國電影，在電影裡大家愛他們的父母、手足、寵物、衣物跟汽車。在我們的世界裡，愛不該說出口，心領神會就好。

他用拇指緩緩拂過一片葉子，彷彿沒聽到我說話。他移向下一株植物時，我看著他的側影。

他的眼鏡已經過時十年，襯衫洗太多次，起了粗糙的小小毛球。

「我知道，不用特地告訴我，」他還是沒正眼看我，「妳是個好女兒，很孝順。」這是我所能期待的最高讚美，雖然我好希望他可以回說他也愛我，但我已經滿心感激。我撫搓下一株植物的葉片，又找到一隻蝸牛，丟進桶子。爸爸向我道謝。

他們每停一站，就辦一場宴席。對著聽不懂英文的群眾，尼克森以微笑跟頷首標示每個笑話跟恭維。在杭州，當他宣告「來到這裡，見識了這座城市的光輝，我們終於明白為什麼大家都說，上有天堂、下有蘇杭」，獲得了掌聲。煙霧在房間裡飄盪。總理周恩來一臉嚴肅地盯著桌子聆聽，然後客氣地鼓鼓掌。

第一夫人穿著粉藍色套裝，抿著嘴微笑。

尼克森邊用餐，邊對宴席上的某人說：「我的時間永遠不夠，沒辦法讀我想讀的東西。」

小偉父母位在台北的那棟建築，後來在一九九〇年初期遭到拆除，由一間補習班取而代之：六層樓的教室，擠滿了情緒緊繃的學生，他們各個背負著沉重的考試壓力。他們穿著學校制服過來——有對比色衣領的廉價棉襯衫，搭配聚酯纖維的運動褲，經過漫長的一天之後已經髒兮兮——排排坐在長桌邊，乍看好像很勤奮，但私下偷偷傳著紙條。休息時間，他們彼此笑罵、揮掌互擊。教科書、筆記本、俏皮新奇的筆、空空的點心袋以及小鋁箔包奶茶擠滿了桌面。

我忖度，我出發前往美國的最後一夜如果化為幽魂，到現在是否還在三樓的教室某處徘徊，就是公公的公寓舊址。這間教室的學生——這裡教的是國中程度的英文——教師通常是移居國外的加拿大人，在做主詞動詞一致的練習時，會不會發現某種難以解釋的悲傷？他們的眼角餘光有時候會不會瞥見一閃而逝的景象：穿著舊式服裝的一家人吵嘴跟講閒話？他們做白日夢的時候，會不會夢見我，年齡跟他們老師相仿的年輕女子，正在打理行李，準備長途旅行？

這間公寓很適合四人家庭，但我的家庭增加了十一個人。整個晚上，大家得要閃來閃去才不會撞到別人。我的兩個行李箱就放在門邊——在整片混亂之中等待的寧靜。

晚餐過後，我回到林家臥房繼續整理行李；婆婆給了我襯衫跟點心，要我帶去給小偉。我把包裹夾在衣物之間，納悶小偉是否還悄悄喜歡著牛肉乾跟酸梅，還是說他母親只是緊抓著他童年的最愛不放，即使他已經大到不再喜歡。我最終會知道的。自婚禮以來，透過通信，我對他認識不少，可是我們信中從沒提過「最愛吃的東西」這樣老套跟平庸的事情。我根本沒想到要問。

爸爸來到門口。「快打包好了吧？」他坐在我行李箱旁邊的床上。林家的床罩裝飾華麗：絲線繡成的開屏藍孔雀，襯在整片亮粉紅綢緞上。爸爸用手撫過一片藍寶石色的刺繡孔雀羽毛。我從床罩上的縐褶就知道，特地拿出來接待客人的。我想告訴爸爸，小心自己手上的繭。

「再一下就好了。」我告訴他。外甥在客廳大吼大叫，另外有幾個女人在交談。「我想我剛剛把整隻牛的肉乾塞進行李箱了。」

「我還有別的東西要給妳。」

「爸，我裝不下別的了。」

他握著一只裝著類似咖啡粉東西的瓶子。我往前湊去。罐子還有一條條膠水的痕跡，是標籤被洗掉的地方。我發誓我真的想拒絕，而且我懷疑海關不會放行。

「這是個被上天遺棄的地方，有時候，我真希望妳——真希望我們所有人都可以離開，把它忘得一乾二淨。我們是受詛咒的民族。」他說。

「爸，拜託。」我又往幾件襯衫之間塞了包牛肉乾。我很不耐煩，很怕又會激起他的被害妄想症。

「我要妳拿著這個。」

我從行李箱抽開身子，再次看看瓶子。「是什麼東西？」

「我們家菜園裡的土。」

就是半個世紀以前外公外婆開墾出來的菜園；我爸爸缺席的時候，由我媽媽照料，現在，爸爸想獨處的時候，依然會到那裡工作。祕密警察來訪過後，爸爸在那裡要我當他的共謀，我第一次跟小偉碰面之後，也把那裡當成避風港。

「我要妳記得，」他把瓶子擱在我堆疊的衣物上，「別忘記。」

別忘記。他的話語既是命令也是懇求。

也許，跟鬼屋故事宣稱的相反，鬼魂並不會固定在同一個地方。一定是這樣，因為我把那個鬼魂遠渡重洋隨身帶到加州，多年以來在加州，我還是聽得到那句話。此刻在加州，我依然聽得見。

亨利．季辛吉戴著粗框黑眼鏡，看起來比實際年齡四十八還年輕。他走到麥克風前面，等別人介紹他之後，便開始支支吾吾講話，「呃」拉得老長又低沉。中國跟美國的聯合公報已經釋出。他講話的時候，視線往上飄，邊講話邊思考，清清喉嚨，重複、停頓。幾個白人成排坐在他面前，啣香菸、執菸斗、捧著有蓋茶碗，一邊觀察一邊寫筆記。攝影機的閃光燈聽起來就像剪刀劃過。可是沒有必要如此謹慎。公報裡早已寫滿正義、自由跟解放的語言。

中國說：「堅決支持一切被壓迫人民和被壓迫民族爭取自由、解放的鬥爭；各國人民有權按照自己的意願，選擇本國的社會制度，有權維護本國獨立、主權和領土完整，反對外來侵略、干涉、控制和顛覆。」

美國人說：「美國支持全世界各國人民在沒有外來壓力和干預的情況下，取得個人自由和社會進步。」

然後是台灣。就是這兩個國家之間的芒刺，或者就像公報裡說的措辭：「台灣問題是阻礙中美兩國關係正常化的關鍵問題……」

宣言在此：

中華人民共和國政府是中國的唯一合法政府；台灣是中國的一個省，早已歸還祖國；解放台灣是中國內政，別國無權干涉；美國全部武裝力量和軍事設施必須從台灣撤走。中國政府堅決反對任何旨在製造「一中一台」、「一個中國、兩個政府」、「兩個中國」、「台灣獨立」和鼓吹「台灣地位未定」的活動。

美國「認識到，在台灣海峽兩邊的所有中國人都認為只有一個中國，台灣是中國的一部分。美國政府對這一立場不提出異議。它重申它對由中國人自己和平解決台灣問題的關心。」話一出口，自此迴盪多年。

一次的深呼吸。

記者會會後，雙方握手致意期間，尼克森對某官員說：「今晚我不會強迫你喝茅台了。」那位中國官員回話：「恰好相反，我們今天晚上可以喝更多茅台。」一陣笑聲。

我們在機場道別。

這世界在當時一樣不安全，充滿慘遭不測的可能，可是在當時我們還是能夠直接走到機場窗戶，看著飛機啟程。我越過停機坪，塞得過滿的皮包提帶壓迫著肩膀，回頭望著站在登機門玻璃後方的家人。外甥女跟外甥揮著手；大人則是動也不動。我家人不是會擁抱的那種類型，可是阿姊之前招了招我，低聲說：「我希望會很棒，如果不是，就回家來。」

我爬到登機梯頂端，準備踏入飛機時，在笑盈盈的空姐面前頓住腳步，最後一次回望。我跟小偉結婚幾天後，曾經到北投泡溫泉，避開有高聲喧譁的美國大兵跟週末女伴的幾處溫泉。某天晚上，在旅館床上，小偉跟我談起這一天。「不要回頭。」他說，「登上階梯然後離開，只要妳回頭，就永遠不會來美國了，我會在舊金山空等一個永遠不會出現的女生。」

一時片刻，我懷疑自己不會真的踏進飛機，最後，我背後的男人清清嗓子，用提袋推推我。

舉行上海宴席的當晚，發表聯合公報之後，尼克森筋疲力盡。這頓飯一開頭中國人就在聊這場宴席要跟蘇州一較高下，是城市對城市的友好競賽。周恩來審視菜單，看看較量起來如何。總理講了個中國女人不再在乎家庭的笑話，然後用手摀嘴，爽朗高聲笑了起來。

最後一場宴席上的演說。尼克森說：「我們在公報中說的話，不如我們在今後的幾年要做的事那麼重要。我們要建造一座跨越一萬六千英里和二十二年敵對情緒的橋樑……今晚，我們兩國人民手中掌握了全世界的未來。我們想到那個未來的時候，就要致力追求這個原則，也就是，我們可以為所有國家打造一個新世界，一個和平的世界，一個公義的世界，一個獨立的世界。」

城市縮小成一片混亂，密密麻麻的迷你建築跟窄巷，小小速克達像螞蟻一般擠滿街道。到了某個時間點，土地便成了拼布。深綠色山丘跟灰色鋪磚城市之間的土地，以隨性的方塊鋪排而成，有閃閃發亮的黑色水田跟黃綠色芋頭田，由農舍的紅屋頂標示出來。摩托車在細得跟線似的單一道路上奔馳，急轉路過看似動也不動的斑點——牛隻。車子變得更緩慢；雲朵介入；水氣包覆機窗。陽光取代了陰霾的白天。世界翻轉，透過雲朵之間的裂隙，幾個小時以來眼前只見蔚藍的海洋。

一九七二年的二月有二十九天。

第三部

柏克萊　1979 ~ 1980

一九七九

29

大部分人認為他們記得吉米．卡特對外宣布的時候，身上穿的是毛衣，可是只要是態度認真的總統，怎可能不先打好領帶，就來在替尼克森啟動的工作收拾善後？他打著紫紅色領帶，坐在金色垂簾前方，兩側立著國旗，試著面帶笑容宣布消息。

他發表斷交聲明的時間是一九七八年十二月十五日，笑容中帶有謹慎——這是好消息，但他知道自己的發言會在八分鐘內推翻一個政府的合法性，將半個世紀的歷史變成一則笑話。這也是為什麼他的人馬拖到最後一刻，才要通知中華民國。今天時候到了。傳訊者將蔣經國的人馬從夜夢中喚醒，將通知遞給他們，他們除了表示失望之外，幾乎來不及擬定一份回應。

卡特說：「美利堅合眾國承認中華人民共和國政府是中國的唯一合法政府。」

他說：「承認中華人民共和國，承認它是中國唯一的政府，就是承認簡單的事實。」他的笑容來得隨意——是否事先就註記在演說稿上？他在「歷史」之前、在「商業」、在「霸權」之前都各笑了一次。

一九七九年一月一日，美國跟中華人民共和國建交。台灣當地的學生——有人認為他們是政府刻意安排的——破壞了美國領事館，掛起標誌，鼓吹民眾杯葛可口可樂，也描繪了哭泣自由女神像跟邪惡卡特的圖像。

一九七九年二月二十八日，美國領事館吹了熄燈號。

學生腦袋上套著紙袋，戳了參差不齊的孔洞方便觀看，沿著電報街默默遊行。他們拿著**終止台灣的戒嚴**！以及**釋放台灣政治犯**！的標語。我打扮得像學生，拿著萊卡相機站在班克羅夫特路的轉角上，在小偉的要求下記錄那場抗議活動。對街有個我不認識的男人也在拍照。我試著用相機遮住自己的臉孔。小偉路過的時候——我從他的衣服認出是他——猛力推開那個男的，對方的相機從手中掉落，摔裂在人行道上。

「搞屁啊？」男人吼道。我捧著相機的手在發抖，抗拒叫喚小偉名字的衝動。匿名是至關緊要的事。另一個抗議人士跑上來，衝到小偉面前：「不要，別這樣。」他把小偉帶回抗議人群裡，整群人現在正要進入校園。男人收攏碎裂的相機殘片，繼續吼叫。

這群人裡面有將近一百位研究生跟小偉這樣的年輕教授，他們像稻草人似地緩緩橫越史鮑爾廣場，穿過薩勒門。我跟了上去。自從卡特總統切斷美國跟台灣的關係，國民黨政府變得更殘暴。波莫納學院的一位年輕教授，暑假期間回到台北，不僅被拒發出境簽證，還受到審訊。審訊之後的翌晨，雖然警方聲稱他們護送他回家了，但他破損的遺體在台灣大學校園被發現，爽脆的一百塊台幣新鈔塞在鞋子裡，是殺手按照習俗留下來的小費，要給到時負責清走遺體的人。政府聲稱，是幫派份子所為；其他人都說，是政府下的毒手。

就在一週前，有人在國民黨的紐約跟華盛頓辦公室放炸彈。

我得搬到美國來才明白小偉第一次見面告訴我的事都是真的。美國校園裡滿是學生特務，他們從國民黨員那裡收受的賄賂有機票、秀場票券跟其他廉價的小玩意兒。只要在美國的紐黑文市說錯一個字，你在高雄的表親就會丟掉飯碗。會發生一連串事件，都不是偶然的。在美國，我不再說自己是「中國人」，開始稱自己為「台灣人」。在美國，我第一次結識到中國來的人，發現儘管語言相同，彼此卻有深深的鴻溝。

可是，要不是有美國政府（台灣前任且最親近的盟友）的默許，這些恐怖事情都不會發生。我們在抗議的，也包括這件事。

棕色魚鱗瓦片房子——四間臥房、兩套半衛浴，對面有公園，騎單車一下子就到校園。後院有個壓扁了草地的秋千組。兩個女兒，六歲跟四歲。

這就是美國夢的實現，有一陣子的確是如此。即使對我來說，寫回家的信內容聽起來也很荒唐，彷彿我接收了另一個女人的人生。我不覺得自己像是那個在外公外婆農舍長大的女孩。我平日開一輛旅行車，跟小偉的同事一起吃晚飯，到無菌醫院在陌生女人們的哄勸下生產。也許最奇怪的是，這全部感覺起來多麼稀鬆平常，我多麼輕易就習慣了這種生活，彷彿從來不曾頂著星辰露天看電影，或是跟雞隻玩耍嬉戲，或是赤著腳上學。可是，我的故事就是說過上百萬遍的移民故事，在日常活動中，變得平淡無奇。我種了番茄跟三種萵苣。晚餐時，我做了上面撒了玉米片的脆餅沙拉或薯寶燉鍋，或是加了大量酸奶的果凍。

我是在鎮壓第一晚出生的，就在父母的臥房，由父親親手引導。在小超市跟我搭訕的老人想知道我是不是越南人，要不然就說我家鄉叫**福爾摩沙**。那是個遙遠的小小島嶼，幾乎帶有神話意味。我一年跟父母通話三次。第一次打電話回家是在抵達舊金山之後。我崩潰痛哭，浪費整整五分鐘（一大筆電話費）只顧著哭。現在只要我打電話回去，他們的聲音聽起來就很空洞而淡漠。我納悶我講的話裡有多少是他們想像得到的。兩老來回傳著電話，要求跟孫女聊一聊，我女兒們則扭著身子什麼也不說，對不曾謀面的外公外婆感到困擾。台灣非常遙遠。

30

隔週的星期三，我到阿舒比大道的沖洗店拿相片。店員是個下巴留著一簇亂毛的大學小夥子，他把信封遞給我的時候毫無反應。他就像個當代的教士，必須對自己見識過各種奇怪與平庸的千百張照片，保持靜默不予置評。我所拍的戴面罩男人照片，對他來說可能毫無意義。

在停車場上，我車窗開個縫，坐在車裡迅速翻看那疊相片。除了小偉之外，那些抗議人士我一概認不出來。我瞥見當初在馬路對面拍照的男人，模樣並不會特別凶狠，事實上看起來還滿無趣的，穿著藍色麻花針織毛衣搭著棕色長褲，一綹頭髮覆住一邊眼睛。那種懶散的外表給人一種印象，就是沒有任何信念的人，也就是哪裡有好處就往哪裡鑽的人。接下來的幾張照片裡，小偉推了他，他們兩人都望著摔壞的相機，然後男人撿起相機殘片時，狠狠瞪著我。他臉上的恨意讓我畏怯。

有人敲我車窗，讓我頓時脫離這些思緒。

有個男人朝著我車裡微笑。一頭黑髮、牙齒半透明，毛衣背心搭上斜紋軟呢長褲。臉頰上有個狀似伊利諾州的胎記。鼻子非常方正，跟方正的下顎很搭，皮膚亮著在海灘上過了個週末的紅蜜色調。柏克萊常有乞丐，不是十幾年前嬉皮熱潮的遺緒，就是老殘的退伍軍人，可是他兩者都不像。我更擔心了。

「可以聊一下嗎？」他說，英語微帶口音。

我的視線越過停車場望進沖洗店，可以看到櫃檯後面的店員正在轉收音機的旋鈕，無視於我們的狀況。於是我關起車窗。

「你想幹麼？」

「一下就好，來嘛，一起喝杯咖啡。」他透過窗玻璃喊道。

「我得走了。」我把照片推回信封，車鑰匙插進點火裝置。

「密維亞街的幼稚園，對吧？」他說，依然面帶笑容。

我僵住了。他繼續說：「史蒂芬妮一點下課，妳時間綽綽有餘，還可以喝咖啡。」

史蒂芬妮。我的心思卡在小女兒的名字上。我的手還停在點火裝置那裡，用掌心掐緊懸在半空的鑰匙圈。開走吧，我暗想。輾過他的腳不算有罪吧，為了安全硬闖過去吧。

「林太太？怎樣啊？一起喝杯咖啡？」

我們越過街道，來到一家咖啡廳，裡頭坐滿了讀報下棋的一臉哲思的老男人。我坐下來，他替我們兩人端來黑咖啡。

「我叫陸愛國。」他遞了張名片給我，上頭寫明他是中華民國領事館的聯絡人。等卡特的台灣關係法生效後，這個機構不久就會消失。他的友善似乎是真心的。他換成了國語：「如果嚇到妳，抱歉，我得先引起妳的注意。」

他的笑聲裡帶點羞怯。我試著記住，他是專業人士，受過的訓練有心理、操控跟其他幾十種我想都不願想的技能。「唔，我就不拐彎抹角了，」他繼續說，「坦白說，我知道妳丈夫是誰。」

「嗯，他是教授，半個柏克萊都知道他是誰。」恐懼讓我說出口的話比原本設想得還尖銳。

「我指的是他的課外活動。」他皺起眉頭，彷彿想到那件事就苦惱。

我反射性地掐緊腿上的包包。我們多麼天真，竟然以為自己可以避人耳目。我怪小偉；他不夠警覺。小偉在政治上心繫地下運動份子，那些人試圖推翻在位的國民黨跟實質的一黨獨大。他希望獨裁政權、戒嚴，全部畫上句點。跟我父親一樣——我畏縮一下——**跟我父親一樣**，小偉想要民主跟島嶼的自決，不，應該說是獨立。抗議人士戴的面具，也就是小偉所謂的「低調」，所帶來的保護只是錯覺罷了。

「而且我替妳擔心。我想林教授可能陷得太深。我擔心他的安危，還有妳跟妳女兒的安危。我想林教授不懂，這並不是遊戲。只有美國人才能這樣鬧著玩，又不需要承擔後果。」

「那他就不應該插手管台灣的事。」他的語氣帶刺，但他很快就注意到自露了餡。他漾起笑容。「拜託，別不高興，我跟妳說這件事，只是因為做太太的才懂得腳踏實地。妳一定懂我意思。妳先生在做革命大夢的時候，要記得替孩子穿衣服、餵孩子吃飯的可是妳啊。為了現實著想，聽我說完。」

「我丈夫**是**美國人。」

我很生氣。雖然我從未承認這件事，但他說得沒錯。「你對我的婚姻一無所知，而且又干你什麼事？」

「原諒我的大嘴巴，我想我只是有點傳統。好了，我之所以跟妳說這件事，只是因為我關心妳。而且我關心妳的女兒們。我看太多丈夫魯莽起來，最後傷害到自己家庭。我知道這份差事很奇怪，可是既然現狀改變了，我們更需要團結起來，妳不覺得嗎？那句話怎麼說？我們都是異鄉異客[9]。美國不再在乎台灣了，不像我們一樣。」

我盯著咖啡杯，蒸氣已經散去，表面蒙著一層油光。我想起身，拔腿就逃。

「所以你想要我怎樣？」

「除了保持警醒之外，我什麼也**不想要**。」

我突然覺得腰帶勒緊了我的皮肉，衣領掐住我的喉頭。我拿起咖啡杯的時候，看到自己的手在發抖。我放杯子下來的時候，撞得碟子噹啷響。

父親寫下那封滿是承諾的信給摯友時，我就站在他身邊，並親眼目睹事後餘波如何摧毀他。甚至而連我都曾經為了這件事輕視他。

可是這不同。收銀台後面的時鐘，長針猛地往三挪去；十二點十五分了。再一個鐘頭，我就要到幼稚園去接女兒，那所學校位於有遮蔭的多風街道，對面是棟沒特徵的公寓建築，常有人告訴我，有兩位知名詩人在成名前的年少時期曾經住過那裡。大家覺得必須記住年輕詩人人生的那種地方，非得安全無虞不可。在學校的雪松柵欄後面，孩子跑跑跳跳、放聲尖叫，在那裡絕對沒有事情需要擔心。

警察永遠不會逮捕小偉的。洩密會讓他更安全，我必須付出的代價只有良心，折磨就由我自己來承擔。

9 典故出自舊約聖經〈出埃及記〉。

「什麼樣的警醒？」我大膽發問。

「既然妳問了，那些照片就是個好的起步，妳自己可以加洗一套。號碼在我的名片上，需要的話就打電話給我，如果妳聽到什麼重要的事。我有消息也會告訴妳。」

「你會打給我？」我問，一面試探地從包裡抽出那捆相片。

「不，」陸先生說，「我會找到妳，別擔心。」

陸先生離開以後，我在車子裡呆坐將近二十分鐘。我看著人們停車，拿膠捲去沖洗，帶著裝在信封裡的相片出來。他們沒人被搭訕，也沒被強迫放棄自己的紀念物。我想像他們回到家，把相片擺在桌上，也許這個週末才有時間裝進相本裡；也許某天下雨，他們只好把時間都花在處理擱著許久沒碰的雜事。如此輕鬆愜意的生活。也許我的命運在幾個世代以前就注定了，先是爸爸，然後是我，再來是我孩子，然後一直延續下去，我們只是完成命運注定我們要走的步伐。我猛捶乘客座椅，咒罵陸先生、爸爸跟我倒楣的先祖們。

去接史蒂芬妮的時間差不多到了。我深吸一口氣，撫平頭髮——心思還是因為這一切的不公平而騷亂不已——然後回到沖洗店，把底片交給店員。

「我要再洗一份。」我等著他跟我交會視線，認出我來。

他搔搔那差勁的小鬍子，吸了吸鼻子，接著在信封上潦草寫了點字。「星期六回來拿。」他撕了張票根遞給我，完全不感興趣。

我抵達的時候，史蒂芬妮正在畫畫。她不像有些孩子會望著門外，急著看下一個出現的家長是誰，我在她椅子旁邊蹲低身子時，她眼睛眨也沒眨。

「甜心，妳在畫什麼？」

「火箭船。」紙上是個近乎三角形的東西，底部有亂糟糟的線條噴射出來。她的線條不穩，不大準確。火箭旁邊站了個大小相同的人兒，雙眼的形狀相差很大，四肢跟竹竿一般瘦長。

「畫得不錯唷，」我用英文對她說，「準備要走了嗎？」

我收好她的外套和餐盒後回到桌邊。

她不理我。

「畫好了。」她宣布，彷彿決定要離開的是她。她把那張畫遞給我，然後把手塞進我手裡。史蒂芬妮長得像小偉，有他的高鼻梁跟線條分明的上唇。「史蒂芬妮」這個名字是從書裡挑的。小偉本來想取「貝茜」。他宣稱：「這樣才愛國。」我跟小偉說我喜歡「史蒂芬妮」，因為是多音節的字，就像溪流躺過三顆岩石，也很當代。除此之外，「艾蜜莉」這名字當初也是他挑的，他說很古典。女兒們也有中文名字，我情緒不佳、英文講不順口時就會用。

她領著我出去，老師說再見的時候，她的回應滿冷淡的，連回頭看一眼也沒有。她還是嬰兒的時候就滿冷漠的，似乎不怎麼需要安慰，只有在極端的處境下才會哭，跟她姊姊艾蜜莉相反，艾蜜莉只要尿布有點潮濕就會嚎啕大哭；該餵奶以前的幾分鐘也會大哭，就跟鐘錶裝置一樣準時。艾蜜莉傻氣吵鬧，是每個她隨便組成的孩子軍團裡的首領。

上了車，史蒂芬妮一屁股坐在後座地板上。

「史蒂芬妮，請妳坐在椅子上。」

「不要。」她的語氣沒有反抗的意味；她的答案只是陳述事實：不，沒得商量。

「如果妳不坐椅子，我就不能開車。」我覺得自己好像在封起的水缸裡，喘著要呼吸頂端最後一絲空氣。我幾乎不剩任何力氣。「林怡青，」我怒斥，「給我坐好。」她假裝沒注意到我用了「嚴肅」的語氣。她嘆了口氣，又賴皮片刻，然後才手腳併用爬上座位。我關上車門。

我緊握方向盤。吼叫是沒用的。我母親堅信，個性是天生的，孩子才幾個月大，你就可以摸清那個孩子的底細。史蒂芬妮是在阿爾塔貝茲醫學中心出生的，小小手腕上套著塑膠手環，寫著**林家女嬰**。即使是現在，當我跟史蒂芬妮說我愛她的時候，她只會看著我。小偉對這種現象比較包容——也許因為他們父女長相肖似，所以對她惺惺相惜。大部分時間我只是咬牙忍耐，今天，這種個性惹我心煩。

「我很生氣。」我終於說出口，透過後視鏡看著她。

她抬起頭，誠懇地問：「為什麼？媽媽？」

「我要妳做什麼的時候，都是為了妳的安全，這些規則不是任意訂的。」

她皺眉。「什麼是『任意』？」

「意思就是那些規則不是我亂編的，我有好理由。而且妳只是小孩子，乖女兒會聽媽媽的話。」這些話感覺起來就像嘴裡有沙。這些規則**是**任意的**沒錯**。我很惱火，彷彿她強迫我說謊。她跪在座位上，望著窗外片刻。「好吧，媽媽，我懂了。」她終於說。我湧起向她道謝的衝動，但我硬是忍住了。我想讓她從沉默裡感覺到嚴厲，所以直到返抵家門之前，都沒開口說話。

那晚，小偉問起照片的事。「我以為妳今天要去拿。」他站在書房門口。他很少站定不動：肌肉總在半繃緊的狀態，就像看到瞥見獵物而伏低身子的貓，準備要發出動作。他正要走進書房，還是要步出書房？書桌上的檯燈亮著；房裡亂糟糟，二手商店買來的書桌上堆了一落落書本跟一疊疊報告，地上鋪著綻線的中東織毯。他背後的街燈映亮了馬路跟公園。從這裡看不見的公園遠端，那裡有些男人沿著樹木圍籬蜷身躺在墊了油布的睡袋裡，手臂穿過背包背帶。

女兒們在樓上睡了。我幾分鐘前才去查過：艾蜜莉的腿從睡袍探出來，額頭上柔柔亮著汗水。史蒂芬妮的拇指從嘴巴掉出來，齒痕還發著唾液亮光。我的心敬畏地一揪，她們是我的**小孩**這件事，每每讓我覺得驚奇。

我蹲在電視前面，轉台尋找脫口秀主持人強尼．卡森。在我判定該如何回答之前，轉換頻道時輪流發出的低嘶跟吱喳聲，掩飾了長長的停頓。我沒有精力面對肯定會隨之而來的討論。我向自己保證，等有餘裕的某天，我就會告訴他實情。

「我去了啊，可是那個小鬼不知道怎樣洗壞了，叫我改天再去拿。」

「他有沒有把洗壞的交給妳？他怎麼處理？全都洗壞了嗎？」

「我沒問。」電視旋鈕脫落，我仔細裝回溝槽，再次轉動。女歌手桃莉．巴頓要上卡森的節目。

「妳應該檢查一下的，我真不敢相信——」他打住，「可能沒事，不過妳應該查一下的，以防萬一。」他折折指關節。「可能沒事。」我感覺他努力想排解自己的憂慮。他誇張地打了呵欠。

「才剛開學沒多久，我就已經很厭倦了。」

「去睡吧，親愛的。」

「學生都已經在問期中考的事了。」

我的手停在旋鈕上，望著他。「你睡一下會比較舒服。」

「我整個週末都得批報告。妳好像想趕我走。」

「我只是想看點電視，等下就上樓。」

床墊大王推出的深夜廣告積極到刺耳，聲音灌滿整個房間，我們都決定不去承認兩人刻意忽略的事；在這樣的時刻裡，這種廣告就像黏合劑。跳動的光線讓我不禁眨眼，我覺得瞳孔緊繃。

「我明天一早就有課。」他提醒我。

「我會很安靜。」

我一直等到聽見他越過樓上地板後，才在沙發上坐定。電視發出喃喃低鳴；攝影棚觀眾偶爾響起掌聲。我剛剛可以乾脆告訴小偉的。我可以把那張名片交給他。這一來，他會更信任我，還是更不信任我？我們可以一起建構故事，用虛構來掩護自己。我們會一起假裝。小偉可以編故事讓我說。等我們編造的事件露餡時，我們大可嚷嚷說有人誤導我們。

不，他不會了解的。他會用十種不同的方式告訴我——從下車那一刻開始，我的每個決定都是錯的。

我的皮包放在廚房椅子上。我找出那張名片，指頭撫過厚厚的紙緣，用指甲彈了彈。

父親曾經坐在桌邊，用我的紙筆，寫了封信給朋友。那是欺騙。虛構。而合作從來就無法放他自由或給他保護。當時，壺裡的水滾沸發出尖鳴，我卻動彈不得。我親眼看見父親在那封信上簽名，那個舉動的重量將他的臉往下拉扯，每個細胞都承受著重擔。

不是命運，是自由意志，是有可塑性的。選擇燃燒成灰燼，新生命從毀滅當中萌發。那不就是我來加州的原因嗎？

我點起爐火，看著藍色火苗一朵朵從爐頭爆出來。火苗低嘶。我拿名片的一角去碰火，紙張倏地燃起，邊緣蜷曲發黑、迅速消蝕。等熱氣燙到我的手指時，我就將它丟進水槽。

31

早上，我連著要上十九世紀美國文學跟詹姆斯．喬伊斯專題。再一年我就要讀完英美文學學位了。我一想到這件事不禁笑了。我剛來美國時只會一點英文，再不久卻要拿到學士學位。

有人告訴我，美國是平等的國度，在這裡，垃圾清潔工跟總統一樣有價值，但在這裡，地位也是至關緊要，我以教授妻子的身分發現這點。在其他教職員工的妻子之間，只有我當過服務生。在教職員聚會上，我覺得自己渾身赤裸，我的無知暴露，英文上的挫敗更是雪上加霜。

「我好愛亞洲女人的細膩，」有個妻子對我評道，「好**嬌小**，好優雅。」我因為太在乎自己的語言能力，只能一逕點頭微笑，暗地在心裡用一串完全談不上細膩的用語，默默痛罵她。**臭女人！接下來妳就要跟我說，我的文化給我技能，讓我成為了不起的居家清潔工、順從的妻子。然後就要問我，我有多少朋友當妓女替美國大兵服務過。**他們很和善——太和善——彷彿我是禿毛的新生小鼴鼠，而他們必須展現自己有能耐小心對待我，證明他們本性慷慨大量、追求社會自由。

我必須學會講話。早先的日子裡，雖然我在台灣上過課，對英文有基礎的理解能力，不過學習語言就像想辦法破解密碼。我會拿著字典坐下，拼湊出線索來。我學習字根，想像每個字延伸出來的歷史。我可以了解個別的字，但把它們放進句子裡時，每個字的意思就會改變，這點每每教我驚奇。艾蜜莉開始上學之後，她將更多文字帶回家給我，還會一併帶文化回來，透過跳繩誦歌跟陰森的城市傳說——每個世代都會讓這種東西延續下去，彷彿是新近創造的。我從她那裡學到押韻、文字遊戲，甚至是雙關語，她會被逗得發笑，但擺明了不懂箇中意含。

「蘇西小姐有艘蒸氣船，蒸氣船上有個鈴，」艾蜜莉唱著，「蘇西小姐上天堂，蒸氣船開到……哈囉，接線生，請給我九號。如果你讓我斷了線，我會把你從……踢到……冰箱後面有一塊玻璃，蘇西小姐摔了上去，撞破她的小小……別再問我問題，別再對我說謊。蘇西小姐跟我說這些，隔天她就……」

艾蜜莉注意到我又哭又笑，就停了下來。她咯咯輕笑。「媽，什麼這麼好笑？」

我試著理順呼吸，抹抹臉龐。「親愛的，這首歌好好玩，我不是在笑妳。繼續。」

她的笑聲聽起來像是詫異的短吠。「妳好呆喔，媽咪！」然後她又是一陣咯咯笑，繼續唱了下去。

上完專題課，我趁小偉的晤談時段去找他。這學期才開始不久，走廊最近才上過蠟，整個空蕩蕩。

他把辦公桌排在面向門口的方位，訪客一進來就會對著他背後窗戶的光線瞇起眼，而他自己則端坐在光暈裡。鋼架上的書本或倒或立，不照一定的方法排列；有些壓住了一疊疊無人認領的期末考卷。他一手插在髮間，另一手拿鉛筆輕敲下巴。他每天都穿中性色調的燈芯絨褲搭某種薄毛衣。這就是他心目中的教授裝扮。

我的緊繃感從喉嚨蔓延到胸口。我敲敲敞開的門。「林教授？我帶午餐來了。」

他抬頭露出笑容。「結婚紀念日快樂。有人告訴我，這是我們的銅婚紀念日。我希望妳帶了酸奶果凍來。」

我們是先結婚才談戀愛的，我特別把婚後的所有時刻記在心頭。結婚滿半年的那晚，我們從市區帶芒果回家，兩人間的性愛變得比性慾更深刻。下雨的某天，他替我撐傘，教我「あいあいがさ」（相合傘），就是戀人共撐一把傘的日語。

「沒有果凍，只有剩菜。」我打開芥末色的特百惠保鮮盒，拔開光芒圖紋的頂蓋。

「課上得怎樣？」他問。

「還好，我是班上最老的，沒人找我講話。」我掀開裹住筷子的紙巾，細心跨放在其中一個碗上。他心不在焉看著。

「他們可能以為妳是研究生。」

我聳聳肩。「也許吧，來吧，吃。」

頭一年，我們住在沙特克大道的套房裡，那棟豪華建築的前門有個天篷，大廳有好幾排黃銅小信箱，還有風琴式拉門的電梯。浴室的冷熱水龍頭是分開的，小小的單片玻璃窗俯瞰著通風井，往下會看到盡頭過去的窗戶。小廚房裡有個舊式冷藏間，是我儲放蔬果的地方。晚上，我們睡覺的臭氣瀰漫整個房間，每天早晨我都會打開前側窗戶，迎向沙特克街上的車流。我們有架電視，天線用錫箔紙裹住，就擱在一把舊餐椅上。

我到柏克萊的頭幾個月，總是到正午過後才更衣打扮。我先看一整個早上的電視，然後出門到街上閒晃。讓我震驚的是，人們會穿T恤跟短褲去上班，有的人會留濃密的鬍子，在頭髮上插羽毛。傳教人會踩著紙箱，替眾人解讀《聖經》，讓大家知道我們跟魔鬼有多麼密不可分，而東南亞的戰爭就預告了〈啟示錄〉的內容。年輕誠懇的學生在他四周嚷嚷：「說吧，兄弟。」在柏克萊，自由言論運動、催淚瓦斯跟鎮暴灑水車幾乎是十年前的事，追求自由的名聲已經穩穩奠定。這場戰爭似乎無止無盡，人們高聲緩慢地對我說話，有些語帶同情、有些怒氣沖沖，彷彿就因為我長這麼一張臉，就跟他們所有的痛苦直接相連。小偉下午回家的時候，我已換回家居服，坐在廚房小餐區，彷彿不曾出過門。

小偉索然吃著午餐，一面翻閱作業。幾年前，這樣的沉默會讓我擔憂，現在，我發現能帶來安慰。

他啪地把蓋子壓回保鮮盒，抹抹嘴。「我們去散步吧。」

「要帶我去什麼浪漫的地方嗎？」我調侃。

「今天天氣很好。」他說，但盯著皺巴巴的紙巾。

學生散落在階梯跟草地上，或是踩著輕快腳步前往課堂。小偉不喜歡在校園裡有肢體接觸——不牽手也不互挽手臂。他覺得這樣有礙專業形象。我們隔著恰當的距離，漫步走向斜坡底部那條櫟樹掩映的小溪。

他說：「我不想在辦公室裡談。」

結婚紀念日的光輝結束了。他知道了。陸先生一定也來找過他。也許他希望我們互相監視，可是小偉——正直、有道德感的小偉——太忠心而無法隱匿不告訴我。不過，我還是裝作若無其事。「什麼事？」

有兩個學生在板凳上卿卿我我。他緊摟她的臉頰，她則將胸脯擠向他。我覺得他們只是在炫耀。小偉邊說話邊看著他們。

「唐家寶離開台灣了。」唐家寶是朋友的朋友，因為出言批判政府而遭到居家軟禁一年。他成了代表台灣民主運動的烈士，我們一直追蹤他的狀況。

「他們不再監視他了？」

「不是。」

「那他是怎麼離開的？」

「那不重要，反正他現在人在瑞典，要申請簽證過來這邊。如果順利的話，就會過來。」

我頓時明白了。「停，不，不行，小偉。」

他說了下去：「我希望他來住我們家。」

「小偉，停。」

他的眼睛離開那對摟摟抱抱的男女，迎上我的目光。「我希望他來住我們家。」

我常常跟我丈夫說，告訴我，**你五歲的時候，發生過什麼事？**

你做過最糟糕的事情是什麼？

闃暗中，深夜裡，當廣播時間結束，所有電視頻道都變成了單調的畫面——飄揚的美國國旗，背景音樂變成美國國歌時，我會問他，**你爸媽比較愛誰？你還是你哥？**

你說過最大的謊是什麼？

他的眼睛在我的表情裡找答案。我再次望向板凳上的男女。他們抽身離開對方，女生用指尖抹抹嘴角，手勢細膩又羞澀。

「多久？」

「可能幾天，也可能幾星期。」

舒讀網「碼」上看

235-53

新北市中和區建一路249號8樓

印刻文學生活雜誌出版有限公司　收

讀者服務部

姓名：＿＿＿＿＿＿＿＿＿＿＿＿ 性別：□男　□女

郵遞區號：＿＿＿＿＿＿＿＿＿＿

地址：＿＿＿＿＿＿＿＿＿＿＿＿＿＿＿＿＿＿＿＿＿＿

電話：（日）＿＿＿＿＿＿＿＿＿（夜）＿＿＿＿＿＿＿＿＿

傳真：＿＿＿＿＿＿＿＿＿＿＿＿

e-mail：＿＿＿＿＿＿＿＿＿＿＿＿＿＿＿＿＿＿＿＿＿＿

讀者服務卡

您買的書是：＿＿＿＿＿＿＿＿＿＿＿＿＿＿＿＿＿＿＿＿＿＿

生日：　　　年　　　月　　　日

學歷：□國中　　□高中　　□大專　　□研究所（含以上）

職業：□學生　　□軍警公教　□服務業

□工　　□商　　□大眾傳播

□SOHO族　　□學生　　□其他＿＿＿＿＿＿＿＿

購書方式：□門市＿＿＿書店　□網路書店　□親友贈送　□其他＿＿＿

購書原因：□題材吸引　□價格實在　□力挺作者　□設計新穎

□就愛印刻　□其他＿＿＿＿＿＿＿＿（可複選）

購買日期：＿＿＿＿年＿＿＿＿月＿＿＿＿日

你從哪裡得知本書：□書店　□報紙　□雜誌　□網路　□親友介紹

□DM傳單　□廣播　□電視　□其他

你對本書的評價：（請填代號　1.非常滿意　2.滿意　3.普通　4.不滿意）

書名＿＿＿　內容＿＿＿封面設計＿＿＿版面設計＿＿＿

讀完本書後您覺得：

1.□非常喜歡　2.□喜歡　3.□普通　4.□不喜歡　5.□非常不喜歡

您對於本書建議：

感謝您的惠顧，為了提供更好的服務，請填妥各欄資料，將讀者服務卡直接寄回或傳真本社，我們將隨時提供最新的出版、活動等相關訊息。

讀者服務專線：（02）2228-1626　讀者傳真專線：（02）2228-1598

我搖搖頭。「別跟我說更多。」

「他一旦到了，就沒事了。全部都會端上檯面，我們只是需要幫他站穩腳步。」

「那我們女兒怎麼辦？」

他用手指捲著我的頭髮。這種手勢就像吸拇指，是童年尋求安慰所養成的習慣。「女兒們不會有事，她們什麼都不會知道。」

我把他的手拍開。「我才不在乎她們知不知道，這樣她們安全嗎？」

「我跟妳說過，只要他來了，就沒事了。妳在擔心什麼呢？」

「『沒事』？上星期那個男人拍下你耶。如果『沒事』，那你何必戴面罩？你明明知道他們早就在監視我們，你都看到他在拍照了。」還有陸先生，我暗想。他們正仔細監視著我們。「你憑什麼認為他們不知道艾蜜莉跟史蒂芬妮的課程表？」

「她們是小孩，不會有人傷害她們。」

我真希望我可以相信他。我想跟他說陸先生的事，還有陸先生提到史蒂芬妮幼稚園時的語氣。一想起這件事，我就起雞皮疙瘩。一個小女孩肯定是個微不足道的障礙。我要自己放心：我燒掉名片了，結束了，這件事從沒發生過。

我扣緊他的肩膀，起伏的肌肉安撫了我。「多久？」

「我說過，我不知道。妳不用擔心。妳某天早上醒來，他就在這裡了，女兒們不會有事的。」

我就想要那樣。我希望醒來的時候，整個情勢已經有人打點好了：我希望我們都很安全，都是不知情的。我不想知道細節，我希望能夠斬釘截鐵對陸先生或是其他人說——**我一無所知**。

早先，我什麼都想知道。當時，我望著小偉的腳板，尋找他的胎記。我頻頻發問，讓他無法入睡。

你以前是什麼樣的學生？

你小時候暗戀過誰？

你爸媽會不會吵架？吵什麼？

你反覆出現的噩夢是什麼？

32

九月中某天深夜，家寶來到我們身邊，濃鬍遮臉，扛著一只帆布袋。感覺就像童年以來就沒再見過面的表親或校友，雖然不認識但很熟悉。似曾相識的感覺如此強烈，小偉在前廊上介紹我們認識的時候，我忍不住脫口而出。我之前一聽到我們家的車駛來，就先到前廊上等候。

「我太太。」小偉說。

「唐先生，歡迎。」我說。似曾相識的感覺淹沒了我，我彷彿一腳穿過詭異的時光簾幕，「你好面熟啊。」

「唔，到現在他每份報紙都上過了，」小偉語氣尷尬，輕拍我的背，「我們進去吧。」

「我們可能有共同認識的人。」家寶客氣地說。

「說得也是。」我說。

「說得也是，」小偉附和，「好了，我帶你逛逛吧。」

小偉領著他參觀屋子時候，我不知所措，乾脆跟在他們後頭。接著小偉請他先梳洗，他隱入客房浴室的時候，我跟小偉在廚房裡耳語。

「他還好嗎？」我問。

小偉吻吻我額頭，掐掐我肩膀，要我安靜。

我擔心陸先生。我們現在就像收容了一隻色彩鮮麗的小鳥，既搶手又顯眼，而我想用色彩黯淡的布罩住我們家，直到他再次消失為止。

電話響了整晚，大家都急著想知道家寶是否安全。我跟小偉遲遲靜不下心。我試著讀本小說，掃視整整幾頁，卻連一個字都不記得。我偷聽家寶講電話，小偉假裝在整理報告。凌晨三點，艾蜜莉下樓來，頭髮潮濕地黏在額頭上。

「我作噩夢了，媽。」

我把她抱進懷裡。「什麼樣的夢？講出來，惡夢就會離開。」我把她汗濕的頭髮撥開，朝她皮膚吹氣。

「夢到好多鈴鐺在響，好像整個房子都掛滿了鈴鐺，停都停不下來。」

「親愛的，只是電話唷。我說過，家寶叔叔從台灣來玩，還記得嗎？他朋友打電話來歡迎他。」想也知道，電話又響了。小偉把書房裡的分機接起來。「看吧？爸爸剛剛接到了。」

「我想看看家寶叔叔。」

「現在很晚了，早上再說吧。」我摟住她，她依偎在我身上。不久，燈也沒關，我們就一起在沙發上睡著了。

到了早上，我送女兒上學後，家寶赤著腳，透過後門盯著我們家小院子。

「吃過了嗎？」我問。我之前在桌上替他留了酥餅和咖啡。

「真美。」他講起話來相當俐落。我可以想像他清晰的聲音在演講廳裡迴盪。後側柵欄那裡種了成排的年輕紅杉，一叢竹子掩住我們右邊那棟房子。目前正值秋季的小陽春，熱氣讓草坪都蔫萎了。遠處的左邊角落裡，史蒂芬妮跟艾蜜莉的秋千在太陽下閃閃發亮。這個院子很樸素，可是我試著用他的眼光來看。綠意盎然。

「春天一到，我就會種花。」

我納悶小偉回家前這幾個小時，我有什麼好跟家寶聊的。我應該把他當成郊區來的客人，帶他逛逛市區嗎？還是把他關在頂樓，用餐紙包著麵包偷偷遞給他。他現在安全了嗎？他會不會像我父親，在每個舉動裡瞥見危險？

他因為旅途勞頓而形容憔悴，剛從行李箱拿出來穿的襯衫皺成一團。他至少比小偉矮四英寸，小骨架。在監獄過一夜就會壓垮他，可是他卻從更多磨難中倖存下來，他的身形掩飾了生存的濃度跟革命的意志力。儘管如此，我還是同情他。我懂得這種感覺：降落在這裡，頭昏腦脹，過去被大海一把抹消，未來就像尚未開拓的大陸一樣展開。

「我要去買生活用品，」我終於說，「一起去嗎？」

在超市，他堅持要負責推車，這個徹底平凡的舉動似乎讓他相當滿足。他無論看到什麼都唸出聲音來：商品優待券可兌換碗盤組的標示、每磅李子的價格、肉塊的部位。他的口音很輕，英語流利，但他繼續讀了下去。他用低沉的聲音敘述我們這趟行程，我繼續低著頭，可是當他說「牛奶，一加侖一塊六十三毛。麵包，五十毛」的時候，我納悶我們四周的人是否會多瞟我們一眼。

買完之後，我們去加油。石油危機把加油從隨性的跑腿變成天大的事。我們家附近的加油站那天正好營業，所以我們跟著其他車子一起排隊等加油。我熄火。這會耗上好一段時間。我們把窗戶搖下。我倚在門上，一邊手肘探出敞開的窗子。單是看到要排隊，我就疲憊。

「你孩子幾歲？」我問。

他告訴我他們在上中學。他離開的前一晚，一反常態吻了他們道晚安，他們狐疑地瞅著他。但我知道，在那種情況裡，孩子們早已學會什麼都不說。我們不會承認他們的疑慮：他是否會再見到他們？什麼時候？終有一天團圓的時候，他們會變成什麼樣的人？

「你太太是做什麼的？」

「她是醫生。」他看著服務生加油，然後陰鬱地笑笑。「我被捕以後，她就被開除了，不過她開了自己的診所。」

「你到了這邊，她一定大大鬆了口氣。」我注意到自己努力讓語調快活一點，還睜大眼睛點頭表示鼓勵：**向你自己——還有我——證明這個行動不是個錯誤**。

他什麼也沒說。

一隻小蟲飛進來，繞著儀表板亂跑。我揮手趕開。

「你之前會怕嗎？」這個問題脫口而出，我為了自己這麼不圓融而難為情。

家寶好整以暇地回答。

「我更怕不離開會發生的事。可是我知道如果我離開了，對人民代表什麼意義。」他從胸前口袋掏出一包菸。「介意嗎？」我搖搖頭，他點燃一根。我拉出菸灰缸。

「我不想回去坐牢，他們肯定會送我回去的。那個政府才不在乎國際的譴責聲浪，而且這個世界才不在乎我這樣的人。他們會用叛國或其他醜聞當藉口，替自己找台階下，這樣就可以把我送走，我的名字會被漸漸淡忘。有幾千個像我這樣的人離不開，結果被送去綠島，彷彿不存在。」

綠島。那個台灣東海岸的小小地方，就是爸爸去過的所在。政治犯監獄綠洲山莊的所在地，就取這個美麗的名字。作家柏楊近來才在那裡服完九年刑期，罪名是翻譯大力水手漫畫，其中一則被解讀為批評總司令。大力水手卜派在小豆子的陪伴下，巡視一座島嶼並說：「我要當那座島嶼的國王，你就當我親愛的王子。」那個不能直呼其名的獨裁者。家寶說得對：我都忘了柏楊。

我離開台灣之後遺忘了好多事情。家寶朝著窗外吐煙，將菸灰點進缸裡，看著他，我想起了爸爸。這就是爸爸原本想做的事，但他被逮個正著。

「他們這樣有什麼意義？」我問，即使我不預期有答案。

他搖搖頭。「我不知道，為了權力吧。」他長長吸了口菸。

「為了什麼目的？」

他吐氣時，煙霧從他嘴裡融出來，好似一波霧氣。「連權力也會被對權力的欲望壓倒。暗殺、肅清、屠殺：這些棲居在每個細胞核裡面。每個決定都帶著一絲恐懼，要不然怎麼解釋總司令的聲明：**寧可誤殺一百，不願錯放一個**。不是純粹的殘酷，而是神經質。」

搬到美國之後，我才開始把蔣介石當成獨裁者，可是「獨裁者」這個字眼把他化成石頭，一個交通圓環的雕像，或是掛在牆上的肖像。他是個人。每天吃飯、撒尿、拉屎跟做愛的人。家寶說得對：對於極端權力的欲望，只可能是自私，只可能來自人性。

「那你為什麼要抵抗？你抵抗得了嗎？」

前面的汽車移動了，家寶等我把車往前移並再次熄掉引擎。

「妳父親就抵抗了。」我聽到他講的話時，覺得車子彷彿往前踉蹌一下。

我的嘴巴覺得黏答答的，我回答：「你認識我父親？」

「那座島很小。」

我納悶他聽到了什麼：關於爸爸被監禁，跟蘇明國之間的過節，或是所有的事情。對於反對一黨獨大的新世代來說，爸爸只是個叛徒，還是個複雜的英雄？

「他試過，」我說，「他失敗了。」

「我不認為，」他直視我的眼睛，「妳父親、那些男人——我來到這裡、我們在進行的事、反對運動——都因為有那些男人，這些事情才有可能發生。」雖然就傳統標準來說，他並不英俊，但他那種扎實的自信很有魅力。

我別開臉。前面女人將雙腿懸在敞開的車門那裡，用雜誌搧風。

「你這樣說真好心。」我覺得不適。「天啊，好熱。」我猛地推開車門，但沒什麼作用。

「一旦了解我們對權力的假設就是由掌權者所創造的，就會明白非改變不可。妳會重新思考權力，不是欲望或支配的那種權力，而是力量的那種權力。」

他使勁捻熄香菸，他抽的台灣香菸跟我父親同一品牌，他的手指微微泛黃，真是讓人懷念。我突然湧上嗅聞他手指的衝動。我覺得想哭。

「有所謂，」他說，「我確定感覺起來好像沒什麼，也許我孩子也會有那種感覺，可是有所謂。」他望出窗外。一雙穿著鄉村風格上衣搭長裙的大學女生走了過去。她們鑽過整排的車子，笑聲飄過我們上方。「有所謂的。」

我們在屋後露天陽台上吃著培根生菜三明治。讓陽光烘暖我們的腳趾。兩人之間的沉默感覺相當自在。

他斜倚在露台階梯上，在身前伸展雙腿。烏鴉落在紅木枝椏上，樹木隨之哆嗦。

我納悶他怎麼有辦法過來柏克萊，跟我一起坐著吃三明治。他在台灣名氣太響亮；報上都是他遭逮捕的消息，人人都認得他的長相。他被貼上的標籤是叛徒，企圖動搖國本。大多數人都懂得別去相信置入報章的說法，但不管報導是真相與否，他的長相都為人熟知。

「你怎麼辦到的？」我低語，彷彿在竹叢後方的花園裡窸窣作響的鄰居——一位退休護士，聽得懂我們的台語或甚至在乎我們講的內容。他依循的是不是彭明敏逃亡的路線？彭明敏當初因為寫下〈台灣人民自救宣言〉而遭到逮捕。據說彭是藉由變裝才逃離軟禁跟逃出台灣的。為了具體展現他的悲慘處境，他先把鬍子留到一個古怪的長度。他平日會散長長的步，路線走得很迂迴，假裝無視於盯梢的男人。他抹除自己行動裡所蘊含的意義。接著他一把剃掉鬍子跟頭髮，變得一臉光滑靈敏。他離開屋子之前，會先把每件衣服燙過並上漿。幾個星期後，他又開始蓄起鬍子。有時候他會去店家；有時候則連續幾天大門不出。

這樣無厘頭的行為模式維持了好幾個月，最後監視團隊疲憊不堪，不再注意他留不留鬍子，也不去留意他外套裡是否鼓鼓塞了東西，或是穿了睡衣與否。無論他在正午或午夜出門，團隊都不賦予任何意義。

某日寒夜，彭出逃了。他在祕密據點待了兩天，沿途上一路都有同志高度警戒的守望，最終成功離開這座島嶼。幾天後，他抵達了瑞典，在身上沒有證件的情形下尋求政治庇護。在那裡停留幾個月，之後他申請前往美國的簽證。我知道家寶也依循類似的途徑，可是究竟是**如何**進行的？

家寶笑了。「我只能說『靠朋友的一點幫助撐過去』，就像歌詞寫的那樣。抱歉，我只能說這麼多。」

「我懂。」

他擁有小偉一直在尋求的勇氣，可是小偉只能繞著它外圍走、談論它、渴望它。我推開這份思緒。我提醒自己我丈夫很誠懇。勇氣有一半來自機運，不是嗎？

客廳的時鐘敲響了。一點了，我得去接史蒂芬妮。我問家寶想不想一起來，但他婉拒了。他的臉龐浮現時差造成的疲憊，但他說他想出門跑一跑。對他來說，能夠毫無阻攔地在這些寬闊的道路上穿行，而且不是一副要逃離的樣子，該有多麼不同，我在廚房雜物抽屜裡找到備用鑰匙，就串在沒標示、不耐用的金屬硬紙圈上。我拿去給他，我出門的時候，他將鑰匙掐在手心裡，又往露台階梯上一倚，沐浴在陽光中。

33

人體只要花四秒就可以從橋上抵達河水。以七十六英里的時速墜落，因為衝擊當場斃命。

我二十五歲生日那天抵達美國。我路過海關，頭一次實境使用英文回答海關人員的詢問，整個人緊張兮兮。然後推著行李車穿過閘門，發現小偉握著一束雛菊在等我。他哽咽地呼喚我的名字，我害羞一笑。「歡迎回家。」他說。他把花遞給我，接過推車，我們一直到轎車那裡才擁住對方。我們在那個週末慶祝我的生日，小偉帶我到金門大橋，那天我穿了方格呢外套。我們走路的時候沒碰對方，橋走到一半的時候，小偉要我停下腳步。

有些人跳了之後倖存下來，然後死於體溫過低。

小偉在橋中央替我拍照。風吹得我眼睛出水。然後我們調換位置，由我幫小偉拍照。這就是來到這個城市的標準動作：來橋上拍照。霧氣圍攏在四周，你瞇起眼，任風劈甩你的頭髮。然後你回到車上，到中國城找個便宜館子，用缺角的美耐皿餐具吃港式點心。

橋上的照片攝於我生日過後兩天，是我在美國拍的頭一張照片。我寄給我父母。我在月曆上數算日子：何時會寄達，我何時才會收到他們的回信。我請他們寄外甥女跟外甥的照片過來。

他們收到我照片隔天，阿姊來電。

爸爸自殺未遂。有些人出於絕望而自殺；有人為了挽救顏面而自殺。爸爸對榮譽的觀念很傳統，不過這個舉動也是對烈士殉道的可悲熱望。他在腿上綁了塊煤渣磚，投河自盡，但騎單車路過的男人看到他，停了車。男人跳進水裡，用小刀割斷繩子，放爸爸自由。

跳下橋的人如果想被救起，就會從面向城市的那側跳下；一心求死的人則會面向開闊的大海躍下。

爸爸跛著腳，驚慌失措。他吐出水來，男人嚷道：「阿伯！你的人生怎麼了？」爸爸一等臉色恢復正常，就趕男人走，但男人拒絕了，兩人僵持不下，索性一同坐在河堤上，前後將近一個小時，爸爸的衣服漸漸風乾。最後，男人護送爸爸回家，向我母親報告事發經過。爸爸垂著頭，像個受到責罵的生氣孩子。

這件事我沒告訴小偉。我道了再見之後，回到床上，那是我們唯一一件大型家具。阿姊的電話感覺就像一場夢。我知道，爸爸的消息會在事後清晰起來，變成千真萬確，然後我會哭——獨自在淋浴間裡，趁小偉到學校上班時。目前，我暫且走到丈夫身邊坐下。他正在看《桑尼和雪兒喜劇時間》，即使我一個字也聽不懂，還是捧場跟著哈哈笑。

越過金門大橋時，為了抵擋薄霧跟冷風，我們用衣服把自己裹得緊緊的。小偉抱著史蒂芬妮，我抓著艾蜜莉的手。我們的臉頰因為天冷而發亮，皮膚潮濕。家寶跟小偉並肩走著，我跟在後頭。風吹走了他們的話語。孩子放聲尖叫，成人對話的片段模糊地隨風傳來。汽車轟隆駛過，掩去了一切，除了我們耳裡的呼吸、下方海洋環繞的浪濤聲。現在帶著女兒跟家寶來到這裡，我們走到橋的一半就停下來。我仰頭望向橘色橋塔、鋼纜跟鉚釘。我蹲伏在艾蜜莉身邊，對她耳語：「看。」我們往上凝望，頭暈目眩。

小偉說：「我幫你拍照。」

家寶以城市為背景站定。霧氣重重壓著岬角，絲柏樹被風吹得彎腰。他面帶笑容。然後揮手要拿相機，說要幫我們拍張全家福。我抱起艾蜜莉。我們四人緊緊貼在一起。攝影者跟被攝者之間圍起了無法擅闖的隱形障礙。其他遊客繞過我們之間的泡泡空間，或是擠在家寶的背後等待。

我要女兒對鏡頭笑。

我們散步穿過中國城的龍門，路過販賣紙燈籠和叮噹響的鐵球（這種球對手腕有好處，據說是由中國宮廷妻妾傳下來的東西，有助於改善身體其他部位的肌肉）的商家，然後經過廉價的T恤、假象牙雕刻，陸續跟我們擦身而過的有操著德語、法語、義大利語的遊客，還有駝背的老祖母踩著布拖鞋，拖著不情願的孫子走向都板街的核心，最後邁向喇叭聲四起的嘈雜車流。車流早已停下，十字路口站滿緊抓長布條的老先生，上頭寫著：**國民黨：中國的正統繼承人**。他們跟一排年輕華裔美國人對峙著，後者揮舞著共產黨旗並高喊：「打倒封建主義！」

「這是在幹麼？」一家寶問。

小偉笑了。「老國民黨還很難接受新現狀。」

「他們已經這樣好幾年了。」我說。

自從一九一一年革命以來，中國城就滿是國民黨的支持者，他們自認傳承了孫中山共和國的薪火。他們祕密結社，積極加入同鄉聯誼會。接著大家的意識覺醒了，年輕激進的華裔美國人開始愛上毛澤東以及跟中國有關的一切。偶爾，舊勢力——就是住滿長住型汽車旅館的單身漢，他們的家人落入共產黨手中——覺得受到威脅，就會擦亮他們的皮鞋，拿出他們的標語，踏上街頭。對比較年輕的世代來說，國民黨代表著老派菁英主義，是需要破除的東西。也有傳聞聲稱，這些抗議人士是國民黨付錢雇來的走路工。去年，警方在市區另一頭的抗議地點走不開，時間久到足以讓這些拿錢的惡棍將十五個對方陣營的人殘暴地痛毆一頓，這件事使得中國城的觀光業一時陷入蕭條。

我們站在其他來觀光的家庭之間，看著抗議人士，一邊是年輕男女，穿著圓領T恤跟有領的絨布襯衫，另一邊是頭髮花白的男人，穿著燙平的白襯衫，腋下布料都刷薄了——他們是年老寂寞的單身漢，除了原則之外一無所有。要是他們當初不是替國民黨奮戰，又是為了什麼而戰？

艾蜜莉摀住耳朵。「媽，無聊。這個好無聊喔。」

有個男人走下他的計程車，扯嗓尖叫到一臉發紫。喇叭嗚響跟喊叫聲淹沒了他講的話，但我們可以從陽光映亮的唾沫，看出那些話語的力道。他跳回車上，驟然迴轉，猛力撞進後方的車，繼而往前衝刺，狠狠撞上前方的車。它的保險桿忽地闖入人群中，幾個人放聲尖叫。那些學生朝對手陣營擠得更近了。計程車衝上人行道，行人嚇得落荒而逃。我們在街道的另一側，但小偉馬上抱起史蒂芬妮，把我們推向小超市的小櫥窗那邊。史蒂芬妮尖叫，我的心怦怦猛跳。我抱起艾蜜莉，轉過身，把她跟街道隔開。人們火冒三丈對著計程車司機嚷嚷，他開上加州街，然後高速揚長而去。

艾蜜莉又說「好無聊喔」，即使她之前明明因為害怕跟興奮，摟住了我的頸。

家寶脫逃到瑞典的謠言最初傳開來時，台灣執政當局將之斥為無稽之談。傳聞變成新聞，他們無法置信，於是關閉海港跟機場，徹底搜索整座島嶼。他真的離開了，斯德哥爾摩報上某篇文章所配的圖片證實了這點。我跟姊姊講電話時，她問：「妳相信有這種事嗎？他去了哪裡？」我回答：「我不知道。」我不敢告訴她，讓家人知情，只會陷他們於險境。小偉教我「合理否認」這個詞。

「要是爸爸當初有這麼幸運就好了。」她說。

現在家寶在美國。唯一可以讓他噤聲的，就是藉由脅迫他家人來讓他就範：他妻子的診所因為某條模糊的建築法規而被迫關閉；他女兒儘管成績優秀，卻禁止進入頂尖的中學就讀；表親為自家店面進口的貨品遭海關扣押，留在碼頭上腐爛。家寶唯一的武器就是名氣。島嶼上的政府拚命想拼湊出一項計畫，好掩蓋這個公關形象上的亂局——這個前任的政治犯會托出什麼事情啊！——我們卻藉由舉辦一場派對，來提升家寶的知名度。

這件事我跟小偉來來回回談了一個禮拜，在床上低聲爭論，免得讓家寶知道。我們整天面帶笑容，但夜裡獨處的時候，日復一日爭辯著同樣的話題，卻遲遲談不出結果來。我疲憊至極。

「你答應過會保護我們全家安全。」我沮喪地猛捶床鋪。毯子壓扁聲音，讓我覺得自己更無能。

「這是我們可以做的最安全的事。」小偉堅持。

「哪裡安全了?大家都會知道他在這裡!」

「這就對了。這樣他就不可能靜靜失蹤了。美國新聞媒體會大肆報導,他們會讓他活下去。要是每個人都知道了,他只要發生什麼事,就會啟人疑竇。妳覺得國民黨會冒險丟這個臉嗎?」

「你以為他們在乎面子嗎?我快被你氣死了!」我抓起枕頭,抵枕尖叫。

小偉要我安靜。「停,孩子們會以為我們在上頭做奇怪的事情。」他給我一抹淘氣的笑容,欠身吻我的脖子。「那是最好的方式,相信我。」

我們踏上屋外前廊時,艾蜜莉問:「妳在找什麼?媽?」我抱著史蒂芬妮,她依然昏昏欲睡,摟緊我的脖子,腦袋倚在我肩上。

「動作請快一點,我們要遲到了。」我推著她下階梯朝前側柵門走去,她邊走路邊輪流用兩邊膝蓋撞著《歡樂時光》[10]午餐盒,難怪我昨天晚上替她打包午餐的時候,小范[11]看起來狀況不佳。

她嘆口氣,配合著午餐盒發出的鼓聲說:「過馬路以前要先東看西看。每天早上,妳都東看西看,好像我們在過馬路,可是我們根本——」她又敲了午餐盒——「不在——」又敲一聲——「馬路上。」

我打開車門,催她進去,然後彎身把史蒂芬妮放進座椅裡。「來吧,小妞,妳現在必須放開媽咪了。」她爬進去,身子癱在椅子上,合上雙眼。「如果妳每天早上都這麼想睡,晚上就必須早點上床。」我警告。她發出一聲呻吟表示抗議，然後打了呵欠。

我坐進駕駛座，發動車子，盯著後視鏡，廢氣瀰漫在背後的空氣裡。駛向學校的路上，我思索艾蜜莉的問題。每天早晨七點半踏出門時，霧氣依然籠罩著街坊，我掃視街道，是期望看到什麼？一輛私家車，低調停在一個距離之外，前座坐著兩個戴反光墨鏡的男人？穿風衣的男人，在我們窗戶底下躲躲藏藏，拿著速記本跟削尖的二號鉛筆？我會這樣神經兮兮，都怪小偉。

「媽！」艾蜜莉哀嚎。

「怎樣？」我怒斥。反射性地踩了煞車，準備讓輪胎尖聲滑著停下，以便閃避衝到我們車前，我作白日夢時而漏看的動物。

「我學校過頭了！」

我環顧四周。我不小心多開了兩個街廓。「好啦，好啦，我要調頭了。」

開車到學校靠的是肌肉記憶，這次的失神讓我警覺起來。小偉。這些事情都是小偉啟動的。現在我只要出了家門，感覺每分鐘都危機重重。現在他竟然想替家寶辦個派對，想向全世界敞開我們家大門。

「混蛋。」我咒罵，猛地繞著街廓迴轉，排進了接送孩子的隊伍。

---

10 *Happy Days*，美國一九七〇年代的情境喜劇，播映時間一九七四—一九八四年。

11 The Fonz，情境喜劇《歡樂時光》的男主角，在此指的是便當盒上的人物圖案。

「我嗎？媽？」艾蜜莉問。

「什麼？」

「我是混蛋嗎？」

「不，甜心，不是妳，不是任何人。我只是在自言自語。」

三個星期後，那晚柏克萊難得暖和，家裡擠了五十個人，即使窗戶都打開了，他們的呼吸、笑聲跟體味混合成濃重的熱氣，使得室內依然相當窒悶。我把前門猛地推開。派對上的人延伸到後門外頭，踏上露台，進了院子。放在柵欄上的茶燭閃爍搖曳，只能勉強映出人影。影影綽綽人影在草地上挪移，籠罩在後方遠側秋千組附近的陰影中。

四周響著玻璃杯的叮噹碰響，人聲時而湧上，這樣的環境音常常被集體詭異的沉默壓扁，這樣的沉默似乎自然就會落在一組人身上。來參加的人有這所大學的人、國際特赦組織的職員，還有我們的台裔美國友人。他們各自形成小圈圈，有時在供酒桌那裡的一個吵嘴，就會把陌生人困進對話裡，度過不自在的五分鐘。

家寶留在沙發上。他是這場慶祝會的焦點，吸引著人們到他身邊。人人都急著想打招呼、詢問他脫逃的情形、讚揚他的抗爭。我端著淺盤四處走動，上頭有維也納香腸、巧達起司塊、醃綠橄欖——每顆都用飾有彩色玻璃紙的牙籤串起。

人們在前方車道上流連，抽著菸，將菸灰點進草地。

我們仗著人多勢眾、群體的警戒，來確保自己的安全。我沒注意到陸先生趁亂溜了進來。我聽到他的聲音在我背後響起：「我同意，唐先生確實象徵著民主跟自由的力量。」

我猛地轉身。

他平靜地跟小偉一位同事講話。他點頭向我致意，然後說了下去。

「抱歉，」我說著便伸出手，「我是林偉的太太，你是……？」

他笑看我的遊戲，跟我握手。「我姓陸，我正跟這位波伊先生說，這場派對辦得真不錯。」

小偉的同事附和，對食物美言了幾句，然後告退去替自己斟酒。

一等他離開聽覺範圍，我喃喃：「你為什麼過來？」

「我是受邀來參加的。我們有共同的朋友，妳知道吧。這個社群很小。妳竟然沒有親口邀請我，讓我滿意外的——覺得有點受傷。這可是大事一樁啊，對吧？唐家寶逃離軟禁，一路跑到加州。在某些圈子裡，這件事的確值得大肆慶祝啊。」

房間好熱。有人把檯燈關掉了。這片陰暗更悶熱了。我的頭髮黏在脖子上。我在房間裡搜尋小偉的身影——陸先生肯定看到我驚慌的神情。

「祝你玩得盡興。」我把話語推出咬緊的牙關。我還端著食物半空的托盤，擠過人群，盡量不洩露自己的恐慌。至少女兒們在朋友家。小偉不在前面的癮君子之間，也不在屋後親密的陰影裡。廚房跟客廳一樣擁擠，但他也不在這邊。我把托盤放在冰涼的爐子上，回頭走到另一個房間。

書房房門開了個縫。小偉站在書櫃前，旁邊有個小不嚨咚的女人。門一推開，噪音突然湧了進去，他們兩人轉過身來。

「海倫，」我說，「看到妳真高興。」

我跟她不熟。她跟丈夫住在柏克萊丘，房子比我們大很多。我們兩家女兒年齡相仿，我們去他們家吃過幾次飯。詹姆斯跟小偉有共同的政治理念，在台灣大學念書時就認識了。海倫在大學時代跟他們是同一掛的，溫和好相處，長髮打了層次，細瘦手腕包覆在棉紗裡，就像鳥骨一樣彎曲。

她的嘴唇染了酒色，一笑便露出微紫的牙齒。「派對很棒，妳辛苦了。」

我推卻了她的恭維。「沒什麼辛苦的啦，很榮幸。」我拋給她一抹爽快的笑容，希望她覺得我是真心的。我轉向小偉，小心用假裝責怪的語氣說：「林先生，我需要你。」

「啊哈，有人沒盡到責任喔，」海倫說，「唔，那麼我先告退，想再去倒點酒。」她來回搖擺空酒杯，經過我身邊的時候，我聞到了「比翼雙飛」香水的氣味，這種香氣真純潔，讓我想起在漩渦玻璃瓶頂端接吻的那一雙霧面玻璃鴿[12]。她隨手掩上門。

「我們有問題了。」我說。

小偉抓住我的雙肩，吻吻我額頭。「什麼？」

「有個不該來的男人——出現在這邊。」

小偉退後一步。「誰？」

「領事館的人，我想他不應該來這裡。」

「妳怎麼知道？」

「我偷聽到他說話。」

小偉陷入老舊的橘色扶手椅，是我們住沙特克大道的時期留下的東西。我在磨薄的扶手上縫了方形棕色布塊。「唔，他們當然知道家寶在這裡。」他咬著指節。「也許這樣也好，反正他也沒辦法躲，我們不怕。」

「我會怕。」

他發出低沉的氣聲，不把我的顧慮當一回事。「他看看就離開了，他在這裡也不能幹麼。」他問我陸先生的模樣。「我們就表現得根本不在乎的樣子，我連招呼都不去打，沒啥好怕的。」

我很想相信他。

蠟燭吹熄並收攏，硬掉的蠟淚跟燒焦的燭芯堆在廚房桌上。我決定先擱著碗盤，等早上再說。晚盤髒兮兮，但整齊有序地堆在流理台上。沾了污漬的紙杯收進垃圾袋，堆在廚房角落裡。我們把一些椅子推回原位，做做恢復秩序的樣子。女兒們在睡，家寶也上床就寢了。

我站在浴室跟臥房之間的門口，將乳液搓進雙手。在電視廣告裡，何大來[13]站在跳草裙舞的

---

12 這款香水的瓶子外型。

13 何大來（Don Ho，1930-2007），美國傳統流行歌手。

女人前方，保證用了這款產品就會有絲綢般的肌膚，而我就是購物大街麥迪遜大道的完美受害者。我整瓶都快用完了，還得扭開擠壓頭，將瓶子顛倒過來，搖一搖，把殘餘的乳液從凝結在瓶口的團塊之間硬擠出來。

「我很討厭那個東西，」小偉說，「聞起來像某種我說不上來的什麼。」他忽地用手臂遮住眼睛，「妳想他為什麼要來？為了嚇唬我們嗎？」

我在梳妝檯抽屜裡翻翻找找，假裝不感興趣。「一定是上級命令他過來查查狀況。」

「他只是想親眼看看。」小偉斷言。我穿過房間、滑進床鋪的時候，他的視線一路跟隨我。

「再說一次妳是怎麼認識他的？」

我傾身熄掉床頭燈。「我聽到他在向某個人自介。」我提醒自己，我什麼也沒做，甚至沒像什麼焦頭爛額的女主角一樣，先背下名片上的電話號碼。

「他就像那樣自我介紹？『嗨，我是領事館來的』？」

我點點頭。他在黑暗裡透過枕頭感受我的舉動。

「一定不只這樣，我會跟家寶談談。」他終於說。

「他要待多久？」

「比那還複雜。」他唐突地回答，彷彿講得抽象點，就能削弱危險。

「小偉。」

我呼喚他的名字，不耐中帶懇求的聲音懸在房裡。我等著他自我辯解，不過我早就能夠預期他要說的一切。我咬牙切齒。在這個時間軸裡，我想要有表決權。
「小偉？」我又說。
他緩慢深沉的呼吸聲飄了過來。
他睡著了。
葉影在牆上舞動。有根椅子腳走走停停拖過樓下地板，繼而悄無聲息。我想不通自己緊繃成這樣，他怎麼能夠如此輕易就入睡。遠處傳來火車尖亢的鳴笛，有狗在吠。我最後從床頭桌下面的書堆裡拿起一本，找到睡袍，然後悄悄下樓。
書房亮著燈，家寶在桌前忙著。我走近時，家寶抬起頭來。「把妳吵醒了嗎？」
我揮揮書本。「我必須趕在上課前看完這本。」
他站起來。「我到我房間工作。」
身為完美的女主人，我朝門口退開。「不用，不用，我在沙發上看就好了。」
「請。」
「不用，你待著。」
可是閱讀還是無法讓我靜下心來。幾個小時前，陸先生就在這個房間，他碰過我的家具，在我的馬桶裡撒尿，用我的毛巾抹手。我掃讀了幾頁書，可是他的褻瀆遮蔽了內文，我讀過什麼一概不記得，索性放下書到廚房去。

他是不是也曾經站在這裡，就像一個優良特務，審視我搭配碗盤跟挑選酒類的品味，一面忙著分類與詮釋。我注水入壺的時候，望著自己在黑窗上的映影。我的臉之所以垮垂，純粹是因為失眠嗎？一抹模糊的身影到了我背後。我關掉水龍頭。家寶伸展雙臂、折折指關節。

「妳跟我一樣是夜貓子。」他說。

「我通常不會。」我把水壺放在爐子上。瓦斯喀答一響，火焰嘶嘶燃起。「我要泡茶，想喝點嗎？」

他喃喃說了點肯定的話，在早餐小桌邊坐下。他反覆敲著桌面，透過手指消耗馳騁心思的能量。「我想寫本書，我父親死在三月屠殺期間。」

「這我倒是不知道，」我留在爐子邊，隔著廚房跟他對望。我想起自己還活著的父親。我不想談這件事，但他說了下去。

「我當時還小。我不記得他了。我隱約記得憲兵來逮捕他。他們進來以前連靴子都懶得先蹭乾淨。我母親歇斯底里，花了整個晚上刷洗地板上的泥土，彷彿這樣就能把他帶回來。我不記得他的長相，必須看照片來提醒自己。」

「很遺憾。」這些字眼說出來是無力的低語。「你們後來查到他怎麼了嗎？」

「我們隔天在街上找到他的屍體。胸部中彈，流血至死。就在我們柵門外面，我們根本不曉得。是我母親發現他的。她把他拖進來，清洗他的遺體。美國領事館的人過來拍了照片。」他下巴有道細線般的白色疤痕，一講話，細線就會跟著舞動。有什麼卡住他的喉嚨——是唾沫或情感——他清了清。

「他們怎麼處理那張照片？」

「他們又能怎麼樣？這又不干他們的事，是內政。總司令是他們的盟友，朋友是不能批評的。」水壺開始鳴叫，我趕緊熄火，免得笛音吵醒女兒。他的語調疲憊。「我不怪卡特，他把國民黨變成被國際排擠的對象也是對的，他們的死期到了。」

我把茶端到桌上，他向我道謝。

我們默默坐了一會兒，用杯子暖手。

總司令在一九七五年過世，不過，既然是名副其實的君主制，也就由他兒子蔣經國延續這個香火。我依然試著想弄懂蔣介石這個人。他其實很英俊：迷人的笑容、仁慈的眼神，還有充滿活力的八字鬍。沒有希特勒的尖銳或是法朗哥的沉重。

我家人算是幸運的了，爸爸回家了。可是我們各家的不幸能夠放在光譜上衡量嗎？我們之所以被拋入集體的苦難，到底是因為身為台灣人——命運使然，還是只是因為平凡如俗人的野心背離我們人民的福祉？

我想到家寶的妻子。身為國家英雄的妻子，半個寡婦，是什麼感覺呢？每回的苦難會因為思及眾人的利益因而減輕嗎？她的經驗跟我母親如此不同。我想像如果我是她，我會像賈姬[14]一樣

---

14 賈姬（Jackie O，1929-1994），第三十五屆美國總統甘迺迪的妻子。

用絲巾裹頭、以墨鏡遮眼，將自己藏起來，在住家跟診所之間悄悄進出，聲名狼藉既是我的負擔也是我的保障。

我感覺到家寶的視線——他的目光似乎有實體的重量——把我從思緒拉出來。

他漾起笑容。「妳在想什麼？」不是他平常那種擠著臉勉強出來的笑容，而是開放坦白的。

我輕晃杯子，看著碎葉打轉。

「你一定很想你太太。」

「是啊。」他說，我佩服他不刻意裝出堅忍的樣子。

「有她照片嗎？」

他從房間拿照片回來，是他們婚宴上拍的。她穿著繡金線的紅洋裝，戴著紅蕾絲手套。眼線在眼角那裡揚起，又粗又濃，在她削瘦蒼白的臉上顯得很誇張。他則穿著方格呢西裝，頭髮細心分線，上了髮油梳得平滑，可是一簇參差的頭髮鬆脫了，垂在眉梢上，讓他看起來汗涔涔又邋遢。兩人並肩而立，嘴巴開著，敬酒到一半。

她真實可觸，就在地球的另一側，她呼吸著。「她很漂亮。」我把照片還給他。

他沒回答，我想是因為謙虛。他把照片翻到純背面，用一手蓋住。

「我該睡了。」他說。

我點點頭。他把杯子拿到水槽。我在背後聽到水龍頭聲，再來是他放下杯子，未上釉的粗糙杯底刮過瓷水槽。

35

日子平靜無波地過去了，我們漸漸進入某種狀似安全的狀態。家寶很好相處，從不主動要求什麼，對女兒們很好，也很懂得體諒別人的難處。他跟小偉變得親如兄弟。我離開家門的時候，不再東張西望。我開始相信小偉說得對：我們是安全的，一切都會好好的。

透過校園的人脈，小偉替家寶找了份工作，負責在東方語言系圖整理新進資料。每天早上，他們一起離開，像是兩個背包帶著自製午餐、大步走路上學的小男孩。有時候，我會在杜蘭大樓前面的石獅那裡跟家寶會合，一起漫步越過校園去找小偉。我們三人同擠一張椅凳，坐在草莓溪旁的樹蔭下吃飯，腳跟靠在潮濕的泥土上。小偉坐中間，小偉總是坐中間。

人要如何重建人生？這個問題不曾大聲說出口，卻一直懸在我們的對話裡。這份分類工作無法永遠持續下去。同時，也不能任由家寶就這樣被人淡忘，也不能預期他會過上安靜的生活。他不知道自己何時能再見到妻子跟孩子，或是此生能否再相見。接下來幾年，他除了等待，什麼都不能期待。

他再次提起寫書的構想。家寶已經進入一個領域，唯有強化他的惡名才有助益的地步。一個半知名的男人——名字無法馬上確定來歷，但會搔著你的腦海邊緣——被發現顯然自殺身亡，這只會挑起同情（可憐的男人受不了壓力）。但是，一個臭名昭著的男人被發現死在車上，是自殺受害者（噢，**他啊**，對，我知道那個名字）就會激發出陰謀論，動搖人們的信任。

在那些午餐時段裡，我們的小陽春漸漸進入更合乎時令的寒冷秋季，家寶跟小偉策畫著這本書。三月屠殺的故事曾經在葛超智[15]寫的文章跟西方幾位目擊者的敘述裡討論過，但在台灣依然禁止公開談論。家寶的書會從我們的差異蝕刻在歷史上的那個時刻寫起。家寶後來就會這樣措辭——**蝕刻差異，現代台灣認同的誕生**。他當然會把自己父親的謀殺寫進去，然後是戒嚴時期、白色恐怖，再來就是自己的逮捕、監禁跟逃亡，對於追求民主終極主張。

「可是如果不是用英文寫，讀者就有限。」小偉說。

我漫不經心聽著，看著松鼠在一棵海岸紅木底部，啃著某種東西的碎片。我撿起一片葉子，拋向那個生物。牠蹦蹦跳跳跑走了。

「妳願意嗎？」家寶打斷我的沉思。

「願意什麼？」我往前傾身，越過小偉看著他。

「幫忙翻譯我的書。」他說。

「我？我沒辦法啦。」在文學課堂上讀到那些作家時，有時會做起當作家的白日夢，編織讓別人沉醉其中的故事，但這些想法只是分心時的閒散念頭。我絕不會向小偉或家寶承認自己有這種渴望。

小偉用手肘推推我。「妳太謙虛了，可以，妳辦得到。」

他對我的信心打從哪來的？

「如果不找妳，找誰？」家寶說。

我揮手指著一群想像中的候選人。「其他人都行啊，我們認識的人裡起碼有一打可以。」

「可是，必須是我們能信任的人。」小偉說。

自己小圈子裡的人知道就好。腦海裡浮現陸先生的自負笑容，我搖了搖頭。

「考慮看看。」家寶催促。他的姿態背叛了他的自在語調。他屈身向前，手肘用力壓著大腿，左拳抵住右掌。

我為了找藉口脫身，瞥了瞥手錶。「接史蒂芬妮的時間到了。」我背好皮包，站了起來。

「考慮看看。」家寶又說。我客氣得無法說不，只好點點頭。我抓起他們丟在一旁的午餐袋，輕吻小偉的臉頰，然後大步越過草地，走向班克羅夫特路，我車就停那邊。

儘管天氣涼爽，旅行車裡還是很悶熱。我搖下車窗，也傾身轉下副駕駛座的窗子。逮捕跟殺戮、爸爸失去的歲月——何必把陳年舊事再挖出來？我想到家寶絕望的姿態，胸中搖曳著類似同情的感覺。不、不、不。我搖搖頭，彷彿再次回應他倆的詢問。我打入倒車檔，緩緩駛出停車格。回憶不會改變任何事情，我一點都不想參與。

我抵達學校時——那是一間黃色大教室，廣告顏料跟孩子汗水混合成橡膠般的刺鼻氣味——史蒂芬妮就坐在小桌旁的迷你木椅裡，肅穆地捏著一團綠黏土，一邊臉頰紅腫得厲害，教人不安。

15 葛超智（George Kerr，1911-1992），又譯柯喬治或喬治科爾，美國歷史學者、外交官。著有《被出賣的台灣》等書。

她意興闌珊揮揮手，回頭繼續捏。

在我看得更仔細以前，老師在門邊閣樓閱讀區那裡攔住我。「我打過電話找妳。」她叫瑪麗，模樣很復古：兩條金髮殘辮落在鬆垂的胸脯上，高腰的燈籠牛仔褲上縫了鮮豔的花朵布片。她用氣音講話，就像捨棄七情六欲的牽絆，以菩薩的慈悲俯瞰眾生的人。可是，此時在這裡，她卻難掩不耐，叉起手臂說：「史蒂芬妮咬了班上一個女生，然後那個女生甩她巴掌。」

「什麼？」我踉蹌朝女兒跨步，但瑪麗舉起一手，壓低嗓門。「對方沒破皮，可是淤青了。」她回頭瞥瞥史蒂芬妮。「我們必須開個會——妳先生也要過來。我們很愛史蒂芬妮，當然，可是她最近有點不乖，而且……」她沒把話講完，可是我明白。如果我們不解決這個狀況，就必須另覓學校。我們的女兒才上幼稚園竟然要被退學了。

我看著無辜嬌小的女兒。細緻的黑髮從我早上紮好的馬尾散落。點點黏土在指甲下面發光。四歲大，還是一頭小小野獸，會順應內在的波浪跟衝動行動。對他們而言，真實又正確的是感受，而不是思考。

我就這樣對瑪麗說。「她只是個孩子啊。」我下了結論，但我知道這藉口並不恰當。打架並不是史蒂芬妮的本性。

瑪麗雙手向上一聳。「我知道，我知道，可是我們要替所有的孩子著想啊，妳懂我意思嗎？」

「妳跟她談過了嗎？」

「當然。」

「我不懂，我真不敢相信。」我再次看看女兒，現在對她臉上那片火紅更覺震驚。「另一個女生呢？看看那個印子，看起來很糟糕！」

「是蕾貝卡。蕾貝卡只是自我防禦。」

防禦？我說不出合乎理性的話：我想替女兒的行為找理由，只是因為她是我的骨肉，也只是為了平息自己的憂慮。

「我會跟我先生談談，我們會跟她談談，開會的事再打電話通知我們。」我從史蒂芬妮的置物格抓起毛衣跟美術作品。我每講一個字，瑪麗就陰鬱遲疑地點一次頭。

在車上，史蒂芬妮把後座儲藏小櫃當成木馬似地爬上去，雙臂用力抱住前座。她為什麼不乖？她沒有我想得到的創傷——我們的生活一如既往。我想，她看到我擔心，反而會更焦慮，所以我一拍方向盤並說：「要不要吃冰淇淋？」

「真的嗎？」她漫不經心地用小手撫著我的衣領。

「對啊，別跟小艾講，好嗎？這是我們兩個人的特別點心。」

「好。」她站起來輕吻我的臉頰。她性情體貼平和——怎麼會咬蕾貝卡呢？

我們到芬頓斯，那家店為了招徠客人，建築頂端漆了**來享受我們的冰淇淋大餐吧**。冰淇淋店裡瀰漫著牛奶跟金屬的氣味，史蒂芬妮手掌貼在冰冷的玻璃櫃上，瞅著一桶桶冰淇淋，踮著腳尖上下彈動，指著每種口味，宣布她就是要這種，最後終於選定巧克力棉花糖口味。櫃檯後方的女孩把冰淇淋舀進銀盤裡，我們坐進卡座。我自己只點了杯加檸檬的冰水。

我看著她賣力地操使長柄湯匙，最後用指頭把冰淇淋推上匙子。我啜飲著冰水，當附近桌子飄來菸味，我渴望來根香菸。

「今天在學校發生什麼事了？」

她聳聳肩，用袖子抹嘴。

「史蒂芬妮，用餐巾紙。」我說。

她拿起餐巾紙，再次抹抹嘴之後，捏成一團放下來。

「今天在學校沒發生事？」

她若有所思舔舔湯匙。「小蕾打我。」

「為什麼打妳？」

「我不知道。」

「她先動手打妳的嗎？妳有沒有惹她生氣？」冰淇淋店內明亮的燈光之下，我覺得自己好像是個審訊員，不停質問一個執拗的嫌疑犯。

「我不知道。」

我放柔聲調，伏下身子，試著縮小一點。「史蒂芬妮，瑪麗說妳咬了蕾貝卡。」

她點點頭。

「妳真的咬了她？為什麼呢？」

「她是壞女生，很壞的女生。」她每講一個字，就用湯匙拍著冰淇淋，在桌上濺出一圈黏液。

「別弄了，」我從紙巾盒裡抓出一張，「壞女生？為什麼她是壞女生？」

「我不知道。」

我嘆口氣，伸手把積在她盤子周圍的冰淇淋融水抹乾淨。「傷害別人是很不好的事，妳要用講的啊。我要跟妳爸說，然後我們會處罰妳。」

她挑起眉毛，直直看著我。「怎麼處罰？」

「我不知道。」我捏皺餐巾紙，伸手又拿一張。「我要先跟妳爸談過才知道。」

她把盤子推過來。「不要！」

我揪住她的手腕。「史蒂芬妮！」

「不要！」她尖叫，「別碰我！我要跟警察講！」她的眼眸——狂亂、濕漉、黝黑——眼珠就像困在陷阱裡的野生小動物那樣發亮。我摟住她的腰，把她拉向我的時候，她的牛仔褲磨過椅子發出尖鳴。

「我們回家。」我懷裡揣著她，掙扎著走出卡座。她扭著身子，語意不清尖叫著，說我是「壞媽咪」。整家店的客人都盯著我們。儘管空調滿冷的，我還是開始出汗。史蒂芬妮拚命蹬著我的腿，握拳揪住我的頭髮，邊拉扯邊哀嚎。「停、停、**停**。」我說。

我聽到有人低嘶：**這些人實在是**。

我用肩膀把玻璃門推開，我們穿了過去，就在這時，我感覺史蒂芬妮咬住我的上臂。

我任史蒂芬妮在後座哭個痛快，試著不理會她手腳亂揮、連聲抗議時，指甲劃過椅子套布的恐怖。我用手臂摟著腦袋，趴在方向盤上等待。我剛剛差點就賞她巴掌了。她狠狠又憤怒地小口朝我咬下的時候，似乎只有巴掌才能讓她鬆口。而且我想懲罰她。承認這點，讓我覺得羞愧又鬆一口氣。我想懲罰她，不只是因為她咬痛我，也因為店裡他人投來憤怒的批判目光。我反射性地扯了她的頭髮——恰恰足以將她拉回當下——而她也鬆口了。

她終於睡著了，拇指含在嘴裡，頭髮七橫八豎，因為痛哭過，呼吸還哆哆嗦嗦。我看著手臂上的咬痕。每個月牙狀的小痕都滲出點血。咬痕的外圈泛紫。她才四歲，我要自己放心。才四歲。每個四歲孩子都會鬧脾氣，沒什麼好大驚小怪的。

家寶跟當地另一對旅美台灣夫婦出去了，是我們朋友圈裡的人。我跟小偉發現幾個星期以來頭一次獨處。等女兒睡著以後，我們用馬克杯裝著嘉樂時紅酒到女兒的戶外遊戲組去。我們坐上秋千的時候，整套器材猛地往上一浮。

我笑了。「你確定這個撐得住我們？」

「確定，是我組的啊。」

我一手繞過鐵鍊，用腳趾頭來來回回推蹭著地。某人的煙囪冒出燃燒木頭的煙，就像在寒冷中送上的一束溫暖，飄進院子裡。即將來臨的冬天讓我興奮；我已經雀躍地穿上灰色厚羊毛衣，手工織的，是幾年前我在校園的工藝市集裡買的。羊毛不曾失去它那種幾乎像是農家庭院的獸味。我們鄰居房子透出來的黃光跟橙光，穿過竹叢閃閃發亮。

我手臂上的咬傷隱隱作痛。我用酒精清潔，貼上兩張ＯＫ繃，什麼都還沒跟小偉說。就像慣性拖延的人，我在等待適當的時機。我啜了口酒，將馬克杯靠在大腿上。

「你想我是個壞媽媽嗎？」確實，這個誘導式問題直接來自我受傷的自尊。

「怎麼會問這個？」小偉挪了挪，整座秋千組搖搖晃晃。我抓住馬克杯免得酒濺出來。我跟他說起史蒂芬妮的事，我一講完，他猛地仰頭，放聲一笑。我知道他沒惡意——他是真心覺得有意思。

「不好笑，我是真的擔心，小偉。」

「我知道，可是我可以想像她的表情。」他又笑了。他灌下一大口酒，清清喉嚨，語調肅穆。「妳說得對。她那顆嚴肅的小腦袋到底在想什麼？完全不像她的作風啊。」

他記得女兒們的生日，會跟她們玩蛇梯棋桌遊，朗讀蘇斯博士的童書給她們聽，回答她們關於巨型烏賊存不存在、雷鳴從哪裡來的問題。面對她們，他似乎擁有無比的耐心。我渴望知道他的沉著是哪裡來的。我想起那個泡泡浴廣告，焦頭爛額的母親乞求上天把她帶走。廣告公司碰觸到某種共通的渴望。可是沒有一走了之的可能。明天醒來，我還是得再面對史蒂芬妮的幼稚園老師，還是會有兩塊ＯＫ繃黏在我手臂上，邊緣捲起，黏貼處逐漸變黑。

從她母親的子宮裡，提早被狠狠拉出來。[16]疼痛催促我驅逐這頭迷你怪獸。可是替我剃毛的護士叫我等待。另一陣宮縮竄過我時，她耐著性子站著，舉高沾滿泡沫的剃刀。宮縮過去之後，她繼續替我清理下體、準備生產。我的視線範圍只到橫披過膝的印花棉質薄和服，可是我可以感覺她用冷毛巾抹去剃毛膏，然後注射灌腸劑。小偉一直在床尾那裡踱步；他畏縮著，朝床頭走來，緊抓柵欄。生艾蜜莉時，他沒進病房。兩年前按規定他還不能進來。我納悶他是不是後悔醫院調整了政策，他現在沒有閃避的藉口。護士讓我把糞便排淨後，問了我一直在等待的問題。

「要硬膜外麻醉嗎？」

再一次宮縮的時候，我憋住呼吸，簡直就像臉部吃了一記。

我噘唇吐氣。「要。」

幾分鐘之內，我的半個身體就消失了。雙腿不在了，同時又笨重無比，就像兩條粗重稠密的黏土塊。小偉是無用的旁觀者，重重坐進床邊的椅子裡。

「不要推。」護士說。我判定我不喜歡她。她太瘦，半透明卻沒有空靈感。她皮膚泛灰，過多雀斑，手肘像五斗櫃的旋鈕。

「我沒辦法判斷我有沒有在推。」我抗議。

她檢查我子宮頸張開多少時，腦袋消失在我屈起的膝蓋跟展開的和服後方。她再次冒出頭來，一雙綠眸越過我的膝蓋山丘，跟我視線交會。「妳準備好了。」

她推著我的輪床穿過走廊。接受麻醉後，我不只感覺不到痛，連移向產房時，我對一路上的朦朧光線跟臉龐也毫無所感。小偉跟在後頭，從頭到腳都罩上了刷手服、鞋套，以及類似浴帽的香菇型無沿帽。

我的醫生布朗庫西醫師也來了，渾身散發著咖啡加鮪魚三明治的氣味（懷孕讓我的嗅覺變得敏銳到噁心）。新鮮的藍布簾將依然有知覺的那部分我，跟忙著分娩跟痙攣的苦力區隔開來，而他就在簾子後面探測著，等他回到我身邊時，手套指頭上沾著鮮血。寶寶的姿勢是臀位，他告訴我，就是像個小佛陀一般蜷著身子，雙腿盤起、臀部依偎在我的骨盆上。

「我可以試著做體外轉位，可是我強烈建議剖腹產。」

「別再推了！」護士喝叱。

我在沒有痛感的狀況下，感覺身體起了漣漪，跟寶寶纏鬥不休。寶寶想出來，我也想要寶寶出來，但我倆正陷入一場苦戰。我覺得自己被困住了。「你覺得怎樣最好就怎麼做。」我喘著氣。

一陣擦洗跟戳探後，小偉的表情向我述說我看不見的一切。醫生接過手術刀，小偉先是雙眼圓睜，然後濕亮起來，大口嚥下自己的反感。我的鮮血順著床單蔓延，他走回我身邊，碰碰我的肩膀。「好像在剖魚。」他事後告訴我，形容我的皮肉如何被掀開，露出白色脂肪層，然後我們的孩子就躺在一個祕密深暗的血灘之中。布朗庫西醫師把她捧起來，彷彿想證實我體內確實有個嬰孩，我只瞥見一張泛藍的皺臉，轉眼護士就把她抱走了，免得她被我「污染」。胎盤我反而看

16 典故出自莎士比亞劇作《馬克白》，原本指的是馬克白的對手麥克德夫，當初出生時是提早從母親剖腹取出的。

得更清楚，醫師展示給我看，把它撐成了一個布滿血管的囊袋，由一塊肉固定到位。我不知道他是不是在耍弄我。我點點頭，閉上雙眼——如釋重負、體力透支。寶寶很健康。我終於可以安心入睡。

等我再次醒來，小偉已經回家，傷口也縫好了。一張寬闊的黑色大嘴在我現在消氣的肚皮底下微笑著。一個沒見過面的護士走進來——她才剛開始值班，神清氣爽，整潔的金髮紮成緊緊的髻。她檢查縫合狀況後宣布：「不能再穿比基尼了，會留難看的疤。」

我昏昏沉沉點點頭，感覺疼痛一路往上搏動，衝破了止痛藥。

護士用塑膠圍牆的帶輪小床將寶寶推來，裹在被單裡，頭戴小扁帽，我第一次真正把**林家女嬰**（小床上的貼紙這麼寫）看個明白。六磅三盎司，十八英寸。我都忘了新生兒感覺多麼脆弱，就像中空的橡膠娃娃，卻散發出無比大的力量。我想到自己為了創造她，投注了大把時間跟精力，有多少人被喚進這房間將她帶到人世，而在她呱呱落地之後，我的身體又遭受多大毀壞。

護士說我的初乳太弱，說我必須瓶餵配方奶。我真希望媽媽在場，告訴她這樣有多荒謬。艾蜜莉出生的時候，護士為了同樣的理由餵她糖水，媽媽聽到這件事，寫了封憤怒的長信過來。「妳不能讓陌生人指使妳怎麼照顧孩子。美國人的方式也許對美國小孩最好，可是妳孩子是台灣人！」她認為我應該像她以前那樣遵守坐月子的規定（除了我，她每生完一胎都乖乖坐了月子），無法相信我在出院以前竟然先淋了浴。「不能用妳健康的胸脯來餵，是在侮辱妳孩子跟神。」史蒂芬妮這一次，我又要讓母親失望了。我把寶寶摟進懷裡，接過溫暖的奶瓶。我用奶嘴輕搔她口腔上方，她開始喝奶的時候，我的胸脯兀自在衣袍裡哭泣。

院方等了三個小時，才讓我第一次抱史蒂芬妮。他們的理由很理性，說院方需要先檢查寶寶的生命徵象，也必須先替我縫合完畢，而且母女各自都需要睡眠。事後一個朋友跟我聊起她最近生產的經驗，告訴我醫生通知她，院方認為她是產後建立親子連結的「適當人選」。他們讓依然血淋淋的孩子，在她赤裸的胸脯上取暖。我丟臉到無法承認，沒人跟我這麼說過。

我一推，秋千垮下又提起，一次又一次，秋千架咻咻作響。我拖著腳趾停下來，把馬克杯推過去。「麻煩再給我酒。」小偉從他的杯子倒酒給我。

「唔，艾蜜莉的狀況就很棒啊，所以也許我們這對父母也不算太差？」小偉說。

「嗯，小艾很好。」貼心的艾蜜莉，性子真好——她的情緒就像雲朵飄過風景，會掠過臉龐——讓人幾乎替她難過起來。

馬克杯貼在唇邊，我低聲說：「有時候我就是覺得我辦不到。」一時之間，我怕他根本不願回答，而我這番告白會化入我們上方遼闊的烏黑天際。

小偉腦袋一偏，困惑地對我微笑。「什麼？」

「沒什麼。」

「我剛沒聽到，妳剛說什麼。」

「算了。」

小偉聳聳肩。「好吧。」他又大喝一口。

我雙手冰冷，可以看到淡淡的吐息。我希望他再問一次，希望他聽到我說的、希望他用邏輯來安慰我。他卻說：「準備進去了嗎？」

我點點頭，大口灌完剩下的酒。我們走回屋裡的時候，他用手臂攬住我，冰冷手指摸我臉頰。我緊貼在他身上尋求溫暖。

36

為了讓史蒂芬妮繼續在她那所幼稚園就讀，我們同意接受家庭諮商。「美國人實在是！」我發牢騷。我對小偉埋怨，只有美國人才相信，把問題拿出來跟一個身為局外人的第三方（陌生人）談論，就是解決之道。「討厭死了，我幾乎準備換新學校了。」我雖然很擔心史蒂芬妮，但我想懸滯在這個「一切都還好」的狀態不走。

小偉掐掐我肩膀。難得我**希望**他可以說個他的冷笑話來聽，他卻正經八百。「嘿，她是我們的寶寶，我們得幫幫她啊。」他跟我額頭碰額頭。「我們會說個明白，一切都會沒事的。」

治療師麥森醫師堅持要我們叫他戴夫。他跟我們隔著一張磨舊的波斯地毯，坐在籐編半圓椅裡，腳上那雙成人尺碼的巴斯特．布朗[17]式休閒鞋，重重靠在地板上。他用鉛筆筆尖，輕柔地搔著右耳上方的頭髮，等著我們坐定。

我跟小偉面對他，肩並肩坐在粗呢沙發上。史蒂芬妮沒來參加第一次晤談，戴夫解釋，可以給他機會先熟悉一下史蒂芬妮的「狀況」。我們的一舉一動都透露著什麼，我清楚意識到自己的每個手勢。我擔心戴夫只消跟我們共處這個鐘頭，就會知道我們家女兒所遺傳到的破碎。所以，我用動作表示我們家庭有多溫暖。我坐得離小偉很近，手臂貼手臂，他微微抽離的時候，我也沒露出失望神情。這會不會是我們檔案裡的第一個註記？

戴夫每逢句尾都拉高嗓門，聲音就像打勾記號那樣彎起來，一個不帶威脅的問題。沒有誘導式的陳述；我們自然露出馬腳。房間角落裡那個沙箱又是怎麼回事？難道他希望我們付錢讓女兒來這裡玩一個鐘頭的沙，就像實驗室裡的老鼠？戴夫邊寫邊低哼。「我寫這個不是在評判，」他要我們放心，「只是在記錄我們的對話，這樣我才會記得要問你們什麼？」他問我們艾蜜莉跟史蒂芬妮各幾歲，姊妹處得如何，我們每天陪她們多久、都做些什麼。都是些單純無害的問題，純粹的資料蒐集。女兒們各有自己的房間，艾蜜莉用獨角獸裝飾房間，睡在單人床上。史蒂芬妮的房間有各種農場動物蹦蹦跳跳，平時就睡傳統的幼兒園欄床。從這些事實裡他可能解讀出什麼東西？難道就像戲劇一樣，空間配置裡的一切滿載著象徵？

---

17 巴斯特．布朗，Buster Brown，二十世紀初熱門的連環漫畫主角，穿著綁帶寬版皮鞋。

「我們來談談你們的關係？」

「跟史蒂芬妮的關係嗎？」

我連忙說：「很棒啊。」小偉回答：「我看不出這有什麼關聯。」我詫異地猛然轉向他。突然間，戴夫介入了，壓制了一時的緊張感。

「一次一個人發言？形容一下怎麼個『棒』法？」

我感覺我母親的直覺頓時湧現。我倆驕傲地用黏土抹上缺口。統一戰線。「我們從來不吵架。」

「從不？」

「再說一次，我看不出這跟史蒂芬妮的問題有什麼關聯，」小偉說，「我來這裡，是想查清楚怎麼幫我女兒。」

「我只是想有個比較全面的觀察？」

「不，我們不吵架。」當然的，我正在觀想我父母的狀況：碎玻璃般的評語，歷經多年的重複後，被磨得尖利；當話語不足以因應的時候，就會實際砸出一地的碎玻璃。我跟小偉住的是兩層樓的魚鱗瓦房，每晚六點上桌吃晚餐。博士學位、美國公民、兩個可愛的女兒。又是美國夢的成真。有什麼好吵的？

「也許『吵架』是個強烈的字眼？爭論？吵嘴？每對夫婦都有一些話題會反覆琢磨。你們覺得，你們兩人反覆談的話題有哪些？」

我瞥瞥小偉，他陷入沉思。我知道他不會回答，所以我承認了幾件無害的事。「我想每對夫婦都會爭論錢的事。」我開始說。戴夫點點頭。「小偉偶爾會花太多錢，我不喜歡。有時候我不喜歡小偉那種幽默感。我認為，嚴肅的時候就應該保持嚴肅。」

「小偉，你怎麼想？」

「我想這跟史蒂芬妮一點關係也沒有。」小偉又說，他的話語脫口而出，彷彿每次加快的心跳都控制了他思緒的步調，我這才意識到他有多生氣。

戴夫換了語氣。「近來的研究顯示，父母的關係對孩子有很強烈的影響。事實上，有些治療師相信，如果父母把焦點放在自己的關係上，對孩子會有很大的好處。我很樂意給你們看看期刊上的研究，也許下次？」

「好。」小偉說。

「你們兩個願意在家裡一起做點練習嗎？關係的練習？」

「我來這裡是來談我女兒的，也是我付錢的目的。我付錢**只是**為了那個而已。」小偉說。

戴夫用鉛筆敲著記事簿。「我要你們了解，這只是個過程。我們不是直接一頭栽進去，而是要先把腳沾濕再說嗎？我想再晤談一次，就你們倆，之後再開始帶史蒂芬妮過來了？」

「我還是覺得這沒有關係。」小偉回答。

37

在電影裡，挫折不堪的作家才打了幾行差勁的句子，就將紙一把從打字機上用力扯掉，然後狂亂地揉成緊皺的小球，拋進垃圾桶。這就是寫作過程的動能跟刺激。不然如何具體呈現馳騁爆炸的心思？

那年秋天，我在書房裡翻譯家寶的書時，從外在確實看不出來。只是輕聲呼吸，偶爾吸吸鼻子，紙張挪移，椅子彈簧的嘆息。啟動革命的先行槍響。

家寶想要同時發表中文、英文兩種版本，所以他在潤飾後面篇章時，我就翻譯之前的章節。雖然那些文字出自於他，但是審慎選擇對應的字眼，細心分析意義，讓我充滿了生氣。我渴望書寫自己的故事，雖然我萬萬不敢承認。於是我透過轉換家寶的話語，來滿足自己的渴望。

家寶坐在橘色扶手椅裡，輕聲用嘴型默念我給他的紙張上的文字。我坐在他身旁的腳凳上，一隻胳膊搭在他椅子扶手上，假裝跟他一起閱讀，但其實我在看他的嘴唇。

「不用『壓迫』，改用『殘暴』如何？」他問。

我直起身子。「『殘暴』好戲劇化，『壓迫』比較克制。」

「要把大家狠狠搖醒。」

「可是用錯語彙，可能會讓某些人覺得反感。」我爭辯。

家寶再次大聲讀出那一行。

「殘暴的，」他直白地說，「這才是最正確的字眼。『殘暴』。」他在紙上修改。

「這個情況對你太太來說一定很煎熬。」

他突然抬頭看我，彷彿試圖解讀我的意思。我很尷尬，想收回自己的發言，可是他說：「我想，她當初不知道跟我結婚會有什麼結果。」他輕咬鉛筆橡皮擦周圍的金屬圈。他的指甲剪得角度怪異參差，小小硬皮在指甲根部那裡蜷起來。他回頭看那一頁。「下一字是哪個？」

「你們怎麼認識的？」

他再次抬頭，瞇眼看著我，才正要從另一個世界走來。「什麼？」

我忖度，我一直好奇追問，會不會讓他覺得心煩。「你太太啊，你們怎麼認識的？」

他露出淡淡笑容。「在社交舞社團。」

我笑了。「你跳舞？」

「跳得還可以。」他用鉛筆輕敲紙張。「是大學的社團。我朋友告訴我，用這種方式很容易認識女生，我就去了。」他抬頭看我。「妳呢？妳跟小偉怎麼認識的？」

「家族朋友，有點像是安排式婚姻。」

自從來到加州，我發現，只要一提到「安排式婚姻」，大家就會聯想到：交換一箱箱的黃金，戴著面紗的兒童新娘，要等到新婚之夜才會知道新郎的長相。美國人當然不會想到，我跟小偉有過幾次隨性的約會，而且婚前就逐漸明白我們互相多有好感。我們的媒人大可以是共同的大學朋友——熱情奔放、愛管閒事的那種——在我們身上看出彼此契合的潛力。

「你們很搭。」家寶說。

「嗯。」我說，可是納悶他是什麼意思。我們並肩站著的時候，身高勉強到小偉的肩膀。我們兩個都算苗條，不過小偉的身形頗有分量，讓人聯想到運動員的身體——也許是曲棍球員。說一對夫婦相像，在台灣算是一種恭維。我跟小偉有什麼相似之處？寬闊的額頭？耳垂緊貼面頰？還是我在客人面前裝出那種始終如一的支持時，兩人所呈現出來的默契？

我輕拍紙張，爽朗地說：「下一句，我用了『要求』，可是『請求』可能比較溫和。會客氣一點。」

「沒那麼強勢。」

「對，沒錯。」他微微牽動嘴角，我意識到他在調侃我。

「我拿『殘暴』跟妳換『要求』。沒關係。我們希望語調能夠一致。自信但不激烈。」他又把鉛筆塞回齒間。我看著這張紙。他在我打的字上面做批注，下面則是他用中文手寫的原稿，上頭有我草寫的痕跡。

「你可以自己翻譯，不需要我來。」

他回答時，目光並未離開紙張。「有時候，合作的好處超過……」他沒把話講完。

「超過什麼？」

他笑了。「噢，我不知道。有朋友很好啊。這種工作向來都是跟群體有關，要獨力完成是不可能的。」

「合作」、「社群」——只要認真的運動者聚集起來，我就會聽到這些關鍵字，不管是在史鮑爾廣場或在電視上。我本來又期待什麼了？我紅了臉。

「很高興幫得上忙。」我說，目光飄過擁擠的書櫃，我的書跟小偉的書混在一起，以字母順序粗略排序。工作。向來都跟主張有關。我沒那麼積極，但我為了家寶稱職演出。「小偉對這件事很熱情，我想我參與的時候也到了。」我說。

不久就發現，我身為譯者的職務還包括開車。家寶追蹤到一位退休的國民黨將軍，對方住在北邊的門多西諾縣，表示有意願跟家寶談談。小偉有課要教，隨行司機的職務就落到我頭上。

「我不想。」我私下跟小偉說。我對那場派對的記憶裡，陸先生已在背景裡潛伏著，也就是我最後一次看到他的時候。那天晚上的發現，讓陸先生滿足了嗎？還是說這趟旅程又會誘他出來？我已經背負著這份手稿的重擔，如果他問起，我無法否認自己知情。我害怕，每次行動一升級，他就會更逼近我們；他會嗅到氣味，把我找出來。「我辦不到，有女兒的事要忙。史蒂芬妮星期二要去看麥森醫師。」

「如果我可以，我就去了，可是我不能不去教課啊。」小偉反駁。

「那詹姆斯呢？」上次在校園裡抗議國民黨的活動，是海倫的丈夫幫小偉一起策畫的。想到那場抗議，我就想起陸先生手上握有那組照片。我在翻攪的肚子上叉起雙臂。

「他是可以，可是他不知道這本書的事。妳比任何人都清楚——比我還清楚。如果我可以開車去，也會希望妳一起去。」

「女兒們的事，小偉。」

「沒問題，我去上課前還有時間，可以送她們上學。為了史蒂芬的約診，我會取消師生晤談時段。」

「我從沒開過那麼遠的距離。」

「沒比在城裡開車難啊，只是時間拉得稍微長一點，還有什麼異議？」

我猶豫不決同意接下這個差事，小偉捧住我的臉，朝我嘴送上一枚濕吻。「謝謝妳，謝謝妳。」

我跟家寶順著一號公路行駛好久。儘管有石油危機，我還是決定走距離較遠但景致較好的路線，就是沿著海岸線行駛，灰色海洋在弧形的海平線上朦朦朧朧。布拉格堡這個伐木鎮就坐落於崎嶇的面海山脊，粗獷美麗，布滿彎曲的絲柏樹，在這之後我們就轉往內陸。將軍住在威利茨市郊，距離柏克萊好幾個小時的車程。**門多西諾縣的中心，切莫餵食嬉皮**。小鎮的馬路上，馬匹跟車輛並行，人們在販酒店前面的人行道上抽菸。這個地區嵌在蓊鬱山丘之間，山丘綿延幾百英里，一直到奧勒岡邊界。這個地區氣候溫煦、綠意盎然，是「娛樂型」園藝愛好者的完美庇護所。

我們開車進鎮裡的時候，瞥見樹影半掩的柵門，柵門過去就是碎石泥土車道；前院裡堆著木材、內部挖空的車輛、懶洋洋的狗，還有無害的溫室。我聽過謠傳，那個行蹤不定的作家湯瑪斯．品瓊[18]就住這邊。

這個鎮也很單調。我納悶，這個將軍，一個來自熱帶小島的軍人，怎麼會來到這個被土地包圍、放眼淨是牛仔跟大麻農人的內陸之地。

我跟家寶住進鳳蝶道汽車旅館（哪裡有威利茨，哪裡就有路可走[19]），這裡掛著古樸過時的霓虹燈，看起來好像是從拉斯維加斯大道直接拔過來的。我們的鑰匙連著木頭大方塊，上頭標有房號，我們房間各在汽車旅館的不同廂。

將軍住在架高的黃色斜頂平房，就在從縣道岔出去，長達四分之一英里的私人車道那邊。兩條棕色狗——矮壯、肌肉發達的混血比特鬥牛犬——狂吠著朝我們奔來，踩得泥濘四濺，泥巴在陽光照射下逐漸變得濃稠。天氣溫和，空氣中懸著尚可忍受的冬季寒意。車道盡頭，金屬圍場裡有三匹馬正在吃草，皮毛隨著每個動作發出亮光。牧草地後面，樹木沒入森林的陰暗裡。

「有馬耶。」我說。

「我忘了告訴妳，他把養馬當嗜好。」家寶說。

我們一停好車，狗兒就在幾英尺以外停下來，謹慎地吠叫著，卻搖著尾巴。前廊上有個男人被柵欄遮住，現在起身向我們揮手——手勢溫暖得出奇。我以為他會很疏離、冷冰冰——就像我

18 湯瑪斯．品瓊（Thomas Pynchon，1937-），美國當代小說家。

19 原文是 Where there's a Willits, There's a Way，文字遊戲，源自「有志者事竟成」（Where there is a will, there is a way.）。

大兄。

我們隨身背袋裡沉甸甸，放著拍紙簿、筆跟錄音設備。我們在階梯上跟將軍夫婦會合。他是個精瘦苗條的男人，只因為穿著褐色毛衣而顯得頗有分量。他依然維持著軍人的整潔：頭髮跟指甲都修短，一臉光潔。妻子在身材跟整潔度上跟他不相上下，一頭銀色短髮，珊瑚色口紅襯得臉色發亮。她要我們叫她羅琳。家寶介紹我是他的譯者時，將軍用雙手握住我的手，笑容如此真誠，我差點忘記，他對佯裝誠懇的技巧一定駕輕就熟。

房子坐落在空地裡，但高聳的樹木擋去了陽光。從前廊上，我羨慕地瞥見牧草地上的陽光，如何烘暖了馬匹；狗兒在圍場柵門附近安頓下來，現在也在做日光浴。雖然氣溫冷冽，但還算宜人，將軍夫人端出來的熱茉莉花茶驅走了些微寒意。

我把錄音機放在桌上。是裝電池的隨身錄音機，本來放艾蜜莉房間，晚上專門用來放故事給她聽的。機身內建了麥克風，但我也帶了一個外接麥克風。我開始展開麥克風電線。

「麻煩記筆記就好，」將軍說，「我不想讓聲音留在帶子裡。」他的目光閃向妻子，她緊抿嘴唇，我便明白他倆早在我們抵達以前就討論過所有事宜。

「沒問題。」家寶說。我把錄音機公開留在桌上，以示誠實。

將軍手指修長美麗。他端起自己那杯茶時，我畏縮一下。水剛剛才滾沸——片刻之前我碰過杯子，燙得縮開手指。他開始說話的時候，我幾乎無法把目光從他雙手上挪開。「首先，」他說，

「我讀到你逃走的消息，非常勇敢，所以我才同意跟你碰個面。可是我說的事情一定不能納入紀錄，我的名字不能跟這件事扯上關係，你明白吧。」

家寶趕緊點頭。「當然。」

「你可能不知道，我在國民黨裡並**不受歡迎**。如果他們可以抹消認識我的任何紀錄，他們一定就會這麼做。」

家寶不露聲色。「我沒聽說過。」

「我退休了，是被迫退休的，」他笑了，「純粹是政治因素。我敵人讓我什麼也做不成，我束手無策。既然無路可走，也只能退出。」

「退到這裡是遠到不能再遠了，」我說，「為什麼選這裡？」

「除了養馬以外的原因嗎？」他往後靠在椅子上，視線在我們背後的樹木那遊走。他眼裡亮起敬畏的閃光，也許只是天空的反光。「看看這個地方，雞犬相聞，人人都知道別人的事，懂我意思吧？沒有祕密，無法匿名。」

我想他的意思是融入周遭環境裡。在昏昏欲睡的表面下，典型的小鎮鷹眼式警戒卻滲透各個角落。我們也是為了同樣理由，才替家寶辦了派對。

「總之，不用在意我，回到你身上吧，」他說，「我可以怎麼幫你？」

當家寶描述西方人出版的那些歌功頌德的書籍——讚揚國民黨的目標跟成就時，將軍點頭悶哼，原來他全都讀過了。家寶說他想寫來自內部的觀點，也就是在一層層細心翻譯的文宣跟官方報導背後的東西。西方報導總會提及受美國教育的蔣夫人英文零缺點。彷彿量身訂做的美麗禮服、操著流利英語開玩笑，就足以證明這個政府本意良善。

將軍合上眼，漾起笑容。「唔，她是滿迷人的啊，照片還比不上本人呢，繼續。」

「我想寫一九四七年的事。」家寶說。我試圖解讀他聲線——侵略性，也許是桀驁不馴。他任由筆靠在紙上，一滴墨水滲出筆尖。

羅琳靜靜地用手覆住丈夫的手。她的指甲塗成銅色，腫脹的指節下套著鑽石大戒指。

將軍睜開眼睛。身為次要人物的我，有餘裕靜觀大家的臉。他直直盯著家寶，毫不動搖，神情近乎敵意。我再次自問，這是不是政治職涯裡必備的另一項技巧；每個脆弱情緒都要藏在堅強的面具之下。他一定是在掩飾自己的驚訝。

他的延遲很有戲劇效果：先啜口茶，舔舔嘴唇，再清清喉嚨。最後終於開口了。我盡可能快筆寫著，模糊的筆畫融為連續的潦草字跡，清晰程度恰恰讓我們事後可以解讀。「你要明白，我當時只是個低階軍官，我們只在乎遵從命令。老實說，我們也希望能得到『好小子』這樣的讚賞，也許升個軍階。想得到上層的認可，認為我們忠黨愛國、願意玩這場遊戲。我們絕對信任長官，認為他們告訴我們的事千真萬確：這場暴動是共產黨特務策畫出來的。我們拿到名單，上頭交代『把他們抓起來』。可是，把那些人送去受審還是坐牢，又有什麼好處？不管是哪種，那些人都會成為這場運動的烈士，只會讓這場戰鬥延燒下去。為了讓整件事早早了結，一舉抹除反對勢力、殲滅他們，才是更有效率的做法。

「然後我們也這樣做了。」

我畏縮一下。「他們」──他指的就是爸爸那樣的男人。

「是。」家寶說。他瞇細眼睛點點頭，敦促將軍自白下去。

「我們槍決他們，把他們裝進米袋、丟進海港。為了講求效率，有時候會把他們綁在一起，只用一顆子彈解決，整串人會一起被拖下去淹死。那是戰爭時期，我們得節省點。」他的笑容乾巴巴，不帶一絲興味。不，不是笑容──而是苦相。「我們只是為了節約。」一條命的價值還不如一枚子彈。我覺得反胃。我需要一點同志情誼或安慰，於是瞥了瞥羅琳，但她的目光不曾稍離丈夫的臉。

「是誰下的決定？」家寶問。我終於聽懂了他的語氣。他很緊張，他終於目睹長久以來尋覓的東西。我起初誤聽為好鬥的語氣，實為期待跟希望。

「大家都怪新總督，可是下命令的是總司令。一路到最頂端去。」我覺得自己好像在抄寫黑色電影或小說的對話，小心翼翼記下了將軍的話語。**一路到最頂端去**。也許我們講話都會用陳腔濫調，試著汲取虛構的戲劇性，以便美化現實人生的韻律。

「沒人正式責怪過蔣，」家寶說，「你有證據嗎？」

「沒有證據，只是謠傳他發了封電報，指示情勢要迅速處理。嗯，不過呢，我們不能說死者的壞話。」

「獨裁者除外。」

「啊，還有一件有趣的事。他是我們的總統，為了民主跟自由而奮戰。獨裁者？誰會說他是獨裁者？我們不用那種語言，那是給西方人用的。如果我們說他是獨裁者，那麼我們就必須承認自己都被耍了。」

能在這個偏遠的北加州城鎮遇到同鄉，機會難得。將軍跟他夫人急著留我們到晚上。因為森林的關係，光線比平日更早消逝，更深的寒意進駐。鳥兒歇息，小狗進屋裡取暖。死去的小蟲包圍著前廊的黃燈。在燈光下，我們的呼吸跟煙一樣不透明。「留下來吃晚餐吧。」羅琳催促。我看著家寶，等他發個好或不好的訊號，卻發現他也在我臉上搜尋訊號。我匆匆閃過一抹笑容——意思是**你決定**，然後他回答：「我們已經打擾你們夠久了。」

「我先生昨天才去釣魚，魚很鮮，多到我們吃不完，除非你們還有別的計畫。」

「妳確定？」我問，「我們不想給你們添麻煩。」這種來來回回的禮儀之舞——我們都清楚自己的角色。接著，輪到將軍發話了。

「留下來吧。」

既然將軍都開口了，就這麼說定了。

在另一個房間裡，巨大石板壁爐裡的火燒得劈啪響。將軍跟家寶遙遠的低聲呢喃，讓我想起人們躲在圖書館書架之間的對話。我想偷聽，但我跟羅琳在廚房張羅晚餐，也頻頻發出聲響。我負責切薑片跟蔥段。她不小心在水槽裡敲破了一只玻璃杯，唉了一聲。蜷縮在廚房門口附近的小狗在睡夢中嘆氣放屁。

在水槽上方的窗戶裡，我看到廚房在我背後敞開——一道道光流跟動作的閃光——然後那個世界消失了，因為這時外頭有隻鹿躍入空地，以一抹閃過的白現身了。

「看。」我倒抽一口氣。

羅琳把破玻璃杯丟進垃圾桶，來到我身邊。她跟我肩抵肩。鹿瞥見我們在屋裡看牠，便僵住不動。我們也靜定不動。接著牠頭猛地一扭，蹦蹦跳回林子裡。

「牠是常客，」羅琳說，「我拚了老命不讓牠進我花園。」她用擦碗巾抹抹手，然後把皺起的巾子留在流理台上。「很刺激吧，嗯？」

「我有一次在柏克萊看到有鹿沿著街道跑，可是這……真好……感覺好平靜。」

羅琳洗魚的時候，拉高嗓門壓過流水聲。「沒錯，是很棒。」她用手腕把水龍頭推關起來，然後把魚當新生兒似的，攤開雙掌捧著，放在廚房紙巾上。她把魚拍乾的時候，低聲說：「其實很糟糕。」

我不確定自己聽對了。「糟糕？」

她的視線閃向客廳，掂量男人的聲音，接著衝著我微笑。

「噢，我只是說得誇張點啦。」她把魚放到淺盤上，往魚腹塞佐料。「我女兒在台灣，兒子在紐約，我有點寂寞。」她雙手滑溜——上頭沾了小小蔥環，指關節發炎，皮膚皺褶處發紅——

漫不經心動作著。我想起母親的雙手，熟悉到不覺得美麗。她在水龍頭下沖洗雙手；流水沖過她的鑽石、沖過細心保養的指甲，沖過這些無用的細節，在林地裡毫無用途、無關緊要的細節。

她彎身看著爐頭，喀答點燃爐火。

「異鄉異客，」她用英語說，邊打直身子，然後又用國語說，「三十二歲的時候從福州搬到台灣，永遠都覺得自己在流亡。可是現在來到這裡，卻覺得台灣像家鄉，有趣吧？現在我們兩人在這裡，在這麼遠的地方，因為那座島嶼而湊在一起。」

我明白她的意思。人的名字跟地方的名字是有意義跟記憶的；她可以提起一條街道、一個地點，那裡就會在我眼前展開：午後陰影的方向；煤炭、汽車、廢氣加上排水溝污泥的氣味；車喇叭跟人聲的騷動。台語混雜國語的聲響。不過，在那裡，我們的生活絕不可能交會。美國——或者該說流亡？——抹消了我們之間的差異。

在那之後，除了**鬱金香杯**這個詞，我對那頓晚餐不留任何記憶。我們在晚飯後喝了雪莉酒。將軍鉅細靡遺解釋鬱金香杯逐漸收窄形狀有何好處，我們表示激賞地嗅了嗅。過了十點，我們終於伸伸懶腰，宣布該告辭。

我們退出車道的時候，車頭燈掃過主人夫婦，他們站在前廊台階底部揮手。這是我跟他們頭一次也是最後一次邂逅所留下的影像：由一道掃過房子的白色弧光照亮，光線閃向養馬圍場，最後車子轉離，將他們留在黑暗中。

我抓住家寶的手臂。「導航。」

他執起我的手，輕輕放在變速桿上：「開車。」

我們找到了縣道，只有在車輪碰到平坦的柏油路時才知道。

「往左。」家寶說。

「你確定？」我記得是往右，在我舌上流連的雪莉酒發出酸味。

「我確定，」他說著便捻開頭頂燈，展開地圖，「這條是什麼路啊？」

「我錯過路標了。」我意識到自己喝多了。我滿臉燙熱。我提醒自己，我們可能是進城的唯一車輛。鹿是我該留意的最危險東西。我眼角餘光瞥見另一條路的路口，於是猛踩煞車。家寶在地圖上找到了那條路，要我轉向。

「上頭寫著『私有道路』。」我抗議。

「看。」家寶戳著地圖上的那個點，我的目光循著他手指畫出的線條遊走，連向最後會把我們帶回鳳蝶道的路。「右轉。」

馬路延伸下去，鋪道變成泥地，然後變成管狀，切入在我們兩旁升起的土地。我們蜿蜒穿梭的時候，樹根跟灌木猛打車身。接著我們再次上坡駛入鋪道。去程的時候，我不記得有這些路段。

「再查一次地圖啦。」我催促。挫折讓我清醒。我從後視鏡瞥見遠遠的後方亮著車燈。意識到這條路不是杳無人煙時，我鬆了口氣。

「謝天謝地，我們攔下他們，問問方向吧。」我說。

家寶沒從地圖抬起頭，悶哼表示同意。

我開始轉離馬路，但那條路逐漸收窄成為死巷——是支路，被一個上鎖柵門跟彈孔處處的標示擋住了。「太好了，」我說，「這樣他們也必須停車，到時就可以問他們了。」

後方的車子停了下來，燈光照在我們的後車檔上，透過後窗灑了進來。我回頭望去，光線亮得我一時目盲。我看不到司機。

「我去問。」我說。

家寶回頭瞥瞥刺眼的白光。「我跟妳去。」

我們往那輛車走去，兩個東方男人下了車——即使在這一刻，我也聽得到小偉氣惱的斥責：「要說**亞洲**啦，不是東方，親愛的。」這兩個傢伙長相一般，長褲搭有領襯衫。在這裡，在偏遠的門多西諾。「該死。」我倒抽一口氣。

我還來不及叫家寶回車上鎖住門，男人就加快腳步，逼得我們背貼旅行車。

「這是幹麼？」家寶問，比較是在問我。他知道。他一定知道。我詛咒他的蠢問題，詛咒這趟愚蠢旅程。我詛咒小偉逼我開車，詛咒他邀家寶住我們家。我心臟猛跳，像受困盒中的鳥兒狂亂揮翅。

「我們要錄音帶。」一人用台語回答，於是我們便明白了。

「錄音帶？」家寶問。我知道我們有同樣的想法——我怎麼也想不通，有人會一路跟蹤我們到遙遠北加州的荒路上。

家寶面前的男人揍他下顎一拳，家寶的眼鏡喀啦摔進黑暗裡。我大叫。家寶蹣跚撞向我，我踉蹌一下，但另一個男人接住我，擁著我片刻，然後再讓我回去抵著車子站著。家寶抓著下顎緩緩起身，鮮血從嘴裡滴下。

「錄音帶。」

痛楚——還是因為牙齒斷了？骨頭斷了？——模糊了家寶的聲音。「你們是誰？」

揍他的人現在揪住他柔軟的下顎，使勁一掐。男人把他往後推並說「無關緊要」。家寶發出悶哼，手肘猛力撞上車子。家寶的血在男人手指上發光。

「我拿錄音帶給你們。」我嚷道。這顯然是唯一的辦法。我擠過看守我的那個人身邊時，刻意放慢速度，可悲地試圖裝出清醒的模樣，然後走到車子另一邊。我從車子後座，把錄音機從家寶的背袋抽出來。我遞過去，讓男人自行取出卡帶。

「這是今天的嗎？」他問。

「當然了。」我厲聲說。

憤怒掠過他的臉，但他決定不懲罰我的放肆。他把錄音帶塞進口袋，他的同夥放開家寶，家寶轉身呸吐。

「少再胡搞了，」揍了家寶的男人說，「這還不算什麼。」

看著兩個男人回到車上，啟動引擎、急轉車子，捲起一陣泥旋風，我們依然呆若木雞，即使看不到他們的尾燈了，還是可以聽到他們的引擎吼聲迴盪在樹林之間。

我想，然後我才終於換了氣。我找到家寶的眼鏡，發現並未受損。我們筋疲力盡癱回自己的座位。我馬上鎖住車門，然後在包包裡搜找面紙，一手搭在家寶肩上穩住他，往前湊去，揩去他下巴上的血。他閉上眼睛，臉部扭曲。

「回去以後再冰敷。」

我注意到他的頭髮一片濕氣。雖然他沒表現出來，但他當時多麼害怕啊。我看著面紙上顯眼的鮮血。

將軍也真聰明，那塊錄音帶當然是空白的。

回到鳳蝶後，我替家寶用毛巾捆包了一堆冰塊。他躺在我房間其中一張床的床罩上，將敷布壓在腫脹起來的下顎上。即使我們洗掉了鮮血，他還是一副受虐的慘樣：嘴唇的烏黑挫傷有破口，下巴皮膚泛青，腫得古怪畸形。淤青順著臉頰蔓延，差一點就到眼睛那裡。

我坐在另一張床上看著他。兩人之間隔著床頭桌，上頭有兩盞檯燈跟有亮光的翻面時鐘，我覺得自己端莊得跟美國人似的，彷彿我倆是派崔夫婦[20]。我忘了關掉浴室風扇，它在關起的門後咻咻旋轉，發出白噪音。

他一邊手臂塞進枕頭下，另一手穩住冰敷包。

「我應該打電話給小偉嗎？」我心虛地意識到，我還不希望讓丈夫知道：即使相隔幾百英里，他還是會想掌控情勢——他會告訴我該在敷布裡放多少顆冰塊，他會問起兩個男人跟他們車子的細節，那些都是我還無法思考的事情。他會追問他們年紀多大、有什麼明顯特徵。我真的可以告訴他，他們看不出年紀，二十五到五十都有可能嗎？在車頭燈光的籠罩下，他們的模樣了無特色——連一顆可以用來辨別的雀斑都沒有。我連車子是什麼顏色都想不起來，更不要說車款了。

「他也不能做什麼啊，我們等回去再告訴他。」他的傷勢削弱了他的話語。講話使得唇上的破口又滲出血來。

「你應付得很好。」我說。

他臉一扭。「我不是第一次被打。」我差點忘記他曾坐過牢。他肯定吃過更多苦頭。小偉曾經跟我提過據說特務會用的刑求技巧：用汽油灌進犯人的鼻孔、電擊、拔指甲、截斷生殖器官。我當時對他說，這不可能是真的。要是他說的是真的，那我父親一定承受過其中一些——這個想法慘到令人無法接受。我最後摀住耳朵並說：「閉嘴，別再說了。」我無法想像家寶也在那裡，受到那樣的蹂躪。

我跪在兩張床鋪之間的窄小空間。「我再看一次。」我輕柔地用拇指拂過淤傷。淤傷顫動著，熱燙燙的。他張開嘴，下顎啵地一聲。

20 指羅伯和蘿拉（Rob and Laura Petrie），是美國一九六〇年代熱門喜劇影集《迪克-范-戴克秀》的主角夫婦。當時保守的審查制度規定，即使主角是夫妻，在螢幕上也不能同睡一張床，而要分睡兩張單人床。

「哎唷。」我說。

「沒斷，」他說，「只是脫臼了。」

我把毛巾拿到浴室，擠出水分。梳妝檯上方那排燈泡散放暖意，驅走我的疲憊。這種鏡子燈光的組合會騙人，讓你看起來更瘦，皮膚更明淨。鏡面另一邊存在著這個幻影：模樣健康得多、較不憔悴。我用毛巾裹住更多冰塊。鏡子另一邊的女人過著截然不同的人生——她是來跟情人幽會，而不是為了眼前這種事。

回到房間，我再次席地坐在家寶的床邊。他閉著雙眼，但呼吸淺薄，不可能在睡。他睜開眼睛。我們兩人突然領悟到之前經歷過的事。這一天的重量全力朝我襲來。「這是真的吧？」我說。

「對不起。」他說著便給我一抹似笑非笑的滑稽笑容，伸手過來撫搓我的頭髮。

不，我們可以等明天早上再跟小偉說，即使我想跟女兒們說說話，但我怕一跟她們通話，就會忍不住哽咽。我們可以等到早上再打。

我爬上床，到了家寶身邊，一面告訴自己，到此為止，不能再更進一步。我和衣躺下，手臂摟住他的胸膛，一腿繞住他的腿。他靠了過來。我吸進他頸背的麝香。鳳蝶道汽車旅館不存在於時間裡的任何地方。我抱著他，直到兩人入睡為止。

昨晚亮著燈就睡了，我早早在黎明之前醒來，雪莉酒讓我頭昏眼花。我的手臂還披在家寶胸膛上，被他的手扣在原位。我怕要是我擾亂了我們的組合，會永遠沒辦法再恢復原狀。我們渾身散發著睡眠的氣息，鮮血的氣味依然在他上方流連不散。他一定聽到了我的騷動。他放開我的手臂，往後伸手撫搓我的大腿。我想像他一定沉醉在某種夢境裡，以為貼著他溫暖身軀的，是他妻子，可是緊接著他叫喚我的名字，轉過身來。

腫脹的臉龐因為之前的出血而發黑，嚇著我了。嘴唇的裂傷昨夜流了更多血，在下巴上凝出一道棕色污漬，現在已經結出細薄硬痂而接合起來。我舔舔手指，把污漬搓掉。他閉著眼睛，擠著臉，模樣幾乎像在禱告而陷入狂喜。我的手滑進他襯衫底下，貼上他燙熱的肌膚。

「這樣可以嗎？」我把話擠出口。

「我想我的腦袋並不清醒。」他說。

「我也是。」我喃喃。我納悶自己這種昏眩狀態——前晚的腎上腺素還未徹底消退，精力因為酒精而下滑——能否當成開脫的理由。

「我的意思是……」他的鼻子壓向我的髮根，吐息烘暖了我的頭皮。「我的意思是，我知道接下來會怎樣。」他把我的手拿離他的肌膚，放回我肚子上。「而且我愛我太太。」

我滿臉滾燙，躺回原位，盯著天花板的灰泥。「我也愛小偉啊。」我憤慨地說。

「小偉很幸運，可是我不能當個偽君子。」

「你的政治價值也包含愛情嗎？」我酸溜溜說。

他緊揪著床單，彷彿陷入劇痛。「這全都是愛，妳難道看不出來？對我來說，都是一樣的。我不能在街頭上信守一套價值，在臥房裡又是另一套。」我們臂貼臂躺著。我抽開身子。他說：「對不起，如果我讓妳誤會了。」

這種傷害從我肚子裡的不安，往上升騰，化為眼裡的壓力。但我忍住難堪的淚水。「可是感覺很真實。」我低語。

家寶沒回答，我想要相信，是榮譽感才讓他止步的。在這波突然湧現的難堪中，我才意識到，他比我還了解我自己。他以前就有過這樣的感受──腎上腺素讓嘴巴有了金屬味，讓每個抉擇成為重擔，要不成為永恆，不然就是湮滅。

「那是給另一輩子的，」我說，「就像很多事情一樣，是給另一輩子的。」

並沒有另一輩子。

我們開車回家的路上並未交談。體力透支完全顯現在家寶的臉上。在陽光直射下，傷勢像斷裂的黑色毛毛蟲，點點散落在他發紫的肌膚上，看起來很恐怖，彷彿皮膚只是個裝載他凌亂軀體的囊袋。

「怎麼搞的？」我跟家寶身負行囊，跛著腳走進屋裡時，小偉問道。我搖搖頭，知道只要發出第一個音節，自己就會開始掉淚。我朝丈夫伸手，他擁住我，讓我將啜泣藏在他胸口裡。「怎麼搞的？」他又說，「出了什麼事？妳受傷了嗎？」

家寶擠過我們身邊，到廚房洗手。

我哭得更凶。

「沒有，」我喘氣，「我還好。」

家寶走回來，甩掉手上的水。

「你需要看醫生。」小偉對家寶說。

「骨頭沒斷。」

我掙脫小偉的掌握。他對我說：「妳為什麼不打電話？妳應該打的。」他的關心聽起來像責備。

「打電話有什麼用？你又能做什麼？」家寶的語氣有種我不曾聽過的尖銳。「我們沒事。她沒做錯任何事情。」我深深受傷，打著哆嗦，怒瞪小偉。

小偉看出我們之間發生了什麼，但他說不上來是什麼，無形卻觸動了不安。「妳不知道這有多嚴重，這不是遊戲。」

我聽到當初在外公外婆前廳教訓我的那個男人的語氣，就是看著我，眼中只看到教育不足的女服務生，需要將天真無知像面紗一樣從眼上掀開，而這件事當然要由他主導。

「你好大膽子。」我說。

「等等，我會告訴你發生了什麼事。」家寶開始說。

「對，你告訴他。」我的臉柔軟下來，疲憊不堪，「我要上樓了，我累壞了。」

「對，去打理乾淨。」小偉說，他說不上來的心煩在話語當中散解出來。

我吃力地登上階梯，先到女兒們的房間。她們在學校，但是她們強烈甜美的氣味安慰了我。睡衣亂糟糟堆在沒鋪的床鋪上，在艾蜜莉的房間裡，玩具從床鋪一路撒到門口。我把玩具收攏起來，放進她的玩具箱。就是為了這個，對吧？全是為了這個，我暗想。

我想起我們住第一間公寓的某個時刻。我們搭乘剛剛開通的灣區捷運進城裡，要到十六街去。列車有新車的味道，鋪有清潔的地毯跟織布椅子。我們進入跨灣隧道時，我覺得我們彷彿在一顆子彈裡，朝向未來噴射。在教會區，箱子裡的水果在太陽下散發出來的氣味，讓我想起家鄉。我們後來買了芒果跟木瓜回家。

那天我從淋浴間走出來，小偉正在桌邊削芒果，褪到剩下內衣。金色手臂的弧度如此美麗，尤其襯著白衫的時候。芒果果液淌了下來；他舉起手臂舔了舔。我坐下來，他遞了一半芒果給我，就像我母親那樣對切——在果肉上劃出棋盤線條，將皮往後一折，方塊果肉就會往上浮起。他緩緩吃著，嘴巴順著果肉啃咬，嘴唇亮著果液。更多汁液淌下他的雙手，沿著胳膊流下。他用舌頭接住，汁液滑下他的下巴。我用掌緣抹去，然後吻去他臉上的果汁。

艾蜜莉就是在那段時間懷上的。

感覺像是多年以前的事了。我離開艾蜜莉房間的時候，聽到男人在樓下爭論。我停下腳步。

「忍無可忍了，」小偉說，「這等於是在宣戰嘛。」

「我們必須要有方法。」

「我認為應該主動出擊。**他們**沒有方法，只有一個接一個的暴行。我們又為什麼該要表現得文明？」

「那正是原因所在啊，」家寶說，「因為那是他們預料不到的，那是他們無法想像的。他們假設我們會跟他們同一層次。」

「我認為我們應該這樣——」然後小偉關起書房房門。

我想衝到樓下，阻攔他們的瘋狂計畫。**看看家寶吧**，我想說，**看看我們。我們贏不了的。停下來，不值得的。**

小偉不會聽的，我很清楚。我們血淚交織的臉龐只會讓他更激烈，而我已經耗盡力氣。我只是回房間泡了個久久的熱水澡，試著假裝那一切都不存在，至少撐個半小時。

39

那年秋天，空氣裡瀰漫著革命的氛圍。伊朗國王罹患癌症，來美國接受治療，結果觸犯眾怒，懷疑美國打算讓他重掌政權，於是伊朗學生在十一月四日早晨闖進德黑蘭的美國大使館，進行和平「進駐」，結果最後劫持了六十幾位人質。不過，經過門多西諾事件過後，對我而言，伊朗的事情弱化成某則模糊的新聞報導。

小偉、家寶跟他們一群朋友開始每週輪流到不同人家裡聚會——這種偽裝真的是一種策略，還是從電影學來的老套？參加的人一律是男性，女人除了供應脆餅或安撫孩子之外，不扮演任何角色。

「你們每星期四都在幹麼？」我問。

「打橋牌。」小偉說。他看著家寶的淤青慢慢從烏黑變成淺紫，然後是黃色，繼而隱去不見，但他依然膽敢持續下去。

「你一點都不在乎家人嗎？」我火冒三丈。

當小偉說「只是打牌，跟妳一點關係也沒有」，我便知道自己確確實實被排除在他們的計畫外。

他們從來不在我們家碰面，所以我只能猜測參與的人數跟人名。如果陸先生真的質問我，我可以辯稱自己真的一無所知。等這一切結束後，小偉才會告訴我，這群人原本計畫提供武器給台灣的運動人士，以便協助培養當地已經興起的抗議活動：政府迅速澆熄的小小爆炸。抗議人士可以用來對抗國民黨的催淚瓦斯、棍棒跟橡膠子彈的，向來就只有文字；金恩博士過世十年了，受壓迫的人早已經厭倦了非暴力抗爭。

我並不清楚細節。他們有些人從事進出口生意，我想在當時，只要透過賄賂，什麼事都辦得成。相關指示用暗號寫進發貨單。當時，**台灣製造**的貼紙在眾多商品上隨處可見，這群打橋牌的生意人表面上專事生產高爾夫球桿跟國慶仙女棒。

第四勢力。目前插手的已有三方勢力：國民黨、美國跟中國。受到英國作家格雷安．葛林的小說《沉靜的美國人》（我在一門課讀到這本書，某天晚上跟小偉討論）的啟發，他們決定組成「第四勢力」。四是個不吉利的數字，是「死」的同音異義字，但就像在塔羅牌裡，死亡不會是終結，而是重生跟改變。家寶會成為與美國媒體之間的聯絡人，他不久前的監禁跟逃離，增強了他替人權發聲的可信度。但我一直到事情走到分崩離析，才獲知這種種細節。

40

家寶第一次過感恩節，我照著洛克威爾[21]大名鼎鼎的畫作來準備我們的菜餚，我看到安卓尼可連鎖超市櫥窗上就貼了一張。我從冰箱抬出解凍的二十磅重火雞，從牠體內拉出一袋雜碎，放在旁邊等著燉肉汁，然後把填料塞進冰冷潮濕的身體窟窿。我往雞身搓上佐料、奶油，裹進錫箔紙，開始烘烤。今年不吃米粉，也不吃皮蛋。我做了番茄肉凍、烤玉米跟馬鈴薯泥。我在小超市的感恩展示區找到罐裝南瓜，於是照著標籤上的食譜做了派。艾蜜莉跟史蒂芬妮在廚房跑進跑

21 全名為 Norman Rockwell（1894-1978）美國二十世紀早期重要畫家與插畫家，作品橫跨商業宣傳與美國文化。這幅〈感恩節圖畫〉，又題為「免於匱乏的自由」，出於他的知名系列作品《四大自由》。

出，好高興星期四不用上學。她們把手指探進菜餚，舔掉攪拌器上頭的馬鈴薯泥，還把罐頭裡剩下的派餡刮吃乾淨。我孩提時代，被迫遵照阿姊跟母親的精準指示下廚，一直以為這是苦差事，看到女兒們還覺得很新奇，我滿高興的。

那晚，我把火雞從烤箱拉出來。成色很美：完美的棕色，酥脆的表皮裂開，露出厚實多汁的肉。我叫小偉跟家寶來吃晚飯。

我要女兒跟家寶先坐好，然後才端出火雞。女兒輕呼鼓掌；感恩節這樣過，對她們來說是嶄新的體驗。我把切刀遞給小偉，要他負責削肉片。

「看吧，」小偉說，刀子陷入肉裡，「開始嘍，用美國人的方式。我太太煮了一整天的料理，可是功勞最後都歸給我唷。」

「拜託，少說風涼話，女兒都餓了。」我這才意識到自己還綁著圍裙，於是解下來掛在椅子上，衣服散發著濃濃的廚房味。

「再說一次為什麼要慶祝這個節日？」家寶問。

「艾蜜莉，跟家寶叔叔講。」

「那個時候清教徒快餓死了，印度人就教他們種東西。到了農作物收成的時候，清教徒跟印度人就聚在一起，為了沒餓死，向對方表示感謝。」

「印度人？」家寶說。

艾蜜莉把 Indians（印地安人）直譯成印度人。「就是美洲原住民。」我糾正。

小偉笑了。「清教徒跟印度人。那些探險家抵達美洲的時候，以為自己到了印度群島。」他拿起一塊肉。「把盤子傳過來。」

我們順著桌子傳遞菜餚，就我記得的，大學教職員晚餐就是這樣，每個人各拿一份，不像我們平常習慣伸手到共用的盤子去拿自己想吃的。家寶對著抖動的番茄肉凍猶豫著。

「是鹹味吉利丁。」我不自在地說。他聳聳肩，舀了一瓢。

小偉揮著雞腿。「我覺得自己像個道地的美國人了，像個一家之主。」他誇張地咬了一口，像是個精力旺盛的中世紀國王。他的胡鬧讓我疲憊不堪。

「我也想要一根。」史蒂芬妮嚷道。

我要她安靜。「吃我給妳的。」

「糟糕！」艾蜜莉嚷道，為了表示驚恐，嘴唇噘出喜感的O。「我們忘了說自己感謝什麼，我們開動以前沒先謝恩。」

「謝恩？」家寶說。

「她想禱告啦，」小偉說，「自從她去過艾咪那個女生家作客以後，就一直想在飯前謝恩。」

「阿嬤會喜歡這樣的。」我媽媽連喝一杯茶以前都要先謝恩。我突然好想家。我晚點要打電話給父母。「我們應該講講自己感謝什麼嗎？」

艾蜜莉閉起眼睛，垂下腦袋。小偉對我挑眉。「我很感謝有家人，謝謝祢，上帝。奉主耶穌基督的名，阿們。」

我複述她的「阿們」，講完以後，家寶跟史蒂芬妮拖延片刻才有樣學樣跟著說。

「我也是，」史蒂芬妮說，「我很感謝有家人，謝謝祢，上帝。奉主耶穌基督的名，阿們。」

「她學我。」艾蜜莉瞇眼瞅著妹妹。

「安靜，她不是學你。我們都可以為了有家人覺得感謝。我很感謝我們可以在一起。」我再次想起父母，遠在一整個海洋的距離之外，我吸吸鼻子。「我很感謝，世界上有孩子在挨餓的時候，我們還有這麼多東西可以吃。」我稍微談到孩子們在沙子裡挑揀米粒的事，這個畫面是為了向女兒強調她們有多麼幸運。

「我很感謝自己平平安安跟好朋友們在一起，而且大家都對我很好。」家寶肅穆地說。他也閉上了眼睛。我看著他一時沉浸在自己的白日夢裡。接著他抬頭睜眼，露出笑容。

「爹地呢？」艾蜜莉說。

「我很感謝有電視。」小偉說。女兒們咯咯笑。

在他眼裡，沒一樣東西是神聖的，要他說了才算。「你好美國。」我說。

小偉雙手往上一拋。「我護照上就是這麼寫的啊。」

女兒跟她們的細聲呢喃就是我們這頓晚餐的背景音樂。我把沉默當成大家對餐點的恭維。甜點過後，家寶沒勁地清了清喉嚨。

「我要搬走了。」他說。

小偉的表情顯示他早已知情。這個聲明是說給我聽的。艾蜜莉發出低沉拉長的**噢**——就是六歲小孩那種失望的哀鳴，接著可能就會嚷說**不公平**。史蒂芬妮的視線在我們兩人之間跳動；她明白這件事相當重要，但不清楚為何重要。

「噢。」我說。那個消沉的單音節底下有百種思緒在流竄。我想知道這是誰的計畫，又是為了什麼。

「我們在南柏克萊找到地方了。」小偉說。

「你們找到地方了。」我盡量讓語氣跟表情一樣無動於衷。

「南柏克萊的王子街，地下室的小公寓。」

「押金付了，租約也簽了。」我說，不是提問而是確認。

「是簽了租約。」小偉表示肯定。

「我不能再麻煩你們了。」家寶說。他看著小偉而不是我。

「你當然想獨立了，王子街，沙特克大道旁邊？」我努力要把這個念頭塞進腦袋，結果差點又覆述一次，「租約什麼時候開始？」我講得如此之快，覺得喉嚨都嗆住了。

「十二月一號。」

一個星期後。

「沙特克大道旁邊的王子街。」我試著想像那條街。住宅區、有路樹、略微破敗、中產階級。

我站起來。「再來一些派？」我沒等回答，就開始收拾桌面。

我從眼角餘光看到小偉跟家寶互換眼神。家寶主動說要幫忙。

「我自己來就行。」我厲聲說，然後吭吭噹噹疊起盤子。女兒們陷入順服害怕的沉默。

「去幫媽媽。」小偉下令。

「不用擔心，我自己可以。」我擠出笑容，嘈雜地收攏刀叉，撞在盤子上鏘鏘作響。女兒們滑出椅子，悄悄走開。

在廚房，我把水龍頭開到最熱，看著蒸氣漂浮，泡沫在水槽裡升起。遭到否絕的思緒以具體形態現身：喉嚨的緊縮，包圍某種虛無的張力，感覺像是個物體，球體，纏結，某種卡住的東西。我吃力地呼吸，試著鬆開肋骨。我的解脫感覺起來好怪異。我突然想起去年冬天，我們穿著不夠保暖的冬季外套跟運動鞋，臨時起意跑去看雪，就我們一家四口。我們隨意停在八十號州際公路某處，那裡都還不是什麼冰雪樂園，只是個小小岔道，那裡有一片空地積了雪。小偉帶了垃圾桶蓋去，我們把它當成雪橇，順著小丘滑行，然後再拖著它上坡，整個下午就這樣再三反覆。回家的路上，我們停在特拉基鎮的小館子大啖漢堡。女兒們的臉頰透著亮粉紅，被雪曬傷。不，我驚奇地體認到，這並不是解脫。這是失望。我把雙手使勁插入燙熱起泡的水裡。雙手刺痛起來。那趟旅程至今還沒滿一年。是數得出來的歲月。我拉起塞子，又把水打開。

我把臉轉向袖子。在水聲後方，我聽得到小偉跟家寶在另一個房間低聲交談。沒人過來問我怎麼了。反正要是有人問起，我也答不出來。

洗完碗盤後，我沒跟小偉或家寶講半句話，就逕自上樓送女兒就寢。我替史蒂芬妮蓋好被子後，她抓住我的手，吻我掌心。開始去看麥森醫師以來，她在肢體動作上比較外放了。

「媽咪，」她說，「不要傷心。」她的懇求就像捅了我肚子一刀。

「我很開心啊，」我抗議，但我察覺她知道這是謊言，「我很高興我有這麼一個可愛的女兒。」

「是**兩個**女兒。」她舉起兩根手指提醒我。

「當然，是**兩個**可愛的女兒。」我撫平毯子，吻了她的額頭。

我用自己房間裡的電話撥給父母，時間是星期五早上將近十點，無人接聽。

我爬進床裡，幾個小時後，小偉才上樓來。我假裝睡著了。他在黑暗裡脫衣，然後上床到我身邊來。他小心別碰到我——腳趾並未無意間蹭到我的腿，胳膊也沒擦過我的手臂。

在我父母漫長的人生故事裡，八年結婚紀念還是早期的事情，當時他們還沒親自接生最後一個孩子。八年只是個開端：在我父親失蹤的三年前，在他返家的十四年前。

我跟小偉結婚八年了。我們曾經許下誓言，承諾會長長久久，在這段攜手共度的人生裡，八年只會是在門框上劃下的幾道刮痕，標示著成長所經歷的痛苦。

小偉上床來，什麼也沒對我說，這種作法也許是對的。也許讓這些歲月足堪忍受的，就是不去承認那些負面感受，任由它們滑入表面底下。我們閉上雙眼潛了下去，悶住耳朵、憋住呼吸，等我們再次冒出水面，一生就已經過完。

隔天，我們開車到普萊瑟維爾，這是耶誕樹農場開放的日子。一路上山丘乾燥金黃，上了五十號州際公路，穿過埃爾多拉多，最後抵達辛格泉鎮，那裡的長青樹開始跟櫟樹混融不分。我們把車停在碎礫停車場上。那天的一切都燦亮亮的：陽光從樹頂散射下來，空氣颯爽，樹林之間傳遞著清亮人聲。我們大步繞著樹木走，辯論著每棵樹的優劣：太高太寬、枝葉太稀疏、色調太銀白等等。小偉跟家寶出門在外，似乎忘了他們祕密生活的沉重，開著玩笑、彼此抬槓，一把撈起女孩們，逗得她們放聲尖叫。小偉一臂攬住我，用鼻子蹭蹭我冰冷的臉頰。我朝家寶溜一眼；他蹲伏在艾蜜莉旁邊，討論落葉樹跟長青樹的區別。

我們在黃昏時分下山，車頂上綁著六尺高的膠樅。我們朝西駛向逐漸下沉的太陽。天空變成鮮豔的粉紅。沙加緬度燈火散落各處，廣闊的河谷在我們眼前展開。

「看。」我對女兒們說，她們客氣地發出輕叫，表示敬畏。我想起自己童年的個別記憶——就是在受到遺忘的長段時間裡，從模糊中升起的鮮明時刻——我納悶她們往後會不會憶起這一天，還有我們五個人同在的情景。

41

靜靜的生活。我想要那些桑椹樹，它們替孩子玩耍的街道提供了遮蔭。我想要家寶在王子街埋頭拚命打字，那個單純悲傷的地方滿是灰塵跟汽車臭氣，是個烈士的避難所。我想要小偉手上跟衣服沾了粉筆灰，在勒孔特大廳對著誠懇的大學部學生講課。我想要艾蜜莉尖叫衝過遊樂場，狂追著朋友跑；我想要史蒂芬妮蜷身窩在她幼稚園閱讀閣樓裡的枕頭上。我想要這一切都持續下去，不中斷，一路經過冬天、春天，期間只會穿插著節慶假日，用勞作紙做出來的雪花跟心型來標示。

我到奧克蘭的中國城跟陸先生會面。

我們以美國人的方式各自點了午間特餐。我沒胃口，剛剛過了午間巔峰時段，員工正在吃飯，廚房比餐廳還吵鬧。我們面對面，就像關係走到盡頭的戀人。

我再次對陸先生語氣裡那種克制的威脅感到驚奇。他的語調和善歸和善，但是當他對我的艱難處境表達**同理**（他的用語）時，聲音就跟鋼琴鋼弦一樣緊繃，架在人的脖子上。

他說，他聽說小偉跟家寶捲入某種計謀。

我納悶，我們在沖洗店外頭初次碰面時，我的神情如何無意間洩露了我的心境。這個男人相信我不會向丈夫傾吐，而我確實沒有。他比我更清楚我的婚姻狀況。他同事一定蒐集了幾十份人物側寫，都是可能延攬來擔任線民的人，不知怎地他們最後決定找我。

「家寶現在搬走了，」我說，「所以沒什麼好說的。」一週前，我幫家寶清理他的新住處，公寓在一棟破舊維多利亞式建築裡的地下室，穿過後院柵門之後，有個邊門可以進去。我們一起站在門口審視我們的任務。門後有個一九五〇年代的青綠色舊冰箱，還有一架搖搖欲墜的金屬框床鋪。在陰暗的臥房裡，可以看到上頭有張條紋薄床墊。腐臭的貓尿味嗆得我咳起來。

陸先生問我，我對小偉的最新計畫知道些什麼。既然從我這裡拿不到多少消息，為何繼續窮追我不放？是因為只要給點暗示，就足以迫使我採取行動嗎？還是因為在美國土壤上，謀殺跟失蹤讓人不以為然，一連串間接事件的效果會比較好？這塊土地的保護——我仰仗的不就是這個嗎？

我跟他說了實話：我毫不知情。小偉什麼也沒告訴我。我只知道——我提出這件事作為示誠的小信物——國際人權日那天，家寶會在一神論派教會演說。陸先生露出笑容。

「我確定出席的人數會很踴躍，美國人對其他土地上的恐怖故事最有興趣了。」

我咬了口蔬菜，蔬菜浸在菜單上簡稱為「棕色醬汁」的肉汁裡。我閉上眼睛，試著吞嚥。

「說服他取消。妳也知道，島嶼跟執政當局有形象的問題，像這樣的事情只會搧動情緒。」

「我會試試看。」

「麻煩了。我知道妳很忙，有很多心事，不只是太太跟朋友，還是當媽媽的。」他抓起一塊雞肉，吞了下去。「對了，如果妳需要找不錯的日托中心，請讓我知道，就是不會對家長做出奇怪要求的那種。客人才是老大，對吧？」他搖搖頭笑了。「還做治療咧，拜託喔！」

為了擋掉作嘔感，我連續灌了好幾口冰水。我生怕玻璃杯會從我發抖的手滑出去。我小心放了下來。

我硬起下顎，免得牙齒格格發顫。「如果你都知道那麼多了，幹麼還需要我？」

我的大膽放肆——雖然內心恐懼著——讓他覺得有趣。「這就對了，她終於說出真心話了，因為只有一個人可以替我們處理唐先生的手稿。」

「手稿？」我的語調不帶起伏，聽起來很假。

「『手稿？』她說。對，手稿。我想跟妳強調，那個東西如果出版了，會是大災難。是我們的災難，也是唐先生的災難。」

「我什麼都不知道。」

「有趣的是——」他露出一抹根本不是笑容的笑——「他很樂意接受我們給他的錢，願意停筆不寫。」

我畏縮一下。這是遊戲，我提醒自己。不過，那個問題依然縈繞不去，就像一聲尖銳刺耳的懷疑鈴響：陸先生也跟家寶談過了嗎？我太清楚善意的扭曲途徑。不，家寶不是偽君子，但任何人都可能見風轉舵。不，我不能有所懷疑。家寶跟其他男人不同。當我內心交戰不休，陸先生是否看到我表情變化不停？我終於開口：「不可能。」

「是嗎？如果我可以確定手稿會毀掉，我會請妳親自毀掉，這是最方便的。不過——唔，妳一定明白，我必須親自監督。妳想妳幫得了忙嗎？」我沒回答，他放了個信封在桌上。「預先聊表一點謝意。」我沒動。他抹抹嘴，把捏皺的紙巾扔在沒吃的食物頂端。他在我們兩人的盤子之間留下十元紙鈔。「夠付餐費的。」他伸出手，我可悲地握了握。

我等到上了車，才往信封裡看。五百美金。我搓了搓紙鈔，忖度會不會是假鈔。家寶有可能真的收了他們的錢嗎？也許整件事都是個策略，而不管怎麼做，我都會是輸家。我怯生生把信封湊到鼻子前嗅了嗅，傳來紙鈔的特有氣味。我原本就不可能把信封丟在原地，也就從桌上拿了起來。也許我可以找個辦法還回去。我摺起那把錢，放進皮包拉起拉鍊，想到我能夠取悅與使之失望的所有人們。

42

麥森醫師——戴夫有一條新地毯，由碎布織成，有各種色調的紅跟橙，醜得教我看得出神。他也在牆邊裝了個小小塑膠插電噴泉，汩汩冒著水，聽起來就像漏水的水龍頭；我渴望狠狠一扭，把它關掉。

我跟小偉各坐沙發一端。

戴夫的視線在我們兩人之間閃動。

「上次跟你們碰面以來，狀況如何？」他問。

「不錯啊。」我說。

「還有更多事情要說嗎？」戴夫鼓勵。戴夫總是希望我們**說更多**，希望我們將自己剝開來，穿越肌膚抵達內臟。如果我們做得到，我們也就不會來這裡了。

「沒有。」小偉說。

戴夫緊張地整理自己的文件。「那麼，我們來談談史蒂芬妮？」

我侷促不安，不確定自己想知道。每次晤談，我就在等候室裡心神渙散地翻著雜誌，史蒂芬妮則是在陰鬱的空白門板後方，對戴夫說著老天才曉得什麼事——使我對一切都越來越失去把握。我是哪門子母親或妻子？我以前是哪種女兒？看我養孩子成不成功？——這就是針對我的存在所施加的試煉嗎？

我們沒人回答，他說了下去：「我們的晤談一直滿順利的，她是個心思細膩的小女孩，很有觀察力，講起話來字斟句酌，你們當然都曉得。她跟我說起想像中的朋友，你們可能知道他。她說他離家出走，現在跟她住在一起。」

「想像中的朋友？我從來沒看過她自言自語啊，」我說，「你確定？」

史蒂芬妮很沉著、很理性。她一旦知道獨角獸並不存在，就拒絕再畫它們。即使還在學走路，她就會在我對她講話的時候，捧住我的臉，評估我誠實與否。艾蜜莉要是心情不好，逗一逗就解決了，史蒂芬妮則對裝可愛的哄誘方式沒反應。

「聽起來不像她會做的事。」小偉咕噥。

「嗯，我看一下，」戴夫細讀文件，「她說他叫**焦包**。」

「家寶？」我說，我們家的四歲大孩子把心理治療時間都來談家寶？我心臟狂跳，緊繃感順著頸側往上竄。我僵住身子，生怕洩露自己的驚愕。我怎麼都不知道？

「他不是想像的，」小偉打岔，「他是真的。」

「你說他是『真的』，意思是？」

「她說的是實話，」小偉說，「是我們一個朋友，家寶，原本住我們家，可是已經搬走了。」

戴夫挑起雙眉。「他住了多久？」

我默默數算月份。「大概兩個半月。」

「兩個半月是很久的時間，」戴夫拉長語調，小心的說話配速充滿了暗示，「有趣的是，你們兩個都沒提起。」

「有關係嗎？我以為這些晤談跟我們有關，就我跟我太太。」

「這件事有沒有讓你們兩人的關係緊張？」

我原本從心頭驅走的回憶湧了上來：躺在威利茨的褪色床罩上，我掌心貼著家寶輕柔跳動的心，蹭著他的頭髮尋找根本的氣味，我可以再認出那個味道，有如母鳥認得雛鳥的哭聲：泥土、油脂、清潔劑混合椰子味的旅館洗髮精。我勉強一笑：「不，家寶非常體貼。」小偉把玩著沙發手把的接縫。

「他怎麼會來住你們家？」

我等小偉解釋。

「他需要地方住，」小偉終於說，「他時運不濟，可以這麼說。」

「聽起來對你們的婚姻帶來很大壓力。」

「也沒有啦。」我說，瞟瞟小偉堅決的神情。

「日常作息被打亂的話，小孩會很難適應。」

可是我想抗議，那不是家寶的關係。都是因為小偉，誰叫他傍晚老是跑去參加祕密聚會；都是因為我，皮包裡放著不義之財，慌慌張張地來去。我突然從史蒂芬妮的角度來看我們家的生活：我們用了那麼多遁辭，把整個家都塞得滿滿的。我很訝異，史蒂芬妮跟艾蜜莉在種種欺瞞跟謹慎的眼神下，竟然還能夠呼吸。

我要說出來。我們想幫史蒂芬妮，對吧？「也許她談到了家寶，可是那不是他的錯，」我說，「那是我們的錯。都怪你，小偉，滿口都是政治，好像我們其他人都不重要。」

「政治？」戴夫說。

「我是對政治很熱中，」小偉趕緊搶話。我明白——我什麼都不該說的。即使是美國的醫病保密法，對於目前這種情勢來說都不夠機密，而是另一個需要擔心跟保護的祕密。

「非常熱中，」我說，「你上一次來得及送她們上床睡覺，是什麼時候的事？」

戴夫打岔。「這點很有趣也很重要，可是，既然家寶是史蒂芬妮的焦點，也許我們應該多談一點家寶的事？」

「家寶也對政治很熱中，」我幾乎掩不住語調裡的譏諷，「相信我，有關係的。」

「我不是為了好玩而有興趣，我做的事，也是為了女兒好，妳難道不懂？」

「『你做的事』，到底是什麼事？」戴夫問。

「對啊，小偉，你到底都做些什麼？」我轉向戴夫。「你打橋牌嗎？」

「不打，為什麼問？」

「我先生顯然是這方面的專家，有時候一星期要打好幾個晚上。」

小偉搓搓臉，嘆了口氣，試著打發我的嘲諷，語氣很疲憊。「我沒有外遇，如果妳是在想那種事。」

他真的認為我心胸有這麼狹窄？「外遇？」我拉高嗓門，「我也該擔心外遇的事嗎？我根本想都沒想過。你**外遇**了嗎？」

「我剛剛才說沒有。」

「那你幹麼提起？」我再也不在乎讓戴夫看到我們有多難看。

「要是妳認為，我……**對政治有興趣**，只是為了自己，那妳就是不了解我。妳覺得我希望我們小孩像我們以前那樣，在沒有國家的狀況下長大嗎？或者像妳，在沒有父親的狀況下長大？」

我畏縮一下。「我父親跟這個一點關係也沒有。女兒們現在有父親，即使他**很希望**自己可以當個烈士，在監獄裡被關到沒命。」

小偉霍地站起身，我往後退縮。「我到此為止。」他宣布。

戴夫把文件放在一邊，向小偉招手。「等等、等等、等等，我們先冷靜下來。」

「我說我到此為止了。」

「小偉，」戴夫說，「請留到晤談結束。」

「不了。」小偉說，掙扎著穿起外套，手臂卡在袖子那裡。「媽的！」他吼道。

「史蒂芬妮怎麼辦？」我尖叫，「你女兒怎麼辦？重點又不在你身上。」

小偉摔上門。噴泉中斷片刻，水濺到地板上。我想追上去，我的血管搏動不已，喉頭緊迫，太陽穴發疼。

我痛恨他。

我跟戴夫在煩透人的噴泉汩汩聲裡呆坐太久，最後他終於問：「妳覺得怎樣？」

我乾巴巴一笑，幾乎像啜泣。「糟透了。」我說。

43

雪松街上的教堂很樸素，淺色木頭鋪板，有新英格蘭的殖民風，供會眾使用的簡單聚會廳裡布置了折疊椅。觀眾有套著寬鬆服飾的長髮青年，也有年紀較長、教授型的，一身東岸自由主義者的經典風格：髮鬚修得乾淨俐落、身穿合身的粗呢跟燈芯絨服飾。除了我、小偉跟我們幾個朋友，其他都是白人。我半心半意建議他們取消演說，但小偉完全不理會。我苦澀地想起陸先生品評美國人對國際悲劇的偷窺癖。

在我的堅持下，我們坐在最後一排，好讓我方便盯著門口。國際特赦組織過來的年輕女人，穿著緊身藍褲，搭配普通的民俗風女衫——多種色彩加上幾何圖形的車線——介紹家寶是「來自自由中國，尋求政治庇護的人，而自由中國既不自由，也不是中國。」小偉對著袖子竊笑，偽裝成咳嗽。我大聲吐氣，小偉轉過身來低語：「別理我。」他冷冰冰的語調提醒著我，之前在麥森醫師辦公室裡吵的那場架，他到現在還沒原諒我。

家寶演說將近一個鐘頭，細數他坐牢跟軟禁的歷程，以及台灣整體情勢。他說起依然在監牢裡、較不知名的同仁，還有一般的公民，他們都只是因為說出心聲就失去了自由。

家寶講完的時候，全場熱烈鼓掌，提問隨之而來：你覺得即將改變的台美關係會如何影響當前的獨裁政權？稱它為獨裁政權真的公平嗎？蔣介石畢竟是盟友。你有返鄉的可能嗎？你覺得你在這裡比在家鄉更能發揮效用嗎？你稱自己是台灣人嗎？跟中國統一會不會是最好的途徑？即使在提問時間結束後，人們依然在講壇那裡團團圍住家寶。沿牆擺了整桌的餅乾跟裝在保溫桶裡的熱茶。小偉到前面跟家寶會合——也許希望幫忙回答部分問題——我則晃到點心區。

我正替家寶倒茶時，有個低沉男聲出聲招呼。

「真尷尬，」陸先生說，「我沒料到我們都會來。我沒料到會有活動可以讓我們參加。我以為當我跟妳提出要求的時候，妳都明白了。我以為妳同意了。」

我把罪惡感逐出腦海。「我根本無計可施。」

「少裝成無助女子的樣子，妳騙了我。」一頭一次他懶得遮掩自己的惡毒。

我感覺胸口有種冰冷的不安往上升起，我摸摸喉頭。「我試了啊，他們就不聽我的。」我反射性地瞥了小偉一眼，瞧瞧他有沒有在看。

陸先生什麼都不放過，隨著我的目光望去。「我很期待見見妳先生，還有再跟唐先生碰面。」

「為什麼要找他？」

「妳以為只有他嗎？只是他堅持要當最吵的那個，妳知道美國人都怎麼講嘎嘎亂響的輪胎[22]嗎？」

我沒回答。

「妳先生過來了。」

我整頓自己的情緒。我很沉穩，我很平靜。「我正要端茶給家寶。」小偉走過來的時候，我說。

陸先生伸手跟小偉握了握。

「你太太告訴我，你跟唐先生交情很深。」

小偉發出含糊的嗓音作為回答。「抱歉，我沒聽清楚你的名字。」

「陸愛國。」他把名片遞給小偉。小偉的視線溜過卡片，臉龐變得剛硬。

「要給家寶的嗎？」小偉伸手要拿我手裡的杯子。

「別不高興嘛，我想跟你談談，我也給過你太太名片了。」他怎麼可以這樣？我的抗議卡在唇間說不出口，我怒瞪著陸先生。

「過來。」小偉扯著我的手臂。

我們把陸先生留在點心桌那裡。走向大廳前方的途中，小偉問我跟他說了什麼。

22 指的是「The squeaky wheel gets the grease.」這句諺語。直譯為「嘎嘎作響的輪子表示要上油了」，亦即「會吵的孩子有糖吃」。

「沒有！」

他緊揪我的手臂。從遠處——從陸先生的角度看來——這個動作看起來一定很窩心：丈夫溫柔地引導妻子穿過人群。小偉氣沖沖對我耳語：「沒有？什麼叫『沒有』？不管什麼都是什麼。妳當初一看到他的名片，就該知道了。」

我有種全盤托出的衝動，但我已經做過了頭，我不能跟小偉講，永遠都不行。

有一次在高速公路上開車，經過對面車道的車禍現場。對向車流塞了好幾英里動彈不得。他們都不曉得前方路況，不知道有艘船莫名地越過拖纜，掀翻了一輛車。我們多少知道他們未來會遇到什麼災難。我提出這點，是因為我們坐在那個小教堂裡，傾聽家寶如何出逃的同一天，台灣南方城市高雄的警方——光線在他們黑色面罩上交錯閃過——拿出棍棒，用擊打跟催淚瓦斯慶祝人權日。

我在雪松街上的教堂裡，聽著家寶說話，而遠在太平洋另一端，裝有擴音器的宣傳卡車迴盪著台語：「厝內的人，街頭上的人，台灣是恁家。作伙為自己的家站出來。警察，你們是台灣人的兄弟跟父親。作伙為了自由站出來。再過三個星期，美國就會完全拋棄我們，台灣到時就不存在了。過來跟我們站在一起。」

擴音器咕噥，群眾的聲音揚起回應：「現在就要人權！」

「反對任意逮捕！」

「反對刑求跟暴力！」

「反對一黨獨裁！反對一黨獨裁！」警察排了三層人牆，用短棍來完成他們的封鎖。擴音器號召抗議人士跟那些在大統百貨公司等候的人集合起來，人群呼喊回應，「他們擋住我們了！我們動不了！鎮暴卡車從東邊過來了！」擴音器持續咕噥，接著傳出尖叫：「催淚瓦斯！」白煙反射了相機閃光燈的光線，從群眾遠側翻騰起來。驚慌失措的抗議者揮著手電筒，試圖突破警察防線，但是警察用短棍抗拒。幾百個人穿了過去後，警察迅速閉合人牆，將剩餘的人困在裡面，那些人持續吶喊：「我們出不去，擋住鎮暴卡車！」可是卡車繼續行駛，它們迫使群眾做鳥獸散，接著被群眾淹沒，擴音器要眾人鎮定，催促鎮暴卡車離開，催促警察退到一旁。

戴頭盔、穿防彈背心跟護膝，腳踩黑靴的男人，揮著鎮暴盾牌，團團繞住龐大的人群。遠處，一批鎮暴卡車隆隆作響，一整營的人馬越逼越近。擴音器持續放送關於殖民主義、奴役的歷史；呼籲釋放政治犯——群眾開始做鳥獸散，場面陷入紊亂，警察圍成的圈子越收越緊，反共義士（臂章印著國民黨徽、砸雞蛋的惡棍）跟抗議人士之間爆發衝突，有人試圖放火燒鎮暴卡車，懇求宣傳卡車把汽油輸送過來，有人則敦促大家堅守和平手段。

竄出有毒瓦斯的罐子被拋入群眾當中；吼聲揚起，是集體的**啊啊啊**聲。警察揮動短棍，揪住民眾的頸背或襯衫，把他們打到屈服為止。瓦斯、鮮血、汗水如雨般落下。

殘缺世界的殘缺時光旅行。他們的十二月十日比我們的早發生，我們那天下午回家的時候，才獲知此事。當地一個台灣朋友打電話來通報消息，是他兄弟通知他的，他兄弟在高雄開計程車，親眼目睹整個事件。

小偉滿懷罪惡感，往沙發上一坐，家寶在客廳裡踱步。我想起那間氣氛溫馨的教堂，硬木地板清掃整潔，無害的一盤盤餅乾，誠心接納家寶跟家寶話語的群眾。當有人被打得頭破血流，這裡就只有話語、話語、話語——除了話語跟想法，別無其他。我們在台灣的朋友起身抗暴，被扣上手銬、在監獄圍場裡忍飢挨餓的時候，我們卻吃飽喝足，砰砰敲著門沒關的牢房，呼喊著要自由。

「我不知道你們有什麼打算，可是你們現在必須停手了，」我說，「現在的局勢太危險。」殉難是要用血肉付出代價。從此過著幸福快樂生活的那種人，說的話根本無足輕重，小偉明明知道。

「不，我們要加快腳步。」小偉說。

「加快做什麼？」憤怒跟恐懼讓我的語氣尖銳。

家寶正準備回話時，小偉比了手勢要他安靜。

「妳跟這個陸愛國有多熟？」

「誰？」我說。

「妳之前就見過他。」指控意味。小偉站起來，繞著小圈圈走，就像找地方躺的狗。他沉浸在思緒裡，似乎不曉得自己的身體做了什麼事，接著陷進藍色扶手椅。

我抗議。「他來參加派對，我跟你說過啊。」

「誰？」家寶說。

我的視線朝他閃去——他也在玩同一種遊戲嗎？

「今天在教堂那裡來了個探子，她跟他講了話。」他在**她**上頭加重語氣——彷彿硬生生扯掉我的身分；我只是個單音節的人稱代名詞，什麼都不是。小偉再次轉向我。「妳以前跟他講過話嗎？不是在派對上，在別的地方？」

「我從來什麼也沒說。」血從心臟衝向腦袋；熱氣灌滿頭顱。「我什麼都沒說。」話語坍陷，疲軟無力。

「她什麼都不會說的。」家寶皺眉。一股感激的柔情竄遍我全身。他繼續說：「她是你太太，你被操弄了，他們就是這樣毀掉我們的，種下不信任的種籽。她什麼也沒說。」家寶的語氣很疲憊：這種事情他見多了，書裡寫過的最老招數。我想向小偉托出一切，還有陸先生如何聲稱家寶收了錢，這樣我就能夠說：**看看他，也沒比我好到哪**。

小偉抓緊椅子扶手，指節又紅又白，咬緊牙關勉強吐出「對不起」。他勉強抑制住脾氣，就為了擺出理性知識份子的姿態。

家寶提醒我們，監視就是這整件事的核心。「自由不就是可以私下過自己的生活，而不是一舉一動都被記錄下來、被人舉發，然後受到懲罰嗎？搭公車的時候，不用去想那個緊抓皮包的老太太，是不是注意你怎麼坐、坐誰旁邊，注意你在公車喀啦開過坑洞的時候，喃喃說了什麼？每件平庸小事都被記進大檔案裡，在調查員檯燈強光的照射下，每個平凡的舉動都變得別具意義？

失去自由不是行動上的限制，而是那種無止無盡受到監視的感覺。」

我雙手必須做些事。我重新整理我們一直放在壁爐橫架上的小飾品；和尚銅製托缽、史蒂芬妮很愛的陶製Q比娃娃、艾蜜莉在學校裡製作的歪扭杯子、今年節慶留下來的各種賀卡。「結束了，小偉，再也不要了，我再也不想參一腳。」

「由不得妳作主。」

「上樓去看看你女兒，然後再下來跟我講啊。再也不要了。」艾蜜莉的杯子從我手中落下，摔得粉碎。「媽的！」我嚷道，蹲下來收攏碎片。

家寶無言地走到沙發那裡。

小偉站起來，因為強忍情緒而打起哆嗦，接著再次坐下。「妳不懂，我們不能因為妳父親的遭遇，就勉強自己去過渺小的人生。」

我轉身用抓滿碎片的雙手比劃，結果割傷自己，鮮血順著掌心細細流下。「渺小的人生？這算是渺小的人生？現在為了玩個牛仔遊戲，就想把你過去追求的一切，全部一把拋開？」

那道血滑到我的手腕，有一滴濺在地上。小偉臉上閃過怒容，短暫的揭露，接著表情平靜下來。「把自己弄乾淨，妳失控了。」

一等我把血洗掉，就看出傷勢其實還好，沒比被紙張割破大多少，我用OK繃蓋住。我們又在客廳裡各就各位，小偉坐藍椅子，我跟家寶在沙發上並排而坐。

「我們不會像懦夫一樣逃走。」小偉說。

「已經走到尾聲了，小偉，」我說，「結束了。有什麼意義？你想要更多暴力嗎？你覺得如果你抗爭得夠賣力，政府就會讓你如願以償？你已經不是天真的學生了，你明明知道事情的運作方式。」

家寶嘆口氣。「事實上，最關鍵的重點是，」他小心翼翼說，就像小孩踩著石子越過溪流，「我們現在必須記得的是發生了某件事，這就是一個時刻。在這個關鍵時刻，我們可以做的，就是盡可能幫忙。一切都已經啟動了，機制已經甦醒，我們必須讓它繼續運轉。這就是一切可以改變的時刻。我明白——」他再次嘆氣。「我明白你們兩位可能沒辦法在這點上取得共識，可是現在有更大的事情在發生，」家寶的論理緩緩地朝我攻來，「我們不能只顧自己。」

我盯著天花板。他們兩人聯合陣線。燈具上結了蛛網。我看著一隻蜘蛛悄悄爬過灰泥，一個小小漂浮的斑點。

「我知道妳會覺得自己不由自主被捲進來。現在國民黨接觸妳，妳必須判定自己覺得怎樣才是正確的。可是，那個時刻到了。」家寶的聲音很輕柔，很理性。他講起話來，就像協商者對著腳趾已經蜷扣在窗檯上的人低語。我恨死這種情形了。

「我不想最後變成寡婦。」

小偉猛地昂起下巴，高聲笑了。

「儘管笑吧。要不是因為這個狀況攸關生死，你碰都不想碰。」我的視線回到那個移動中的斑點上，勤奮的小蜘蛛正要跋涉回家。

家寶清清喉嚨，我希望他也覺得受辱了。

「妳不明白。在這個地方，即使連最小的分歧都可能導致死亡。這是個沒邏輯、是非顛倒的世界，所有事情都表裡不一，要記取翁教授事件的教訓。每個舉動都是一種冒險。」家寶說。

翁教授回台北的時候，被特務從校園大樓丟下來。為了什麼？反對勢力聲稱，他的罪過只不過是在加州一場學術會議上，對黨派政治提出質疑。只不過提出一個質疑。

「那麼，什麼都不要說。」**非禮勿視、非禮勿聽、非禮勿言。視而不見**。我在心裡複習在「英語作為第二外語」課堂上學過的慣用語，我過去以為把那些老套用語隨口加進對話，會讓我變得更像美國人。**沉默是金**。這些陳腔濫調就像磚塊似地從我口中笨拙地滾出來，反倒凸顯了我的外來身分。「什麼都別做。」

「不可能。」小偉說。

我回想我們認識的那天，小偉頭一次提起三月屠殺跟我父親的角色。那天後來我回到阿姊家裡，我們坐在巷子裡的石階上，她把故事接著講完。在我耳聞這個故事以前，這個事件根本不存在。島上的每個人各個陸續有過相同的體驗：一個結構體突然爆炸，轟進我們原本平靜空盪的歷史平原。

「我只想要和平跟安寧。」我說。我敗下陣來。我講的話連我聽來都有氣無力。我真希望這一切都不曾發生過。我希望家寶回家去，希望陸先生退回暗影裡。為了抹消這一切，我的願望必須往回推移多遠？難道要一路回溯到一九四七年二月嗎？

「如果可以就好了。」家寶說。

44

耶誕季到了。艾蜜莉寫了賀卡給伊朗的人質，也讓史蒂芬妮在卡片裡匆匆畫了個線條人物。舉國上下，學童們都在紙上用蠟筆作畫，提醒這些可憐人，另一個世界依然存在，即使他們被蒙著眼、被迫戴著手銬一連苦坐好幾天。城裡四處在窗邊掛起美國國旗。艾蜜莉把愛國主義帶回家，一面著色一面喃喃念著〈效忠誓詞〉[23]。

「我不知道要說什麼，」艾蜜莉埋怨，「我老師說：『寫點開心的事。』」她的蠟筆全都倒在盒子外面，在眼前鋪展開來。她抓起給孩童不靈活的手使用的粗胖鉛筆。

「唔，妳知道妳可以從『親愛的』起頭。」

「好吧。」她一專注，就會用舌頭抵住嘴角，寫出來的字母又大又圓。「親愛的**藍—根**先生[24]。」

---

23 The Pledge of Allegiance，是向美國國旗以及美利堅合眾國表達忠誠的誓詞，根據國旗法，宣誓時，應該面對國旗立正，並將右手貼在心口上。

24 Mr. Laingen，全名為 Bruce Laingen，是曾經在伊朗被劫持為人質的美國前外交官。

「想想看，妳想收到什麼樣的信，如果妳——」我頓住，如果妳怎樣？遭挾持？「如果妳離家很遠。」

艾蜜莉用拳頭撐住下巴，皺起眉，眼睛因為沉思而飄忽。可憐的藍根先生。我們從新聞上熟知他的長相——史蒂芬妮本來還以為他是羅傑斯先生[25]。我明白他家人的感受。如果我們當初知道爸爸還活著，狀況會更糟嗎？如果我們知道，死亡每天都像刀刃一樣——以一條細薄的線繩懸在他頭上？如果我們知道，他的生死存亡端賴幾十個陌生人的協商以及憤怒學生的心血來潮？如果我可以寫封信，我會告訴爸爸，他並沒有被人遺忘。告訴他，我們天天都想著他。告訴他，在我們家，他的缺席就是一抹幽魂。

「我知道了！」艾蜜莉宣布，動筆寫了起來。

我越過她肩膀讀著：**很難過你不能回家。你今年希望耶誕公公給你什麼？**

我們想念你。

快回家。

哥倫比亞發生大地震。蘇聯入侵阿富汗。德蕾莎修女獲頒諾貝爾獎。這個世界運轉不停，一如既往混雜了悲劇與勝利。貫穿這一切的，每天出現在電視上的，就是那些人質。他們潛伏在一切的邊緣上，在每個活動裡；眼角隱隱刺痛，意識到有事不對勁。我甚至夢到他們。

伊朗人在美國土地上，就跟我們一樣，在中情局跟伊朗特務的協力密謀下脆弱不堪。有如國民黨，有人向伊朗國王的人馬通風報信，以便換得好處。在幾千英里之遙的異地說錯了話，入籍美國的伊朗人可以受到第一修正案[26]的保障，他在家鄉伊朗的兄弟卻肯定會遭人打斷雙腿。

在我的夢境裡，我跟卡特總統坐在環形監獄中，周圍有些蒙眼男人被綁在肢刑架上，手腳鍊在一起，在我們伸手搆不著的地方，排在行刑隊前面，行刑隊員發射空包彈嚇唬人，而不是為了殺人。我們抵在窗玻璃上，呼籲行刑隊住手，但沒人聽得見我們說話。我瞥見小偉就在那裡，臉遮起來，但我認得出他的衣服。他們綁住他的雙手，為了羞辱他，抽掉皮帶，任他的褲子掉落。他垂著頭。想想辦法啊，我跟總統說。他只是露出羞愧的笑容。

我一醒來就揪住小偉的手臂。我只想用手指感覺他肌肉跟骨骼的真實感。我想到母親，她有多少次醒來的時候也一定想要這樣，伸手卻撲了空。

「不要。」我對小偉喃喃。

那些會議持續下去。他出門的時候不再跟我道別。我很沮喪，忍不住想，他們成了自己的諧仿，就像共生解放軍[27]或氣象人[28]那樣戲劇化、自以為是，他們的價值在自我底下逐漸解體。雖

---

25 Mr. Rogers，全名為 Fred Rogers，以美國兒童電視系列節目《羅傑斯先生的左鄰右舍》（*Mr. Rogers' Neighborhood* 1968-2001）聞名，給三代孩子留下深刻印象。

26 禁止國會通過任何干預言論自由、宗教自由、和平集會的法律。

27 SLA 全名為 Symbionese Liberation Army，美國一九七〇年代的激進左翼組織。

28 Weatherman，全名為「地下氣象人組織」（Weather Underground Organization，簡稱 WUO），是美國的極左派組織，一九六九年由反越戰組織民主社會學生會的激進派分裂出來，目標在於以祕密、暴力跟革命推翻美國政府。

然我不清楚他們計畫的實際內容，但很確定他們無力抵抗國民黨那樣龐大的機器。同時，在台灣，政府加強控制，剷除雜誌社跟報社，強迫閉社，逮捕作家、編輯、教師跟思想家。

耶誕節的氣氛很肅穆。我們在耶誕節那天團聚在耶誕樹。女兒撲向禮物，上頭撒滿了乾涸的杉針。我跟小偉面帶笑容、柔聲說話，女兒們高舉禮物——迷你特百惠保鮮盒組、樂高、兩個配對的黑髮藍眼娃娃——可是就是無法正眼看對方。我們要女兒摟著娃娃站在耶誕樹前面，替她們照了張相。

「爸！閃光燈弄痛她的眼睛了，」艾蜜莉用鼻子蹭蹭她的娃娃，「她哭了啦，她要找阿嬤。」

小偉對我挑起眉毛。「她是指妳。」

艾蜜莉把娃娃帶來給我，我把它的尼龍頭髮撥到一邊，吻吻它的塑膠臉龐。它的雙眼時開時合。

「不哭喔，小寶寶。」我出言安慰。

艾蜜莉漾起笑容。「好多了。」她朝我臉頰送上一枚響亮潮濕的吻，然後抓住史蒂芬妮的手，拖著她回到她們的禮物堆。

我看著她們玩耍。老師近來的進展報告還滿正面的，說史蒂芬妮不再胡鬧，一般來說比較配合。我們在麥森醫師辦公室吵過架後，小偉拒絕再回去，嘲諷整個治療的概念只是噱頭。他堅持說，沒有晤談，史蒂芬妮就不會覺得自己跟別人「不同」，反倒比較好，所以也不再讓她接受晤談——管那家幼稚園去死。如果家寶是問題，他說，那麼問題已經解決了。我們家女兒沒有毛病。被迫撥那通尷尬電話給麥森醫師，請他取消我們往後約診的責任，卻落在我頭上。醫生問為什麼，即使他一定知道原因，但我還是扯了謊，說假期將近，我們的時程忙到沒辦法每週額外撥幾個小時的時間。

小偉說得沒錯——家寶搬出去以後，史蒂芬妮逐漸恢復原本的樣子，彷彿終於可以放鬆下來，回歸我們再次完整家庭的擁抱裡，即使她爸媽幾乎不怎麼交談。

家寶下午提早過來吃晚飯，我也沒辦法正眼看他。我恨恨地發誓要當個盡職的妻子。我在他們還沒嚼完之前就添上更多菜餚，在他們杯子空了以前就趕緊斟水。整頓飯吃完之後，小偉跟家寶相偕散步而消失蹤影，我帶女兒去公園，她們各自用迷你推車推著娃娃。

那天下午舊金山的國民黨總部發生爆炸事件，銅製匾額被燒黑、玻璃門震碎了，水泥牆炸得坑坑巴巴。

小偉在看晚間新聞，我正在擦洗好的碗盤。我朝客廳探進身子。「怎麼了？」

「有爆炸案。」

我手裡拿著盤子跟毛巾，走來站在沙發旁邊。黃色警示帶從人行道一路延伸到街頭，繞過一個垃圾箱再拉回來。北美事務協調委員會（替代關閉的中華民國領事館）的女人耶誕晚餐吃到一半，站在毀損的建物前方哭泣，身上還穿著紅綠雙色雪花毛衣——對記者說：「感謝老天，現在是耶誕節，要不然誰曉得會死多少人。」她伸手到眼鏡下，抹去一滴淚水。「這世界上有太多邪惡了。」

警方發言人說：「這顯然是蓄意恫嚇的行為，即使沒有傷害的意圖，我們還是會全力追查。」

震驚由難以置信所取代，接著是嫌惡。這就是他們「打橋牌」時在做的事嗎？這就是小偉打算用來維護我們安全的手段？我什麼也沒看到，只看到魯莽自私的自我。

「我不想知道。」我啐道。我納悶要到什麼地步，小偉才會淨空他雙眼，彷彿他的靈魂已經鬆弛。他咬緊牙關，太陽穴鼓動著。

「我又沒話要跟妳說。」他說。

主播轉過來，開始報導耶誕節的交通死亡事故。

我回到廚房裡，站在水槽邊。離開，離開就對了。在美國，你可以離開。你可以是個離婚人士，穿著緊身格子七分褲，沿著小超市的窄道推著推車，纏著頭巾，沒戴戒指。我的心不跳，我不呼吸，我是空氣。我把盤子收進櫃子，擦碗巾繞過抽屜把手，然後上樓。

我沒怎麼意識到自己放進行李箱的東西——兩件長褲、幾件毛衣跟上衫、一把內褲。我把行李箱拿到女兒們的房間，拋進幾套衣服跟新娃娃，然後下樓從走廊衣櫃裡拉出她們的外套。

小偉從客廳說：「怎麼這麼吵？」他坐在沙發上思索自己的工作成果，哪還會在乎什麼？

我沒回答就逕自回到樓上，叫醒女兒們。我掙扎著替她們穿上外套、扣好釦子，她們昏昏沉沉、睡眼惺忪。

「怎麼了？」艾蜜莉喃喃，「我好累。」史蒂芬妮握拳揉眼，打了呵欠。

「妳們可以在車上睡。」

我小心翼翼把她們抱下樓，臀部抵住樓梯扶手作為方向指引。女兒們的頭垂靠在我頸窩裡，一邊一個。我用身體撐著門，轉動門鎖跟手把。鑰匙圈懸在一根手指上。

「要出去喔？」感覺小偉只是出於義務才表示興趣。

我用腳把行李箱蹭出門口。史蒂芬妮哀嚎。

「安靜，寶貝。」我將行李箱留在前廊上，步下階梯，這時小偉大吼大叫地衝到門口。

「妳不可以這樣！」他的聲音在院子裡迴盪，敲在鄰居的黝暗玻璃上。

我趕往柵門，用肩膀撞開。女兒們拖慢了我的速度，我還來不及走到車邊，小偉就已經搶先趕到那裡，雙手高舉以示抗議。

「不、不、不，妳錯了，停、停。」

「走開。」

艾蜜莉現在醒了，無言地抬頭看著她父親。

「把門打開。」我說。

「這樣不對，過來，史蒂芬妮。」小偉伸手要抱她，她把臉塞進我頸窩並說：「媽媽。」她的拒絕讓我覺得開心，我希望這樣可以傷到小偉。

小偉的拳頭猛搥車子。「妳們哪裡都不准去。」公園另一邊，有個短期寄居者站起身，陰暗的輪廓顯露好奇跟緊繃。

「別擋路。」我尖叫。小偉想搶鑰匙，金屬圈扎進我的皮膚。「住手！你這混蛋！住手！」有狗在吠。

小偉再次把雙手往上一拋。他低語：「鄰居。」他的目光飄向逐漸亮起的燈光。

「鄰居去死啦！」我吼道。我踉蹌衝到車子另一邊。小偉的視線越過車頂望來，我手忙腳亂地解鎖，拉開車門，終於把女兒們放了進去。她們窩在一起，透過車窗眨眼看著我倆。小偉猛拍車子一掌，女兒們嚇得渾身哆嗦。

「好，走啊，」他抓起前廊上的行李箱，一把拋進車子裡，「走啊，走啊，我連看都不想看妳一眼。」

我等到他離開，才願意上車。一直等到他穿過柵門，回到前廊上，轉身大吼：「走啊！」我甩上車門，就此離開。

我毫無頭緒開了快一個小時的車，午夜過後，終於在大學大道盡頭附近的汽車旅館落腳。那是個馬蹄鐵形狀的雙層建築，外牆是剝落的藍白兩色漆，圍繞著荒涼的停車場。我把女兒鎖在車裡，走到旅館辦公室。在汽車旅館報到入住向來是個可悲的經驗：蠟黃燈光、百無聊賴的夜班職員、舊香菸跟投降的氣味揮之不去。女人把繫著螢光吊牌的鑰匙遞給我。

房間在二樓。女兒們步履沉重地上了樓，靜靜站在水泥樓梯平台上，等我開門打亮燈。二〇三室的味道就像接待處加上洗衣精：想讓這個地方清新起來的可悲嘗試終告失敗。一抹黑色油漬順著扁平的藍色工業鋪毯，從床底下蔓延出來。

「上床。」我邊催促邊關起門。我把行李箱靠放在衣櫥前，拉開被罩，希望床上沒有臭蟲。

「好臭，」艾蜜莉皺起鼻子說，「好噁喔。」

「艾蜜莉。」我語氣裡的疲憊傳達了足夠的警告。她脫下外套爬上床。我把史蒂芬妮抱上床，替她們兩人蓋好被子、吻吻她們時，她一聲也不吭。

「睡得好，別讓臭蟲咬。」我逐漸意識到我們處境堪憐，於是開了個反諷的笑話。

「真的嗎？媽咪？」史蒂芬妮說。

「不是，只是笑話啦，絕對沒有臭蟲。」我在她們上方揮揮手。「咻呼，不見了，睡吧，親愛的。」我關燈，走進浴室，坐在合起的馬桶蓋上。塑膠浴簾邊緣點點霉斑，掛在塑膠圓環上，淋浴間上方的小窗歪歪扭扭卡在窗軌上。地板油氈角落因為水漬而烏黑。在淡棕色的浴室牆壁之間，我對快樂離婚者的幻想漸漸流逝。每個細節都引發了自憐：廁所紙捲用到一半、邊緣參差；骯髒水杯上頭蓋著紙杯墊；馬桶底部四周殘留幾綹毛髮。

我們在妓女跟時運不濟者之間，將這場偽度假變成了儀式。保麗龍保冷箱充作我們的冰箱：牛奶、麵包跟冷切肉，還有一小罐美奶滋擺在半融的碎冰之間。晚上，我們就在附近的館子吃飯，坐在同一個座位，黑色塑膠卡座，灰色大力膠帶貼住磨破的椅面。我們漸漸跟女服務生熟稔起來，她見識過一打這樣的家庭：年輕母親跟孩子處於過渡時期，要不是逃離哪裡，不然就是遭到拋棄。

在這段漫長空洞的日子裡——女兒們還在放寒假——剩餘的時間，我們就在二〇三室裡度過。女兒們用椅子跟毯子打造碉堡，深重的罪惡感讓我動彈不得，淨是癱在床上看電視。

我已經可以想像，等母親發現我的下落，又是發現我如何離家出走，她該會有多麼震驚。阿姊也許會更同情我，可是一定會稟報父母。況且我覺得很難為情：我環顧這間醜陋的汽車旅館房間，滿眼只看到失敗。我忖度自己可以找誰傾訴，卻只想得到家寶。

我停在對街的幾棟房子之外，這個距離足以讓我低調地看看他的住處。即使都走到這個地步了，我還是納悶自己能否信任他。他從沙特克大道轉進來，快步沿街衝刺，最後在住處前方踉蹌停下，然後繞著圈子踱步，等自己平靜下來。我從遠處聽不到他的聲音，但可以看到他在喘氣：他嘴裡噴出一團團熱氣。他做了幾分鐘伸展運動，然後消失在邊門裡。我把女兒鎖在車上，交代她們不准為了任何人開門或開窗——**不管是誰都不行**。「我馬上回來，」我說，「五分鐘，我只需要跟家寶叔叔談五分鐘。」

「我想看看家寶叔叔！」艾蜜莉喊道。

「五分鐘。」我回頭瞥瞥家寶的住處，再看看女兒們。「好吧，我們都去打招呼。」

家寶來應門的時候，已經褪掉襯衫，頭髮透著濕氣。我們四眼相對，一時尷尬不已，接著他把注意力轉向女兒們。「艾蜜莉、史蒂芬妮！進來。」他退到一旁，她們連忙走進去，可是他一手搭在我的胳膊上。「妳們去哪了？」他低語，「小偉很擔心。」

「不用在意。」

「妳打電話給他了嗎？」

「還沒，等我準備好，自然會打。」

他深吸一口氣，放我過去。

他關上門。「我有東西要給妳們喔。」他對小妞們說，她們在每個角落探頭探腦，對著彼此驚呼不斷。

忙著窺探的艾蜜莉轉過身來。「什麼東西？」

他的公寓沒有直接的日曬，比街上更陰冷。「暖氣系統怎麼了？」我問。我在脖子那裡把夾克拉得更緊，雙臂抱胸。

他擂著固定在牆上的暖氣。「我想故障了，女房東說會盡快修理。」

「我的天，這個地方根本不能住人。」我坐在他小小廚房的桌邊，就在我們在善念二手店買來的綠色塑料椅上。「小妞們，過來坐下。」我瞇眼瞅著他赤裸的胸膛。「你不冷嗎？」

「我本來準備沖澡。」他從水槽附近的抽屜裡抽出兩張紙，「我在小超市拿到這個。」他在我兩個女兒面前各放一張。是雪人弗斯帝的著色畫，雪人的樹枝臂彎裡摟著一袋袋雜貨，是店面的行銷活動，底部印著：「著色就有機會得獎！」

「我們可以得到什麼獎？」艾蜜莉問。

「我想，截止日期已經過了，」我說，然後克制自己的語調，「家寶叔叔一直把妳們放在心上，很好吧？要說什麼？」

她們向他道謝，開始對著他拿出來的蠟筆吵嚷著。

「想喝茶嗎？」他問我。

「不用。」

「那我馬上回來。」他消失在臥房裡。我掃視廚房，他用透明膠帶把妻子的照片貼在廚房餐桌上方的牆面，旁邊是一張全家福，他們四人僵硬地坐在白沙發上。他女兒紮著雙辮，裝飾著花朵跟蝴蝶結，笑得很戲劇化，兒子則是尷尬地望向鏡頭後方，彷彿悲慘地拍著入伍前的身分證照。家寶的物品寥寥無幾，整個地方除了整齊之外，也不可能有別種樣貌。單只杯子跟盤子就擱在水槽旁邊的一塊布上晾乾。寂寞跟同情讓我全身一陣輕顫。

他穿著乾淨的運動上衣回來。「另一個房間比較暖和，要不妳們到裡頭去著色吧？」我們幫我女兒們拿蠟筆過去，她們就在床腳席地而坐，就在一絲陽光之中。我跟家寶回到廚房。

「我沒什麼好說的，我不想談那本書，也不想談小偉或其他事。我只是想跟你在這裡坐坐。」

「當然好。」他坐進我對面的椅子裡。

他雙手平靜地擱在大腿上，靜定不動，我以為他可能進入了冥想狀態。我的視線從他的臉龐飄到天花板（樓上的單位有個管線系統連向這裡的水槽，管線上黏著蜘蛛網），再到桌上（我用食指抵著一粒鹽巴來回滾動）。我認為我應該離開了，可是既然都進來了，離開就像抵達一樣，感覺都是個大動作。

「你知道嗎？」我說，「當初我等了很久才跟小偉說我懷孕。」

家寶蹙眉。他的臉失去剛跑步完的潮紅，但汗水的稻草氣味還懸在空中。他什麼都沒說，我繼續講下去，邊說邊覺得嘴乾。

「不知怎的，我就是沒辦法告訴他。我開不了口，不知道該**怎麼**說。像這樣的事件大到沒辦法化為言語——不管怎麼說，聽起來都會很老套。那樣的事，應該能在不開口的狀況下，就能跟丈夫傳達才對。

「我沒找他陪就自己上醫院。我在地圖上找到醫院，趁他去教書的時候自己走過去。我那時會說一點英文，我在成人學校上了幾個月的課。我走進醫院——那裡一定是急診室——然後說了點跟『寶寶』有關的話。院方還算有耐性，摸清狀況之後就護送我上樓到婦產科檢查。

「醫生確認了我想的，我高興得不得了。想像有個小娃娃，完全屬於我，那就是我想要的，我希望她只屬於我一人——是的，**她**——我確定會是女嬰。我不想跟小偉分享她。我其他的所有東西，都有一半是他的。我在這裡覺得——覺得好孤單——她全都是我的。所以有好幾個星期，我都保密沒讓小偉知道，直到他收到帳單為止。我沒料到會這樣；我根本沒想到錢的事。我想有個護士自作主張幫我填好了表格。結果他就是這樣知道的。比言語還大，對吧？」

「為什麼——」

我用手示意他安靜。「你想知道我為什麼要跟你說這些？」我把那粒迷途的鹽粒撥下桌子。

「不，」家寶以有把握的口吻說，「我懂。」

「我知道。」我說，終於迎上他的目光。

那間公寓裡的光線永遠灰濛濛，即使在最晴朗的日子裡。讓生活似乎顯得更安靜、更禁欲，事事物物籠罩在昏暗裡。我們坐在那裡，癱定不動，好似荷蘭畫家維梅爾作品裡的兩個人物。

「你有沒有拿錢？」這個問題在我的嘴裡震動，一出口就化為耳語。我等待他回答的時候，感覺脈搏在自己喉嚨裡閃動。我突然領悟，原來驅使我來到這裡的，就是在思緒裡靜靜騷動的這個問題，即使我並沒有打算拿出來問他。

他欠身往前，雙眼黝黑嚴肅。「什麼錢？」

「就是從……」我嚥嚥口水。「從那個……」我說不出口。

家寶的語氣剛硬、淡漠。「妳必須打電話給妳先生，妳必須回家。」

我深深呼吸。「你有沒有收他們的錢？」

他的嘴巴緊繃，神情封閉又悲傷，視線越過我，穿過門口。我趕緊轉身瞧瞧他在看什麼，但我意識到他只是不想看著我。

他講話時，視線投向遠方。「小偉說得沒錯。」

「那是什麼意思？什麼說得沒錯？」我尖著嗓子。

「我沒辦法跟妳對話，這整件事遠遠超過妳的理解。回家吧，回到妳先生身邊。」

「要是答案是沒有，就說沒有。」

「回去吧。」他望向那個往上窺望人行道的悲哀小窗。

我抓起皮包站起身。「小妞們！該走了！」我用揹帶繞住手指，用力掐緊。「別跟小偉說我來過。」他還是不看我，但我知道他不會說。

那是我最後一次看到唐家寶。

信封裡有三百九十美金，我們用這筆錢來付住宿費、跟餐館女侍珍奈結帳，還有買牛奶跟穀片。

女兒在地上鋪開毛毯，跟娃娃們一起野餐，對著合上的塑膠嘴催促娃娃吃冷肉碎片，把方塊廁紙拿來當尿布，塞進娃娃的迷你燈籠褲裡。連史蒂芬妮都受到母性衝動的左右，她都還不到五歲。是被我影響嗎？即使在遊戲裡，都會再現家務事？我想遏止她們。我想把這些娃娃拿走——艾蜜莉向我強調過，這些娃娃是「表妹」——可是我提不起勁，只是賴在床上。我想念小偉。我打電話回家，但他一接聽，我就把電話轉給女兒，在她們乖乖回答他的問題時，看著她們的臉：**對**，**爹地**，**還好**，**好**，**對**。她們講完以後，他總是主動要求跟我講話。當他說我是個糟糕的妻子跟母親時，我悶不吭聲。他最後總會大大嘆口氣，我就會當成掛掉電話的暗號。

「我們什麼時候才要回家？」史蒂芬妮問。我告訴她我不曉得。

一九八〇

45

我們在元旦打電話給小偉。女兒照舊端出那套固定的答案——講話的時候一面瞟著我，彷彿深恐破壞了我的信任跟洩漏過多訊息——接著艾蜜莉把電話塞給我。我搖搖頭。

「爹地說他**必須**跟妳講話。」

我翻翻白眼，接過電話。

「妳在嗎？」他粗聲問。

「嗯。」

「妳姊打電話說妳爸又去台北了。」反射性的委婉說法。我一時虛弱，頹坐在床上。

我用手指繞住電話線。艾蜜莉跟史蒂芬妮又回頭看電視去了。史蒂芬妮的大拇指飄到嘴邊。

台北表示「審訊」。爸爸都快七十了，他們到底想要他怎樣？

「什麼時候？」

「昨天。我原本可以打給妳，可是妳沒給我電話號碼，妳明白這種狀況有多荒謬了嗎？」

我把他的評語當耳邊風，要吵可以晚點再吵。「我必須打給她。」

「妳在哪裡？」他的憤怒裡有渴望，我感覺得到。

「我得掛了，晚點再打給你。」我掛掉電話，馬上撥給阿姊。

電話響了良久，她才接聽並接受來電。她的語氣充滿勉強的警覺；我這才意識到台中早已過了午夜。

「小偉跟我說了爸爸的事。」她一接聽我就馬上說。

「他們兩天前來找他，大白天的時候。」

我頭暈了。警方上次訊問爸爸已經是好幾年前的事了，現在為什麼又找上他？擔憂在我腹部燃燒——這是為了懲罰小偉近來密謀的事嗎？

「他做了什麼？」我問。

「誰曉得？他又做過什麼了？」有什麼抵著聽筒發出噓聲。我等著她說更多，但她說不出口。她信不過電話線，覺得不安全。

「他現在在哪裡？」

「誰曉得？」我知道她聲音裡的挫敗是恐懼。

「妳跟大兄說過了沒？」即使大兄很氣爸爸，也不會任由爸爸出事才對。我不確定大兄實際上握有多少權力，但我知道他十足低調，不曾讓我們得知真正到什麼程度。

「他什麼都沒辦法做，反正他也不會願意出手。」

「媽媽狀況怎樣？」

長途電話空空洞洞，聲音彷彿橫越了實際的距離。即使如此，我還是可以聽見她張嘴的唾液聲，她想了想之後又閉上嘴，這個熟悉的舉動在我的腦海裡鮮明映現，最後她終於回答：「她沒事。」

沒事就是沒事。比起爸爸經歷的事，其他一切都是次要的。「我可以做什麼？」

「什麼都沒辦法，」她頓了頓，「妳在哪裡？」

解釋起來太花時間。「夫妻間的小吵架，妳也知道，沒什麼大不了。」

那些字飄過她耳邊，我的煩憂只是小事，不被當一回事。「聽到什麼消息再打給妳。」

我們道了再見。女兒們現在趴在地上，看卡通《太空飛鼠》看得目不轉睛。我跨過她們上方，站在窗邊。停車場有個女人，手臂骨瘦如柴，儘管天氣寒冷，身上只穿T恤搭牛仔褲，在一輛車子旁邊動作凌亂地跳著舞，男人倚在車蓋上哈菸。她用雙手捧住他的臉，佯裝要吻他，然後再次旋身轉離。

我忖度，活在當下、只關心下一餐跟下一次吸毒，會是什麼感覺。在那種生活裡，其他一切不是肉體的歡愉，不然就是肉體的折磨。

櫃檯人員走出來，慢慢接近那對男女，擔憂地挑起眉毛，邊走路邊講話。男人搖搖頭。

我想，國民黨之所以沒有直接對付小偉或他父母，是因為他們認為，會讓小偉最不好過的，就是看到我不好過。小偉會心甘情願犧牲自己，而不是犧牲我們。

那個舞者繞著櫃檯人員旋轉，後者滿懷戒心舉起手臂擋胸。這時我才意識到舞者光著腳，對她來說，時間並不存在。「活在當下」這種事情甚至毫不相干。外頭攝氏不到五度，她卻開開心心赤著腳不穿鞋。陸先生曾經說他可以幫忙我。我想起現金越來越少的那只信封——我不是已經接受他的幫忙了嗎？

等價交換，陸先生說過。

那個男人不理櫃檯人員，後者把雙手拋向空中，對著跳舞的人吼完就回到辦公室。

他說，拿消息來交換人身安全。我這才領悟到，逮捕爸爸不是為了懲罰小偉，而是針對我。要嚇唬我，好讓我交出那份手稿。

他可以幫我，陸先生說過，我現在終於明白他當初的意思了。

「我餓了。」艾蜜莉哀嚎。

一輛警車轉入停車場。警車閃著燈，但沒開警笛。舞者忍不住輕點她的雙腳，轉動她的手腕。男人拋下香菸，小心踩熄。櫃檯人員踅至辦公室門口。

「我說我餓了，媽。」

我遲疑地轉開目光不看那個場面。「吃穀片好嗎？」

我倒了三碗，但我食不下嚥。我撥了查號台，拿到北美事務協調委員會的電話，留了訊息給祕書，要陸先生打電話到汽車旅館給我。我坐在桌邊，聽著穀片在牛奶裡喀啦作響，愣愣地瞪著電視。如果他回電，我會告訴他，那是虛驚一場，說那是個錯誤。女兒們唏哩呼嚕吃著她們那碗，眼睛緊盯電視不放。這一定是陷阱。他不可能說服台灣當局釋放爸爸的。就像家寶說的，他們在操控我們。我決定只要不接電話就是了。

我的穀片泡成了腫脹的軟糊，我整碗倒進浴室水槽，用湯匙末端把那團糊狀物壓下去。

當我回到窗邊，停車場已經清空。

電話響起，史蒂芬妮瞥瞥我。

陸先生一接聽就急著講話。「我接到訊息說妳來電？這是什麼號碼？」

「我借住朋友家。」

「妳打來是因為……？」

「陸先生，我爸爸被拘提了。」

那是笑聲還是咳嗽？「我知道，」他說，「就在兩天前。」

我別開臉，不讓女兒看到，彷彿只要別看到我，就不會聽到我講的話。我用手掩住送話口。我的呼吸透過話筒，聽起來成了充滿欲望的反饋。「你可以想想辦法嗎？」我低語。

「也許可以。」

「什麼意思？」

「意思就是我會看看可以怎麼處理。」

「你會吧？請告訴我你說的是真的。」

「我向來都跟妳直話直說，可是告訴我，妳會替我做什麼。」

我跪在床鋪旁邊，躲開女兒。「我不知道。」我低語。

「這樣啊。」

我們倆陷入沉默。

他最後淡漠地說：「妳知道吧，這樣我無能為力，除非妳願意幫我，否則我沒辦法幫妳。我已經給了妳好些東西，我拿到什麼回報？這可不是慈善事業，也不算什麼友誼，而是生意上的交情。妳知道美國人提到人生的時候都怎麼說吧——**天下沒有白吃的午餐**。」最後一句他用英文講。要不是我感覺糟透了，不然很可能老早就笑出來了——每種場合他都端得出一則應景的諺語。

「手稿。」我說。

「沒錯。」我沒回答，他說了下去，「我來替妳描繪一個景象。妳爸爸的健康狀況不好——我確定妳姊姊跟妳講過了，他不大耐得住冷。遺憾的是，他目前停留的地方沒暖氣。他們出於同情，也許會多給他一條毛毯，如果他們有的話。他會穿著沾屎沾尿的衣服睡覺，而且——」

「停，我懂了。」我說。我想到爸爸前幾次被叫去訊問時，模樣多麼困惑不解又逆來順受。這一次，他的噩夢終於成真。這一回，他們真的扣住他不放，就像他向來預料的。我可憐、可憐的爸爸。十一年還不夠長嗎？還不足以從他身上榨出他們需要的一切嗎？「要是我替你弄到家寶的書稿，你就會幫他？」

「我跟妳拍胸脯保證。」

「可是家寶會怎樣？」我的瑜伽老師會為我驕傲，因為我現在折起身子，灼熱的腹部抵住大腿——細緻的兒童式——電話抓得死緊，直到指節都發疼。

「妳不用操心。」他說。

我細聽他的語調，看看是否真心誠意，我細細思索每個字，尋找多重意義。我必須確認，他的承諾只有一種詮釋法。幾秒過去了。「哈囉？」他的提問滿是不耐。

「給我兩天時間。」我跟他說，我會拿著手稿到奧克蘭中國城的餐廳跟他會合。我掛掉電話，徹底平靜。好了，唯一的方向就是往前。我又打電話給小偉，終於給了他汽車旅館的電話號碼，我只說以防萬一。

我跟女兒們說要帶她們回家拿乾淨衣服。小偉出門了——離開汽車旅館以前，我先撥電話確認過——可是他的氣味占據了整棟房子。這棟房子現在變成他的了。水槽堆了幾只髒盤子，沙發留著身軀的印記。床鋪鋪得很倉促：毯子鋪開但皺皺的，枕頭擠成凹凸不平的一球。浴室裡，一圈圈污垢盤據了水槽跟馬桶。

我很失望。我想看到雜亂無章：紅眼果蠅在垃圾上方嗡嗡飛舞、用罄的廁所紙捲還掛在架上——只有亂成一團才能反映出我們在他生活裡所留下的空白。

女兒們在樓上挑選要帶回汽車旅館的新玩具，我到書房去。我當初用複寫紙打自己的翻譯稿，每張紙都是雙層，整疊幾乎也有一隻手的高度。我無法想像把這份成果燒掉或絞成碎紙。陸先生兩份都需要嗎？他會知道嗎？我從髒糊的雙層紙上把一頁頁撕開，將手稿分成兩疊。我晚點再替家寶想個藉口。撕紙的細聲帶有節奏，像是自動化的操作。專注在這件事情上，讓我保持平靜。反正這本書裡沒有可以入人於罪的東西，只是一則單純的壓迫故事。殘暴，就像家寶會說的那樣。而且全都是真實的——陸先生又有什麼好挑剔的？

我完成後，將複寫那份用橡皮筋捆好，放回小偉分給我用的檔案抽屜。我恰好看到一疊家寶的手寫筆記，於是連同原始的那份，一起放進購物袋，然後去找女兒。

陸先生信守諾言。我給他書稿的隔天，阿姊來電告訴我——語氣放心又疲憊——爸爸回家了。

46

一月八日是個寒冷的晴天。天空是燦亮的藍，但可以在空氣裡看見自己呼吸。家寶的衣櫥裡漸漸添進了別人捐輸跟二手商店買來的衣物。今天他穿著藍色的加州大學運動衫（胸膛上那個磨損的金色圖章上宣示——**要有光**[29]），搭上褪色黑運動褲。我之所以告訴你，是因為我無數次強迫自己滴水不漏去想像整個場景，尋找細微的裂隙，尋覓某個差錯，尋覓足以改變一切的某個決定。他穿著藍色運動衫，接合部位突起，沒附兜帽，領口有個三角縫線，依然夾帶著來自前生的氣味。他在爐子上煮了杯咖啡，當場喝了起來，太燙，熱氣滲出陶杯，手拂過杯子時幾乎燙傷他的指節。幽暗灰光從廚房窄窗透進來，他站在灰光中，雖然說這光線烘暖不了他冰冷的雙腳。他用咖啡浸軟走味的圓麵包，湊合著吃。

他兩個星期沒跟妻子通電話了。兩人的對話往往簡短空洞，沒有實質內容。聲音才是重點，文字只是容器，承載了音色，表示一切安好或不。他想像她在他們家公寓裡，坐在棕色滾邊的塑料白沙發上，朝向電話桌，倚在扶手上，下巴收向胸口，試圖保有一些隱私，即使電話線本身早已讓他們無所遁形。警方很高調——她曾經這樣大聲說過，是對著他，也是對任何在監聽的人。被竊聽這件事並不是祕密。他要她凡事當心。

他刷著牙，望著鏡中的自己。他骨架不大，向來比同學矮小細瘦。妻子到底看上他哪一點？他暗想。她會不會後悔這一切？他們一起度過多少平靜的日子？他漱了漱口，搔搔下巴的鬍渣，那裡已經冒出幾絲灰白。他用指甲將它們拔了出來。下一次見到她的時候，她會老多少？那又會是什麼時候？他也想到自己的孩子，他們的時間軸移動得比他的時間軸快速，區區幾個月時間，就會從童年邁入青少時期。

老實說，他不知道終極點在哪裡。這場戰鬥已經持續了幾十年，往後可能會再延續幾十年。會有幾萬條——還是幾十萬條生命被拋入這個大煮鍋裡？每條生命都是一寸的進步。成功與否，要由什麼來劃定？

他等不及等水變暖，索性用冷水潑臉。臉頰凍得綻出朵朵粉紅。

他坐在廚房椅子裡綁跑步鞋帶，他買過的全新衣物就只有這麼一件。藍白雙色的 Converse 運動鞋，鞋帶拉得如此緊，尼龍鞋面緊抵著藍色麂皮孔眼縮攏。

他想念她。儘管日子過得紛紛擾擾，兩人總在夜裡尋覓對方；在黑暗中，他們的身軀就是合力抵擋全世界的屏障。

他決定到販酒小店買份報紙，然後慢跑到小偉家。到了昏暗公寓外頭，陽光燦爛得驚人，他站在門邊片刻，眨著眼。

那天星期二，除了幾輛停在禿樹下的車子之外，街道空蕩蕩。他走在街道中央，感覺四周的開闊空間。鄰居住家的窗戶反射出強光，藉此保有隱私。有隻狗蹲踞在一幢黃色房子的二樓窗戶後面朝他吠叫。

一輛車子原本停在櫟樹下方，現在緩緩駛向他。他挪到一旁讓車通過，但車子卻停了下來。

---

29 典故出自〈創世紀〉，神說：「要有光」，就有了光。

他環顧四周，不會有目擊證人。

「唐家寶？」有人透過敞開的車窗問道。

「嗯。」家寶確認。**跑啊**，他暗想，**快跑**。

跑啊。

家寶想到妻子，站在沙發旁邊，話筒貼耳畔，說不出話來。

如果他可以及時衝到沙特克大道，就不會有事了。

她接到電話通知會是在凌晨時分，在出門上班前。她可能連外出服都還沒換上。她會站在沙發旁邊，電話輕輕握在耳旁。她掛掉電話以後，會先坐一陣子，然後才通知孩子們。

是槍，家寶暗想，**快跑**，但身體卻動彈不得。

男人的手在發抖，家寶看到了顫動。男人在害怕。如果他有足夠時間注意到男人皮膚底下的抽搐，他應該就會拔腿就逃。

即使是子彈也不會加快時間的運轉。子彈撕裂了他的胸膛。他試著縮身閃避，但動作不夠快，第二枚子彈擊中肩頭。他聽到槍手發出悶哼，但也許那是他自己發出來的聲音。斷斷續續的吶喊，憾恨與訝異，充塞著淚水，也或許是鮮血。他諷刺又哀傷地意識到，父親當初就是如此死去的：離家近在咫尺，就在街道上。

他妻子並未暈厥，也沒有哭到癱軟。她有好幾個小時都難以置信，她會告訴自己他安全無虞。她會坐在黑暗裡，直到太陽終於升起，然後她會去通知孩子們。

每個舉動都是一種冒險，家寶說過。「安全」這個字眼並不存在。

小偉打電話給我。

「家寶，他……他們……」他開口。他告訴我發生什麼事的時候，世界變得模糊起來。我掛掉電話，衝進浴室關起門跪下來哭，哭泣像大浪一樣從我體內激湧而出，等它退潮的時候，我再次想起家寶，提醒我自己做了什麼，還有發生了什麼事，還有我如何遭到背叛。我以為淚水會帶走我的痛苦，但悲痛沒有止境。

鄰居答應幫忙接我們家女兒回去，我跟小偉去指認屍體，地點就在一個實驗般的房間，牆上掛著一只圓形銀色時鐘，一桶桶醫學用品，架上擺滿了資料夾。驗屍官帶我們進去時一面表示歉意；他們正在等新冰櫃送來，被迫只能讓遺體輪流使用目前現有的冰櫃。用布掩住的屍體躺在床上，黑板上寫了名字跟時間，標示接下來該輪到誰被送回冰箱。房間裡瀰漫著化學清潔劑的味道，但依然難掩死亡的氣味。小偉的手搭上我的肩，為了支撐自己，也為了安慰我。

驗屍官拉開冰櫃，櫃子發出載重的呻吟，在軌道上嘎吱作響。家寶的遺體以布蓋到腰間，但其他部位全都暴露在外：無血色的蒼白肌膚；繞著泛藍乳頭的軟毛；胸膛跟肩膀上的參差傷口，露出了厚實破損的筋肉，因為毫無血色而顯得古怪。臉頰上依然黏著路面碎礫。

我把臉藏進小偉的肩窩。

「是他沒錯。」小偉說。

冰櫃關起，發出輕柔的鏗鏘聲。

小偉試著告訴警察那是謀殺，試著向警方解釋家寶是誰，國民黨為何想置他於死地。

小偉說話的時候，我麻木地坐在警局制式的椅子裡，碎裂的潮濕面紙成團捏在拳頭中。他滿臉慘白。雖然他講英文幾乎沒口音了，但現在因為急著說服他們，講到一些詞語的時候不免支吾。

「我想你們不明白，他在我的國家非常有名，他原本受到軟禁，政府要他的命。這不可能是意外，國民黨的手下冷血無情，我確定是他們殺了他。」

「你是指泰國嗎？」警官問。

「台灣。」要是在平日，小偉會來一場即興小講道，闡述兩者的不同。現在，疲憊不堪的他只說：「台灣，中華民國，不是泰國。」

我們還能期待什麼反應？暴跳如雷？以為他們會拋下原子筆，下巴震驚地一掉？他們不動聲色，或許只是流露了些許懷疑。小偉告訴他們，他確定他們不會找到搶劫或衝突的證據。但是除此之外，還剩什麼呢？

我們跟警方談過之後，開車到王子街，到那個依然畫線標示、殘留血跡的案發現場。我們留在車上。沉默的群眾聚集在那裡觀看清潔團隊刷洗血漬。家寶的血。

「你打電話給他太太了嗎？」

「打了。」小偉破了音。

光線挪移，從午後轉為黃昏的變化雖然微妙但來得突然。人們一個接一個看看手錶，朝發亮的道路鋪面投下最後一眼，然後緩緩朝家裡踅去。我一無所感，整個人被挖空。

「妳現在要回家了嗎？」

我要嗎？在汽車旅館裡，什麼都沒改變。我會打開電視，依然會留在第三十六台；女兒的衣服依然會披散在椅子上；保冷箱裡的牛奶還會跟昨晚一樣。今天早上汽車旅館在什麼地方，現在也還在那裡，而今天早上家寶還活著。晚上，女人的鞋跟會再次答答路過我們的窗戶，男人會在停車場上吼叫。這樣不對。我判定，當一切都已經改變時，它卻停留在原狀，這樣是不對的。

「好。」我終於說。

我們開車到汽車旅館，他坐在床上等我把我們的衣服拋進行李箱。我懶得摺疊任何東西。有小偉在場，我突然注意到我們在這個旅館裡的生活有多麼凌亂荒蕪。我原本已經不再注意的走調氣味再次爆發出來，我們停留期間不知怎地逐漸隱去的污漬也是如此。我看到老舊的床罩如何被陽光曬得褪色，而地毯又多麼骯髒。我瞥見燈罩摺痕上積滿灰塵，電視螢幕上蓋滿髒指印。

「你們一直在這邊？」

我點點頭。

「住宿錢哪來的？」

我聳聳肩，因為罪惡感而腹部痙攣。

「好了，好了，」他說，「以後慢慢談。」

我跪下來把腦袋靠在他懷裡。他試探性地把手搭在我的髮上。

「對不起。」我低語。向他，也是向家寶道歉。我說了一次又一次，直到這些話語變成空洞無力的字眼。

美國的中文報把家寶的謀殺放在頭版；在當地的英文新聞裡，他的死在社會新聞裡只是一筆帶過。台北的報紙當然隻字未提。

我們跟女兒們說家寶回台灣了。艾蜜莉說她要寫張卡片給他。

「他為什麼沒說再見？」史蒂芬妮問。

「他趕時間，」我說，每說一個字，心就抽痛一下，「他要我替他說再見。他說妳們兩個是很棒的女主人。」史蒂芬妮即使不大明白「女主人」的意思，但一聽到恭維就開心，於是咧嘴笑了。

葬禮出席狀況踴躍，但有好些人害怕自己變成標靶，退避三舍。關於罪魁禍首是誰，大家都有所懷疑——家寶並不是遭到搶劫或毆打。這不是南柏克萊一般的犯罪事件。

我想起他來到柏克萊的頭一天：斜倚在前廊上，合起雙眼，任陽光烘暖自己。他的眼鏡裝在袋子裡，就擺在我們的五斗櫃上，等著帶回台灣。

我輕柔地碰碰骨灰罈，默默跟他說對不起。**妳怎麼有膽來啊？**我想像他這麼說。不，家寶這人太理性了。**我懂，**他會說，**這是妳唯一的選擇，這種事情向來就跟犧牲脫不了關係。**

47

因為女兒們，時間無法停止。

我跟小偉只想拉起窗簾、離群索居，但這兩個小生物要求每天依照往常循環運轉。例行作息痲木了我們。在無眠的夜晚後，我強迫自己替女兒準備上學、去上自己的課、洗衣做飯。小偉似乎總在參加什麼委員會議或學生研討會，在校園度過漫長的白日，在家裡度過短暫的夜。他也開始慢跑，算是對家寶致意，我想。他不會事先通知我，要等到他出門，一兩個鐘頭之後回來，濕答答地滿身汗，直接到淋浴間，我才知道他去慢跑了。我們幾乎不正眼看對方。

我不在意小偉的缺席。我將自己破損良心的證據隱藏起來，就是我沒讓陸先生知道的家寶手稿副本，收進閣樓眼不見為淨，藏在箱子深處，跟我大學作文放在一起。我需要空間審視我的罪咎，就像必須持續數算牆上縫隙，免於發瘋的女人。

我跟陸先生談話。

爸爸被帶去審訊。

我拿走手稿。

兩個男人我都打算救。

啊，那就是障礙，就是我的想像無法呼應敗壞現狀的地方。我再次檢查時間軸裡的細節，搜尋其他抉擇，可是一切都繞回了現在。我放聲痛哭。

我懷疑，跑步對小偉來說，就像我漫不經心在花圃裡工作：我可以不受攪擾地在那裡滋養我的執念。

我跟陸先生談話。

爸爸被帶去審訊。

拿走手稿。

如果小偉主動示好，我會不會讓他把我拉到胸口；在他的懷抱裡，我會不會覺得自己可以把痛苦都哭出來？當然會。

說到底，什麼是親密？還有什麼比我們親愛友人之死更親密的？

有個老婦以為聽到郵差的聲音，就在那一刻望出窗外，她注意到的那輛車輛，警方循線追查到奧克蘭的一家車商，案情調查有了第一個突破。收據上簽了兩個中文姓名，一個模糊不明，另一個則是清晰到愚蠢。他兩個星期前才從舊金山機場入境，卻沒有從同一機場出境的紀錄。

調查員問小偉，家寶的宿敵有誰，當小偉恨恨指稱是整個中華民國政府時，他們依然不相信他。他們追問其中是否涉及毒品或賭博？對他們來說，謀殺是電影的情節，單調的柏克萊早晨不會發生這種事。

小偉的朋友們要求調查提高至聯邦層級，開始打電話給我們美國的國會議員。

我祈禱他們會找到凶手。我祈禱這兩人是一般暴徒，祈禱這是一場擦槍走火的搶劫，是在柏克萊西南部而不是在台北醞釀的惡劣計畫。只有到那時，我才會知道他的橫死跟我交出手稿，兩者之間只是巧合，而我就能夠原諒自己。

有好幾次我用公共電話撥給陸先生，可是每一次接待員都說他在忙。我預期陸先生會在我走出店家，或是送小孩到校然後回車子的路上，走過來再交付一個任務給我，但他一直沒出現。「你說謊！」我會用一種超乎暴怒的感受說。當我在家寶公寓裡找到新寫的紙稿時，在我會說的語言裡，沒有一個字可以用來表達我當時的感受。他並未放棄那本書的寫作。他沒被收買。我才是被引誘到砧板的那隻笨鳥，讓斧頭的閃光照盲了我的眼。

陸先生從我的生活裡徹底消失。我只能靠自己。

重返王子街的痛苦尖銳又甜美，好似逗弄鬆動的牙齒。大部分的早上我都會回去，停在家寶住處前方。我的擋風玻璃框住了光禿的瀝青跟安靜的房舍。我用意志力讓自己看見家寶穿著慢跑服、悄悄穿過側門。

他沒注意到街廓過去怠速的車裡有兩個男人，可是我看到他們了，我想警告他。他們開到他面前，喊出聲音。我在他臉上看出，他馬上理解一切。

我再三重播這個畫面。我看著子彈爆穿他的身體。他重重跌落在地，在街道上撞破手肘時，我畏縮一下。我意識到，那份手稿是他唯一的保命籌碼。我幾乎相信，我後悔的力道可以讓他起死回生。「對不起，」我把臉塞進交疊的手臂裡，啜泣起來，「我好……我好對不起。」

夜裡，我在床上乞求丈夫。「跟我講講話，你在想什麼？」我母親過去向來屈服於爸爸的沉默之下，但我的個性不同於母親。我依偎著小偉的身體，用背部感受他的熱氣。我把他的手臂拉過來繞住我，親吻他的手指頭。「拜託，小偉，跟我講講話。」

他就是不肯開口。

竹聯幫。從一九五〇年代的一群地痞流氓起家，傳聞是高階黨員的子弟，後來壯大成蠢動不安、頗具勢力的地下組織，透過賭博、夜店跟舞廳賺錢。

警方發現跟台灣的頭一條連結就是竹聯幫。一輛橄欖綠的六五年福特藍切洛因為闖紅燈而被警方攔檢，駕駛涕淚縱橫地崩潰了。他原本因為支票跳票而遭到通緝，但是當他們拘提他到案的時候，他坦承開車載了殺手。

「我不知道他會開槍打他，」他嚷道，「我以為他只是想談談。」

不到一個小時，他就供出殺手的姓名，後者正在聖荷西避風頭。叫做青蛙。越是惡名昭彰的幫派份子，名字就越荒唐：竹聯幫簡直是個動物園：鴨子、狗、鱷魚、猴子。不過，我們都知道青蛙。他跟家寶在同一時間監禁在綠島上，一般的罪犯跟良心犯混處一地。調查員下了結論，這就是動機所在——是兩人當初在監獄結下的樑子，推到了極端的後果。

警察告訴我們，他們將人逮捕歸案了。

「這樣不夠，」小偉說，「不只有他，不可能。」

我們躺在床上，現在，一天當中我們只有這個時刻真正在一起。我用雙腿蹭著小偉，他沒回應。他一直盯著天花板，眼睛眨也不眨，臥房窗外街燈的模糊橙光映在他烏亮眼睛的彎弧上。我丈夫跟我們一起用餐、負責繳付帳單、跟我同床共枕，卻什麼都不是，只是一副軀殼。

「跟我講講話，小偉。」我呢喃。

「我想帶他的骨灰回台北。」他的語氣就跟身體一樣毫不退讓。

「你明明知道不可能。」就像我們很多朋友，小偉也被列入黑名單，沒辦法回台灣。

「也許有什麼辦法。」他朝我斜瞥一眼。家寶過世以來，這是我頭一次在他語氣裡聽到比較輕盈——幾乎帶有希望的話。

「沒有，」我低聲說，「你明明知道沒有。」我輕撫他肩膀。

「也許警方說得沒錯，搞不好只是以前結下的樑子。」我說了下去。拜託表示同意，請當我的共謀，證明我是無辜的。

小偉聳肩抖掉我的手，轉身背對我，拉著毯子一路蓋到脖子。「小偉？你覺得怎樣？也許只是那樣而已啊。」我差點都要說服自己了。

在丈夫一直閃躲我的情況下，我開始寫日誌。將文字整理在紙頁上，對釐清想法的功效如此之強，令我相當訝異。我被迫將混亂的思緒縮減成形容詞、名詞、動詞，一次一個。我喜歡細細琢磨語言，開始思考也許我可以走這條路。我跟一位教授提出這個想法。「持續閱讀，」他說，「加強語言技巧，寫作可不簡單，妳知道吧。」

他懷疑我太天真，懷疑我不懂自己的限制，這都讓我覺得尷尬。「當然，」我趕緊說，「可是如果有人覺得自己已經準備好了，要從哪裡起步？」

他跟我說可以從《加大日報》這份校報著手。他說，等我們看看進展得如何之後，可以再多談一些。我跟他談完之後，態度更堅定了。我決定不要告訴他，他的勸退對我帶來多大的啟發。

寫作時，我也察覺，家寶寫他那本書期間，把他那些渾沌失序的經驗整理成有條有理的敘事時，一定也感受到力量。我一明白這點，我的背叛感覺更是加倍。把手稿拿走，不只是偷竊，也是閹割。只要家寶在我心頭浮現，我就會湧現反胃的感覺——就像烏雲時時籠罩著我，甩也甩不開。

循線追查的行動在台北戛然停止。儘管青蛙堅稱有個上校付錢要他除掉家寶，而且那道命令來自更高層——蔣經國那個傳聞中跟幫派結夥的兒子——但他拿不出具體證據。當初對方用現金支付給他。台北的政府否認跟他有任何牽連，還把他一長串逮捕跟監禁紀錄提供給美方。官方重申那是私人恩怨，很可能衍生自他跟家寶同在綠島服刑的時期。傳聞，繼台灣地位生變後，美國政府催促警方安靜又迅速地解決掉這個事件。要是消息傳出去，說美利堅合眾國讓國民黨在美國領土上違法亂紀，那就太難堪了。

這樣做是錯的。隔年，卡內基美隆大學教授陳文成回台灣期間，經過漫漫長夜的審訊後死去，留下年輕寡婦跟一個襁褓中的孩子。一九八四年，國民黨會再次到加州尋仇；這一次，報復對象是個美國公民劉宜良（江南），他因為寫了本不討喜的蔣經國傳記，而在戴利市的自家車庫被射殺。那場謀殺會登上《紐約時報》，而國會將舉辦公聽會。那場謀殺終於會將真相一舉揭開。

直到那之前，家寶只是另一則尋常的死亡案例。

48

我們接到消息時，正在吃生日蛋糕。是小偉替我在小超市買來的，是奶油蛋糕，可是他沒買新鮮草莓，只帶回盒裝草莓冰淇淋。三十三歲了。他在蛋糕上戳了兩支胖胖的粉紅蠟燭，兩個數字3各朝反方向傾斜。

「媽，看！」艾蜜莉用湯匙輕敲她用蛋糕跟冰淇淋使勁攪成的冰涼綿軟混合物。

「別玩食物。」小偉說，朝她戳動湯匙。

「噢，隨她啦，誰在乎啊？」我說。

小偉正要開口：「她這樣很——」電話響起，我跟他面面相覷。

「這是我的生日。」我說，又吃一口乾蛋糕。小偉去接電話，湯匙吭噹落入盤子。

「好吃唷，媽，試試看。」艾蜜莉說。她唏哩呼嚕吃了更多，然後催促史蒂芬妮。「試試看。」

「吃完就是了，親愛的。」我說。我吹熄蠟燭時，唯一的心願就是不會把蠟淚吹得整個蛋糕上都是。可是當史蒂芬妮問我許了什麼願望時。我漾起笑容，告訴她那是個特別的祕密心願。

我聽到小偉掛掉電話，但他沒有回到餐桌，而是關起書房房門。艾蜜莉跟史蒂芬妮為了自己的新配方而欣喜若狂，幾乎沒注意到，我猶豫著要不要跟過去，我們聽過的壞消息夠多了。

我不由自主走到書房那裡，他坐在橙色椅子裡，彎著手肘，額頭靠在拳頭上。

我不想問。我什麼都不想說。我想退回餐桌，但我強逼自己把話說出口。「出了什麼事？」

小偉先用衣袖抵住雙眼，然後昂頭看我。他滿臉潮熱，眼眶泛紅。他告訴我，最近遭逮捕的運動人士林義雄，他的雙胞胎昨天被謀殺了。狀似是大城市裡的一般犯罪，只除了日期、整體情勢、受害人跟行凶者。

二二八，在光天化日之下。台北市。受害人：七歲雙胞胎跟她們外婆。沒比艾蜜莉大多少的小女孩，肯定擁有同類型玩具：塑膠眼睛滴溜轉的貼紙、有塗色塑膠嘴跟尼龍頭髮的嬰兒娃娃、腰如黃蜂般細的芭比娃娃。會畫同一種彩虹框框的圖畫，會許同一種願望。

她們父親在十二月的高雄抗議活動後遭到逮捕，從那之後，他們的公寓就被監控。林的妻子聽到丈夫在監獄裡遭到刑求，便打電話給人權組織。那天稍晚，林的母親跟他三個女兒的其中兩個就在家中公寓慘遭謀殺，只有大女兒倖存，兩邊肺部都被刺傷，她父親的前任祕書發現她流著血趴在父母床上。她八歲大。

「他們什麼時候才會決定，自己奪走夠多人命了？」小偉問。他再次垂下腦袋，掐掐鼻樑。

我胸口緊揪，悲痛像瘤結一樣卡在心跟肺裡。我悄悄步出書房，回到桌邊。艾蜜莉跟史蒂芬妮察覺發生了恐怖的事情，恐怖到不能發問，於是什麼都沒說。

我輕撫史蒂芬妮的頭髮。「吃完了嗎？我們上樓去吧，該準備上床睡覺嘍。」

我跟在她們後面吃力地爬上樓梯。我已經厭倦哀悼。

我替女兒們蓄水準備泡泡浴，讓她們玩耍。我跪在浴池邊，手泡在溫水裡，看著她們在仰泳貓熊發條玩具跟噴水塑膠魚的歡喜中，轉眼就將哭泣的大人拋諸腦後。

我反覆收緊跟放鬆手指，想像朝手腕俐落地劃下一刀，一蓬鮮血漫入暖水裡。翻騰湧動的血紅吞沒了泡澡玩具，團團圍繞女兒們的四肢。大家會看出這就是我的懺悔嗎？

我甩掉手上的水，紮起她們受潮的頭髮。她們是孩子了，我卻還把她們當成小寶寶。我的寶寶。她們有雌雄莫辨的平坦胸脯，臉頰被溫暖的浴水烘得發紅，小小牙齒如此雪白，沾濕的髮絲如此烏黑。我頭一次摟著她們的時候，感覺她們似乎一直存在著。我發現自己很難憶起她們存在之前的世界，彷彿她們的存在是必然的。**當然是妳**，我每次都這麼想——先是我將艾蜜莉摟在懷裡的時候，再來是兩年後的史蒂芬妮。**不可能是別人**。

我在肩膀上抹抹鼻子，暗罵自己的善感。

她們互相推擠，浴水濺到地板上，然後看我一眼，看我會不會說什麼。我什麼都沒說。

擁有自由，是多麼令人歡喜。

第四部

台北　1982 ~ 2003

一九八二

49

雖然轉變是漸進的，但我就是無法停止揉搓我逐漸隆起的肚皮。距離上次懷胎有六年光陰，我忘了有關身孕的一切：不規則的小小攣縮、腫脹的雙腳、彷彿有小鼠海豚在我體內海洋翻筋斗的騷動。

我坐在書房地板上，報紙攤放在四周，正忙著剪報帶回家給父母看。上個夏天，儘管我教授有所質疑，我在當地一份免費週報上發表了文章，討論街坊一座公園打算改建成停車場的議題，適時引用了歌手瓊妮．蜜雪兒的〈大黃色計程車〉[30]這首歌。之後，我又發表了兩篇文章，開始有了擔任全職記者而不是自由撰稿的想法。

小偉為了帶家寶的骨灰回家而申請簽證，從第一次遞出申請以來過了兩年半才終於通過。小偉認為反覆的駁回只是一種揶揄我們的手法。這次終於通過了，我們不確定原因何在。睽違十年後，我準備跟家人再次聚首，女兒們即將第一次見到外公外婆。

我把輕薄的長方剪報放進信封、塞進皮包，就在我跟女兒的護照旁邊。

小偉負責帶骨灰甕。我的視線越過房間，看著淨空書架上那個不顯眼的亮黑罐子。那不是家寶。我有種奇怪的感覺：他住在世上的某個地方，因為那樣的男人怎麼可能不復存在？我閉緊雙眼，告訴自己別再多想。我彷彿在走鋼索似的，鋼索扎進我的腳：我提醒自己要把注意力集中在當下，免得再次滾落，又開始細數自己的罪咎。我就是用這種岌岌可危的方式重建自己的理智。

小偉頭探進門口，彷彿只是停下腳步跟我說，家裡雞蛋用完了。我回頭瞟著他。

「我想告訴妳，我之前外遇過。」他說完就走開了。

我聽錯了吧。我就像個機械娃娃，繼續剪報。剪刀發出尖響，刀片平貼。我確定我聽錯了。

我抓住椅子扶手，拉自己起身。我在走廊裡找到小偉，他正在翻弄郵件。那個小生物隨著我的騷動，在我體內騰舞。我按摩著腹部時，才意識到耍著雜技的是我的心。我緊抓小偉的手臂。

「你剛說什麼？」

他拿著那疊郵件輕敲走廊小桌，理齊之後放下來。回答的時候沒正眼看我。「可不可以到書

---

30 加拿大創作歌手瓊妮．蜜雪兒（Joni Mitchell）在一九七〇年代推出的歌曲，為環保歌曲的先驅，曲子裡有個反覆唱誦的句子是「They paved paradise and put up a parking lot」（他們鋪設了天堂，設立了停車場）。

房再說？那個，我不想讓女兒——」他壓低嗓門，「——聽到我們談這種事。」

小偉跟在我後頭，然後掩上門。

「再說一遍。」我要求。

他搖搖頭，我便知道我第一次就沒聽錯。

「你幹麼跟我講這件事？」

「因為我愛妳。」

我想衝出家門，一直走不停，沿著大學大道一路走到瑪麗娜市，將自己整個浸泡在海洋水沫裡。但我只是坐進扶手椅，刻薄地笑道：「多久了？對象是誰？我的意思是，媽的，小偉，你怎麼可以？」

他聲稱前後沒有多久。說家寶死後，他需要一個逃避的出口，說我態度很冷漠，以為我愛上別人了。說他一時軟弱。一長串屢見不鮮的藉口。

「冷漠？我們朋友被謀殺了。他被謀殺了，小偉！」我硬把自己拉回平靜的表面。「你以為跟我們倆有關？你在開我玩笑嗎？」我緊抓肚子，想向另一個存在體尋求慰藉，一面因為我用憂傷淹沒了它而默默向它道歉。

我抬起頭。「是誰？學生嗎？」

「天啊，不，才不是，妳在開玩笑嗎？」

「那是誰？」

他坐在地板上面對我，抓住我兩邊膝蓋。「是海倫。」

我踢開他的雙手。「別碰我，海倫跟詹姆斯家的海倫？」我們上個月才在共同朋友的派對上見過面。我試著想像這場外遇的開端，而他又看上她什麼。家寶歡迎派對那晚，我湊巧看到他倆獨自在書房裡那次嗎？還是家寶葬禮上輕拍胳膊的那次？或者是某次眼神交會時的默契？他們第一次做愛是在哪裡？她在他身下抬頭仰望時是什麼模樣？他有沒有摘下那副鏡片帶紫的蠢眼鏡？還是由她伸手摘下？

「你要為了她離開我？」我低語，「她要離開詹姆斯嗎？」

在他回答以前的停頓裡，我激動地用指甲扎進掌心。

「我不想離開妳，我不想離婚。」他說。

「那你幹麼告訴我？」

「我必須卸下心裡的重擔。」

「自私的混帳，」我說，「你為什麼要這樣？你怎麼可以？」

「也許我只是氣妳當初離開了。」小偉說。語氣裡不帶防衛，而是害怕。

「你是說帶著女兒那次嗎？」

「對。」

我回想家寶死後，他開始長時間慢跑。我原本假設他跑步是為了以體力透支來取代內心的苦楚，同時也為了和家寶的精神保持聯繫。還有淋浴，原來是要趕在我嗅出端倪以前，將罪咎的汗水洗去。這全都老套到糟糕透頂。「持續了多久？跑步的事呢？」我問。

他低頭，彷彿忘了跑步習慣是在那時養成的。跑步成了每天的儀式，他還曾經笑說自己「上癮」。每個里程碑都追索著下一個；自家寶死於謀殺以來，小偉已經跑過兩場馬拉松。

「我真的是去跑步，」他抗議，語氣不怎麼堅定，「部分時間啦。」他展開手指，盯著雙手。

「多久嗎？一年吧！」

「一年？」我嫌惡地打了哆嗦，全身力氣從四肢流盡。「你為什麼現在要跟我說？」我反胃地再次問道，覺得自己就要化為一團無骨的軟肉。

「我需要得到原諒。」

我轉開身子，再次藏起臉。**什麼是原諒**？我想問他，即使我意識到自己的虛偽：說到底，我從沒跟他坦承過陸先生的事。

可是這不同啊，這是心跟身的背叛。

「我們不能再跟他們夫婦見面了，海倫跟詹姆斯。」我說。

「不會的。」

我用拳頭抵著痠痛的雙眼。「你怎麼可以，小偉？」

「我知道妳沒辦法原諒我。」他碰碰我垂下的腦袋。「對不起，很對不起。」我終於釋放自己的淚水。我最想尋求慰藉的對象，竟是傷害我的人，這點讓我覺得苦上加苦。

我跟小偉在飛機上幾乎不怎麼交談。女兒們坐在我們之間，我們把注意力全放在她們身上。為了轉機，在檀香山停留了很久後，終於飛往台北。我們在凌晨抵達，是城市正要甦醒的時刻。落地之前的最後幾個小時，我試著形容台灣給女兒們聽。

「『熱』是有多熱？」艾蜜莉問，把原本在讀的小說倒蓋，擱在大腿上，緊張地撥弄頁緣。

「艾蜜莉，別撥了，會把書弄壞。」

「我是說，像死亡谷那樣熱嗎？」

「是濕氣很重的那種熱，不是乾燥的熱，就像泡了很燙的澡以後，浴室給人的感覺。」

她咬唇思考。「妳是說像三溫暖嗎？」

「妳知道什麼三溫暖啊？」每天，我都忘了她有多大，預期她張開嘴巴，講起話來還像不久以前的那個幼童。「對，就像三溫暖，沒錯，比喻得很棒。」

史蒂芬妮扯扯我的袖子。「我們會吃什麼樣的點心？」

「蛋糕啦、剉冰啦，還有妳們從來沒試過的東西，都很好吃喔。」

「那裡有汽車嗎？」史蒂芬妮問，「有廁所嗎？」她對廁所特別講究。有好幾次我們都必須從小超市衝回家，因為她不肯用公共廁所。

艾蜜莉翻翻白眼。「當然了！呆瓜，妳以為住台灣的人不用上**廁所**嗎？」秋天她就要升四年級了，是**高**年級的其中一級。高年級的操場跟低年級是分開的，她的驕傲之情溢於言表。我跟小偉最近幾個星期都忙著抑制她的自我膨脹。

「艾蜜莉，不要這樣。」

小偉對上我的視線，投來一抹笑容。我別開頭。原則是一回事，我勉強尊重他的誠實，但他必須再多吃一點苦頭。幾天以來，他在我身邊如履薄冰，彷彿我是個病弱的人，柔聲用綽號叫我，表現得無懈可擊，在廚房裡熱心幫忙，也勤於照顧女兒，或是主動替我服務。而這些全都只是提醒我他犯下的罪過。

幾排過去的座位那裡，空服員請某人拉下餐桌，餵食時間又到了，我們就像一群圈養起來的牲畜。

小偉用手肘推推史蒂芬妮。「別吃魚喔[31]。」

「為什麼？」

「別聽妳爸的，他在耍寶，」我說，「他不是認真的。」我對小偉說：「如果你講個笑話，還必須解釋，那就表示不好笑。」

「魚怎麼了？」史蒂芬妮在我們之間來回張望。

「魚沒怎樣，其實妳爸正準備點魚來吃，」我瞇細眼睛，「對吧，親愛的？」

「對，我準備吃魚，」他嘆口氣，「還有吃烏鴉[32]。」

我搖搖頭。隨便他想說多少笑話跟搞怪，不管他如何努力說服我他多討人喜歡、多有誠意，我就是不可能輕易放過他。

我們拿出簽證，填妥入境表，寫明我們會待在小偉父母家，然後跟著一整群疲憊的旅客，推著推車前往海關檢查櫃檯。

「請打開行李。」窄臉的年輕男人說，一副剛剛服完義務役的模樣。小偉把我們的行李抬到櫃檯上，將每個拉鍊都拉開，年輕男人戴上一副手套。

「我們沒有——」小偉正要說，可是我要他安靜。

女兒們看到穿制服的人，就冷靜下來，什麼都沒說，睜大眼睛上下看著男人翻過我們的衣物，把一些襯衫高舉向光。另一男人年紀較長，厭倦的臉龐因為鬍渣跟皺紋而陰暗，漫步走來旁觀檢查狀況。

年輕男人舉起我的內衣褲，除了讓我難堪，我看不出有何理由。史蒂芬妮為了尋求安慰，轉身把小手貼在我肚子上。「寶寶在動嗎？」她低語。

「現在不要，親愛的。」我低聲回話。

他拉出幾本我帶來的書，喚來第三個檢查員，後者拖著腳步走過來。

「只是小說，」我說，男人把它們拿走了，「他要去哪？只是小說啊。」我疲憊、痠疼、有

---

31 Don't eat the fish. 典故來自一九八〇年代喜劇電影《空前絕後滿天飛》（*Airplane!*）是飛機災難電影的諧仿，有種種無厘頭的笑梗，其中包括因為吃魚而集體食物中毒。

32 Eat crow 是慣用語，字面意思是吃烏鴉，實際上是「被迫認錯而覺得受辱」的意思。

孕在身、憤怒。「怎樣，你以為我要用珍．奧斯汀來煽動革命嗎？」

小偉掐掐我的手臂，催促我閉嘴。較年輕的男人頭也沒抬，從睫毛底下往上瞅著我看。我決定耐住性子。

接著，男人拉出骨灰甕。小偉先用一層層報紙裹住，再用大力膠帶封牢。男人把甕拿給較老的男人看。

「這是什麼東西？」較老的男人厲聲問。

「骨灰甕，我們是回來辦葬禮的。」小偉語氣挑釁。「遺骨。我有焚化場的證明。」他從背包裡抽出來，舉起來給他們看。

年輕男人冷笑，放下容器，嫌惡地搓搓雙手。

「好了，」他說，「東西清一清，可以走了。」他在我們的入境表上做了記號。

「我的書怎麼辦？」我問。

「可以丟著，不然也可以等，到那邊等。」他指指櫃檯過去的地方。

小偉壓下亂糟糟的衣物，拉起拉鍊，把四處突出的衣角塞進去。

「狗屁不通。」他用英文對我怒嘶。我們終於通關了。

我們把行李都堆回推車上，在幾英尺之外的地方徘徊。

「為什麼還不能走？」史蒂芬妮哀嚎。

「因為要等媽媽的書啊，傻瓜。」

艾蜜莉這麼煩躁，我不怪她；我們都上路二十個鐘頭了。小偉疲憊地挺身介入，只用一個有效的字眼：「不准。」

史蒂芬妮爬到行李箱頂端，坐在上頭搖晃雙腿，艾蜜莉在原地繞著小圈圈，對自己輕聲歌唱。我倚在推車上，希望可以脫下鞋子，解放腫脹的雙腳。

「算了，小偉，書丟著就好。等我們回家，我重買。」

「不，我們要等，我才不要讓他們把我們嚇走。」他瞟著海關人員的神情，彷彿在酒吧裡準備幹架。「混帳。」

漫長的二十分鐘過後，男人帶著書回來。我向他道謝，沒多瞥一眼就把書塞進包包。我等不及要離開機場。

「真是浪費時間。」小偉等檢查人員走開之後說。

航廈裡，人們焦急地等待多年未見的親友，小偉父母就在人群當中，他們一瞥見我們，就揮著手跳上跳下。我的煩躁頓時煙消雲散。我揮手回應。

「看看你們！」小偉的母親驚呼。

史蒂芬妮抓住我的手，往後一盪，半藏在我背後，可是艾蜜莉大喊「嗨！」衝過去擁抱他們兩老。小偉的父親輕拍艾蜜莉的背。

「好，好，夠了。」他粗啞地說，但我看到他害臊滿足的笑容。我抹抹眼睛。

「妳的孕期比我們想的久耶。」小偉的母親說。

我揉揉肚皮，感覺一隻腳或手肘緩慢如水的挪移，就在我皮肉底下滑動，讓我想起離開美國的一週前，我帶女兒去看的電影，脖子如望遠鏡般的外星人，探出手指許下承諾：「我會永遠在這裡。」[33]我們都哭了。整個戲院裡的人都哭了。

「我想要弟弟，」艾蜜莉說，「一個妹妹就夠了。」

「艾蜜莉。」我警告。

她有個想法就是，要迷倒大人，就是要講點關於妹妹的壞話。重點是她的想法沒錯。大部分人一聽到都會覺得很滑稽而笑出來。我跟小偉正努力要改掉她這個習慣。

「不管男生女生，只要健健康康就好。」我說。目前，寶寶真實又抽象，說是外星人也不為過。我想，它正在成形，依然還在成形當中。神祕又怪異。

「聊夠了，我們離開吧。」小偉說，還像剛剛通關檢查那樣緊咬牙關。

都市計畫師把機場外頭這條道路，打造成台北最堂皇的一條：相當寬闊、綠蔭夾道。戴白頭盔的警總隊員在街道上巡邏，行人會一語不發讓路給他們。停車等紅綠燈的時候，我盯著一名哨兵，焦點尤其放在他的步槍上，那把槍太誇張，不像是真的，看起來簡直像玩具。他扣住我的視線。即使在車窗後面，在我家人跟身孕的庇護之中，我的脖子還是一陣冰冷，手臂上爆出雞皮疙瘩。我趕緊別開目光。

我們在這座睽違十年的城市裡開了一整天的車，在一次次的聚餐過後，那天晚上我們終於在家裡的餐桌坐定，拿了一瓶威士忌助興——我跟小偉的媽媽喝茶——女兒們因為時差累壞了，早已入睡。

小偉的爸爸清清喉嚨，我不再喚他林叔叔，而是**爸爸**。

「所以你們打算去看唐家寶的家人？」他問。

「我們要送他的骨灰過去。」

小偉的爸爸又替自己跟小偉各斟一杯，然後向兒子敬酒。小偉有樣學樣。「乾杯。」小偉的爸爸放下空杯，用手背抹嘴。「欸，可不要惹麻煩啊。」

小偉用力放下杯子。「我們才剛回來，你真的想談這個？」

我碰碰他的手臂。「小偉。」

小偉的爸爸對兒子的脾氣爆發不為所動，他說：「要記得，台灣跟美國是不一樣的國家。你看，連美國對家寶來說都不夠安全。」

「你想檢查我的包包嗎？我都已經通過海關了，不過還是歡迎你再檢查一遍。」小偉站起來。

「來啊，我拿給你看。」

33《*E*·*T*》是一九八二年上映的科幻電影，描述外星人跟男孩艾略特之間的真摯友誼，兩人不得不分別時，外星人用又細又長的手指指著艾略特的腦袋，說「我會……永遠……在這裡」。

「坐下。」他父親說。

「夠了，夠了，夠了，」他母親說，「把酒收走吧，大家都累了。」

「坐下，小偉，」我用英語附和，「坐下就是了。」

兩個男人不理會我們。小偉的爸爸繼續說：「我只是要你當心點，不管大魚小魚，他們都會一網打盡，別忘了這一點。」

「我知道！」小偉咆哮。到了父母的屋簷下，即使我們的小孩也在這裡，我們全都再次變回孩子。小偉總是在孝順邊緣遊走，不像我們其他人那樣飽受儒家觀念的洗腦，我想像他們父子過去就有過幾十次類似的衝突。隨和的公公不跟小偉追究，但我父親就不可能有這種反應。

「夠了，夠了，」小偉的媽媽說，「你應該謝謝父親的關心。」

小偉坐下。「謝謝你的關心，爸爸。」

「親愛的，」我用英文說，「我想該上床睡了。」

小偉繼續用台語說：「我只是想向朋友致意，好好跟家人相處一下，沒有要惹麻煩的打算。」

「夠了，夠了，」小偉的媽媽說，「換個話題吧。」

我們持續下去，小偉跟父親繼續喝酒，但氣氛已經變調。不安籠罩著整桌的人，任何話題都可能將我們帶回一心想迴避的領域。我們有義務扮演好各自的角色，於是勉強對話，直到整瓶威士忌喝完。

我們回台北的第二個晚上，小偉就宣布要跟老朋友去「釣蝦」。巨大水泥池塘裡以人工置入大量蝦子，供人釣取並現場烤食。釣蝦這種活動的風格太藍領，不合小偉的口味。我起了疑心。

「你答應說要守規矩的。」我說。

「我又沒有要亂來，只是跟大學老友敘敘舊而已。」

「小偉。」我嘆口氣，希望自己表現出的受傷程度，足以迫使他留在家裡。寶寶戳我肋骨附近，我臉一皺，用手壓回去作為招呼。

「我跟妳發誓，真的只是大學同學聚會。只是幾個男生，喝喝啤酒、吃吃蝦子。就老朋友聚聚而已。」他猛力吐氣，對我的不信任備感不耐。「妳說得對，我不去，就待在家裡陪妳。」

這樣我就高興了嗎？我是不是太不講理？我有種奇怪的心虛感，反倒催促他去參加。

在釣蝦場鐵皮屋頂的金屬回聲中，小偉跟他死黨們討論近來一則犯人溺死的新聞。警方聲稱，犯人逃獄，結果跳河溺斃。這個擺明了就是扯謊，小偉氣極了。可是即使沒人相信這則謊言，除了閉嘴接受，書寫真相呼之欲出的詩作、拍攝真相呼之欲出的影片、編寫真相呼之欲出的歌曲之外，完全無力可施。整個國家存在於暗喻裡。

在林家，大家都上床了，我熬夜等待小偉，拿著筆記本蜷縮在沙發上。我有份作業，要用第一人稱介紹台灣——是我主動提案的——一點輕鬆的故事，給想坐在家裡神遊世界的人看，連小孩都看得懂的東西。我回想起跟艾蜜莉的一場衝突，當時她正在寫學校發的家庭族譜作業。她分配到的題目是訪問一位家人，她選了我。在學習單上寫說我是China（中國）來的。

「我不是中國來的。」我當時說。

「可是阿嬤寄衣服來，箱子上面就是寫『Republic of China』（中華民國）！」她堅持。

「對，是中華民國，不是中國。」

「可是箱子明明寫**China**。」

「我們是台灣來的。」

「那他們幹麼叫它**China**？」她鼻孔賁張，氣沖沖地擦掉學習單，暗色橡皮擦屑完美表達了她的挫折感。

解釋起來太複雜，所以我說：「為了郵寄方便，才寫中國，唔，才寫**中華民國**。可是妳跟我都知道是台灣。」

不知怎地，她一心相信我在騙她，於是哭了起來。她無法相信自己弄錯了。她明明親眼看到**China**那個字眼。

一切表裡不一，一切都是遁辭：我、小偉跟海倫、小偉跟他朋友、國家的名字、自由中國的標籤——諷刺一個接一個層層疊疊，就像一落散亂堆疊的棄置紙張。

這些事情我都沒寫進文章。反之，我塑造的形象是臉頰紅潤的孩童、滿是水牛的水田、放眼淨是時髦男女的都市。我抓著拍紙簿，就在沙發上睡著了。小偉深夜才回來，身上散發著菸味加啤酒味。他吻醒了我。

我皺皺鼻子。「好臭。」

「看吧，我確實去了釣蝦場。」一聽到他隨便端出「確實」這個字眼，我臉一皺，想起他幾天前的懺悔。

我們到臥房去。小偉淋浴的時候，我躺在床上，現在清醒無比，四肢攤在熱氣裡，再次因為他狡猾地抓準時機而不高興。我們都知道，寶寶再幾個月就要出生，我不可能挑在這時候離開他。

小偉爬上床。女兒們在地上簡便鋪了毯子席地而睡，受到燈光干擾時，發出小小的悶哼，可是並未蠢動不安。小偉喝酒喝得昏昏沉沉，馬上就睡著了。

過去兩天的思緒讓我的腦袋搏動不已。再次沐浴於我最熟悉語言的聲音裡，是多麼美妙又教人不安，無知的障礙解除了，每份對話都闖進了我的思緒。我初初抵達美國時，試圖弄懂四周的胡言亂語，我的心開始將對話轉換為合理的胡謅。

愛遮蔽那條魚二誰是的。

累兄弟，承受啊大哈囉？

我覺得自己好像發現了某種不為人知的古怪語言。我花了幾個月時間才學會分割音節，然後是單字，再來是意義。

明天我終於要跟家寶的妻子見面了。如果為了隱藏自責，我表現得太過友善，大家都會覺得虛假。可是如果我太過緘默，看起來又會很怪。我決定不要多想。我告訴自己，今天之前的一切不復存在。

噢天啊，我明白了。就跟爸爸一樣。他一定是靠著反覆唸誦這句話，才撐過那些日子。

我覺得頭重腳輕。寶寶蠕動著，推擠我的內臟。我走出陰暗的臥房，進入客廳，在風扇前的籐編矮凳坐下，閉上雙眼。

什麼都無法讓我平靜下來。在失眠的最高峰，我從海關人員退回來的那疊書裡抓起《高爾基公園》。我正想找出之前在讀的地方時，卻注意到二十九到三十四頁全不見了，在接近裝幀的地方被裁掉，除了頁數上的間斷之外幾乎難以察覺。我整個快翻過去，七十三／四頁也不見了。我把其他幾本書也拿過來翻。珍．奧斯汀原封不動，但約翰．費瑟的《中國人：一個民族的肖像》被絞碎了。

我想把它們當成這趟旅程的紀念物（**看，**我會跟柏克萊的朋友說，**這就是台灣現狀的縮影**），可是這兩本書毀損嚴重，無法閱讀，索性丟進垃圾桶。我知道它們最終會被送到河畔的垃圾場，燒成黑煙。

凌晨將近兩點，我拖著腳步走回床邊，在介於清醒跟沉睡的空間裡，茫然、受時差左右，躺在床上直到早晨。

隔天，我們到家寶家。他家人住在小公園對面的小巷裡，公園鋪著煤渣磚，種了幾棵味道像七里香跟楊桃的樹木。他們的公寓就在五樓。

我們一家四口登上樓梯，小偉捧著骨灰甕，我們事先用白絲綢裹住甕身。

家寶的妻子瓊華，身高只到我耳朵，頭髮剪得像是法國新浪潮電影裡的淘氣女主人翁，更加凸顯了她的嬌小骨架。我試著想像她跟家寶在學校社團裡跳社交舞的樣子，他倆就是在那裡初識的。她當時一定就像個迷你的音樂盒芭蕾舞孃。儘管如此，她還是散放出力量，我可以看出怎樣恐嚇都嚇不了她。

「請進。」她說。她孩子越過她的肩膀，期待地看著我們。

屋裡瀰漫著家寶的氣味，可是都過了好些年——這怎麼可能呢？一時片刻，威利茨那晚在我眼前爆開；我的手指沾著家寶的汗香，我的鼻子埋在他散放麝香的髮絲裡。我掐掐史蒂芬妮的手。

小偉事先跟我演練過，當他把骨灰甕遞出去的時候，要說些什麼，可是實際到了這一刻，午餐在桌上冒著熱氣，家寶的孩子睜大眼睛瞅著我們時，他一句話也說不出口。他把骨灰甕交給瓊華，她收下的時候並未顫動嘴唇，也沒掉淚。這樣的冷靜自持，我曾經在我母親身上見識過，真令人心碎。當然了，私下獨處的時候，她可能咬牙切齒，扯著頭髮放聲哭嚎。誰曉得她孩子目睹過什麼樣不為外人知的哀傷，刻在了心頭跟回憶裡。

「謝謝。」她把骨灰甕擺在祭品旁邊，有柳橙、焚香跟一杯酒，就放在掛在牆上的家寶照片前面。我從來就不懂，人們舉辦告別式的時候，為什麼總是選擇最糟糕、最官僚的照片，也就是證件跟官方檔案照。大家擺姿勢拍照時，是否想過，這些制式標準照片有一天會成為葬禮上的肖像？在這張照片裡，家寶被攝影機閃光燈照得一臉茫然。誰想用這個模樣記住他？

儀式結束後，瓊華雙手交握。「來吧，飯菜趁熱吃吧。」

入座之後，小偉跟瓊華交換共同認識的人的近況，我細看她孩子的臉龐，用念力要家寶的特徵自己顯現出來。他們女兒非常高䠷，這點跟父母都不像。她目前就讀高中二年級，態度熱忱、威嚴，讓艾蜜莉跟史蒂芬妮為之迷醉。她宣布說她的英文名字叫「美樂蒂」[34]，因為她想成為歌手。她是那種很酷的大姊姊，至少就這個下午來說，是我女兒們長大想要成為的樣子。我在她眼裡，還有嘴巴的動作裡，隱約瞥見家寶的神情。可是她的臉龐輕盈、快樂，但家寶的面孔則永遠籠罩在不安中。

他兒子嘉隆則很彆扭，就跟一般少年一樣，含點怒氣，順從中帶點惱怒，不是某個特定的舉動，而是普遍的忿忿跟適應不良感。他不跟任何人打交道。小偉試著跟他聊聊，但他幾乎不開口，彷彿生怕嘴裡吐出什麼字眼，讓人看出他會動、他活著。簡而言之，他整個人都失靈了。即使他跟家寶那麼不相像，但我依然可以看出他的臉就套在父親的骨架上。是的，家寶也在裡面。

我又把注意力放回對話上。「家寶往生以後，我就停止跟運動互動了，」瓊華說話的語氣，讓我們知道其實她並沒有停止。這是令人欽佩還是愚蠢？小偉有同感嗎？如此投入，連恐懼也無法將他驅離？而這又是為了什麼？為了一個抽象原則，這原則對孩子每天有沒有飯吃毫無影響？我禮貌地緊閉嘴巴。

瓊華伸過手來，替我們倒了更多茶。「我喪夫以後，病人都不上門了，他們都不敢來找我看病。現在，我朋友都成了我的病人，雖然健健康康的，還是跑來找我看病。」她朋友那種展現同情的單純謊言，打動我。如果沒有那些想像的疼痛或幻想出來的痠疼，她跟孩子就無以為生。

她跟小偉繼續談，女兒們跟美樂蒂閒聊，可是我就跟嘉隆一樣，說不出話來。午餐結束後，我們繼續吃淺盤上冰過的梨子切片。我頂多只能做到這樣：用牙籤戳著水果，在瓊華跟我對上視線時，漾起笑容。

然後家寶走了進來。房間裡的色彩跟聲音，一切都變得更鮮豔、更響亮，血液在我的臉頰裡怦怦流動。我張開嘴，只發出呆呆的一小聲吐息。他坐進妻子跟女兒之間的椅子裡，抓起牙籤，刺起一片梨。我看到他唇上亮著唾液，眼鏡上反射出光點。

小偉摟住我的肩。「嘿，妳還好嗎？」

我的呼吸短促到讓我無法回話。

艾蜜莉問：「媽，妳怎麼了？」

家寶不見了，只剩下一整桌盯著我看的臉孔。脈搏在我的手腕、手肘彎處、喉嚨間用力搏動

34 Melody，英文另有「旋律」的意思。

著，我的皮膚燙熱不已。

「來，躺一下吧，」瓊華說，「到臥房去。」

小偉扶我起身，他們兩人護送我去臥房。瓊華拉起窗簾、打開冷氣。她沒開燈。等我在床上躺定後，瓊華請小偉離開房間。她拿了摺好的沾濕毛巾，敷在我額頭上。

「這次懷孕一切正常嗎？」

我點點頭。「一定是因為熱氣的關係。」

她執起我的手腕，替我測量脈搏。「沒什麼好擔心的，休息就對了。」

休息。休息就對了。她離開以後，我環顧房間。家寶的人生就在這裡：白色塑膠板梳妝檯、玫瑰花印布的矮凳，掛在牆上的田園風光加框複製畫，旁邊掛了他的另一張照片，這張是生活照，放大成肖像的尺寸，像素散發著黑、洋紅、青跟黃的微光。我此刻躺臥的地方，也曾是他臥伏策劃革命的所在。他也在這間公寓裡遭到軟禁，從屋角踱步到屋角，望出窗外盯著在樓下站崗的警察。

他曾經跟圍坐在餐桌的我們一樣真實。

一定有什麼字眼可以用來形容在場卻又不在場的人，比鬼魂還具體，比回憶還真實。

瓊華輕柔地搖醒我。「很抱歉，可是小偉想回家了。」

我花了片刻才搞清楚自己在哪。我瞥見家寶的肖像，想起身在何方。「我睡著多久了？」

「兩小時，妳覺得怎樣？」

「好多了。」我掙扎著要起身，依然有點抓不準方向。

她做出了親密到出奇的舉動，就是往床緣一坐。她皺眉努嘴了幾次，準備說話。我害怕她即將說出口的話。

「你們對家寶真好。」

「我們只是做了大家都會做的事。」我堅持。

她微笑。「請不要謙虛。」

我脫口就說：「真抱歉，我們保護不了他。」

「你們救了他，你們給他自由。」

我咬唇。自由？

她把我的表情解讀為倖存者的虧欠。「要是他留在台灣，狀況也不會有所不同，」她向我保證，「他們想抓他，也如願以償了。不管留下來或逃出去，他們都會逮到他。至少他有機會嘗到自由，而且有機會寫書。我很感激你們對他的付出，真的感激。我原本希望你們可以把手稿帶回來，可是我知道你們無能為力。也許有天我會到美國讀讀那份稿子。告訴我，寫得好嗎？」

我回答的時候，心中竄過一陣罪咎感。「很好，他把自己想說的一切都寫出來了，直言不諱。很有力量。」

她用指節抵著眼睛，漾起笑容。「我想他。」

「我也想他。」我說，語氣如此自然，連我都覺得意外。我承認這點時，不帶痴戀或罪咎的那種迫切，只是純粹的同感。

我也想他。

51

當計程車在我外公外婆家的大埕柵門前停下，媽媽跑出來迎接我們。她的目光帶著鄉愁掃過我的肚皮，因為我前兩次懷孕生子她都錯過了，然後轉向艾蜜莉跟史蒂芬妮。

「這些漂亮小妞是誰？妳媽媽寫好多信給我，我都覺得認識妳們了。」

「有沒有跟外婆打招呼？」我推了推。

「阿嬤。」她們異口同聲說，我很高興她們聽起來就像盡責的台灣孩子，每遇到親戚，就要好好稱呼對方——阿嬤、三姑姑、嬸嬸、堂姊——透過招呼，孩子按照自己跟所有人的關係，找出自己在家族裡的定位。

爸爸跟了過來，馬上觸發我頭一次以母親身分返家的焦慮感。他會不會像當初批評我功課那樣，批評我作為母親的表現？他會將我的為人母的權威視為天經地義？還是說我會搖身變回童年的那個自己，就像小偉在他父親面前那樣？

「哈囉，爸爸，」我說，「小妞們，有沒有跟阿公打招呼？」

面對這位戴著黑框大眼鏡的男人，白髮照著中年以來的髮型梳理，平日外向的艾蜜莉也突然害羞起來。

「哈囉，阿公。」

「吃過了嗎？」爸爸問。

「在火車上吃過了。」小偉說。

「我來拿行李。」爸爸說。他沒時間感嘆分隔兩地而錯過的那些歲月。大家立即投入日常，彷彿我昨天才登上前往舊金山的飛機。他難道不能撥個五分鐘感傷一下嗎？

他伸手要拿我的提袋時，我厲聲說：「爸，小偉會拿。」

「好吧，要不然乾脆跟妳的——」他朝我女兒們猛點一下腦袋——「來看看雞吧。」

我吐出憋住的那口氣。女兒們跟了上去，大步踏進大埕，往雞窩走去。榕樹下的塵土看來掃得一乾二淨，這個小小舉動讓我對自己的不耐感到後悔。爸爸彈彈舌喚雞過來，雞兒抽動著身體，以史前時代的方式急奔過來，女兒們興奮尖叫。我跟媽媽互換眼神。

「妳爸很高興妳回來了。」

「我知道，媽媽。」

「你們可以睡阿姊以前的房間。」

她帶著我跟小偉進屋。外公外婆都過世了，我感覺到他們的缺席。除此之外，這間房子除了更破敗外，毫無變化。家具還是我成長期間的那套老東西，扶手跟椅腳根都磨損了，椅面的編筐還有椅背都破了。「我們寄了錢給你們，怎麼不拿來買新家具？」

她沒回答。

「媽？」我讀懂了她的沉默。「媽，妳是不是把錢給二兄了？」

小偉清清喉嚨。我們之前就這麼懷疑過，可是即使如此，還是忍不住寄錢給兩老，不管他們要把錢浪費在假古董上（就是經過仿古處理，彷彿曾經埋在某人後院土裡的寶物），或是把錢都拿給我那個遊手好閒的哥哥。

「他老婆要生寶寶了。」她抗議。

「寶寶？」小偉有技巧地說，「是好消息啊。」

我們走到阿姊的舊房間，我把皮包拋在床上。「他結婚了？什麼時候？妳怎麼沒告訴我？」

「是他女朋友啦，他女朋友懷孕了，可是跟老婆也差不多。」

我搖搖頭。「媽，那些錢是給妳跟爸爸的，二兄要自己照顧自己，他年紀比我還大。」

「他是妳哥。」

我正要開口抱怨，小偉碰碰我的手臂。「我去透透氣。」

我點點頭。「看看女兒們是不是渴了。」

小偉離開後，媽媽對我的肚子挑眉。「跟我說，一切都好嗎？」

我重重坐在床上。她的問題似乎暗示了更多。我忖度是不是該讓她知道小偉外遇的事。「都很正常。」我不會提到昨天在瓊華家突然發作，或是我看到家寶的幽魂。儘管如此，她還是狐疑地端詳我的臉。

「休息一下，爸爸會看著小妞們。」

她離開房間之後，女兒們興奮的聲音將我吸引到窗前。爸爸摟住一隻母雞，女兒們伸出手，細聲尖叫，然後把手猛抽回去。

「動作要輕，」爸爸說，「不要叫太大聲。」

「看，像我這樣。」史蒂芬妮鼓起勇氣，再次伸手撫搓母雞。

「這就對了，乖孩子，」爸爸說，我再次變回女孩，沒比艾蜜莉大多少，站在同樣一棵榕樹下。要拿來痛打她們雙手的尺呢？要拿來塗掉她們功課的橡皮擦呢？還有要嚇得她們噤聲怒瞪呢？

我們現在都不同於以往了，我提醒自己。小偉越過大埕到他們身邊，喝斥朝他疾步走來的雞兒：「鳥兒，我這裡沒東西可以餵你們啦。」雞兒呱呱叫，抬起翅膀，搖搖晃晃走開。

「爸！看！」史蒂芬妮把手搭在母雞頭上，「我在摸雞！」

「好棒喔！」他的語氣充滿善意。我再次想起海倫。偷情一整年？足足四季？他耶誕節有沒有打電話給她？他沒有送她禮物？

上一次跟他們夫婦聚會時，我主動說要幫忙洗碗，但小偉打岔，說由他來就好。我當時把這個舉動解釋為對我的愛，現在我明白我搞錯了。

屋外，爸爸對小偉微笑。女兒們對父親跟外公炫耀著，笑得滿臉燦爛，圍繞房子的樹木上蟬聲唧唧。此情此景。回來正是為了這，只是為了這。

我發現媽媽在替當地一家小娃娃製造商代工賺外快。我還小的時候，有個政客宣稱，「客廳即工廠」將台灣變成經濟之龍。我母親曾經在東京受過美術訓練，現在在幫這些普通娃娃畫臉。當母親拉開裝滿娃娃腦袋的大袋子，女兒們既高興又驚恐。她說要替她們重畫娃娃面孔的時候，她們連忙衝去行李箱拿。史蒂芬妮希望娃娃的藍眼可以塗成棕色的。

我們看著我母親把眼鏡架在鼻尖上，掐住空白的娃娃頭固定到位，用極細的刷子跟很毒的顏料，將虹膜塗成棕色，放大黑色瞳孔，再替兩顆眼珠各加一點白光。

「媽，妳應該叫二兄來幫妳做，他可以靠自己賺點錢。」我懇求。

「噢，噓。」

「要不要來加州跟我們住？我們有一間客房。」

她把史蒂芬妮拉進懷裡，讓她畫其中一張臉。以六歲孩子來說，史蒂芬妮手腳算靈活的，但娃娃的眼睛還是畫歪了，顏料跑到現成的眼珠外。

「太遠了，我們連台北都嫌太遠。我們能在那裡過什麼樣的生活？」

「你們有我們啊，可以陪孫女散步去上學喔，要不要試試看？」

「美國，美國，那是完全不同的國家，我連英文都不會講。」她把注意力轉回史蒂芬妮。「好，我來洗一下筆，妳就可以試畫嘴巴一下。」

「我也要。」艾蜜莉說。

「要有耐心，艾蜜莉，一次一個人。媽，只要會一點點英文就可以過得下去，中國城搭個火車就到了。試試看嘛，先一年就好？」

「中國城？我去中國城幹麼？哇，娃娃嘴巴好大喔！擦掉再試一次。」媽媽扭著抹布末端，指了指史蒂芬妮畫得馬虎又過大的嘴巴，我便明白這場討論到此為止。我確定如果我父母願意試試看，一定會很開心。他們可能想像自己在那裡會很孤立，放眼淨是大片郊區，但他們不曉得灣區生活非常多樣化又朝氣蓬勃。他們會喜歡上有嚼勁的厚麵包跟紅酒，還有敞放的人行道跟涼爽的天氣。我自己就喜歡上了。

而且我需要他們。萬一我離開小偉呢？或者我們「為了孩子著想」而維繫婚姻，兩個無法盡心投入的人勉強共同生活？也許我可以帶女兒搬回台灣，她們起初會反彈，但她們年紀還小，那些不愉快的回憶終究會遠去，等她們在這裡有了歸屬感，就會幾乎憶不起之前的生活了。

第二晚晚飯過後，我跟媽媽在街坊裡隨意溜達，這個街坊是我離開以後的這些年間興起的。歐陽一家早已賣掉他們家的地，原本的水田填平了，建了貼磚大房子。城市朝著我們寸步移近，帶來了把街燈強光跟片刻不歇的機車嗡嗡聲。不過，今晚，我頭一次遇到父親的那條主街空蕩蕩，我勾起母親的手。

「妳過得怎樣？我要聽實話。」

是我吐息裡的緊繃？還是因為我的手臂貼著她顫抖？

「妳到底怎麼了？講話啊。」

「媽。」我才吐出一個音節，就開始哭得開不了口。我們繼續走著，她掐掐我的手臂，我讓自己隱忍下來的淚水盡情奔流。

我用手背抹抹鼻子，緩過氣來。「小偉有情婦。」我選錯用字——讓他聽起來好像是什麼父權社會中腦滿腸肥的地主。我想到妾，二姨太跟三姨太。「外遇」這種說法似乎比較輕鬆，比較美國。我用英文說：「小偉外遇了。」我發現語言造成的距離能帶來慰藉。我等著她咒罵他，勸我離開他，叫我來住她家。不是媽媽搬去柏克萊，而是我搬回台中。「嗯？妳怎麼想？看看我：半年的身孕，有個偷吃的老公。」

「妳怎麼發現的？」

「是他告訴我的。」

「妳都沒懷疑過？」

「從來沒有。」我撫摩圓拱的肚皮，汗水順著手臂往下滑到母親的肘彎。

「啊，他比我想得還聰明。」

我強忍捍衛小偉的直覺，而是接受這個侮辱，以示團結一心。

「那妳要怎麼處理？」

「離開他吧。」

「為什麼？」

「因為他對我說謊！」

「妳就沒對他說過謊？」

我的停頓洩漏了我的想法。我回想自己把手稿交給陸先生時，他不掩勝利的笑容。我真希望自己當初將手稿丟地上，當著他的面燒個精光。當眾鬧場。在龍斯藥妝店的停車場上，會有人圍觀（失靈的婚姻？即將終結的外遇？誰？為什麼？）然後我們盯著那團小小篝火，對我的花招同感意外。我當初這麼做就好了。

「妳結婚是為了什麼？只是為了愛嗎？」媽媽問。

有隻流浪狗朝我們緩步走來；我們讓到一旁，可是牠停頓片刻，嗅嗅我們之後才往前走。

「不是嗎？」

「愛是愛，可是妳認為妳女兒希望有母沒父嗎？妳肚子裡這個孩子會這麼希望嗎？妳希望他們羨慕朋友嗎？」我們皮膚互觸的地方，我感覺她的脈搏快速動著。「這是小事一樁，會漸漸淡掉的，原諒他。」

「我怎麼能夠原諒他，媽媽？」

她沒回答。我們走到了直通市中心的十字路口，於是掉頭往家裡走去。我從她那裡抽走手臂，在襯衫上抹乾。我們母女倆對愛的想法顯然不同；我看到的是獻身，她看到的卻是職責，我在乎人的**感受**如何，對她來說，人的**作為**才是關鍵所在。我納悶自己是否該同情她。也許我對愛的抽象概念才是比較無藥可救的一個。

隔天晚上，我全家到台中市區的餐廳聚餐，眾人圍著圓形大桌而坐。餐廳在七樓，可以眺望櫛比鱗次的高樓大廈，綿延不盡的一排排灰色窄窗承諾著勤奮與成長，我覺得這個景象既反烏托邦又充滿希望。

阿姊的歲數到了四十中段，不知怎地，又恢復了我們三十幾年前上學時被迫接受的髮型。姊夫看起來壯歸壯，但疲憊顯現在厚重的眼袋上。他們兩人不曾有過齟齬，這點令我驚奇。外甥女美美帶著她丈夫跟女兒雅如過來，雅如在她的懷裡扭個不停，一有機會就要抓筷子，最後美美將她眼前的桌面清出一個弧狀空間，而她丈夫則是吃得心滿意足，完全無視於手邊的苦鬥。雅如偶爾會拍拍父親的手臂，他會滿嘴食物抬起腦袋，微笑一下之後繼續大吃。我跟他不熟，事實上我根本記不住他的名字，只是叫他「外甥」。我跟美美對上視線，挑起一邊眉毛。

「她都讓妳忙不過來了。」我朝餐桌對面說。

「嗯，她很調皮。」美美的丈夫得意地說，搓搓女兒頭髮，又伸手去拿蝦子。美美聳聳肩。

美美兩個弟弟現在都二十多歲。兩人客氣地稱我「阿姨」，然後跟艾蜜莉、史蒂芬妮聊天。

「妳們的台語不錯耶。」他們對我女兒們說。女兒們驚呼回答：「因為我們是台灣人啊！」

大兄也來聚餐，我很高興。他用評判的眼光掃視整桌人：看誰沒等敬酒就逕自喝起啤酒，看誰舉筷的方式懶洋洋、將飯菜弄掉在桌上，看誰夾太多魚肉。我等他開口責怪美美的丈夫自私，但他什麼也沒說。

史蒂芬妮喜歡上大兄，她坐在我們兩人之間，他提問時的語調裡有什麼讓她覺得自己受到尊重、像個小大人，所以用心地回答，彷彿真的搖身成了他眼中的年輕女子。她打直身子，認真思考答案的模樣，教我直想將她一把撈起，吻遍她的臉。

「妳長大以後要當什麼？」他問。

「汽車。」她說。

「什麼？」

「汽車。」

「她在說什麼啊？」他問我，確定她一定說錯了，不然就是自己聽錯了。

「是真的，史蒂芬妮長大以後想當車子。小偉跟她說，長大以後想當什麼都可以，她就決定當車子。」

當大兄看出她不是在說笑，便強忍笑意，用同樣的熱忱態度問：

「什麼樣的車？」

「卡車，紅色的卡車，」她強調，「紅的喔。」

「為什麼？」

「這樣我就可以載東西。哪裡都可以去，還可以載東西。不可以在我上面擠太多人，才不會弄得亂糟糟。」她轉成英文。「很實用喔。」我替她翻譯。

「她很特別。」大兄對我說。

我遮住她的耳朵，附和他的看法。

他們繼續聊著關於史蒂芬妮未來的細節；她以一年級那種執拗的專注，討論著馬力、里程數跟輪胎。

我瞥瞥二兄的女友，她的孕期比我還久。她才二十六歲，已經是兩個孩子的媽。她美得令人無法置信，簡直超乎尋常：她有張瓜子臉、鼻子細長，可是嘴型有點什麼，就是上唇噘起的模樣，讓她看來放肆誘人。她為什麼選了二兄？他以誇大的髮型跟顯眼的服飾，過度彌補了平凡的長相，但她不知怎地發現他很迷人——也許正因為他預期她會被迷住。二兄陸續帶過幾個女友給家裡看，大家每次都以為他打算迎娶對方，而她已是第三或第四個這樣的女生了。不過，寶寶都要出生了，這次他肯定會步上紅毯。在那一刻，我才意識到我哥哥是那種戀上自己的男子氣概，最後會有很多子嗣的人。這種事情有種獨占意味，重點不在傳承，或是組成家庭的夢想，而是純粹的炫耀雄風。

她叫青青。她叫我「大姊」（我比她大將近十歲），站起來越過桌面，添菜到我盤子裡。她的善意感覺幾乎帶點侵略意味。

「拜託，我自己來就好。」我抗議。

「我沒認識過教授耶！」她快活地對小偉說，「我覺得好榮幸喔，你一定很聰明。」

她真是沒腦，美美跟她差不多年紀，小偉還可能會跟美美抬槓，但對青青卻很冷淡。她的驚呼，他一律只用單音節的悶哼回答。他似乎連正眼看她都受不了。懷孕使我跟青青的身材變得很肉感，不過我注意到，我穿寬鬆飄垂的上衣掩住自己的曲線，她卻穿了襯衫，領口往下滑，露出完整的乳溝；她偶爾會把衣領往上拉，吸引大家去注意她佯裝要隱藏的東西。

也許小偉並不覺得心煩。這個想法一旦掠過心頭，我就甩也甩不掉。他回她話的時候，並未對上她的目光。他在看什麼？我的模樣曾經有她這麼美過嗎？就像廣告裡呈現的孕婦完美版本？我頭髮毛躁，臉龐浮腫，皮膚蠟白，沒有所謂的「懷孕光輝」。然後青青在眼前，雙腿依然苗條，腳踝纖細。我到底在想什麼？難道我在想小偉會把她帶進臥房，跟她做愛，而她有孕在身這件事會遮掩不軌的證據？我知道這個念頭全然不理性，但我看著小偉的視線再次跟著青青的手走，她將女衫頸線往上一提，遮住乳溝的陰影。

「我要去洗手間。」我說。

我起身時，小偉抓住我的胳膊。「妳還好嗎？」

我勉強吐出「還好」這句話，然後快步路過洗手間，踏出前門，進入電梯前面的通道。

我走到窗邊，捏緊窗櫺。陰霾天氣乍看似乎很涼爽，但無論下多少的雨，都沖不走熱帶的熱氣。難道我們每認識一個女性，我就要嫉妒到激動難抑嗎？我要如何相信，他往後不會再找一個又一個的藉口，來替自己的不忠開脫？媽媽叫我原諒他——但是我又怎能聽從一個似乎一有機會選擇卻專往悲慘裡鑽的女性的勸告？我不想為了追求結婚的某種理想而殉道。

我想到所有能傷害他的方式：他的自尊、他的心、他的生活。離開他——離婚——就是他最害怕的事。

我滿懷惡意，決定照著他當初對我懺悔的方式來告訴他：隨意，透過半開的門，彷彿沒什麼重要的。

可是我沒有那麼隨性。我一心期待著揭露我這個決定的時刻。那晚，我倆躺在蚊帳底下。女兒們已經在我以前的臥房睡著了，所以只剩我們兩人。月亮，還有爸爸裝在大埕裡的黃光，透過敞開的窗戶照進來。媽媽放在房門附近的立扇喀啦喀啦轉，提供了白噪音的掩護。我蜷著身子側躺，伸手碰碰小偉的手臂，他把我的手拉到唇邊，吻我的指節，然後轉身面對我。他把頭髮從我的太陽穴撥開，撩到耳後。

「我們要怎麼做，我都決定好了。」我說。

「關於什麼？」

「關於我們。」

他知道了，他聽我的開場白就知道了。他的目光在我臉上遊走。我回想我們當初在日月潭的約會，兩人淋成落湯雞，衝到他車裡避雨，我屏息等待一枚從未實現的吻。這一刻是否一直是無可避免的？打從一開始就蝕刻在我們關係的DNA裡？

「妳怎麼想？」他問。

我雖然想要殘忍，卻發現自己辦不到。我發現我說不出「離婚」這個字眼。

「我想分開。」

「分開，」他的語氣一副如釋重負，彷彿只要給我一切，就會讓我轉變心意，「只是暫時的，對吧？我在附近先找個地方住，給妳空間，我們一起解決？」

「不，永久的。」

「永久的？妳是指離婚？」

我抿緊嘴唇，點了點頭。

他坐起身。「那是錯的，妳還沒有時間仔細想。寶寶怎麼辦？女兒們怎麼辦？」

「我想你當初也沒考慮到女兒，當你跟海倫——」

「那不同。」他怒斥。

我替他有點難過，可是不只如此，我覺得鬆了口氣。我眼前出現一個更明亮的人生，沒有我兩年前待在汽車旅館的那種陰鬱氣氛。

我從他的吐息裡可以聽見他正在釐清眼前的現況。他離開床鋪，在房間裡踱步。我想安慰他，但我只是等待。

「獨力照顧三個孩子？妳瘋了嗎？」他終於說。

我沒回答。

「妳根本沒好好想過。才兩星期，妳就可以做出這種決定，把十年婚姻一把丟開？」

「是十一年。」我糾正。

「我不會讓妳這樣的，我不同意。」他坐在床緣。「拜託不要。」

我同情地伸出手，扯扯他的棉衫衣角，手指繞住衣服。「我不會跟任何人說。現在不會。我們可以等這趟旅程結束，回到家以後，再多談一些。現在就善用這段時間吧。」

「妳會改變主意的。」

同情的魔咒頓時破除。我放開他的棉衫。現在，我腦海裡浮現我們初識時的其他細節，他是怎麼看扁我、對我訓話、評斷我。

「對，沒錯，我會改變主意——我只是在說笑。」我克制怒意，堅定地說：「我不會改變主意的，小偉。」

他還是背對著我，但他肩膀一垮，我不知道我為自己還是為他更難過。

52

我們笑盈盈地在台中度過最後兩天。我相信我父母不曾起過一絲懷疑。事實上，我跟小偉比以往還更親近，更深情款款，也更樂於肢體接觸。彷彿決心將兩人剩餘的時光運用到極致。媽媽認為我聽了她的勸告，夫妻倆取得和解。她有一次對上我的視線，露出表示贊同的陰鬱笑容。等一切都底定，生活跟監護都做好安排後，她會在我寫的信裡接到通知。

我們在台中的最後一晚甚至做了愛，他的身體側彎，杓住我的身軀，一時片刻，我將我們的煩憂拋到雲霄外。或許小偉也開始相信，我改變主意了。事後，他用鼻子蹭著我的髮下，親吻我的頸背，說他愛我。我沒答話。

飛回加州以前，在台北還有三天時間。我們回到小偉父母家。他母親趕在最後一分鐘帶我去採買嬰兒衣物——儘管我連聲抗議，但她似乎決心要讓我多帶一個行李箱回美國，裡面塞滿給寶寶的禮物。

我跟小偉在他以前的臥房裡整理堆在床上的寶寶衣物。我跪在地板上，就在敞開的行李箱旁邊，由小偉把衣物摺成一小堆，輪番遞給我。我已經決定，我們應該至少等到嬰兒出世再分道揚鑣。小偉有權看著寶寶出生。可是，衣物從小件逐漸往大件整理，從新生兒的兜帽拉鍊式連身衣，到八個月大穿的兩件式睡衣，我想像我們家明年沒有小偉的模樣，是小偉幽暗的身影站在前門的彩繪玻璃後面，撳響門鈴等人替他開門，會是多奇怪啊？從概括在一個字眼裡的決定，會衍生好多真實的界限跟想像的界限。

「這是什麼？」他問。

「連褲衣。」

他甩了甩衣服。「沒屁股耶，還有個大洞。」

「你媽說，這種衣服最適合拿來訓練坐馬桶。就讓寶寶盡情解放。她說我會越來越熟悉寶寶的訊號，這樣寶寶還不到兩歲，就學會怎麼用馬桶了。」

「妳是說真的嗎？」

「我媽就是這樣訓練我上廁所的。」

他搖著腦袋將連褲衣對摺，遞過來，然後說有個驚喜要給我。

我挑起一眉。「噢，是嗎？我希望比上一個更好。」

他皺著眉但不理會我說的。「我希望妳跟我出門一趟，一個晚上就好，我已經請我爸媽幫忙帶孩子了。」就像淘氣的孩子想施展魅力來換得饒恕，小偉似乎也期待我對他的罪過能有奇怪的失憶症。他糾結的眉頭跟誠摯的凝視，似乎都在問我，我怎麼可能把怒氣從前一天帶往下一天。這點觸怒了我。

我把手搭在他的膝蓋上。「你在想什麼啊？我不可能因為一個晚上就改變想法的。」

「我都預約好了，」他說，「要是我們臨時改變計畫，我爸媽一定會覺得事有蹊蹺。」

我回頭面對行李箱，漫不經心理齊已經工整疊妥的衣物。「我不想去，我只想跟女兒在一起，也許我們可以帶她們去動物園。林旺還活著嗎？」

「那個老傢伙？肯定死了吧。大象能活多久啊？我出生以前牠就在了。」

我突然想到，把這隻偶像級的大象加進我的文章會很棒——二十世紀初期出生的大象，先在緬甸替中國軍隊工作，然後在一九四〇年代由國民黨員帶來台灣。「我想帶女兒去動物園，看看牠還在不在。」

「我都預約好了，」他再次說，「我爸媽會幫忙看小孩。」他在我旁邊伏低身子。「拜託嘛，一晚就好，至少給我機會補償妳一下？」

我想像我們會去阿里山，就是我父母當初蜜月的地點——想像我們會搭乘殖民時期所留下來、搖搖晃晃的小火車，眺望山巔上的日出。可是我們卻留在台北，到我們度過新婚夜的那家文華酒店。小偉有時可以很戲謔、愛調情，浪漫到諷刺的地步。可是這個舉措很誠摯。他先前承諾過的驚喜，確實讓我意外。

「我訂不到我們待過的房間。」他說。

「你還記得我們待過的房間啊？」

「對啊，妳不記得嗎？」

「不記得，在五樓的某個地方吧，我想？」

這次我們住的是六樓。飯店房間整修過，不過同樣有面對南京東路的窗景，我們陷入渦旋紋的扶手椅裡。「這是新的。」他說。

「之前在這裡過的那個晚上很不錯吧？」我轉向窗戶。我雖然面帶笑容，但鄉愁——某種失落跟渴望的模糊感覺——竄過我。我揪住窗簾邊緣。

「附近有個不錯的四川館子，到那裡吃晚飯吧。」小偉說。

「我不能吃辣。」我十指交扣在彎弧的腹部下方。我已經厭倦思考我們兩人的事，以及我們所失去的東西。我不想再假裝，也不想再爭論。我不想吃晚餐，也不想要刻意營造的浪漫。我只想睡上一覺。「樓下那個地方如何？」輕鬆就好。

小偉一定把我的提議解讀成態度軟化，於是對我燦然一笑。「妳想怎樣都行，寶貝。」

飯店餐廳是旅者的陷阱。餐桌之間的距離，足以讓人路過時，不至於撞到他人的椅子、皮包或手肘。鋪了桌布，低調照明，大多空蕩蕩的。我自覺像個遊客，而我喜歡這種感覺。我的心情輕快起來。

「我們從來沒做過這種事吧？」我問。

「什麼意思？」

「我是說當遊客啊。吃著自己選擇的普通中國菜，我幾乎覺得自己像個外國人。打從艾蜜莉出生以來，我們就沒這樣吃過晚餐，只有我們單獨兩人。」

「我從沒想過這件事。」小偉說。

「我也沒想過。」我說。

我們點了只要看相不錯的菜，但其實吃不了這麼多。菜還不差，雖不出色，卻也不壞。

小偉問得很客氣，有點正式過頭，讓我想起我們最初幾次約會。

「文章寫得怎樣了？」他問，「有進展嗎？」

「大綱有了，我現在真的想寫林旺的故事。那麼老的大象，很不可思議吧？一定創下什麼世界紀錄。」

他笑了。「也許寫本童書？」

我發現自己有樣學樣，也用他那種彬彬有禮的語氣說話。「好主意，小艾跟史蒂芬妮可以幫我。」

他夾了點麵到我盤子上，我對他微笑。

「那個暴躁的葛林老教授這學期還會在嗎？」同事裡，小偉最不喜歡的就是他，這男人想去牛津大學教書未果，一開始就表明自己痛恨在柏克萊執教的每一分鐘。

小偉哀叫。「別毀了晚餐。」

「我還有點替他難過呢。」

「倒可不必，他是個自命不凡的混蛋，妳知道他上學期末說了什麼嗎？」他現在受到刺激了。他一直在累計葛林犯下的過錯——他的怠慢、辱罵跟虛榮的發言。

「別太執著。」我提醒他。

「妳說得對，我們正在享受美好的晚餐呢。」

「很好，親愛的。」

我臉一紅，不情願地領悟到，小偉的計畫奏效了。他的策略彷彿是從那些吵雜刺耳的女性雜誌取經來的，那種雜誌建議，如果想重燃愛火，可以透過重建浪漫關係的初期體驗。我幾乎覺得自己又變回二十四歲了。我看著昏黃燈光照暖他的臉，我心一刺痛，突然明白海倫看上他什麼，可是我想原諒他。

我們離開餐廳的時候，他的手貼在我背上，我感覺自己貼向他的撫觸。

一回到房間，我們踢掉鞋子，套上飯店送的拖鞋。小偉打開電視，可是我一說「拜託，不要」，他就把電視關了。

我埋怨熱，他就把冷氣開大了點。我在扶手椅上坐定，想起史蒂芬妮說過的話，不禁咯咯笑起來。

「怎樣？」小偉問。

「前幾天，史蒂芬妮說二兄是『臭屁的少年郎』。」

小偉往後一仰，大笑出聲，我好久沒聽到這種笑聲了，一時沖走了我的怒氣，感覺真好。

敲門聲響起。

「又有驚喜嗎？」

「我來應門。」小偉說。

他拉開門的時候，臉上還帶著笑意，迎面卻是兩位穿制服的警總隊員。我動彈不得，汗水刺痛我的指尖。

我們兩人都還來不及問他們為什麼來這裡以前，他們就率先開口了。

「你好，林先生，我們希望你跟你太太跟我們一起走。」一人說話的時候，另一人的視線就越過小偉肩膀，掃視這個房間。我緊盯他的目光，直到他別開眼睛為止。他是否在我緊咬的齒間留意到恐懼，在我的眼神裡看到嫌惡？

「為什麼？」小偉質問。鎮定，我默默懇求。我看著他克制自己。「我是說，可以問原因嗎？」

「這個問題我們沒辦法回答，我們只是來這裡護送你們的。」

「我太太懷孕了，她可以留在這裡。」

「不行，她要一起走。」

穿著那些可笑的拖鞋，小偉要怎麼抵抗？他還握著門把，一面扭著門把、一面衡量可以怎麼做。我站起來。「我們走吧。」

我現在才讀懂，父親只要被叫去審訊時，臉上就會掠過的神情。那種恐慌極耗精力，暗流毫不留情地拉扯著，而我表面上卻依然一派正常，甚至相當平靜地朝門口挪移。我套上鞋子時，緊抓小偉的手肘，然後再輪到他穿上自己的鞋。他花了片刻把燈捻熄，隨手鎖上房門。

一個男人監督小偉，另一男人負責看守我。我們以慢動作穿越走廊。電梯裡無人開口，我在鏡面牆壁上看到我們四人排成一列，鏡像無止盡地往後重複，我想放聲嘲笑這種荒謬。電梯門打開，我們大步越過大廳，人們轉過來盯著看。他們都知道。我對上櫃檯人員的目光時，他趕緊低頭望著飯店登記簿。警總人員一派紳士風度，在我們兩側將門推開，悶熱的夜晚撲面而來。有輛車正在等候。

城市在車窗外閃閃發亮，有如月光熒熒的黝暗海洋。

「我們會有律師嗎？」我問小偉說，「我是說，我們必須找律師，對吧？我們是美國公民。」

一層薄薄的玻璃將我們跟押送人員隔開。他們聽得懂英文嗎？他們聽到「美國」這個字會不會畏怯？

「我不知道，他們當時也扣留了美國教授大鬍子[35]，控訴他殺害林義雄的雙胞胎，扣留了二十四小時後才通知ＡＩＴ。」

我記得，誣告大鬍子是政府為了遮掩自己的惡行，刻意誤導大眾的煙霧彈，這個指控很荒謬，因為他是林義雄一家的友人。ＡＩＴ就是美國在台協會，是個「私人企業」，在兩國外交關係結束後，取代了美國領事館——只是命名上的策略。「不過那是兩年前的事，要看狀況而定，看他們真的要問問題？還是要逮捕我們？如果我們被控擅動叛亂，可能會被收押禁見兩個月。這是新通過的法條。適用在美國人身上嗎？我不知道。」

「擅動叛亂？小偉？」他做了什麼？我現在可不能冒險發問。

他掐掐我的手，意有所指地說：「沒理由那麼想，可能跟唐家寶有關吧。」

前座男人大聲說：「這些中國人連中文都不會講，就跟那些洋鬼子一樣。」我瞪大了眼睛。如果他懂得美國種族歧視的語彙，肯定會罵我們「香蕉」或「白色洗腦」。

「所以你認為我們今天晚上回得了家？」我繼續說，當那個男的沒開口似的。

「我確定，不用擔心。」可是現在小偉並未正眼看我，而是蹙眉直視前方。

一名軍人拉開柵門，車子開了過去。天空下起微雨，這兩個押送人員拉開車門，一人替我撐了傘。

「謝謝。」我說。

我們繞過亮著燈幾棟建築，最後停在一個房間裡，是一長排眾多房間裡的一個，面對著水泥中庭。我看到遠端有個隱含威脅的鐵柵門，肯定是通往牢房區的。雨水答答打在鐵屋頂上，庭院偶爾飄過一聲令人心慌的呼喊。

那裡有張綠色沙發，沙發對面有桌子。鐐銬跟鉤子連著鍊子掛在牆上。

「坐吧。」一人對我說。

我坐下了。我的順服讓我自已驚訝不已。他們正要把小偉帶出房間，我再次撐著站起來，嚷道：「他要去哪裡？」警衛轉身揪住我的肩膀。小偉回頭瞥我一眼。**沒關係的**，他用唇語說。

現在我的驚慌浮到檯面，儘管空氣悶熱，我的雙手還是開始發抖。警衛和緩地將我帶回沙發上，我的額頭結出汗珠，滾落臉龐、越過鎖骨，淌入我胸脯之間。我抹去汗水，在洋裝上擦乾雙手。我沒哭。

一個沒見過的男人進來了。他沒比我高多少，穿著棕色長褲，跟我年紀相仿，頂著一張蒼白大餅臉，眼睛就像兩道墨跡，平滑的頭髮整齊左分，拿著一只棕色風琴夾。

35 即美籍澳洲蒙納士大學教授 Bruce Jacobs，美國哥倫比亞大學政治學博士。林宅血案發生當時，他當時正在台灣收集博士論文材料，熟識黨外人士。

「妳好，林太太。」他要警衛退下，在桌邊落座。牆上的時鐘顯示九點五分。雖然這個房間悶熱至極，男人的白襯衫在幾個地方變得半透明，他依然不打算打開固定在上方牆面的風扇。「妳好嗎？」

「我被逮捕了嗎？」我問。

他笑了。「不，完全沒有，如果你們被逮捕了，我們就必須打電話給AIT，你們是自願來的，不是嗎？」他頓時一臉嚴肅。「他們沒替你們上銬吧？」

「沒有。」我說。他們的計謀突然明朗起來，用文字跟合法性構成的複雜迴旋。他們從來不提「逮捕」兩字。他們要求我們過來，我們就過來了。我們就這樣起身，跟他們一起走，簡直就像收到裝在金箔鑲邊信封裡、以浮紋印在百磅布紋紙上的邀請函。

他打開隨身帶來的檔案夾，一邊掃視，有點分神地說：「不，不，不，我們只是要問點問題。」

「那我先生呢？」

「他們在別的房間面談他。妳知道這種事情的做法吧。我們不能同時面談你們倆。我們必須看看，你們兩人的供詞是不是一致。」

「我明白。」我不知道我怎麼可以如此鎮定。

「那我們開始吧。」

「可不可以先跟我講你叫什麼名字？」

他漾起笑容。「沒人這樣問過我。妳可以叫我平先生。」他問我的問題，我知道他都知道答案——我的出生年月、我丈夫的名字、我童年老家的住址。家寶跟我說過，審訊者從來不直說他們想要什麼。你的不確定就表示你不由自主透露了過多訊息。我提醒自己要保持機警。

他問我關於家寶的事——他何時抵達，我們何時決定收容他，他平日如何打發時間。他人都死了，我想照實重述那段時間的事，應該無傷。不剩任何可以陷人於罪的資訊，也沒可以入罪的對象了。我從容不迫說著。有些事情我沒提。回憶紛紛浮現，但我並未提起——家寶的金屬框眼鏡；他死後我們把舊衣物回捐到二手商店；在威利茨那晚他睡著時，我感覺他胸膛起起伏伏。

牆上掛鐘現在顯示九點三十五分。我累了，我想上床睡覺。

另一個男人走進房裡，苛刻的模樣讓我馬上警戒起來。我坐得更直一點，平先生也是。「晚安，楊先生。」他說，痰在喉嚨裡顫動。

楊先生挑起一眉，在我身旁坐定。他拉拉白袖口，調整手錶。他跟陸先生是同類型的人。平先生柔和的態度原本讓我感覺近乎平靜，那種感覺現在消散。

「念吧。」他下令，平先生翻著那捆文件。平先生面談我的那種體恤語氣不見了，頓時變成了不帶起伏的單調聲音，念了幾句之後我才驚恐地意識到，他讀的是小偉好幾年前從加州寄給我的信，當時我在台灣等簽證。我們兩人初萌芽的無邪愛情，被他乏味的聲音玷污了，變得天真到荒唐。原來他們一直在讀我們的通信，不只是讀，還複製保存。我閉眼抵擋這種羞辱，臉頰滾燙。

楊先生說：「夠了，現在正經一點。」

平先生摺起信紙，再次拾起筆。

楊先生蹺起二郎腿，彷彿我們正要舒服地閒聊一場。「你們為什麼在台灣？」

「探望家人。」

「就這樣？」

「對，我想看看我父母，也想讓我女兒看看他們。」

「那妳先生呢？」

「我們當然是以一家人的身分回來的啊。」

「他在這裡還有什麼事要忙？」

「事情？他在這裡沒別的事啊。」

「他八月十日跟黃英誠碰面的事又怎麼說？」

「碰面？我先生一直在我身邊啊。」

「八月十日，八月十日，是星期二，你們抵達以後的隔天。」他露出下排牙齒，等著我回答。

我試著回憶八月十日。我們第二天做了什麼？女兒們因為時差昏昏沉沉。我們跟小偉父母吃完中餐後，逛了新光百貨，空調讓我們鬆一口氣。然後……然後小偉出去了。他說是跟大學朋友碰面，我的太陽穴繃緊，耳朵開始怦怦搏動。

「妳想起什麼了。」他綻放笑容。

「我什麼都不記得了。」

「妳整天都跟妳先生在一起？」

「對。」他說他去釣蝦場釣蝦，啤酒喝到滿臉通紅，我聞到他身上的菸味跟酒氣。

「我懂了，他是妳先生，我同事陸先生對妳的忠誠度評價很高，可是我有自己效忠的對象，我愛我的國家，我想保護它。而妳先生卻想毀掉它。」

「他才沒有。」我說，像個生悶氣的孩子。

「妳說了算。」我的審訊者轉向平先生，「他們可以開始了。」

平先生套上筆蓋，拿起話筒。時間繞著我冉冉轉動，即使連時鐘的分針似乎也磨蹭不前。九點五十二分。我看著他蒼白的嘴唇對著收話器說：「動手吧。」

一聲長長的驚恐呻吟穿牆而來。非人的叫聲。

我畏縮一下。「什麼聲音？」我的視野邊緣湧動著一層灰霧。

「妳先生有什麼計畫？」

好幾聲悶糊的重擊透過牆壁傳來，是球棒擊打皮製拳擊袋的聲響。所以那是毆打血肉的聲音，我腦袋裡比較理性的部分注意到。那個可憐的男人再次放聲吶喊。我驚恐地認出那是我丈夫的聲音。

「請不要傷害他。」我低語。

「他說他對我們無可奉告——彷彿沒興趣救自己一命。」

我丈夫再次哀嚎。「住手！」我喊道。聽到自己如此熟悉的聲音因為痛楚而扭曲，讓我一陣反胃。我雙腳猛跺地面。「住手！」

「八月十日。」

「我什麼都不知道！」

小偉第三次吶喊時，我吐了。我試著憋住，用手捂嘴，但嘔吐物還是從指間湧出，噴在洋裝上。我身子抽搐的時候，楊先生往後閃躲。我在毀掉的洋裝上抹抹手，嘴巴蹭了蹭肘彎。

他站起來。「如果他不肯跟我們說，他還有什麼打算，那麼妳就應該告訴我們。救救妳丈夫吧。」他轉向平先生。「把她清乾淨，再帶她去見他。」

平先生走過來的時候，貧血的臉龐漸漸灰暗。他大步踏過濺在地板上的嘔吐物，扶我起身。他的雙手軟得出奇，恍如無骨。

十點。

我們預定明天正午才回小偉父母家。除了大廳的人之外，沒人知道我們失蹤了。我們還有十四個小時得跟警總隊員熬。

平先生領著我走向中庭時，我安慰自己，他們這樣自有後果要承擔。如果他們傷害我們，AIT會著手調查，這會變成國際事件。接著我想起家寶，在美國領土上慘遭謀害。還有陳文成，卡內基美隆大學教授，沒從審訊活著回來。小偉告訴我，台灣漸漸進入比較溫和的時期，殘暴是前十年的事了。殘暴會有過時的時候嗎？我納悶。每個世代都會帶出新的一批人，他們還沒從上一世代的罪惡學得教訓；他們必須親自感覺人骨在自己的指下碎裂，才能確定自己對這種事的感覺。

平先生柔軟的手搭在我手臂上。在中庭裡，我站在牢房區正中央，就在周邊牢房的視線範圍內。臉龐出現在陰暗的牢房窗戶裡，月光把它們照成了幽靈。蚊子在我耳邊嗡鳴，咬我的臉、手臂、腳踝。平先生的白臉在黑暗中變得更像亡靈；穿著白襯衫搭黑褲子，看起來像半身幽魂。有個故障的籃球框不搭調地聳立在他背後。

他用水管噴我，冷水使我心臟一揪，我尖叫，然後擔心小偉會以為我因為痛楚而叫喊，一衝動就做出傻事。水澆透我的洋裝、胸罩襯墊，淋濕肌膚。沖過我的涼鞋，掃走嘔吐的臭氣。

然後怎樣？我想。楊先生說要我見見小偉。只是為了套我的話而撒謊？我會一身濕地被送回沙發繼續接受審訊，還是會見到我丈夫？我把頭往後仰，擠掉頭髮上的水，看到雲朵包圍著月亮。艾蜜莉跟史蒂芬妮現在已經睡了。這個月亮目擊過一切，我覺得自己因為這個月亮，穿越多年光陰，跟爸爸連結在一起。他是否曾經站在這裡，在月亮的凝視下，想起他酣睡的孩子？我渴望對他說：**爸爸，我懂**。

審訊者脫光了小偉的衣服，將他的雙腿大大扳開，把他的腳板鍊在地板的栓鎖上。細細血流順著他雙腿淌下，肋骨斑駁烏黑。一看到我，他就使勁扯動鐐銬。

「小偉！」我喊道。我正要奔向他，但平先生動作飛快，一把揪住我。「放開他！」我喘不過氣。

牆壁已經軟化又缺角，漆料上浮現點點霉斑。空氣聞起來潮濕有焦味。平先生把我拉到椅子那裡，將我的手腕銬在大腿上一面致歉。

「你們不可以這樣，他是美國公民。」我說，即使我知道「公民」這個字在這種地方毫無作用，因為有分量的人都不知道我們兩人的下落。我納悶他們會怎麼對付我這個目擊證人；我在場也阻止不了他們。我想起過往的案例，不禁打起哆嗦：假車禍真謀殺、被自殺。或者我們可以不留一絲痕跡地人間蒸發，這種例子不少。這些男人虐待成性，此刻沉溺於施加痛苦在我丈夫身上，我丈夫在他們眼裡根本不算是人，**「我是美國公民」**這六個字對他們又有何意義？他只是一塊肉——如果還稱得上是塊肉。事實上，他的痛苦對他們而言根本不存在。即使華盛頓發現這件事，兩個國家之間的官方關係幾近斷絕——美國政府會為了像我們這樣卑微的公民，冒險破壞雙方殘存的關係嗎？

小偉身邊有三個男人：一個負責審訊，另一個人手執電棒，最後一個控制電壓。我想起一首童謠——**小豬一路叫著跑回家**。第二個男人拿電棒碰小偉的睪丸時，第三個男人轉開電壓，小偉發出我在隔壁就聽過的野獸般尖叫。他扭著身子當場失禁。

「對不起。」他抽噎著對我說。我閉上眼睛。

負責審訊的男人轉身對我咆哮：「好好看著，賤人。」

我知道他的辱罵只是為了激怒小偉，我祈禱小偉不會受到挑釁。當然，小偉即使在最好的狀態下也是個衝動型的人，他找到殘餘的精神，開口怒斥：「別煩她。」

「好了，好了。」平先生說。他浮現了泛青的眼圈，語氣聽起來疲憊又尷尬得出奇。審訊者不理會他們兩人。「回答我，這樣我就不用強姦你老婆。」他很高䠷，非常瘦，大步走向我的時候，恍如一隻巨型昆蟲要過來吸乾我的血管。我提醒自己，這只是空口威脅，但我還是感覺喉嚨湧上一股又燙又酸的液體。我決心別再嘔吐，硬是嚥了下去。平先生幾不可聞地道聲歉，退到一邊，讓男人站在我背後。男人涼爽乾燥的手，捧住我的後頸。

「沒有計畫，」我說，「小偉，沒有計畫，不要為了我撒謊。」

男人的手往下滑過我的鎖骨，摸上我的胸脯。他使勁掐擠，用掌心抵住我的乳頭。我畏縮一下，但對小偉頻搖頭。「沒有計畫。」我重申。不管小偉做了什麼——不管他是否跟黃英誠碰過面，不管這個指控是否純粹為了恫嚇——小偉向來低調謹慎，從來不會指名道姓。我很珍惜小偉在我心目中的形象：他抱持理想主義，頑固地——天真地——全心投入在自己的信念跟成為英雄的願景上。我不希望這點毀在某個粗人手裡，他的手在我胸脯上又怎樣，只是皮肉罷了。

「黃英誠——」小偉開始。

男人的手放鬆了，溜出我的洋裝，回到我的肩頭。

「停，小偉。」

「陳新哲。」

我放聲尖叫，狠狠撥開男人的手，力道大到我摔下椅子。我的手肘撞上水泥，痛楚在整條手臂上迴盪。頭髮卡在臉上，克制不住地流出口水。我嘗到血味。我朝丈夫爬去的時候，感覺每顆沙粒都刮著皮膚。那個乾瘦的男人朝我跳來，揪住我腳踝。他抓著我雙腳朝門拖去時，水泥擦破灼痛我的皮膚。平先生一時好心，抓住我被縛的手臂，將我從地面拉起。

他們把我放進一間牢房，木頭地板有裂縫，附有馬桶跟一條毯子。洋裝乾掉之後變得硬邦邦。我想像自己聽到小偉的哭聲，但可能是我周圍牢房裡的任何人。在這間無窗牢房裡，熱氣更是令人窒悶，我徒勞地拍趕蚊子。蚊子咬到的地方浮現腫痕。我沮喪地搔抓到流血的地步，以便壓過極癢的感覺。

我們是無辜的，我告訴自己。然後我想起「無辜」對其他人也沒起過什麼作用。當詞語的定義都由警備總部來決定，**無辜**又是什麼？我難過得睡不著，於是貼住牆壁等待早晨來到。他們不會殺了他的，我反覆告訴自己。他們不可能永遠把我們關在這裡。到了某個時間點，一定會有律師過來。

我覺得我的時間概念逐漸演變。等待救援時，時間是如此漫長。這些想法會很荒唐嗎？——認為可能有人可以來救或願意來救我們，認為既然命運已經不在自己掌握中，會有某個所向披靡的英雄衝進來找到我們？家寶曾經告訴我，審訊者行事小心，刑求時會用不留痕跡的技巧——比方說，毆打腳板，或是只留內傷。他們對小偉卻這麼隨便——我看到黑色燙傷跟淤青——這點讓我擔心。他們不在意會留下證據。

一日初始的熱氣灌滿牢房。我打開馬桶旁邊的水龍頭沖洗手臂，朝臉上潑了點溫水。我知道我周遭的牢房都人滿為患，沒空間可以伸展身體或做扶地挺身以保持理智，能夠獨擁一間牢房真是墮落的享受。我真**有福氣**！

我突然看出自己的感激是種瘋狂。要是禁錮長達十一年，又會變成什麼樣子？

走廊傳來腳步聲，我轉身回到原本的位置，背貼牆壁以測安全。牢房外面響亮尖銳的語調聽起來像英文。門上的窗戶打開來，出現一張外國人的臉孔。接著鑰匙在鎖孔裡鏗鏘響，橫桿往後猛拉開發出尖鳴。

那個美國人穿短袖淺藍扣領襯衫搭乾淨黑長褲，站在積滿污垢的門框之中。

「林太太？我是AIT的馬克．堅森，發生這件事我很遺憾，我來帶妳回家了。」他走進來前先環顧牢房，嫌惡地鼻孔賁張。他朝我走來，伸出雙手扶我起身。我吃力地站起來。我一直沒進食，只拿到一杯滋味隱約像茶的苦水。

我們穿過走廊時，我緊抓他的手臂。「那我先生呢？」

「他也會跟我們一道走。」

我瞥瞥一路上那些關上的牢房門，想著門後那些回不了家的人。

小偉坐在沙發上，就在我最初被帶去的房間。雖然他一臉憔悴，但正如家寶所言，他臉上沒有明顯受虐的跡象。我趕到他身邊，將臉抵住他的頸窩。他渾身散發著汗加尿的燻臭。如釋重負的感覺來得如此突然又猛烈，我啜泣起來。他努力壓抑著不哭，我感覺到他胸口裡的顫動。

等我們終於分開的時候，堅森先生介紹我們給他同事班傑明．薩頓，薩頓滿臉雀斑，彎腰駝背站在門邊，一副第一次踏出AIT總部的模樣。

「我們馬上就要離開。」堅森說完就先從房間告退。薩頓先生的視線在我們跟門之間來回彈跳。

「你還好嗎？」我問小偉。

他掐掐我的手沒作答。他一直沒對我開口。我害怕起來，生怕他一張開嘴，我就會看到斷損的牙齒跟撕裂的舌頭。

我們透過牆壁聽到堅森先生大吼：「我明白，可是你們到底在想什麼鬼？你們應該馬上打電話給我們的。這次實在太、太超過了。你們最好相信我們這次會通報高層。你們這些暴徒捅出了一個他媽的大婁子。他媽的業餘傢伙。」

我納悶獄方聽不聽得懂「暴徒」的英文。不，我想，他去死吧，他們全都去死。

一陣痙攣竄過臀間，我放聲呻吟、彎下身子。

小偉緊抓我的肩膀。「妳還好嗎？」他問。看到他牙齒完好無缺，我鬆了口氣。

我不想告訴他我有多痛，只是點頭表示**還好**。

薩頓先生輕拍手錶。「等堅森先生一回來，我們就去看醫生，你們兩個都要檢查一下。」

痙攣緩緩退去，但依然隱隱作痛。

堅森先生回來了，大聲吐氣，在長褲上抹著手掌。我發誓我看到他輕蔑的一笑。我想我們一定很臭。

「我們走吧？」他問。

我想告訴他，他的輕蔑態度我注意到了，也想提醒他：**我們家孩子可以跟你們家孩子一起上學。我會做很棒的烤通心粉。我們跟你一樣是美國人。**

他們沒帶我們上醫院，而是把醫生叫來AIT的辦公室。小偉懷疑他們是想低調處理。醫生說小偉的燙傷會痊癒，不會留下長期損傷，甚至可以生第四胎。他給小偉治療淤青的藥膏，提到有根肋骨可能有裂傷，但沒斷裂。他沒問這些傷勢是怎麼來的。

我跟寶寶的心跳都稍微升高——他說是腎上腺素跟缺水的緣故。他建議，等回家喝水休息後再檢查。

那兩個男人帶我們回旅館收拾東西。堅森在那裡告訴我們，我們二十四小時內必須離境。我們被遣送出境了。他可以放我們自由，但無力控制驅逐出境的事。

「我們還能回來嗎？」小偉問。

「就看到時風向如何了，我不會排除這個可能。」

「昨天晚上發生的事，我們可以怎麼追訴？」

「我們當然會向美國國務院呈報，」堅森先生瞇細眼，「可是老實說，我們目前忙得不可開交，預料之後也不會採取什麼行動。審訊你的那些男人——」

小偉打斷他。「是刑求。」

堅森先生嘆口氣。「當局為了保住顏面，可能會譴責審訊你的人，也許把他們調職之類的，但除此之外，預料不會有更多作為。我只是實話實說。」

「我明白了。」小偉說，怒意讓他臉色陰暗。

53

我們後來才知道，當我們慢了兩個小時還沒回家，小偉父親便打電話到旅館，櫃檯的男人小聲把事情告訴他。他馬上去電AIT。

我們跟女兒們說，警察只是想問問題，沒什麼大不了。艾蜜莉看到我們衣服起皺骯髒，怒瞪著眼，彷彿我們背叛了她。

「那警察為什麼把你們留這麼久？」

我提醒自己，她成長期間都一直以為警察是好人，是你迷路或是找不到家裡小狗時的好幫手。只有真正的罪犯才會激怒警察。

「他們搞錯了。」我說。

史蒂芬妮把我洋裝一角揉成球，扯了扯。我把手指探進她的髮間，因為她小小腦袋的熱氣而得到安慰。

「他們為什麼要那麼久才弄清楚？」艾蜜莉堅持。

我要怎麼解釋？「就是弄錯了嘛，」我厲聲說，「他們搞錯了，警察也是會犯錯的啊。」

她的視線飄過我油膩的頭髮跟發臭的洋裝，然後下巴往前一伸，氣呼呼拖著史蒂芬妮一起走開。

在飛機上，我的身體感覺徹底靜止，完全麻木。因為受到撼動而進入平靜狀態。醫生會說這是休克嗎？寶寶並未抗議我的疲憊，動也不動地躺著，就像一艘在寧靜湖面上飄盪的船隻。

我回想，我們離開台灣以前，我正在替小偉受創的胸口抹藥膏，艾蜜莉湊巧走進房間。小偉趕緊披上襯衫。

「你們騙我。」她哀號。

「我沒事，看看我。」小偉伸展雙臂、繃起背部。他咬緊牙關，擠出笑容。「過來，小艾。」他想擁抱她，但她掙脫了，躲進房間角落，抵著牆壁哭泣，受到遠超過她所能理解的力量刺激，突然又變回沒人安撫得了的幼童。

連這份回憶也讓我疲憊。我不敢去想其餘的部分。我們離開那個國家，現在正在空中，再不久就要回到家，我終於覺得安全到足以入眠。

降落前的一個鐘頭，我醒來了，距離終點還有幾英里，我們正在太平洋上方。我伸伸懶腰站起來。史蒂芬妮跟我一起在走道上踱步，然後望出後側窗戶，看著夕照中鑲著金邊跟粉紅的雲朵。

她雙掌平貼窗戶，在上頭哈出記號。她拖著手指過去，在乾淨玻璃上畫出一個X。

「我們回去的時候，天還是亮的，」我說，「我們會吃晚餐，整理行李，好好泡個熱水澡，然後上床睡覺，聽起來怎樣啊？」這種正常狀態聽起來很超現實。哪個才是夢？——那場審訊，或是我們正要回歸的安穩生活。

她從窗邊轉過來。「也可以看電視嗎？」

我用手指解開她糾結的髮絲。「當然。」

我輕拍肚皮，努力回想上一次感覺寶寶在動是什麼時候。審訊期間？還是回到小偉父母家？登機以前？在檀香山轉機期間？我用手繞著小圈搓揉。**寶寶，醒醒啊**。

下一個鐘頭裡，我等著寶寶轉身，用關節敲我的血肉，確認自己的存在。我們感覺到飛機降落的微微移動時，寶寶對於我喚醒它的種種動作依然毫無回應。

在提領行李處等待的時候，小偉蹭了過來，用手臂環抱我的肩膀。「回家真好。」

我盯著落在轉盤上旋繞經過的行李。「寶寶整天都沒動。」

「什麼意思？」

「我是說，通常她——他——她都靜不下來，可是整趟飛行我什麼也感覺不到。」

「妳大部分時間都在睡，妳是累到沒注意到吧。」小偉說。

「也許吧。」我想相信他，但他的視線在航廈裡閃動的樣子，讓我懷疑他自己也不信。

城市以涼爽的白霧迎接我們，和台北的燦亮豔陽跟無情熱氣，成了鮮明對比。霧氣在灣區大橋某處散去，東灣區相當暖和。我們在計程車裡的廣播上，聽到我們在太平洋上方飛行的時候，美國跟中國三份公報裡的最後一份公布了。有種塵埃落定之感。美國重申對台灣的立場，我們累到無法在乎。

房子關閉了幾星期，有種沉滯氣味。但我也可以聞到我們，聞到我們全家的味道。我可以在裡面感應到艾蜜莉跟史蒂芬妮，還有小偉，在房子更深邃的骨架裡，有著先於我們存在的那七十年，先前歲月跟那些家庭的印記，都深深埋在漆料跟木頭裡。我到處走動，一一打開窗戶。

女兒們在樓下看電視，我坐在臥房床緣，拿起電話，握在手裡久到撥號音都變成驚恐的斷續哭喊。小偉過來拿我們的待洗衣物，發現了我。

「怎麼了？」

「我必須上醫院一趟，感覺就是不對。」

他把電話從我手中拿走，放回擱架。「當然。」

「現在，我現在必須去。」我眼下泛青的疲憊面容，還有因為反胃跟恐懼而一臉乏力的模樣，他都看進眼裡，我看到他一臉震驚。

「我去跟潘說女兒們自己在家，她可以過來看看她們的狀況。」幾分鐘後，我聽到他在屋外敲響鄰居的門，她驚呼哈囉，接著兩人禮貌性地低聲談談這趟旅程，再來語調壓低，變得更嚴肅。

我一直坐在床緣不敢躺下。我覺得體內空無一物。

前往阿爾塔貝茲醫學中心的車程不長，但再怎樣都嫌不夠快。**醒醒啊，動一動**。我發現我一直在懇求寶寶，這句話不由自主成了咒語。我討價還價著，等著小小膝蓋探出來踢我，讓我因為如釋重負而喊出聲來。

在檢查室，我穿著紙睡衣，焦急地等待醫師開始檢查。我盯著貼在天花板燈具旁邊的海報，想起其他在這裡躺過的女人，一天有幾十個，盯著同樣這批愚蠢的圖像，口號以漫畫字體寫成，鼓勵我們多吃乳酪跟青花椰，或者鼓勵我們**寶貝，撐著點**！我對那些審訊我的男人的怒意如此澎湃，我覺得暈眩，手腳也麻木起來，幾乎變得無感。我不認識這個醫生——史隆醫師，醫院目前只有她在；運氣不錯的是，她散發出能幹的光芒。一頭黑髮摻雜著灰絲，扭成一個髻，講起話來有一絲紐約口音。

當她看到我身體側面的淤青跟擦傷，倒抽一口氣，怒瞪著小偉。

「我知道看起來像怎樣，」我說，「不過是我自己跌倒的，真的，他沒對我動過手。」

她直直望進我的眼睛，我迎向她的目光。我看出她相信我。她用超音波棒滑過我的肚皮。我伸手去握小偉的手。原本應該有迅速如海洋湧浪的**砰轟砰轟**液體心跳，但現在除了白噪音之外別無其他，是近乎寂靜的東西。我等著醫師解釋說機器故障或寶寶難以捉摸。總之就是說點除了朝我們直逼而來的現實之外的什麼。

史隆醫師看著護士說：「很遺憾。」她的視線先閃向小偉，最後才跟我四目相交。

小偉掐掐我的手。「什麼意思？」他問，「需要換台機器嗎？」

「我們必須替妳引產。」

「引產？我才二十六週，寶寶會太小。」我腦海裡浮現蛞蝓似的小寶寶，身上連著各種管線，放在巨型塑膠保溫箱裡。「太早了。」我暗想，所以還有什麼救得起來嘍。我允許自己悄悄鬆口氣。

史隆醫師的超音波棒依然舉在半空。「沒心跳，」她在每個字中間留白，「寶寶過世了，很遺憾。」

「不可能，」小偉抗議，「寶寶昨天還好好的。」

「不，寶寶走了。」我說，視線往上回到天花板，掃向那些意在激勵人心的海報，然後飄過整片布滿洞洞的石棉瓦。「她說得沒錯，寶寶走了。」

我發現有些回憶太過痛苦，無法細細重溫，於是我的心思自然滑過它們：不像我懷艾蜜莉跟史蒂芬妮時那種宮縮的痙攣、不帶痛感的分娩、等待從未響起的哭嚎時那種詭異的靜寂。他，一個男孩。即使他沒呼吸，護士依然將他鼻子裡的液體抽出來。

他們想把他——我兒子帶走，彷彿他是什麼醫療廢棄物。小偉強烈懇求院方給我們時間跟他相處，雖然這不符合院規，但醫師最後還是讓步了——小偉的臉龐因為痛苦跟憤怒而扭曲，也不會有人敢說不行。護士將我們兒子擦拭乾淨，裹進毯子，在他頭上套了小小扁帽。他全身小到足以用雙手捧住，但我將他摟在臂彎裡。

他有眼睫毛。

如果他睜開眼，看起來會是什麼模樣？兩棲類一般光滑烏黑？或是某種尚未完全成形的乳灰色？小偉把椅子拉到床邊，弓起背，手肘靠在膝上。

「我們要替他取個名字。」我說。

「不要。」小偉說。

「那麼我們要怎麼提到他？要說『寶寶』嗎？我們永遠都不談他嗎？他需要一個名字。」

我明白小偉的猶豫，一旦替他命名，就會讓這個我們可以推到一旁的慘痛經驗真實起來。過去幾個月來，我們討論過名字，但最後哪個也沒說定。我想以我們人生近期的失喪來替他命名。不等於家寶，而是某種可以彼此呼應的東西。家寶名字裡的兩個中文字，意思各為「家庭」跟「受寶惜的」或「珍貴的」。我想到一個不常見的字，更正式，能夠呼應他第二個字的含意：鈺。這個字結合了金跟玉這兩個部首。

我向小偉提議。

「要取單名？」他說。

「對，就像你的名字。一個字，很簡單，鈺。」

我可以看出，在他眼裡，寶寶承接了這個名字、這段歷史。我們的兒子再也不是無名之人，他叫鈺。我可以看到他可能會長成的模樣。我已經可以在心眼裡看見他的鼻子像小偉，但下巴像我。我想像他跟姊姊們吵架的模樣。我想像他五歲上學頭一天，擠在她倆中間——艾蜜莉已經是少女，史蒂芬妮也相去不遠——在我們家前面擺姿勢合照。小偉會害怕是有道理的：替他命名就把他變成了真正的人。

我開始掀開他的毛毯。小偉問我在幹麼，接著別過臉去，說他不想看。

「我只想記住他的臉。」他說。

可是，即使只有一次邂逅的機會，我還是想將兒子的整個存在刻進記憶裡。當我查看他小小的指甲時，小偉不由自主地望過來。他渾身覆滿黑軟毛，有個藍色「蒙古斑」橫跨下背跟屁股。艾蜜莉跟史蒂芬妮出生時也有這個胎記，一到就學的時候，就已經消退。我輕柔地摟著他疲軟無力的身軀。他手腕、手肘跟腳踝的摺痕都顯示，一等開始餵母奶，就會圓滾起來。

護士在一小時之後回來，我沒辦法放棄他。我想多一個鐘頭，然後再多一個鐘頭。我小心翼翼再次將他裹好，鼻子抵著他，嗅聞他。他身上有我的血味。我把他交了出去，然後小偉握住我的手，我們雙雙痛哭失聲。

我們兒子的死，是某種我們走不出來的經歷。小偉不再隨意為了他跟海倫的情事道歉，也不再調情般懇求我的深情。我們都鬱鬱不樂。

我領悟到，這就是媽媽眼中的愛。共享的經驗、共享的歷史、共享的創傷：就是這個讓我們成為一家人，其他人都無法理解。我知道，只要我跟小偉還在婚姻裡，即使我受到他人的吸引，我跟另一個男人也不會共享這個關鍵的東西——這個夏天，而這一點就足以毀掉潛在的韻事。我想起成長期間曾經厭惡自己家人的種種時刻：我憎恨父親、嫌惡母親、對手足滿懷怒氣。我曾經暗想：**全世界有這麼多家庭，我為何偏偏生在這裡**？彷彿只是偶然的命運將我們兜在一起。現在我明白有種東西比命運還強大，那就是選擇。它醜陋平凡又缺乏浪漫，但正因如此而獲得力量。所以如同我母親，我選擇留下。

二〇〇三

54

除了幾盞零星的閱讀燈，籠罩在黑暗裡的機艙大多空著。空服人員身穿薰衣草色制服，在廚房區竊竊私語。艙內偶爾傳來翻閱雜誌的窸窣聲。我起身在走道上踱步，以便舒緩浮腫的雙腿。要是在更擁擠的飛機上，這樣可能會招來焦慮的視線，以及待在座位上繫好安全帶的要求。但這個空盪黑暗的機艙是個喘息空間，讓人得以暫時遠離地表的亂象。乘客蓋著薄薄的刷毛毯子，無人騷動。

幾個老男人聚集在緊急出口附近的小小門道，甩動手臂、伸伸懶腰，身上散發著睡眠跟身體的氣味。他們點點頭，悶哼向我致意。在另一個世界裡，坦克車正隆隆開進巴格達。我們並未談到那場侵略或那場瘟疫，噴射機的吼聲就是和平。

我回到座位上時，走道對面的女人醒了。她用護貝過的緊急逃生須知板替自己搧風。

「運氣還真背，對吧？我們要直接降落在煉獄裡。」

我希望我的微笑能夠遏止她。我喉嚨痠痛乾燥，一點都不想說話。我扣起毛衣、拉起毯子，關掉冷氣出風口。

「那個老男人把那個病從中國帶回來，這件事妳聽說沒？我的意思是，醫生不知道這是禽流感、口蹄疫，還是天曉得是什麼。」

「他們叫它SARS（嚴重急性呼吸道症候群），」我說，「沒那麼糟糕，他們說就像肺炎，身體健康的人應該就不會有事。」我直覺地把椅子扶手當木頭敲了敲[36]。我們逆著逃離的人潮反向前進，美國國務院針對台灣發了一份旅遊警示，鼓勵非必要的旅台美籍人士撤離台灣。某種症狀類似流感的神祕疾病——死亡來得極快，新型的西班牙流感——正迅速蔓延亞洲。香港幾棟三十層高的建築整個被警示帶圍起來，居民一車車被載往休閒中心等著熬過隔離時期。才幾位女銷售員發燒，百貨公司就不得不暫時歇業、大肆消毒。美國報紙驚慌失措，責怪中國人骯髒；指責中國人市場裡有生鏽的畜籠跟啼叫不停的活禽，還有麝香貓在屠宰以前喵喵叫喊；指責他們飲食口味奇怪，怪他們不洗手。我行李箱裡帶了整盒的手術口罩。

小偉一直在為我這趟旅程擔心。我們已經不用再害怕政府——戒嚴早在一九八七年終止，這個國家目前由第一任非國民黨員的總統執政。就民主議題來說，小偉的陣營最終獲得勝利。台灣選舉全面開放、擁有言論自由。現在，台灣把焦點放在隨著自由來到的當代問題上，比方說全球化瘟疫。

「先看妳母親狀況怎樣再說吧，」他在我姊姊來電之後說，「可能是虛驚一場，妳真的想一頭闖進去？連國務院都勸大家別去台灣了。」

「她都九十歲了，」我當時堅持，「再也沒有什麼虛不虛驚了。我非回家不可，她是我**母親**。」

「狀況很——糟——」女人拉長語調，「要是我避得開，才不會來呢。如果妳是當事人，一定會取消婚禮吧？那是多麼不吉利的起頭啊？」她從座位袋子裡抽出水瓶、旋開瓶蓋，然後大口灌水，拳頭掐得罐子喀拉響。

「我們一定不會有事的，新聞把一切都誇大化了。」

她用手背抹抹嘴。「噢，天啊，最好是。」

黎明剛過，我們降落在桃園。飛機轉眼就清空了，我們隨便列隊，拖著腳步踏過一條抗菌地毯，然後通過體溫掃描機。我的身體以多彩的氣場顯示在螢幕上，科技映亮了我的脈輪：我的核心是紅的，往外是較為溫和的橙色，然後逐漸散射成黃色，表示健康。

機場通道兩旁都是台灣的照片，就是葡萄牙人四百多年前可能看到的景象：翡翠綠小島跟蔚藍海洋，大理石峽谷，穿著織布衣、身負刺青、待嫁的迷人原住民女子。這些照片之間穿插著一

---

36 說自己不會遭遇到不好的事，卻又怕這樣的誇口會招來厄運，習慣上會講 Knock on wood!（「好險」）同時輕敲木頭，以免厄運真的發生。

場展覽的宣傳海報，展覽內容是用塑膠保存的屍體，擺出各種運動般的姿勢。謠傳這些遺體來自無人認領的中國囚犯，我不得不把臉別開，不去看那些表皮剝除、暴露紅白肌肉，在玻璃櫃後方對著我咧嘴笑的臉龐。

我站在美國公民的隊伍裡，手持藍色護照，再次意識到以另一國家的公民身分回到自己國家有多奇怪。海關人員是一名三十幾歲男子，一臉整齊的髮型跟憤怒的眼神。他上下端詳我，問我前兩週是否發燒過。問我是否去過農場或接觸過牲畜？我在台灣又要待哪裡？我用中文回答的時候，他一臉更憤怒的樣子，彷彿我是個試圖混跡在當地人之中的異鄉客。他使勁在我的護照砰地蓋上章，聽起來就像法官敲響小木槌。他揮手讓我通過。

走出隔間轉機區跟入境區的霧面玻璃，我找到了巴士櫃檯，買了張往台北的飛狗巴士車票，這種巴士聽起來就像山寨版灰狗巴士。所有進城的巴士都是雙層巨獸，設有軟墊飛行員躺椅、個人化的映像螢幕，還有內建在頭枕裡的擴音器。外面的空氣很駭人，濃稠炎熱，但司機的一耳上套著鬆緊帶，手術口罩懸在臉側。司機不肯開冷氣，聲稱會增加傳染機率。即使在公路上行駛也沒比較涼快，因為車速如此緩慢，濃重的空氣只是跟充塞在路上的霧霾混融在一起。

這座島嶼照樣以它創造跟毀滅的永恆循環改變了面貌，但有幾個舊紀念碑依然在高速衝刺的車流中，像個處變不驚的戰士一樣屹立不搖：北門、火車站、廟宇。這些舊紀念碑的四周興起了新住宅大廈、新卡拉ＯＫ店、新補習班、新餐廳跟咖啡館；成千上萬積極的創業者等我下次來訪時，又會開創出新事業。

我在台北人生地不熟，所以在火車站下車便攔了一輛黃色計程車，有幾百輛這類的車子似乎都飢渴地在此地閒蕩。司機的臉龐口罩半掩，他跳出來幫我提行李前，謹慎地瞅著我看。

「妳一定要小心，」他邊說邊把我的行李箱抬進車廂，「有個人生病了，然後——哇——就完蛋了。」他的審慎是這座城市的典型氣氛，可是他用輕快的語調發出這樣的宣告，我想他在面罩底下一定在微笑。他的黑髮披在額頭上。我不知道他幾歲，也許四十？或者是健壯的五十五？他的腳趾從魔鬼氈固定的涼鞋探出來，是柏克萊目前正風行的健走涼鞋普通版，不過除了左腳上有個指甲內生外，沒透露任何訊息。

他的後視鏡上掛著念珠，上頭有木雕女神像。他用一根粗糙的拇指摩搓神像並說：「大部分的美國人都要出去，而不是要進來，也許現在是度假的好時機。妳一定是有重要的事情才來的，是公事嗎？」我不予回應，任他繼續臆測，在短短的獨白後，我們抵達阿姊的巷口。他聲稱自己的車通不過，在巷口就卸下我的行李。

「其實我不怎麼怕啦，」我遞現金給他的時候，他說，「只是流感，我每天都換口罩，可是妳要當心啊，妳都離開好一陣子了，我看得出來。」我以笑容回應他的關懷，向他道謝後便拖著行李往巷內走。

阿姊跟她丈夫原本一直住在台中的榮民村裡，住到屋瓦都生了苔，窗戶歷經日曬雨淋後裂開，整間灰泥房子破破舊舊。他們一直打算要遷離，因此從未修繕剝落的牆面。政府承諾要將他們重新安置於新建的大樓裡，只是必須等待緩慢生鏽的官僚輪子喀拉轉動。姊夫宣稱，通知信函隨時都會寄來。他們無止盡的等待有種魔幻寫實故事的味道；我姊夫堅持那封信一定會在他們夫婦倆死前寄到，這件事幾乎有種喜感。儘管如此，政府的耐性還是超過阿姊。他們遷離時，新建設計畫的土地才終於被清出——一個露天市場被推土機剷平，攤商在碎礫之間重新架起桌子，直到工地周圍立起圍籬。

美美就住台北，阿姊決定搬到那裡。這時我父母已經將近九十高齡，依賴阿姊的照顧，兩老別無選擇只好跟著一起搬遷。現在，他們住在一棟樸素的灰磚建築裡，是三房公寓，就在安靜的麗水街上，位於師範大學後面，我外甥女就在那裡的圖書館工作。他們放置洗衣機的小小陽台，俯瞰著一處空地。當初搬來台北時，他們只帶了行李箱，其餘全都買新的；漂亮的綠色冰箱，三洋洗衣機；表面貼著淺色木頭合板、仿北歐風格的廉價家具以及寢具，都是從宜家買來的。老家住了四十年之後，唯一值得搬走的有價物品只剩衣物。

我按下對講機，阿姊聽到我聲音時驚呼起來。大門嗡嗡一響解了鎖。我使勁拉開，聽到三樓的公寓門尖聲打開，有人趿著拖鞋啪啪趕下樓梯。我才拖行李進門，阿姊就已經來到我身旁。

「小妹！」她燙熱的手掐掐我的手臂，「妳都沒變，搭機過程還好嗎？」

阿姊現在六十多歲，模樣就跟我向來知道的相同，但我不確定要是在街上擦身而過，能不能認出她來。她的體型變粗壯了，頭髮削得很短。發胖讓她五官變得柔和。她看著我的時候，一定也對歲月的流逝備感驚奇。

「機艙滿空的，不過飛得還滿順的。」我回答。

她的笑容顫動，皺眉。「很遺憾妳不得不挑這時候回家，我真希望……」她嘆口氣。「算了，來吧，我來幫妳。」她抓住我行李箱的頂端提把，把它拖上第一階，然後她停住腳步，蓄積動能準備登上下一階。

「阿姊，我來！」我試著從她那裡接手，但她用手肘擠擠我。

「別傻了。」

她走完一段樓梯之後，才猛地從提帶鬆開手，笑了出來。「好吧，」她吁了口氣，揩揩額頭的汗水，「妳比我年輕，都交給妳了。」

「她狀況怎樣？」我們坐在我敞開的行李箱前，我問。我帶了各種維他命跟營養劑，還有一些昂貴的抗老乳液要給阿姊。我們在爸爸的房間，他的氣味攀住牆面不散：薄荷油、尼古丁，還有我確定只有他那世代的男人才用的鬍後水，特別刺鼻。隔壁是我媽媽的房間：窄小的單人床，書桌上疊著素描本。現在，走到人生盡頭，她終於回到自己最初熱愛的事物：藝術。她畫街景——攤販蹲在貨箱旁、人們在樹下漫步。我注意到，每張素描裡都有個位置微妙不搭軋的人物：樹蔭下有個女人坐在桌前，人行道中央有個孩子正在堆積木、有個男人在店門口旁邊替狗洗澡。我忖度這一點揭露了關於媽媽某些事。

「我累了。」阿姊說，藍色棉衫往上溜過肚皮，露出一角肌膚，肩膀上的花飾貼布邊緣已經逐漸脫線，有兩片花瓣悲哀地蜷起。

我不敢追問細節。

「妳自己看就知道。」她對著我的沉默說。

「醫生怎麼說？」

「就我跟妳說的差不多。」

有些問題是不能問的。這次會是緩慢地邁向死亡，還是攻勢迅猛的急性病症？我回來能夠見到媽媽神智清明的最後時刻？還是說這次是真正的道別？**希望之泉永不枯竭**——對於被拋棄的戀人以及父母瀕死的孩子來說都是永恆的真理。我們說服自己事情並非避無可避，而等到事到臨頭，我們卻又是怒罵又是哀求，或是否認。這陣子我忙著準備跟奔波，將憂慮暫且推到一旁。不到一天前我還在冷颼颼的灣區，現在我人已經到了台北，早晨過半，新的現實朝我襲來。

我把自己帶來的那盒口罩撕開。這盒口罩很珍貴，幾乎像是走私貨。近來有個女人遭到逮捕，因為她謊稱廉價口罩是眾所覬覦的 N95 口罩，這種口罩目前正面臨大缺貨。她在網路上的賣家暱稱是「古怪女」，現在新聞頭條都以斗大醒目的標題寫著古怪女的惡行惡狀，報社編輯收到民眾憤怒的來信，抱怨年輕世代道德淪喪，連警察都在找她。恐懼橫掃整個國家，而她成了眾矢之的。

「謝謝，妳在機場的巴士上戴了沒？」阿姊問。

我搖搖頭。

「妳應該戴的。」她從我手上接過一只，戴了上去。疲憊的雙眼，加上口罩奇怪的白色突面跟排氣閥，讓她搖身成了外星人。

醫院由多棟建築所組成：一棟是紅磚加白邊，在日本殖民時期建造，另一棟是更現代的水泥高樓。兩棟之間有條通道相連。那家醫院在新公園附近，現在為了紀念三月屠殺而更名為二二八和平公園，三月屠殺本身則重新命名為「二二八事件」，彷彿長達數週的失蹤案件可以簡化成區區一個香菸攤商的插曲。

門口有護士穿著古樸的粉紅制服，用紅外線溫度計掃過我們額頭。體溫計在攝氏三十七度嗶嗶響起時，護士向我們道謝，揮手放行。大廳的塑膠椅上坐滿戴手術口罩的人，椅子之間擺著不起眼但韌性十足的植物。一排排無神的黑色眼眸，無樂無懼。

房間裡，爸爸在塑料椅上小睡，身上披著褪色的桃色醫院被單。媽媽也在睡。在機器的團團包圍之中，我只能看到一點點的她——額頭上幾撮細薄白髮，削瘦手臂。厚厚的塑膠呼吸器扎入臉頰，隨著每口氣息起霧又散去。她的雙手裹在無指手套裡，綁在病床上。有好幾條管線消失在她的靜脈之中，床欄上吊著尿袋。

「我的天，這些妳怎麼都沒跟我說？」我對阿姊低語。我覺得反胃，往簾子另一邊的空床上一坐。我母親就要這樣死去嗎？像半個機器？我摀住眼睛。我上一次見到她的時候，她的儀態依然細膩，是我從小就欣賞的特點。她那時還會上美容院洗頭吹整。現在的她看起來過於暴露——她一定會很鄙視自己這種脆弱模樣——無法洗浴、無所遮掩。我想像她感受到何等的恥辱，而我想為那種恥辱而哭。

「護士會秤她尿布的重量，看看她吸收了多少食物。妳真的希望我打電話跟妳講這種事？」

「爸爸就只是陪著她等？」我低語。

「她睡覺的時候，他就看電視。」阿妹說。她早已見怪不怪，沒精力驚恐。「我每天都來。」

「為什麼要把她綁起來？」看到母親被綁在床上，像維多利亞時代的瘋子一樣，是最讓我害怕的事。

「她一逮到機會，就想扯掉點滴。」

「媽媽？」我無法想像母親除了默默遵從醫囑外，會做出任何事情來。

「她想回家，她不想留在這裡。」

「噢天啊，那就讓她回家啊。」

我們聽到布簾另一邊有了動靜，接著傳來爸爸粗啞的聲音。「女兒嗎？」

我們兩人走上前去。

「啊，妳來啦。」爸爸說。他依然昏昏沉沉，抓住我的手臂當作招呼。我用另一手覆住他冷黏的手，除了「爸爸」之外說不出話來。

我扶他坐起身，從母親床畔的托盤上端了杯水給他。他像孩子似的用雙手捧住杯子，清清喉嚨。「妳阿母病得很重。」

「爸，別那樣說，」阿姊用咬字講究過度的響亮聲音說，大家都用這種方式跟老人、外國人講話。

「別把我當小孩那樣講話。」他忿忿地說。他沒變，我鬆了口氣。

「好啦，好啦，」她退讓了，「我們要盡量樂觀點嘛，爸。」

「人都會死。」他說。

「爸，拜託。」我跟阿姊互換眼神。他還能怎麼辦？難道要成天哭泣嗎？他跟我們其他人一樣害怕。一如既往，憤怒藏住他的傷痛。

中華人民共和國政府宣稱這狀況是「內政問題」，不許國際衛生組織來到島上。電視名嘴花了好幾個鐘頭，解析這個決定以及蘊含的弦外之音。就像蛇吞吃自己的尾巴，他們繞著圈圈談話，談到慷慨激昂，最後只剩滿口牢騷，端不出解決之道。答案不在我們手中，而是操控在北京手裡。有些人聲稱這是北京在警告台灣總統——他是反對黨陣營裡第一位當選總統的人，雖然和藹可親但是個不受約束的大砲型人物，那張管不住的嘴巴越來越逼近正式宣布台灣獨立。北京的回應似乎就是在說：**戴上口罩，留在原地別動，乖乖閉嘴**。

我對毫不停歇的噪音感到疲倦，於是關掉電視。爸爸跟阿姊回家梳理，跟姊夫共進晚餐，由我留下來陪媽媽。她正在睡，一盞昏暗的微綠床頭燈——單薄的日光燈泡，發出細微的蟲鳴——

映亮她的臉。呼吸器先起霧再清澈。那些機器起起伏伏，喀答喀答又嗶嗶作響。

樓下大廳有間便利商店，店裡賣撐杖、床上便盆、注射筒跟盛藥杯等用品。我在那裡買了運動飲料跟碗裝泡麵，隨意瀏覽封膜已經剝掉的時裝雜誌。

我讀到一篇文章，一時屏住了氣息。

是藝名叫美樂蒂的流行樂手側寫。那篇文章說，**你父母可能認得，她就是當初遭殺害的反對黨運動人士唐家寶的千金。**

家寶的女兒。對她眾多歌迷來說，比起她關於愛情、摩托車跟糖果那些活力四射的流行歌曲，這個細節一定是個抽象的歷史片段。

對我而言，他們一家一直停留在我們一九八二年下午最後一次見到的模樣。他妻子——那位親切的醫生，還有即將成年的兒女。我一直想像他們永遠棲居於往昔的世界，就像家寶那樣。

搭配這篇文章的照片是集錦拼貼，她穿著極度誇張的演出服——絨毛粉紅手套、過大的襪子搭配厚底靴、羽毛做成的裙子——但我還是可以在她臉上看到家寶的影子。對流行歌壇而言，她的年紀偏大，不過，經過四張反應中等的專輯後，她最新一張專輯有了突破。我熱切地掃讀文章內容。

雜誌問她關於父親的死，她說：「有好長一段時間，我很生氣——氣我母親讓我父親離開，氣我父親離開。我當然很氣謀殺他的人，可是我最恨的是美國人。

「我忿忿不平過了很多年，後來有個好朋友跟我說，憤怒是餘燼，內在留著餘燼的人，只會燒傷自己。這個建議喚醒我。我意識到，我們全都有機會重塑這個世界。我們沒必要緊抓著原本的世界不放，我們可以有願景，然後更新這個世界。每天，我們都有第二次機會。我就是想用我的音樂，把這個想法傳遞下去。」

我合上雜誌。這是她的真心話？還是經過焦點團體測試、由管理階層粗製濫造出來的制式東西？她的樂天態度讓我備受打擊。家寶死去的那個悲慘冬天，那種揪心的痛——以及隨後而來的一切——在便利商店冰冷的燈光下再度變得歷歷在目。

回到樓上，我到護士站附近的飲水機那裡往泡麵碗注滿熱水，然後坐在媽媽床頭桌邊準備吃麵。現在是加州早上九點，我撈出電話卡，打電話回家。

無人接聽。我再試一次，先撥到國際電話卡中心，再撥電話卡上的編號，最後才輸入我家的電話號碼。只要按錯一個鍵，就得重新開始。就像我那場反覆出現的夢魘，就是用電話轉盤撥著號碼，卻一次次撥錯。還是沒人答話。我還沒準備好跟小偉講家寶女兒的事，但我想用他的聲音來穩住自己。

我試著在爸爸小睡的塑膠椅上安頓下來，可是椅子硬得好像睡在桌面上似的。我站在窗邊，望向下方照明昏暗的公園。這裡曾是男同志的會面地點；現在則是菲律賓跟印尼勞工在星期天聚集起來，與同鄉共度每週唯一一天休假的場地。其他時候，有人會攜家帶眷在公園步道上漫步，還有老先生跟老太太在板凳上曬太陽，市中心的上班族會穿越公園，從一角走往另一角，觀光客則是隨意走逛。也許哪天我會下去透透氣，等媽媽好一點的時候，搞不好可以帶她去——說得好像真有可能。我把腦袋靠在玻璃上，閉上眼睛。

二二八紀念館也在下面。端賴個人的政治立場，這事件有「二二八事件」、「二二八大屠殺」或「二二八暴動」等稱呼。紀念館有個商標，曾經推出一部電影、一片CD以及相關書籍，還有T恤跟帽子。從國家祕辛成了有品牌的產業。我從沒去過那間紀念館。我暗忖媽媽不知是否去過，看到自己回憶裡的人生被當作歷史，經過保存跟重述，她會不會覺得奇怪。她會不會把自己跟紀念館裡的故事聯想在一起？或者她的人生太過獨特，不能跟一排排黑白照片跟災難的立體景連在一起？

我在醫院過夜的頭一晚，代替阿姊守在媽媽床畔，我輾轉反側。我讓電視繼續開著，關成靜音，同樣的影像在夜裡循環不停：坦克車駛入城市，興高采烈的市民用繩索拉倒獨裁者雕像，再來是學校跟商家紛紛關閉的片段，人們湧進火車站跟機場，戴著白口罩在街上飄盪，只露出恐懼懷疑的眼睛。捷運車廂半空，幽魂似地竄過城市。

從我抵達以來，媽媽就沒醒來過。她的昏睡是藥物引起的人工睡眠。我納悶她到底作不作夢，如果作夢，又都夢些什麼。

一時片刻，我有種透過陌生人之眼看我母親的異樣感覺。對我來說，她突然變得好異質。我想起家寶的葬禮，我好久沒想到了——家寶透過人人的悼詞轉變了形貌：每個起身發言的人都揭露了一個新的人，是我有限視野裡所不知道的。

對某個我不認得的男人來說，家寶一直很風趣，是個開心果；他說你永遠也料不到會這樣。對圖書館的上司來說，家寶為人謙遜，能力遠遠超過職務所需，卻毫無怨言地投入工作。小偉說他是個非凡的人，某個「讓我們大家都想追求更高理想」的人。我並未在典禮上發言。肋骨束縛住我的痛苦，抑制住我的悲痛。我哭不出來。

媽媽四周的儀器閃著無意義的圖表，像是受冷落的電子寵物那樣嗶嗶作響，彷彿在哀求：**餵我吃飯、替我梳毛、愛我**。死後，他人將會揭露我母親的哪種形貌？還有爸爸呢？

和平東路那家醫院是城裡第一間遭到封鎖隔離的。有個護士陷入絕望跟驚慌，從窗戶一躍而下，結果現場除了路障之外，又多了驗屍官跟警示帶。而採訪小組在醫院跟世界之間又創造了另一層緩衝。即使相隔離只有一英里，感覺卻像另一個國度。

我終於聯絡到小偉。

「妳還好嗎？妳媽狀況怎樣？」

「小偉，狀況不好。」一把事情大聲說出口，就讓它成真了。我這才意識到這些話語是真的。我母親快死了。

55

大兄那天下午從南部開車上來，帶我跟爸爸到六張犁的一座墓園。掃墓節在三個星期前，我沒趕上，山坡上的墳墓大多已經除好雜草。當作祭品而留下的柳橙萎縮發皺，莖桿乾枯的花朵已經塌倒，山鼠吃掉了其他食物，只留下空碗跟撕破的包裝紙。

在眾多打理過的墳墓之間，小偉父母無人理會的墳地相當顯眼，我想起我們男嬰在奧克蘭的墳墓：一個更小的墓碑，石塊上沒嵌照片，只有名字跟一個日期。我深愛某個不曾存在過的人，這點幾乎是奇怪的。我從沒見他移動或哭泣，但自以為知道他可以成為怎樣的人，我因為這點而哀悼他。

我拿折疊椅給爸爸坐，然後跟大兄開始合力拔草。我帶了一瓶清潔劑跟抹布，將墳墓徹底打掃乾淨。因為我父母蔑視舊迷信，所以我一直猶豫著要不要帶供品，但一小部分的我，就是在街道上燒紙錢的煙霧中成長的那個女孩，害怕我寶寶的鬼魂，還有我公婆的鬼魂在陰間會挨餓跟受到冷落，所以我擺出一瓶人造花跟幾包泡麵。我先匆匆偷瞥我那個憤世嫉俗的哥哥一眼，然後雙手合十向墳墓一鞠躬。大兄嗤之以鼻。

「爸，你不介意吧？」我問。

爸爸坐車跟爬坡的一路上都沒開口。我很確定他很厭煩我們在他身旁焦慮地徘徊不去，彷彿我們隨時準備好跟死神拚搏，好將他搶救回來。可是或許他也瞥見死神的蹤影了，所以才堅持來掃他老朋友的墓。

他不耐地揮手不理我的提問，沒有開口的意思，我對哥哥得意地一笑。

我把泡麵碗疊成了金字塔，大兄下巴一伸，指了指泡麵。「老鼠藥。」

「毒老鼠總比毒我們自己好，」我說，「爸，要吃飯了嗎？」

爸爸嘆口氣，我解讀為「好」的意思，我們鋪開毯子，我拿出在小七買的便當。我替爸爸打開便當盒，扳開免洗筷，互相搓了搓，好磨掉筷緣的碎屑，然後擺在他面前。他緩慢仔細地吃著。儘管受過軍事訓練，但或許正因為從軍多年——太常在食堂裡跟大夥兒一起吃飯，年輕人們爭搶分量有限的配給飯菜——大兄吃得又吵又快。

天氣溫和，空蕩蕩的墓園感覺就像城裡最安全的去處。山坡另一邊，建築工人正忙著打造世上最高的摩天大樓，外型就像外帶中國菜盒搭成的高塔。輕風在墳墓之間吹拂，一隻純白蝴蝶舞過我們身邊，在日照之下亮得幾乎讓人目盲。

大兄是單身漢，以少將身分退休，根據我們一年通幾次電話的內容，還有阿姊告訴我的資訊，我知道大兄閒暇時大多都在訓練他養的兩隻柯基犬，還有照料自己的花園。他對私人生活保密到家，我不知道他有沒有情人，更不知道情人是男是女。我們當然不會聊起過去，彷彿除了彼此認識很久的直覺感之外，沒有任何共同的經歷，索性聊聊雙方共同喜愛的對象。

「史蒂芬妮狀況怎樣？」他問，「再說一次她讀什麼？」

「族群研究，她研究全球移民模式。」

「讀那種東西找得到工作嗎？」他還真的一臉興趣。

我笑了。「我不確定，可是美國小孩就是這樣——想讀什麼，就讀什麼，為了求知而求知。」

「她一直很優秀，」他說，「艾蜜莉呢？」

「她在工會上班，負責組織工作，非常適合她的個性。」

大兄笑了。「想也知道，她真的很能言善道。什麼樣的工會？」

「餐飲服務勞工。」艾蜜莉大學主修人類學，最後會從事這份工作我還滿意外的，她在暑期打工之後就一頭栽了進去，但她外向個性跟充沛精力和這份工作一拍即合。

爸爸的咳嗽聲打斷了我們，我傾身拍他的背，大兄旋開密封的水瓶。

「喝吧，爸。」我從大兄手中抓過水瓶，推到爸爸嘴邊。爸爸掙扎了片刻——我們都可以聽到痰先在他胸口喀啦響，然後鬆脫，最後他終於清了出來。他滿臉通紅，受到驚嚇。

「阿姊沒提過你有咳嗽的毛病。」我說。

「沒什麼。」

「小心不能傳染給媽媽喔。」

「只是跑到氣管。」

「你確定？」大兄問，語氣有了一絲權威感。爸爸的反應則跟平常沒兩樣。

「靜一靜，沒事啦，都是笨米粒害的。」他推開空盤，髒筷子滾過墳墓。

「大兄只是擔心。」我收攏我們的垃圾。

大兄扶爸爸起身。爸爸比我想的還虛弱。他雙手顫抖著扣住我哥哥的胳膊。我走在他們兩人身邊。我頓時明白，我再不久就會失去他跟媽媽。

我們回到車上，開回市中心的醫院，從我抵達台灣以來，媽媽頭一次清醒了。她張開眼睛的時候，看起來比較健朗，讓我放了點心，雖說她原本的黑色虹膜已經褪成了乳藍色。我走到她身邊。

「看看誰來了。」爸爸說，我碰碰她的手。她包在無指手套裡的手指，試著抓住我的手指。

「妳看起來不錯，媽。」我希望她不會看出我笑容背後的哀傷。

她希望我們可以替她解開束縛。「當然好。」我說，可是大兄說不行。

「她很倔強，她會把東西全都扯光光。」他用手指輕拍床邊的機器，彷彿在檢查。「到時會弄得血淋淋的。」他坐進椅子裡。「對吧，媽？」他跟她說話的時候，加大音量、放慢語速。她合上眼睛，不知是受到冒犯還是覺得挫敗。我怒瞪著他。

我從母親臉上挪開呼吸器，用大棉花棒沾點水給她吸。她沾濕了嘴之後說：「真不孝。」

「誰？大兄嗎？」我回頭看著哥哥，他現在叉起手臂站在床邊。

「是為了妳好。」大兄說。

於此同時，爸爸已經拿了一罐維他命E油過來，開始按摩媽媽腫脹的雙腿。他撫搓媽媽蠟白的肌膚，大拇指壓進她的腳底，手指捏掐她的腳趾。他的雙手在她肌膚上顫抖著——按摩對他來說是很費力的事。我敬畏地注意到：**歷經風風雨雨之後，他們依然愛著對方**。

好一陣子，我們各自陷入沉思，爸爸揉搓著媽媽的雙腿。大兄找到遙控器，不停轉台，整個清單跑過三遍後才關掉電視。

「二兄什麼時候要來？」他問，「他早該到了。妳一路從加州過來，他又有什麼藉口？」二兄是阿羅哈客運公司的長途司機，我們不大清楚他的班表。當然了，即使在他無業時期，我們也很難掌握他的去向。

「阿姊說這個週末。」我回答。

大兄哼了哼。「等著瞧。」他坐進椅子裡，雙臂抱胸。

「媽，」我說，「要我拿什麼給妳嗎？」

她疲憊地眨眨眼，搖了搖頭。我突然意識到她為什麼比上次蒼老許多——假牙拿掉了，嘴巴塌陷，毀掉了她的優雅。

她當初因為敗血病影響肺部而入院，復原之後，醫生卻發現之前並未檢查出來的心臟問題。阿姊說，爸爸一直維持著我年少時期見識到的那種堅忍態度，可是我從他對媽媽的溫柔跟對我們的不耐裡，看出了他的憂慮。過去幾天，他回話都用吼的，但是只要轉身面對媽媽，語氣就會和緩下來。他比護士還周到：他會檢查她的藥丸、掃讀她的紀錄表、替她抹護唇膏免得龜裂。

我感動地說：「爸爸，我來接手。」

我褪下媽媽的連指手套，開始摩搓她的掌心、掐擠她的手指。她柔軟的肌膚好似刻了紋的黏土，上頭勒出魔鬼氈的束痕。

「感謝耶穌。」她喃喃，我這才意識到她在禱告。她也習慣了阿姊那種禱告風格：通常是幾不可聞的長串禱詞，接著是響亮的一聲「感謝耶穌」。她的嘴唇輕輕蠕動，幾無聲響，直到下一次的「感謝耶穌」。我們就這樣度過那個午後，其間穿插著媽媽的禱告輕吟。

56

隔離案例在城市裡跳躍蔓延，最後終於到了我們這裡。這個消息是透過擴音器公布的，開場先響起三個悅耳音符，令人想到門鈴。女人用平靜清明的態度說話，有如機場的登機廣播。「所有來賓請注意，不要離開你的病房，不要踏出這棟建築。」起初，她的要求聽起來溫和又臨時，彷彿大廳出了點小意外。整個醫院一時陷入寂靜。好奇怪，我暗想，然後昨夜在我睡夢中迴盪的深夜新聞，逐漸聚合起來形成了意義。

我打開房門。走廊裡擠滿了人——廉價口罩掩住面容——對著醫生跟護士大聲嚷嚷，朝電梯推擠，往樓梯間衝刺。我難以置信地站在門口。

「發生什麼事？」我對一個女人呼喚，她正用輪椅推著彎腰駝背的老男人。

「封院隔離！有人病了，妳最好快點離開。」她推著輪椅擠進等在電梯前面的人潮裡。

我馬上知道她的意思是SARS。隔離就是死刑，那些往門口暴衝的人會證實這點。我關門鎖上。

爸爸原本在媽媽床邊的椅子裡打盹。

「嗯？」他問。

我走到窗邊。警察已經拉起封鎖線。他們預料民眾會有這種反應，在宣布消息前就已經提前架好路障。警察穿著白色防護裝，搭上平日的白頭盔。透過插電擴音器，有個警官的聲音揚起，發出支離破碎的嗡嗡響。我想像樓下的人們緊緊抵著玻璃門，用被送進屠宰場的眼神哀求著警官。

「他們隔離醫院了。」我驚愕不已。

「哪家？」

我轉向房裡。「就這家。」

爸爸盯著我看的模樣，彷彿依然聽不懂。接著他聽見了外頭的騷亂。

我轉開電視，然後就發現……我們。主播正在電話線上，通話對象是院內的一個女人，她上氣不接下氣。

「這裡變成瘋人院了，」我們的獄友說，她語氣堅定自信，彷彿對這種時刻早已有所預備：要為劫數難逃的人擔任條理分明的發言人。

主播倚著手肘往前傾身，粉紅袖子往後一縮，直直望進鏡頭：深深凝望我們這些人質的眼裡。「妳在哪層樓？」

「我在三樓，我把門鎖上了，我現在戴了口罩。我告訴妳，這裡真的亂到不行。」

「告訴我們感覺如何？」她狀似關心的皺眉底下——慶幸自己能夠閃避悲劇——閃過一絲偷窺的好奇。

「對我們來說，」我們的發言人簡潔地說，「這次的隔離恐怕就是死刑，我們可能會死在這裡，政府會滿手鮮血。」這是貨真價實的烈士宣言。

主播同情地點點頭。「請等等——另外有人要提供醫院外面的說法。」鏡頭顯示粗粒的影像，移往貼在玻璃上、吶喊著「**我沒生病！救救無辜的人！**」的破損紙張，還有遠攝鏡頭拍出來的影像，穿白袍、戴白口罩的醫師在水洩不通的走廊裡掙扎前進，五樓窗玻璃反射出強光，那裡有個灰髮女人，口罩遮掩了一切，只露出她濡濕驚愕的雙眼，雙掌貼著玻璃，手勢狀似傳達著絕望。

我必須通知阿姊、小偉跟我女兒們，總之要找個人通知就是了。我拿起話筒，就聽到宣布封鎖隔離前的開場音符，接著就是預錄的女人聲音：「抱歉，系統暫時停止服務，請稍後再撥。」

那天下午稍晚，CNN報導有個美國人受困在隔離區裡，然後我超寫實地看到自己的照片在電視螢幕上閃現。是我跟艾蜜莉哈哈笑著的快照。放大後顆粒變得很粗，我們的臉被閃光燈洗白，虹膜微微發紅，就是那種一個小時內公布十次的協尋照片，當某人帶著小狗到峽谷健行，結果失蹤了，被人發現車子未上鎖、停在某個隱蔽停車場之類的。小偉能找到的最好照片就這張？

「爸，看，是我。」我饒富興味地說，彷彿封鎖隔離本身還不夠超現實。

爸爸皺眉。「真的是妳。」

「我出名了。」

「是臭名。」爸爸說。聽到他在這種情況下還保有一絲幽默，我就放心了。

「而且還是國際性的臭名喔。」我乾巴巴笑了。CNN辯論美國會不會介入以便釋放我，還是說，既然有美國公民捲入了這場大戲，美國會不會嘗試跟中國協商，好讓世界衛生組織進入台灣。名嘴透過衛星跟海峽兩岸關係專家對談，後者坐在綠色螢幕前方，螢幕顯示一個典型的城市天際線。那個專家說我無足輕重，不足以促成那樣的大動作。觀眾寄電子郵件過去，表示如果把我釋放出來，害怕我可能會是帶原者，成為下一個傷寒瑪麗。

外頭走廊逐漸靜定下來，但我還是沒打開房門。我再次拿起電話，依然在停用狀態。根據新聞，五樓有人從窗戶拋下一袋銅板加紙鈔，裡面附了紙條，標明食品的需求跟房號，但是他們這個外送食物的計畫粉碎了，因為一樓有個病人衝出來，偷走了那袋暖烘烘的便當，是一個好心攝影師買來放在路障裡。有個年輕護士深信自己被判了死刑，仿效前一週那位護士，也從屋頂縱身躍下，結果必須從另一家醫院叫救護車過來。

我用浴室水龍頭裡的溫水泡了泡麵。

「妳最後還是必須打開房門的。」爸爸說。

「為什麼？」

「醫生要檢查妳媽的狀況。」

「爸，醫生不會來了，都有護士自殺了。媽媽跟我們留在房裡才安全。」即使在我說話的當兒，那些話語似乎也很不真實。

「五點會送藥來，如果醫生不來，我會去找他。」

我再次檢查電話，巴望撥給小偉。他一定很驚慌。電話線還是不通。我們默默看著循環不停的新聞報導，繞了一圈又回到這次隔離事件。現在有個捷運站關閉了，準備消毒。爸爸每隔幾分鐘就看一次手錶。

「他們不會來的。」我說，歇斯底里的感覺從胸口竄起，「你沒看新聞嗎？我們被監禁在這裡了。」

爸爸合上眼睛。「我坐牢的時候，我們會在散步時漫遊全世界。有個男的——他也是醫生——以前去過紐約市，就帶著我們在城裡一個街廊走過一個街廓。所有的小超商、洗衣店、熟食店、坐在前廊上的女人，計程車廢氣、吵吵鬧鬧。我等於去過那個城市。」他睜開雙眼。「醫生五點會過來，不然我就去找他。」

「他後來怎麼了？」

爸爸搖搖頭，再次看錶。「四點四十五了。在監獄裡，我們永遠不希望他們的醫生過來。你跟他走，就會帶著科學怪人那種傷疤回來。我常常都要幫忙收拾善後。我們沒有工具，只能撒尿清理傷口。」

媽媽騷動起來，爸爸走到她身邊。我盯著電視。這一輩子，爸爸從來不曾主動跟我提起監獄裡的事，也許漫長人生走到了風前殘燭，沒有祕密值得帶進墳裡。

「四點五十分，過來幫我。」爸爸說。

媽媽發出輕聲哀吟，任憑我們擺布。我們將她的上半身往前扳，我撐住她，爸爸輕拍她的背，以促進血液循環。

「醫生就快進來了。」爸爸告訴她。

「爸。」我的語氣帶有責怪意味。他應該照實跟她說的。

他眼裡燃起從前那種氣勢，我知道該適可而止。要糾正他是不可能的。

他重新排好她的枕頭，我們緩緩讓她再次躺下。他用手指扣住她的脈搏，閉上眼睛幾秒。「醫生快來了。」他再次說。

「不，他不會！」

「妳給我靜下！」他罵我烏鴉嘴——烏鴉是預告霉運的生物。

媽媽累到無法回應我們的爭執。我癱進椅子裡，納悶我們吃一整星期的泡麵會不會死。

接著響起敲門聲，將我震離了怒意。我看著爸爸。他比手勢叫我去應門。

是醫生，輕薄的紙口罩掩住口鼻。

「我們的病人狀況怎樣啊？」公事公辦，彷彿封鎖隔離只是一整天當中的片刻干擾。他跟我爸爸打招呼，執起我媽媽的手，問候她今天如何。他查看她的紀錄表跟儀器。「我會請護士給妳母親更多嗎啡，帶藥物過來。」

我覺得開口問很尷尬，但就是忍不住。「我們怎麼辦？」

他聳聳肩。「傳染的機率其實滿低的，你們應該往好處想，政府只是想謹慎行事。」

「那個護士……」

他搖搖頭。「遇到這種情況，大家都會變得歇斯底里，我們也不例外。」他嘆口氣。「你們如果需要什麼，再告訴我，要是想透透氣，中庭還是開放的。等到店員平靜下來，便利商店可能會再營業。要不然，大家最後可能會把柵門整個撞開。」他竊笑。他提醒我們徹底洗手，然後就離開了。

我按照貼在浴室的多重步驟表洗手，先在掌心搓出泡泡，手指在泡泡裡繞圈搓洗指甲，然後回到窗邊。太陽低垂，明亮的聚光燈從新聞攝影機投射出來，照出下方所有的記者。除此之外，這條遭污名化的街道一片死寂。

雙眼圓睜的護士走進來，眼神飄閃，語氣輕快地敦促媽媽吃藥，藥物已經磨碎，跟溫水混在小小紙杯裡。

「妳就是那個美國人嗎？」她說。

「嗯。」

「妳家人一定很擔心，可是至少有人在乎妳，我是在新聞上看到的。」她咂咂舌。「兩千個台灣人被困這裡，可是他們只擔心美國人。」

卡車的轟隆聲吵醒了我，車上載著裝滿消毒劑的巨型槽缸，緩緩沿街移動。穿著白防護裝的男人站在腳踏板上，用噴霧水管往下灑著柏油路。我們開著電視，轉成無聲，新聞跳回伊拉克的情勢。布希總統宣稱突襲結束，成功達陣——任務達成——但紛爭依然不減。我已經被貶為一小時一次的跑馬燈更新。「美國人依然被隔離在台灣醫院。」在中華人民共和國境內，中國政府威脅要處決任何擅自離開隔離封鎖區的人。

爸爸睡著了，我淋浴之後，用毛巾跟一把紙巾抹乾自己。

醫院靜悄悄。護士顯然已經排好輪值表，有一半睡在沿著走廊停靠的輪床上。有幾位依然在當班，正在護士站裡打盹。我搭電梯到大廳。正如醫師承諾的，有人撞開通往便利商店的柵門——不然就是店員出於慈悲，將店面讓出來留給我們。便利商店開著，無人看守。有好幾個放食品的架子幾乎都空了。我拿了幾瓶麥茶跟幾個鮪魚三明治，還找到一包杏仁，就掉在放免洗內衣褲的架子後方。我覺得我有權拿走自己發現的東西，但還是在櫃檯後方的抽屜裡留了錢。

我透過醫院前門可以看到新聞轉播車在對街停成一排；不過，除了在路障前面踱步的警察，放眼不見人影。

我們坐在中庭裡的花台邊緣，爸爸穿著涼鞋的雙腳幾乎踩不到地。他帶了香菸，不曉得是從哪個私藏地點拿出來的，我們父女一起抽。我從第一次懷孕的中期以來就沒抽過菸，那個年代的醫師並不反對抽菸的習慣，而在那幾個難熬的月份裡，抽菸是我少許慰藉之一。睽違三十年之後，抽起來的感覺真不錯。我明白舊有的癮頭會如何悄悄出現，纏住人不放。

我什麼都不想說，因為香菸似乎鬆開爸爸的舌頭。他再次談起他失蹤的那十一年、早期先在安坑軍人監獄，後來遷往綠島上的監牢——綠島監獄現在已經改為紀念館，開放大眾參觀。在安坑，牢房擁擠無比，男人得輪班睡覺。然後在綠島上，有一陣子，單獨監禁的地點就在炎熱不堪、棺材一般的鋪墊房間裡；男人們因為「不滿現狀」或「批評國民黨」這類瑣碎指控就被打入黑牢。後來，綠島部分監獄重新命名為「綠洲山莊」，不知是諷刺或是殘忍。

「妳沒概念，妳無法想像。三十七個男人擠在只能容納六人的空間。有沒有看過老鼠被塞進籠子的樣子？牠們會開始咬來咬去，扒出對方的眼睛，啃起對方的四肢。男人也是。有時候你在睡夢中，有人會狠狠踩你。砰，一隻手腳就斷了。你一上醫務室，就可以讓出多點空間給別人。有個男人被踩得很慘，膀胱都爆開了。」

「後來呢？」

「後來？就死了啊。」爸爸搖搖頭。「在綠島比較好，至少我們有自己的塌塌米，而且可以到外面去。那是一座島——我們還能跑哪？可是在安坑啊。」他搖搖頭，吸了一口菸。「肺結核猖獗，他們就是用那種便宜的方式，把我們清除掉。放幾個生病的人在房裡——連一顆子彈的錢都不用付，對吧？」

我們的對話被一個穿睡衣的二十幾歲男人打斷，他剃光的腦袋上有一道鐵軌般的硬皮縫線，胸口的黑色刺青從襯衫上方露出來。我警覺起來，但爸爸馬上打聲招呼，扼要地介紹我：「我女兒。」

「那個美國人？」

我點點頭。

「我在電視上看到妳，我表親住洛杉磯，翁賓勞，認識嗎？」

「加州滿大的。」

他坐在爸爸的另一邊，點燃自己的菸。「你們相信有這種鳥事嗎？啊，阿公，請原諒我的用語。」他的笑聲裡帶點尖酸。「我以為我來醫院是開刀，不是坐牢。」

一片藍色天空──無法企及的自由，引誘著我們。老舊紅磚建築的陰影籠罩在我們四周；焦乾稀疏的草地；無精打采的棕櫚樹。有些「專家」宣稱SARS就像以前的老病毒，在新鮮空氣裡會死去。

「你們哪個病了？」

「我們來看我媽媽。」

男人笑了。「唔，運氣還真差。」

醫生穿過落地玻璃門，走進了中庭。他朝著我們這個奇怪組合點點頭，拉下口罩，討火點菸。

「沒問題，醫師。」男人跳下花台，替醫師點菸。

我們進入了放鬆的沉默。醫師在中庭裡踱步，他的吐氣聽起來很疲憊，幾乎心事重重。

「醫師，我們翹辮子的機率有多高？」男人搔搔縫合處。

醫師嘆口氣。「零。可是把我們關在這裡，會讓大家都覺得好過一點。我們就像社會棄民。」

「社會棄民。哈！我來這裡以前早就是了。」

外頭的世界一片寧靜。我們聽不到中庭之外的任何聲響，彷彿整座城市都停擺了。我之前聽說捷運車廂快速駛過，月台上幾乎空無一人；既然學校都停課了，父母現在為了安撫待在室內坐不住的孩子，都快急瘋了。

我腦海浮現病毒透過所有裂隙跟風口，循環不停的影像。細小鬼祟的疾病微粒。我想活著回家。就像抵抗迷信的舉動，我決定一回到我們房間，就要把毛巾沾濕，塞進門下的縫隙。

我們無計可施，只能等待。

57

兩家市立醫院的護理人員因為擔心自己的人身安危，集體辭職了，激得憤怒的政客痛罵他們自私，威脅送他們坐牢。獨立研究者發出兩份新聲明——一份說病毒是透過未洗餐具傳播，另一份則宣稱麝香貓是始作俑者。

這對我們來說沒啥差別。一成不變的日子就這麼過了一週。我們的危險不是來自骯髒的叉子或麝香貓，而是對方。新聞人員依然堅守院外的崗位，即使我們比較歇斯底里的獄友也不再上演誇張的劇碼。無聊的病患跟家人聚集在公共區域，張著嘴緊盯架在牆上的電視。有時候，沮喪的拘留者之間會爆發小衝突，點滴瓶在吊桿上搖晃，輸液管彼此糾纏。

媽媽越來越虛弱，幾乎面無血色，清醒的時刻更少了；只要一醒，就會喊痛。院方幫她注射越來越多嗎啡；醫生稱這個為「安寧照護」，我跟爸爸對這種委婉用語都不予置評。此刻她存在著。我不願想像這之後的時刻。

爸爸一次總是在窗前站好久，偶爾會品評眼前所見，街道緩緩恢復生機，儘管只要發現感染新案例，就會湧過一波焦慮：上班族再次斜斜穿越公園，戀人在樹木後方接吻，計程車司機考驗著行人的勇氣。他眺望著這座他原本熟知的城市時，心裡都想些什麼？他童年在大稻埕的窄街裡度過，拔腿奔過茶商、碾米成粉的商家、瓶罐跟抽屜都裝滿藥草的中藥店，草編鞋底的涼鞋把地面踩得發顫——就是自我意識浮現以前的人生時刻。

我想起過去的那些時刻，就像這樣，只有我跟爸爸，而阿姊跟大兄老是巴望成為爸爸注意力的焦點，就像爸爸失蹤前那樣。爸爸之所以特別寵溺我，正因為我對過去沒有記憶嗎？面對我，他不用端出他們所記得的父親形象，就是那位篤定又道德的父親？

我在浴室清洗爸爸的襯衫，出來的時候，發現他穿著汗衫站在窗邊，裸露的肩頭抵住窗玻璃。眼前這個陌生人矮小削瘦又年老，不知怎地，我父親（神祕難解、氣勢逼人、令人畏懼）卻占據了他的軀體。

我突然對他湧升惻隱之心，這點令我意外。我到窗邊跟他會合，試著理解他眼前所見。建築物像雜亂無章的大雜燴，遮掩了天際線，洩漏了這座城市動盪的過去。可是我想像我看到了大地的弧度，人煙往邊緣緩緩變得稀薄零落，漸漸化為點點深綠山丘，空曠起來，迎向海洋，一座狀似甜薯——也許狀似菸草葉的島嶼隨之浮現；黑色葉脊是暗色山脈，閃爍燈火起伏成串，順著邊緣往下奔瀉。

「我覺得我這輩子都在思考死亡。」爸爸說。

我不知道該說什麼。

「我以為妳媽會永遠活下去，一直以為她會活得比我長。」他的眼睛因為年歲而泛青，在太陽的強光中閃現亮光。

我試著超越單薄的個人回憶，去思索更原初的事情。在深黑空間裡的一顆星球，剛剛經過爆炸或撞擊，或剛剛脫離創造它的宇宙之手，目前正在冷卻當中。這座星球不只是一塊麻木的岩石。它活著：它會挪移、震動、滑行。兩個板塊相撞。四百萬年前，兩個板塊互相撞擊，一座島嶼就此爆升。就是這座島嶼。相較之下，我們的生命如此渺小。

58

這個世界並不照我們鋪排在紙上的方式運行：一個事件接著另一事件，一個字跟隨另一個字，好似列隊行進的螞蟻。田野裡的岩石並不會阻斷五十英里之外那條奔流的河；一個男人打了噴嚏，同時有個女人在洗腳，有個孩子絆倒破皮、鮮血汩汩滲出，小狗咬著後半身的跳蚤，小鳥吞了一隻甲蟲。過去、現在跟未來互相盤繞，雖然可以區分開來，但除了我們的心加諸於上的文法，無法用其他文法描寫刻畫。

我想相信，我父母在那晚找到超越時光的方式，將兩人的人生一起加以壓縮跟擴張，在他們的道別裡，重新活過他們的一生。

窗簾拉起。他女兒已經入睡，但他不想吵醒她。這一刻專屬他們兩人：他與他妻子。今晚就是了，那一刻就快到了。她已經在半路上，只是被嗎啡拖慢了腳步，嗎啡是她今晚這趟旅程的船伕。他撥開她額上的髮絲。他知道，如果他倆調換位置，她現在肯定正在為他禱告。即使換了一批崇拜的神祇，她總是替他殷殷禱告。他沒有禱詞，在她對他傳講過的幾千字基督教誨裡，他只相信一個：**塵歸塵**、**土歸土**。

那個晚上感覺如此遼闊，比先前的歲月都來得遼闊。他納悶，幾十年的歲月如何濃縮成這樣，消失成一瞬，而這一刻的展開卻近乎永無止境。

這一切過得如此之快。

那年，草山上的櫻花在二月底盛開。

他坐在毯子上，就在花開滿枝的樹下。坐在他身邊的女孩將一片緩緩落向她的花瓣揮開。他們五人在這裡分享點心跟冷清酒：他妹妹對他朋友蘇明國有好感，想邀蘇明國來，於是找他當藉口。另外還有她同學，以及同學的表妹。同學的表妹正瞥見他在看她，白晰皮膚泛起紅暈，色調好似那片飄落的花瓣。她叫鄭麗敏，他試著把注意力移回賞櫻上，但視線被她乳白頸喉、貼在肌膚上的青絲吸引過去。

物の哀れ（物哀）。無常的苦樂摻半。他試著把心思集中在這個感覺上。他們來這裡不只是為了美，而是要透過櫻花，思索個人有限生命短促燦爛的瞬間。但他是學醫的，不是詩人。

不過，她是學畫的。他想問她望著這些樹木時，看到了什麼，看到的是不是與他相同？可是，在四周野餐客吱喳閒聊聲中，這樣的問題似乎太正經。

「我這邊磨破皮過。」他妹妹嚷道，撩起裙子，露出蝕刻在皮膚上的淡棕色疤痕。看到妹妹公然向他朋友施展魅功，加上朋友無動於衷，讓他不禁畏縮。不過，蘇明國還是盡責地捲起一邊袖子，露出手肘上一道皺縮的線條。

「妳呢？麗敏？身上有疤嗎？」他妹妹問。

麗敏臉一紅，但表情沒變。他很好奇她會怎麼說。她會共襄盛舉，還是客氣婉拒？

她把頭往上一仰，用手指碰碰下巴下側。「我三歲的時候被狗咬一小口。」

他妹妹欠身查看，然後喚他過去。「我看不出是疤還是胎記。蔡醫師，你看看。」

「她何必說謊？」他說。

「你是醫師。看嘛，我覺得是胎記。」

他嘆口氣，摘下眼鏡用手帕抹抹。

「他很認真。」他妹妹的同學說完咯咯一笑。

「一直都是。」他妹妹說。

他把眼鏡戴回去，欠身一看。他妹妹讓開的時候，拋給他一抹淘氣的笑容。靠得這麼近，他可以聞到麗敏髮絲的甜美氣味，是人工玫瑰的香氣。她靜定不動，脈搏就在疤痕下方搏動。

「什麼樣的狗？」

「野狗。」

「啊，我哥哥臨床診療起來了。」他妹妹說。

他往後退開。「絕對是疤痕。」參差的傷疤抵著淺淡的喉嚨，讓他內心充滿櫻花在人心中引發的那種強烈意識。他重重嚥了嚥口水，雙眼濡濕起來。他暗罵自己多愁善感。「接下來輪到誰？」他說。

他妹妹合掌一拍。「現在他也肯玩了。」

天空一片完美的藍。再兩天就三月了。輕風徐徐，吹淡了山中平日的硫磺味。他妹妹跟同學陪蘇明國到林子裡散步。他發誓妹妹離開的時候，還對麗敏眨了眨眼。

他清楚自己的身價。他是醫生。他對鏡刮鬍時，有時會以客觀的眼光觀察自己，他注意到，陌生人跟他錯身而過時，可能會覺得他頗具魅力。但是，坐在這張毯子上，在這女孩身旁，中間隔著空杯跟捏皺的紙張，他卻覺得自己沒什麼可以給她。

「看看那些花擠成一團的樣子。」她說。

他的視線尾隨她望去。在每根節瘤處處的枝椏上，花朵一簇簇密生著。這件事他一直知道，卻不曾留意。他看到花絲好似煙火，從中央往外爆開。當然了，這些部位各有名稱，但他想不起來。

「他人遙望此處／只見兩人閒談花事／但他倆內心深處／卻懷著迥然不同的心事。」她說。她的直白讓他驚愕。她的視線並未離開藍天或淺色花朵。「一首詩，」她說，「紀貫之[37]寫的。」

「妳以前在學校也研究詩詞？」他話說得太急。

她笑了。「研究繪畫，就一定會研究詩詞啊。文字跟意象是分不開的。」

他承認確實如此。

「不過，我主要研究西洋繪畫。只有繪畫，沒有文字。」

「為什麼？」

她看著他。她的眼眸如此黝深，天空的映影完全掩去了原本的色彩。「就跟你鑽研西洋醫學是同樣道理。」

他思量這一點。

37 紀貫之，（きのつらゆき，872-945）日本平安時代前期的歌人。

「我不確定妳說得對。」他終於開口。

她微笑。「那麼為什麼？」

「我想妳以為我會說因為西洋就是現代，以為我會說我們的文化過時了。可是我不覺得是這樣。我不覺得西方就等於現代，這是殖民主義式的觀點。」

她瞥瞥他們旁邊那棵樹下的日本家庭，噓聲要他別說。他換成了台語。「我們台灣人是種奇怪的生物。我們是孤兒。孤兒到最後都必須選擇自己的名字，書寫自己的故事。擁有孤兒身份，美就美在起步是空白一片。」

這些話語是褻瀆。他一講完就覺得遺憾。只有他這樣笨拙的人，才會在這樣晴好的日子，在如此美妙的天空下，抒發這般感觸。他注意到她一直在把弄裙襬。他想告訴她，她如何打動他。在天空如此蔚藍、空氣如此乾爽的一天，他如何為自己脫口而出的話負責？

「我懂，」她說，然後引用杜甫的話：「**國破山河在**。」她的眼神一閃，他瞥見這位謙遜女子眼中的火花。

「我們就是這些山，就是這些河，」他折服地說，「不管這個國家叫什麼名字。」

「蔡醫師！」他妹妹呼喚。她勾著明國的手臂，兩人大步走向他。她的臉龐隱沒在帽子下方的暗影裡。

麗敏瞥瞥他，漾起笑容。「賞花品酒的時間又到了。」她說。

長長的尖鳴將我驚醒。爸爸握著媽媽的手，雙眼閉合、頭偏斜，彷彿沒聽見。

「噢，糟糕！」我驚呼，從椅子踉蹌起身，「爸，快叫護士！」我用手指猛戳呼叫鈴，但護士已經衝進門來。

他們聚攏在我母親身邊，檢查電線跟輸管，猛壓機器的按鈕。片刻後，醫師走進來。

我在邊緣踱步，從病床的一側移向另一側。「她還好嗎？」我問，希望答案能給我驚喜。「是機器故障嗎？她還好嗎？」每重複一次問題，我聲音就更緊繃，「她還好吧？」

醫生將時間高聲念給護士聽，護士記了下來。

「她恐怕已經過世了。」他說。

我推過他身邊，雙手顫抖，把愚蠢的連指手套從母親的手上扯掉。「媽，」我說，「是我，別這樣。」

醫師溫柔地碰碰我的手臂。「她走了。你們能不能給我們一點時間清理一下，然後你們就可以好好道別？」

我不情願地放開手，走到病床另一側。爸爸還沒睜開眼睛。我跪在他前面，用台語跟他說：「阿爸，他們需要一點時間。他們說，我們可以回來。」

我哭著把他的手從她手中拉開，扶他起身。護士在病床周圍來來往往，我領著爸爸走向空蕩蕩的等候區。我雙手發抖。我走太快，得提醒自己放慢速度好配合他的腳步。電視無聲播放著。

我扶著爸爸坐進硬邦邦的塑膠椅裡，然後在他身邊落座。他還是一語不發。

「爸，」我邊啜泣邊低語，「你不用為我故作堅強。」我需要也看到他掉淚。

我情不自禁出一連串陳腔濫調：**她現在終於安息了；現在都交給上帝了；她現在與耶穌同在了，爸爸。**

「女兒，拜託別再說話了。」爸爸終於開口。他的肩膀一垮，捂住臉。

我覺得受傷，於是說：「我應該打給阿姊還有大兄，我要去找電話。」

我站起來，一時搞不清方向。我看到我們背後的護士站燈火通明，卻不記得媽媽的病房在哪裡。我瞥見廁所標示，於是推開厚重的門，然後往水槽裡吐。

我一屁股坐在斑駁的磁磚地板上，放聲哭號。

沒有她，爸爸要如何是好？也許醫師弄錯了。我要請他再檢查一遍。新聞報導過很多這類的故事：有人被判定已死，結果在葬禮上挪動身子或發出呻吟。醫生不總是對的，我恨恨地想。

氣力耗盡，我抓著水槽邊緣，將自己拉起身。在浴室泛青的照明中，以紫紅廁所隔間門作為背景，我的臉色看起來糟透了：通紅、起斑點，嘴唇跟鼻子腫脹。我先用水潑潑臉，再拿襯衫抹了抹。

我又回到走廊上，攔住一名護士，詢問電話是否恢復通話。她在空白口罩上方的眉頭緊皺。

「還沒喔。」她說。這點挫折就足以讓我再次哭了起來。

我找到回母親病房的路。護士已經鋪好乾淨的床單，細心地把邊緣往後折，好塞進媽媽的胳膊下。他們已經把所有機器跟管線移除，將頭頂的照明關掉，只留下床畔一盞柔和的黃燈，還打開了風扇，用薄荷空氣清新劑噴過房間。爸爸回到床畔的椅子裡，緊緊握住媽媽的手。我想我聽到了喃喃的低聲禱告。

爸爸抬起頭。浮現在他臉上每個角落的，不只是悲痛，而是**挫敗**：布滿血絲的雙眼、緊蹙的眉梢、噘皺的嘴唇。「打電話給妳姊跟妳哥了嗎？」

我搖搖頭。

我走到病床另一邊，掌心貼上我母親平滑的泛灰額頭。她此刻的平靜臉龐，揭露她的病痛有多麼暴烈。我吻吻她涼得詭異的肌膚。

因為封院隔離的關係，我的手足無法進醫院，只好由我代表我們所有人——代表她的孩子，向她道別。

60

我們蹣跚走出醫院時，陽光跟攝影機的強光照得我們頻頻眨眼。警察替我們開道。隔離封院以當初開始的方式結束了——先是三個音符構成的響聲，然後以克制的語氣宣布：「各位來賓，隔離封院現在結束，你們可以自由離開這棟建築。」

積極的記者依然戴著手術口罩迎接我們，喊著問題，越過塑膠封鎖線上方，將麥克風塞過來。我跟爸爸手勾手並肩走著。媽媽的遺體躺在醫院太平間，等著舉行葬禮。我們蹣跚路過一個女人，她再三詢問衛生署官員，問他是否確定我們不會感染給別人。

我們緩緩經過路障。有個打亮紫色領帶的男人把麥克風推到我們面前，叫爸爸「阿公」、叫我「阿姨」，彷彿假裝親密遮掩得了他想挖新聞的飢渴。

「阿公、阿姨，你們之前會怕嗎？都怎麼打發時間？你們家人擔心嗎？」

我求他別煩我們，爸爸頭也沒抬。

最後，在記者後方的人群裡，我們瞥見了阿姊跟我哥哥們。

這麼臨時要訂機票，對小偉跟女兒們來說太貴，他們沒辦法來參加葬禮。

「對不起，」我聽出他語氣中的歉疚，彷彿想為一切致歉，「我愛妳，等等，艾蜜莉想跟妳講話。」

「沒你陪，我辦不到。」我對小偉說。

艾蜜莉上了線。「媽，我好傷心，跟阿公說我們愛他。」她聲音哽咽，把電話還給小偉時，我聽到她哭了起來。

「我們想妳，」小偉說，「快回家來。」

他說的話讓我再次情緒潰堤，我默默對著電話掉淚，從他說的「欸，欸，欸，沒關係的，妳很快就要回家了」裡，得到小小安慰。

什麼是家？我想問，我不是已經回到家了嗎？

媽媽的葬禮在台北市立第二殯儀館舉行，那個大型建築群由眾多禮儀廳所組成。我跟哥哥姊姊穿著傳統麻袍，在媽媽的棺柩前面鞠躬，然後跟著棺柩往外走向焚化場。等阿姊、姊夫、我外甥、外甥女跟他們各自的家庭離開後，我跟哥哥們在停車場等母親的骨灰。二兄倚在車蓋上抽菸，爸爸則坐在大兄車子的副駕駛座，車門開著。他體力透支到掉不出淚。昨晚我在電視的聲音底下，聽見他在房裡哭泣。我借住母親房間，盡可能不擾亂房裡的東西，連她書桌上的鉛筆都沒動。這是她人生最終幾天的立體景。就諸多面向來看，她依然在這裡。我打開衣櫥。過了這麼多年，她依然噴同款香水，味道滲透所有的衣物。我忖度這個氣味會流連多久。

我們領取她的骨灰時，想到這堆柔細的塵土跟遺骨，我就渾身麻木。我在車子後座，緊緊摟著骨灰甕靠在大腿上，大兄負責開車，二兄終於落下淚來。

61

我離開台北前，還有幾個地方得去。第一個就是二二八和平公園，那裡現在是紀念場所。不是紀念逝者——這樣爭議性太高。如同眾多暴行的紀念，它是個和平紀念碑，是個永不遺忘的承諾。由三個菱形構成的雕塑，從倒映池裡往上升起，探出幾何形狀的觸角。有面匾額寫著**天佑寶島**，**萬古長青**。那場大屠殺永遠改變我的家庭，紀念大屠殺受害者的博物館就設在台北放送局的原址，我出生那夜，有人曾經從放送局發布了焦慮的聲明。

我們可以稱這個為成功嗎？一九八七年戒嚴結束之後，這個國家在民主進程上有爆炸性的成長；媒體為了填補二十四小時的新聞，拚命以通俗小報式的內容過度填塞，願意報導任何或大或小的不滿牢騷。投票率有時高達百分之七十五。大家為了這個「不流血」的民主程序跟政權轉移而額手稱慶，卻忽略了幾十年來都在默默進行的寧靜革命，以及為了這場勝利，過去在街頭上、在審訊者手中或在監獄裡殞滅的數萬條生命。

紀念館裡重建了那場菸販衝突的場景：攤車、撒落在地上的菸條、喧囂市區作為背景。在一張照片裡，寡婦橫跨六十年光陰，凝望著我。她滿年輕的，頭髮從額頭緊緊往後拉，紮成髮髻。這就是那個「老寡婦」？她向菸酒專賣局查緝員的懇求，成了整段歷史的起源神話，而她都還不超過四十吧？

樓上，逝者的臉龐，幾十個男人的黑白照片盯著我看。林茂生、蘇水木、王貴良等等。還有家寶的父親，他兒子後來受詛咒似地踏上了相同的命運。我還沒讀到名字，就知道是他。他就是家寶的樣子，只是相差二十五歲。

我父親的臉龐不在他們之中。那些出賣自己靈魂而苟活下來的男人，無人替他們建造紀念館。那些年間，成千上萬的人失蹤，被抹上罪犯的污名，從暗夜回到天光之下後，成為街坊鄰居之中的棄民，而他們當初只不過是希望做這座島的主人。情節比烈士還複雜的男人們，或者必須重新面對日常艱辛的那些家庭——無人會為他們打造紀念館。

南京西路一百八十三號就是「起爆點」，在那裡兜售黑市香菸的寡婦就是在那裡遭手槍砸頭，就在那個時刻，人們的不滿延燒成暴力。

一個高度及腰的標誌指出那個地點。事件發生在天馬茶房前面，可是茶房已經不見了。匾額兩側目前是一九四八年創設的男性西服店，還有美容俱樂部，但皆已歇業，後者是個焦黑的建築殘骸，俗豔地妝點著積滿灰塵的粉紅霓虹燈。

這片陰暗的唯一光源來自中藥行——櫃檯後面站著三名男性，身高相當，不苟言笑，眼神狀似沉思，在小小手持磅秤上快手替藥草秤重；手腕一揚就把藥草從磅秤送到櫃檯上，磅秤搖晃著，好似有水在裡頭潑濺的桶子，藥草有如雛菊花瓣，輕輕落在一張張薄紙上。

那面匾額很容易就會錯過。車子停在它旁邊，行人路過的時候，不會多瞧一眼，店家在它前面反覆開張又歇業。這裡曾經發生過一件事，但也發生過其他事情，而生命持續運轉不停。

我們必須提醒自己要記得。

我向那位寡婦致敬，母親分娩生下我的那晚，寡婦遭人痛毆——兩個女人既意識不到對方，也意識不到兩人的命運如何相繫，不管有多麼薄弱牽強。也許，這就是身為一個地方的公民之意義所在——因為無以抗拒的歷史，而跟彼此束縛在一起。

我在匾額對街的素食攤子點了碗麵。附近另一個攤子的老男人們邊吃邊高聲談話。有個單臂萎縮的女人在賣刮刮樂。素食攤老闆娘正在翻雜誌。我明天就要飛回加州，我還沒準備好跟爸爸道別。我下次回家也會是類似的情形。我從桌上的盒子裡抽出一把面紙，揩了揩眼睛。一週前，我才跟母親講過話，現在，她的一生歲月——始自殖民時期，經過世界大戰，然後是將近四十年的戒嚴，再來是民主時期——最後化為了塵土。

「太辣嗎？」老闆娘含笑喚道。

我點點頭說「嗯，太辣」，然後擤擤鼻子。我把髒碗放進路旁的一桶水裡，然後蜿蜒走回火車站。

尾聲　人生回憶

回柏克萊幾個星期後，我到閣樓的箱子之間翻找。小偉在這裡存放了以前的學術期刊、塞滿他文章副本的牛皮紙夾，還有無法解釋的，足足幾年份的期末試卷。我也沒好到哪——我把自己的剪報塞在沒標明的信封中，有刊物刊登我寫的故事時，我有時會把整本保留下來。我們還保有女兒童年時期的圖畫跟短文。我在所有東西上撒了防蠹蟲的藥，但經年累月的濕氣還是讓紙張皺縮起來。我暗忖，每個人的閣樓裡是不是也一樣滿載鄉愁跟自戀。

我最後終於在泛黃的收納紙箱裡，找到吸引我上來的東西。我一碰到橡皮筋，它就疲軟地斷開，整個乾到連斷裂都悄然無息。家寶被謀殺後，一想到要再看到那份手稿，我就暈眩反胃，於是將它束之高閣。現在，我把手稿放在大腿上片刻，掌心貼著首頁。他都過世二十幾年了。有些時候我以為自己撐不過去，那種痛苦深入骨髓，讓我換不過氣來。

我小心翼翼將第一張紙擱在一旁。Courier 字體看起來很老氣，每個字母都因歲月而起了毛邊。字行跟空格也有失準確，讓人想起過往那個世界，當時一切事物都流露某種手作感。

我開始閱讀的時候，不禁皺起臉來。當時視而不見的文法錯誤，現在變得過於明顯。我看到語言經過篩濾，試圖掙脫粗糙，進入某種近乎典雅的東西，我看到我們的青春與誠懇。

我曾經告訴他：**另一輩子**。當時我是真心這麼想的，那時我篤信自己可以拿一只橡皮擦，抹消自己的人生，重新書寫一個，不管要花多少次都行。媽媽是否因為同一種妄想而備受煎熬？那是她後來決定受洗的原因嗎？最後卻發現基督徒的重生只是比喻上的，而她依然受困於自己所擁有的唯一存在？

我在閣樓裡讀到日落為止，接著把手稿拿到樓下。接下來的幾週，我在最初處理這份稿子的同一間書房裡，將稿子重新寫過。作家將手稿擱置一陣子之後再來修改屢見不鮮。在這次的狀況裡，我等了將近四分之一世紀。我之前過於貼近；身為譯者，我一字字地串連起來，只考慮到文句的流暢度。但我現在可以明顯看出藏在底下的潛台詞——那種掙扎跟渴望。在我這次的編輯期間，終於甩脫自己對浪漫的妄想跟懊悔，拂過家寶——以及我跟小偉——曾經有過的銳利稜角。

失落的孩子們。從五十六歲的角度看來，三十二歲是多麼年輕啊。但我只比以前多了區區幾個答案。我要如何替我們所有人——爸爸、小偉、家寶、我自己找到寬恕？爸爸出獄之後，我父母又相處了四十五年。這樣的歲月足以洗刷失落的十一年光陰所留下的傷疤嗎？他們是否曾經躺在床上低聲說**對不起**，對於那幾十年表示歉意，吐出足以彌補一切的懊悔之語？

家寶的書我推出兩個版本：在外甥女的協助下，在台灣以繁體字出版；另外還有英文版。我在南加州找到一家專營東亞書籍的小出版公司，這家公司同意印行五百本。

我請艾蜜莉拿到工會分贈她的「同志們」——她都這樣叫他們。另外也請史蒂芬妮拿幾本留在研究生大廳裡。**這是什麼？**艾蜜莉當時問。**一個好朋友寫的書**，我回答。艾蜜莉隱約記得家寶，但史蒂芬妮完全不復記憶，所以我跟她們談起他的脫逃跟謀殺，但沒提到那些日子裡的種種動盪——沒提到威利茨之旅、陸先生或觸礁的婚姻。完全沒提到我父母的人生也在這片混亂當中迴盪不已。

我拿到社區聚會跟文化節現場分送，也寄了一些給教授跟人權團體。我散播出去，就像散播革命文字的蘋果籽強尼[38]。

不管我何時翻開這本書，感覺到張抵著裝幀的張力，家寶的聲音就在那裡——清晰、活生生。兩個遙遠的點終於相會，文字跟紙張既是橋樑也是補償。

我父親並未遭到處決。他被逮捕，然後失蹤。他回來了，不是聖者，而是凡人。他憤怒、悲

38　蘋果籽強尼（Johnny Appleseed，1774-1845）原名叫強納森．崔普曼。是美國的苗圃先驅，長年販賣、交換跟種植蘋果樹樹苗，將蘋果散播至賓州、安大略、俄亥俄等地。由於慷慨仁慈的行事風格，以及領先提出保育觀念，還有他賦予蘋果的重要性，成為美國的傳奇人物。

傷，偶爾快樂。他痛斥我們、咒罵我們、卯足全力愛我們。我母親也一樣。生命並不是美麗的東西，並非包裹在絹綢跟亮粉裡，也沒綁上天使的翅翼。我們在幾十年前那個三月所發現的痛苦裡，裡頭並未隱藏任何崇高的東西，那個月份不停綿延下去，遠遠超過月曆的界限。那年三月不只是一頂紀念帽或一件紀念T恤，更不是博物館牆上的一幀相片。它不只是一則故事。

而是就像這樣，不是嗎？

致謝

我在這本小說的寫作計畫上前後投注了十四年光陰，陸續累積了好長一張清單，是我想感謝的人、地方跟來源。我在以下會盡量試著對我在此趟旅程上邂逅的眾多人士表達感念之情。對我有所遺漏而未列出姓名的人也要表達歉意。

我想感謝二〇〇二年，國際教育協會以傅爾布萊特獎助金的形式，贊助我最初前往台北的那趟研究之旅。在台灣，以下諸位特別播撥冗熱心分享他們的故事：Chen Yao Ji、Ho Cong Ming、Li Rong Zong（李榮宗）、Li Shi De（李水德）、Liao De Zheng（廖德政）、Liao Ji Bin（廖繼斌）、Liu Ke Xiang（劉克襄）、Ruan Mei Shu（阮美珠）、Su Feng Fu、Xiao Jin Wen、Zhang Liang Zhe（Jeffrey Chang）、Linda Gail Arrigo（艾琳達）、Jerome Keating、Mark Harrison、Paul J. Mooney、我的乾父母余姓家族以及我的原生家族楊家。

灣區台美人社群提供極大的支援。TaiwaneseAmerican.org 創建人 Ho Chie Tsai（蔡和傑）

是一耳聞我的寫作計畫，最早向我伸出觸角的人，他溫暖地歡迎我進入這個社群。因為他，我得以找到幾位第一代台美人，他們慷慨地接受我的訪問，談論他們的人生。他們分享的故事深深感動了我。《綠島》這本書也要獻給這一代的台美人，他們在戒嚴令的陰影下成長，但從未失去他們對追求更美好世界的願景信念，持續為了台灣的國際認同奮鬥不懈：Jeffrey Chang、Leon Chang、Cheryl Chen、Mrs. Fred Chen、Hsiu- li Cheng、Ma- Chi Chen、Muh- Fa Chen、Sue Chen、Yi Ming Cheng、Ching- Wen Chenglo、T. K. Chu、Thomas Ho、Tammy Hong、Edward Huang、Meina Ko、Rocky Liao、Rebecca Rose Reagan（Li- Ching Liu）、Pam Tsai、Ming- Tzang Tsay、Stella Wu- Chu, Liwen 以及 Fan- Chi Yao。

我要向朋友與家人表達愛與感激：我的姊妹們：Christina、Annie 跟 Emily、我父母；Jackie Bautista；Jeffrey Boyd；Carley、Jia Yn、Limon 跟 Ming Tzong Chen；Jia Ching Chen 跟 Mona Damluji；"Groop"、Eva Guo、Seth Harwood、Akemi Johnson、Sean Kim、Tony Lee、Kyhl Lyndgaard、Zachary Mason、Heather Moore、Rob Pierce、Jennifer Sime、Gary Snyder、Spring Warren 以及 Andrea Young。

感謝夏威夷大學馬諾阿分校的英語系，謝謝他們的研究跟同儕支援以及這所學校裡的卓越學生，我從他們身上學到好多關於熱情這門功課。感謝馬諾阿期刊的全體成員——Frank、Pat、Sonia、和 Noah——謝謝你們在系上提供我第二個家。感謝《亞裔美國人文學評論》——謝謝你們在多年前出版了本書第一章的早期版本。感謝 John Lescroart 與 Lisa Sawyer 頒發莫里斯獎給我，也感謝 El Leon Literary Arts 跟它的出版人 Thomas Farber 第一次印行我的書，將近二十年以來，他一直是我的良師跟靈感來源。

感謝 Hugh Sutton-Gee 歷經不衰的支持跟愛。

我深深感激我卓越的經紀人 Daniel Lazar，這些年來他跟他助理 Victoria Doherty-Munro 以無比耐心閱讀我無止無盡的草稿並給予回饋。我的編輯 Carole Baron 相信這本書，看出它的潛力，表達與我共事的意願，讓我覺得備感榮幸。她跟助理編輯 Ruth Reisner 在詳盡的修潤階段引導我，針對每個新版本提供細心寫就的評語。我對他們的熱忱、精力跟智慧肅然起敬。

雖然本書的元素大致以真實事件以及無比真實的政治情勢為基礎，但本書依然是虛構作品。為了維持小說故事的完整性，我更動了一些事實。不過，我想要對在大小方向上都對這本小說頗有助益的一些書籍表達肯定：比方說家寶的故事線，我採用彭明敏、劉宜良（江南）跟陳文成的經驗，以便了解國民黨政府過去用來控制挑戰者的各種法律內跟法外的機制。這份清單並不詳盡，但如有興趣更進一步認識台灣，或是更認識這本小說中探討的主題，下列書單是個不錯的起點：

Linda Gail Arrigo, *A Borrowed Voice: Taiwan Human Rights Through International Networks 1960–1980*

Edward I-te Chen, "Formosan Political Movements under the Japanese Colonial Rule 1914–1937"

Leo T. S. Ching, *Becoming Japanese: Colonial Taiwan and the Politics of Identity Formation*

James Davidson, *Island of Formosa, Past and Present*

Mark Harrison, *Legitimacy, Meaning and Knowledge in the Making of Taiwanese Identity*

David E. Kaplan, *Fires of the Dragon*

Paul R. Katz, *When Valleys Turned Blood Red: The Ta-pa-ni Incident in Colonial Taiwan*

George Kerr, *Formosa Betrayed and Formosa: Licensed Revolution in the Home Rule Movement, 1895–1945*

Faye Yuan Kleeman, *Under an Imperial Sun: Japanese Colonial Literature of Taiwan and the South*

Sylvia Li-chun Lin, *Representing Atrocity in Taiwan: The 228 Incident and White Terror in Fiction and Film*

Tsung-yi Lin (editor), *An Introduction to the 228 Tragedy in Taiwan for World Citizens*

Peng Ming-Min, *A Taste of Freedom: Memoirs of a Formosan Independence Leader*

Owen Rutter, *Through Formosa: An Account of Japan's Island Colony*

Tehpen Tsai (translated by Grace Hatch), *Elegy of Sweet Potatoes, Stories of Taiwan's White Terror*

楊小娜・萊恩

檀香山

二〇一五年五月

LINK 19

綠島
Green Island

作　　者　楊小娜（Shawna Yang Ryan）
譯　　者　謝靜雯
總 編 輯　初安民
責任編輯　宋敏菁
美術編輯　林麗華
校　　對　吳美滿　宋敏菁　謝靜雯
發 行 人　張書銘
出　　版　INK印刻文學生活雜誌出版有限公司
　　　　　新北市中和區建一路249號8樓
　　　　　電話：02-22281626
　　　　　傳真：02-22281598
　　　　　e-mail : ink.book@msa.hinet.net
網　　址　舒讀網 http://www.sudu.cc
法律顧問　巨鼎博達法律事務所
　　　　　施竣中律師
總 代 理　成陽出版股份有限公司
　　　　　電話：03-2717085（代表號）
　　　　　傳真：03-3556521
郵政劃撥　19000691　成陽出版股份有限公司
印　　刷　海王印刷事業股份有限公司
港澳總經銷　泛華發行代理有限公司
地　　址　香港新界將軍澳工業邨駿昌街7號2樓
電　　話　(852) 2798 2220
傳　　真　(852) 2796 5471
網　　址　www.gccd.com.hk
出版日期　2016年11月　初版
　　　　　2017年3月30日　初版二刷
ISBN　978-986-387-131-6

定價　550元

國家圖書館出版品預行編目資料

綠島／楊小娜（Shawna Yang Ryan）著．
謝靜雯 譯. --初版. --新北市中和區：INK印刻文學，
2016.11 面；14.8 × 21公分. --（Link；19）
譯自：Green Island
ISBN 978-986-387-131-6（平裝）
874.57　　105019281